동시대인 총서 12
민족 이야기를 넘어서

동시대인 총서 12
민족 이야기를 넘어서

2003년 2월 14일 초판 1쇄 발행

펴낸곳 (주)도서출판 삼인

지은이 신형기
펴낸이 신길순
책임운영 홍승권
주간 이홍용
편집 최경희 윤진희 양경화
영업 이춘호
총무 서장현 유가연

등록 1996.9.16. 제 10-1338호
주소 121-210 서울시 마포구 서교동 339-4 가나빌딩 4층
전화 (02) 322-1845
팩스 (02) 322-1846
E-MAIL saminbooks@hanafos.com

표지디자인 (주)끄레어소시에이츠
제판 문형사
인쇄 대정인쇄
제본 성문제책

ISBN 89-87519-82-1 04800
ISBN 89-87519-23-6 (세트)

값 16,000원

• 이 책은 2000년도 연세대학교 학술연구비 지원을 받아 출간되었음을 밝힙니다.

동시대인 총서 12

민족 이야기를 넘어서

신형기 지음

삼인

머리글— '민족의 시대'를 돌아보며

이 책은 내가 근래 몇 년간 이곳저곳의 지면에 발표해 온 글들을 모아 엮은 것이다. 「민족 이야기를 넘어서」는 서론삼아 맨 앞에 놓은 글의 제목으로, 이 책이 일관하게 다루고 있는 주제다. 민족 이야기(nation narrative)를 비판적으로 조명하려고 한 것이 이 책을 쓰고 묶은 취지다.

민족 이야기가 무엇이었던가를 논의하기 위해 나는 여러 관점에서 서사적 분석을 시도하였지만 그것이 나의 목표는 아니었다. 나는 서사적 분석을 통해 민족 이야기의 작동 내지 작용 메커니즘을 밝히려 했고, 민족 이야기가 작동하고 작용한 메커니즘의 탐색이 이야기의 역사학이라 할 만한 어떤 것으로 나아가야 한다고 생각했다. 민족 이야기가 민족주의를 서사적으로 구체화하는 것이었다면, 다시 말해 민족 이야기를 반복함으로써 민족주의가 재생산되어 왔다면, 민족 이야기의 분석은 '민족의 시대'를 돌아보는 매우 실제적인 방법 가운데 하나일 수 있으리라는 기대도 없지 않았다.

내가 민족 이야기의 분석에 본격적으로 관심을 기울이게 된 것은 『북한 문학사』(2000)를 쓰면서다. 북한 문학은 민족 해방 이야기를 앞세우며 시작되었는데, 나는 북한 문학의 흐름을 이 이야기가 반복되면서 거대한 이야기의 세계를 축조한 과정으로 읽었다. 이야기의 지배가 정치적 지배에 앞서 이루어졌다든지, 하나의 이야기가 유일한 이야기가 되어 모두를 그 안에 가두는 서사적 구속의 진행이 북한 체제를 유지시켰다는 등의 견해는 문학사를 서술하며 내가 피력했던 바다. 이야기가 세계를 상상토록 하는 것인 만큼 이야기의 군림은 하나의 세계상을 고정시켜 다른 세계를 상상할 수 없게 했으리라고 판단했던 것이다. 이야기의 군림이 정치적 지배의 조건이었음을 목도하며 나는 이야기의 문법이야말로 정치 이데올로기에 앞서는 그것의 진정한 정체가 아닐까 하는 생각을 또한 해볼 수 있었다. 이로써 나에게 북한의 '사회주의' 혹은 '공산주의'는 민족 이야기의 문법을 통해 읽어야 할 것이 되었다.

물론 민족 이야기는 북한만의 고안품이 아니다. 민족 이야기의 작용은 북한에 국한될 수 없는 것이다. 남한과 북한이 여러 면에서 양립의 구조라고 할 만한 것을 만들어왔다고 할 때 남한에서 씌어진 민족 이야기의 작용 역시 북한에서의 경우와 같이 놓고 볼 필요가 있는 것이다. 둘은 서로의 거울일 수 있다. 나는 남북한의 양립 구조를 밝히는 것이 한국 현대사의 속모습을 이해하기 위한 전제라고 생각한다. 이 책 안의 몇몇 글들은 남북한의 민족 이야기를 비교함으로써 양립 구조의 분석을 시도한 것들이다.

민족의 오랜 기원을 상상하고 외적의 침입을 물리친 수난과 투쟁의 역사를 일깨우는가 하면, 문화나 정신적인 면에서의 고유한 특성을 부각하는 것은 민족 이야기의 일반적 양상이었다. 이로써 민족 이야기는 민족을 거룩한 근원적 주체로 내세웠다. '민족의 시대'는 민족이 주체로 내세워졌던 시대다. 식민 강점 아래서 민족은 저항의 주어였으니, 민족적 결속은 마땅하고 절실한 역사의 명령일 수 있었다. 민족의 성원임을 자각하는 일은 강점의 부당성을 인식하는 일이었다. 저항의 주어는 스스로 도덕화되었다.

이 저항의 주어는 배타적 결속을 정당한 것으로 만들었다. 모든 협잡물을 배제한 오롯한 '우리'를 상상하는 것은 압제자들을 물리치는 꿈의 형식이었다. 그러나 1945년의 해방 이후로도 압제자들은 사라지지 않았고 민족은 오롯한 하나가 되지 못했다. 이런 상황에서 민족은 그것을 양분한 권력의 얼굴이 되었다. 남북으로 나누어져 대치한 두 '결손 국가'가 전쟁을 겪고 분단의 벽을 높여간 과정에서 제가끔 민족을 앞세웠던 것은, 민족이 배타적 결속을 정당화하는 것인 한 실로 필연적이었다. 민족은 두 정권이 그 정통성을 주장하는 담보였으며, 각각의 '우리'를 한정한 주어였다. 제국주의 세력을 물리치기 위한 것이든 '공산 도배'를 제압하기 위한 것이든, 민족의 이름으로 이루어진 국가적 통합과 동원의 요구는 민족이 거룩한 것이었기에 이미 절대적이었다. 나는 거룩한 저항의 주어가 구속과 억압을 초래한 과정에서 눈을 돌릴 수 없었다.

나는 일단 민족 이야기를 문법적으로 해체해 볼 필요가 있다고 보았다. 민족 이야기가 역사적으로 불가피한 것이었다거나 때로 '유효할' 수 있었음을 검토하는 것은 그 다음 문제였다. 문법의 분석은 민족 이야기가 작동한 사례나 작용한 양상들을 일관하게 파악토록 할 것이었다. 구획과 배제의 원리라든가 도덕화 현상 등은 내가 특별히 눈여겨본 민족 이야기의 특징들이다. 이를 고찰함으로써 나는 저항의 주어가 복속을 요구한 경위를 다음과 같이 설명할 수 있었다. 애당초 저항의 도덕성은 부도덕한 '민족 전쟁'의 시대를 초월할 수 있는 것이 아니었다. 저항의 도덕성이 배타적 구획과 결속을 정당화하는 한 이는 결국 민족 전쟁의 논리를 수행하는 것이었기 때문이다.(사실 민족 이야기의 문법은 식민지 시대 총력전의 서사 문법과 뚜렷이 차별되지 않는다. 이렇게 볼 때 1945년의 해방이 그 이전과 본질적으로 다른 시대를 열었다고 말하기는 힘들다.) 구획과 배제는 줄곧 일자적 통합을 요구했고 그 과정은 익명의 대중이 생산되는 과정과 겹쳐졌다. 그것이 국민이나 민중 혹은 다른 그 무엇으로 불리든 익명화된 집단의 유일한 선택지는 호명 주체에의 복속이었다.

도덕화된 민족 이야기는 흔히 고통스런 박탈의 기억을 일깨워 민족이 '피해자'임을 자처하거나 근거 없는 민족적 자부심을 북돋기도 했다. 그러나 아무리 저항적인 민족 이야기라도 문법적으로 차별되지 않는 한 징고이즘(jingoism)이나 이족 혐오로부터 자유로울 수 없었다. 민족적 자기 연민과 우월감은 실상 크게 다르지 않은 것으로, 폭력적인 자민족 중심주의를 재연할 것이었다. 그렇다면 배타적 결속을 외친 민족은 과연 '따듯한 안'을 보장했던가? 나는 북한이나 남한 어느 곳에서든 그랬던 적은 한 번도 없었다고 감히 말할 수밖에 없다. 배제는 줄곧 '안'으로도 작용했다. 도덕화는 이를 정당화하고 내면화시킨 기제였다. 억압은 이렇게 진행되었다. 도덕화라는 기제는 이미 권력의 움직이는 거처였다.

'따듯한 안'은 오직 민족 이야기가 부추기는 승리의 상상 속에서만 존재하는 것이었다. 권력의 지배는 승리를 약속하면서 연기시켜 왔다. 민족 이야기는 승리의 상상을 지속적으로 일깨움으로써 또한 억압적 상황을 지속시키는 데 기여했다.

민족 이야기를 분석하는 글을 발표하면서 나는 간혹 민족이라는 울타리마저 무너뜨려서 어쩌겠다는 것이냐는 걱정 섞인 질문을 받거나 민족의 상상이 지배 체제에 맞서는 역할을 해온 시간이 부정되어서는 안 된다는 충고를 들었다. 세계 자본을 앞세운 또 다른 침습에 맞서야 할 이때에 저항의 주어를 해체하려는 기도는 철없는 탈근대 지향이나 심지어는 일종의 투항 논리로 비칠 수도 있을 것이다. 민족의 안녕과 번영이 '우리' 모두의 과제라는 오랜 믿음은 여전히 매우 일반적인 것인 듯하다. 그것이 송두리째 잘못되었다고 말하려는 것은 아니다. 민족이 민족 이야기 없이 대(大)주어가 될 수 없었다고 보는 것이며, 그렇다면 먼저 민족 이야기가 작동하고 작용해 온 '현실'을 읽어야 한다고 주장하는 것이다. 나는 이 현실이 억압과 저항, 선과 악의 이분법에 의해 가려짐으로써 지속되어 왔다고 생각한다. 그것이 바로 민족 이야기의 효과였는데, 어떤 불순물도 허용하지 않는 '안'의 구획이 요구된 한편으로는 근거 없이 편을 가르고 증오의 대상을 만들며 타자를 유린하는 무책임하고 그만큼 무자비한 일상이 방치되어 왔던 것이다. 이 현실이 성찰되지 않고 진정한 연대란 있을 수 없다는 것이 나의 입장이다. 자신들의 삶의 조건을 바꾸려는 실천은 아마도 복속에 의한 통합으로서가 아니라 상호 이해를 바탕으로 한 연대로서 가능할 것이다. 세계화의 파도가 날로 거세어지는 가운데 다시 어지러운 기로에 선 것이 오늘의 상황이라면 '우리'의 과거를 돌이켜볼 필요는 절실하다. 연대가 무엇을 위한 것인가는 연대를 외치기에 앞서 고민해야 할 문제일 것이다. 나는 민족 이야기의 분석이 은폐된 현실을 들춰내고 그럼으로써 새로운 연대의 실마리가 되기를 기대한다.

내용이나 성격에 따라 글들을 나누어 묶어 선택적 읽기를 용이하게 했다. 글을 배치하는 데서 씌어진 순서를 고려하지는 않았다.

1부는 민족 이야기의 분석을 여러 주제적 관점에서 시도한 것이다. 「민족 이야기를 넘어서」는 민족 이야기를 역사적으로 개관한 일종의 서론이며, 「가상의 인격, 도덕의 광기」는 민족 이야기의 도덕화된 주인공을 '가상의 인격'으로 간주해 분석한 글이다. 나는 이 두 글에서 인격의 정치학이 오히려 윤리적 탐색을 불허함으로써 도덕의 광기에 이르는 과정을 뒤좇았다. 나는 또 '민중 시인' 신동엽의 인민주의적 상상력을 민족 이야기의 문법에 비추어 읽었다.(「신동엽과 도덕화의 문제」) 인민주의적 경사가 민족 이야기의 도덕화된 양상이라고 본 것이다. '향토'는 민족 이야기가 상상해 낸 '오래된 터전'이다. 「이효석과 '발견된' 향토」에서는 향토가 발견된 경위를 이효석을 통해 살폈다. 감각적으로 발견된 향토가 어떻게 '정신적으로' 전유되었는가를 밝히는 것이 나의 관심사였다. 식민지 시대의 총력전 체제와 남북한의 국가적 동원 체제를 비교해 보는 일은 민족 이야기가 무엇인가를 묻기 위한 필수적 과제의 하나다. 총력전의 지속과 민족 이야기의 작용은 그대로 겹쳐지는 것이었기 때문이다. 나는 총력전 시대의 문학적 특징으로 멜로드라마를 주목했는데(「총력전과 멜로드라마」), 이 역시 민족 이야기의 구현 방식일 수 있다는 생각을 굳히게 되었다.

2부는 하나의 이야기를 반복하는 서사적 구속 현상과 관련된 글들이다. 「남북한 문학과 '정치의 심미화'」에서는 도덕화에 수반된 '정치의 심미화'가 초래한 형식적 양태를 고찰했고 「주제 소설의 화자」에서는 전언을 앞세우는 주제 소설을 분석했다. 주제 소설은 권위적 화자를 소설 안으로 옮겨 들인 장르라는 것이 내가 밝힌 견해였다. 「서사적 구속의 양상」역시 서사학적 관점에서 씌어진 글인데, 나는 대(大)주어의 시선과 그것이 한정하는 문법을 벗어나지 못한 소설의 형식적 특징들을 찾아 읽으려 했다. 과연 소설은 작가에 의해 씌어지는 것일까? 「해방 이후의 이태준」은 이야기 안에 갇힌 한 작가의 궤적을 돌이켜본 것이다.

3부는 북한 문학의 과거와 현황을 다룬 글들이다. 「북한 문학과 민족주의」는 북한 문학에서 나타나는 민족주의적 면모와 성격을 정리해 본 것이고, 「북한 문학에서의 '민족적 특성' 논의」는 항일 빨치산을 공산주의자의 본보기이자 민족적 품성의 주인공으로 간주함으로써 공산주의를 '민족화'한 전후의 논의 과정을 정리한 것이다. 「일자적 결속에 대하여」와 「1990년대의 북한 문학」에선 근래 북한 문학의 추이를 살폈다. 「영화 '민족과 운명', 혹은 하나의 이야기」는 다부작 영화 「민족과 운명」을 소개한 글이다.

　　여러 생각들을 일깨워주고 논의의 시간을 같이한 동료들이 없었다면 이 책은 애당초 씌어지지 못했을 것이다. 여기에 실은 글들 대부분은 '파시즘 세미나'의 독회를 거쳤다. 이를 통해 나는 많은 것을 배우고 진지한 조언을 들을 수 있었다. 이런저런 우환 속에서도 끈질기게 세미나를 이끌어온 김철 선생과 여러 '맹원'들에게 먼저 감사의 뜻을 표하고 싶다. 믿음직한 감식가가 가까이 있다는 것은 마음 든든한 일이다. 엉성한 글들을 꼼꼼히 읽어주며 잘못된 곳을 바로잡아준 정과리 선생, 나의 모자라는 부분들을 채워준 이경훈 선생은 앞으로도 계속 신세를 져야 할 사람들이다. 또 몇몇 글들은 '비판과 연대를 위한 모임'에서 발표의 기회를 얻은 것들이다. 이 모임에서 임지현, 문부식, 박환무, 윤해동 선생을 만날 수 있었던 것은 큰 행운이었다. 책의 출간은 이홍용 주간의 호의와 배려로 도서출판 삼인의 신세를 지게 되었다. 심심한 사의를 표한다.

2003년 1월 깊은 겨울
관악산이 내다보이는 신촌의 연구실에서
신형기

차례

3부

일러두기

이 책에 실린 글들의 원 출처를 밝힙니다.

1부

　「민족 이야기를 넘어서」, 『당대비평』 13호, 2000년 겨울호.

　「가상의 인격, 도덕의 광기」, 『문학 속의 파시즘』 (삼인, 2001).

　「신동엽과 도덕화의 문제」, 『당대비평』 16호, 2001년 가을호.

　「이효석과 '발견된' 향토―분열의 기억을 위하여」, 2002년 4월 일본에서 열린
　　　'비판과 연대를 위한 동아시아 역사 포럼' 에서 발표한 글.

　「총력전과 멜로드라마」, 『당대비평』 20호, 2002년 가을호.

2부

　「남북한 문학과 '정치의 심미화'」, 『문학 속의 파시즘』 (삼인, 2001).

　「주제 소설의 화자」, 고려대 한국문학연구소 엮음, 『한국문학연구』 2호, 2001년 겨울호

　「서사적 구속의 양상」, 『문화과학』 27호, 2001년 가을호.

　「해방 이후의 이태준」, 『근대문학과 이태준』 (깊은샘, 2000).

3부

　「북한 문학과 민족주의」, 1999년 8월에 열린 한국문학연구학회 50차 심포지엄
　　　에서의 발표문.

　「북한 문학에서의 '민족적 특성' 논의―주체 문학론의 발단」, 2001년 8월 '만해축전'
　　　중 '남북문학 심포지엄' 에서의 발표문.

　「일자적 결속에 대하여」, 『내일을 여는 작가』 27호, 2002년 여름호.

　「1990년대의 북한 문학」, 『문예중앙』 91호, 2000년 가을호.

　「영화 '민족과 운명', 혹은 하나의 이야기」, 『문학과 의식』 44호, 1999년 여름호.

1부

민족 이야기를 넘어서

한국의 근대와 민족 이야기

19세기가 몇 년 남지 않은 무렵 출간된 「서유견문」에서 유길준이 그려낸 서구 여러 나라 국민의 삶은 조선의 민중들로선 꿈꾸기조차 어려운 문명의 여유와 복락을 누리는 것이었다. 그는 국민을 윤택하게 하는 데 국가의 역할이 절대적이라고 보는 입장을 의심 없이 받아들였다. 그가 소개한 개화된 세계의 국가들은 공익을 도모하는 차원에서 사익을 합리적으로 조정하고 보장하는 주체였다.[1] 국가의 평균적 구성원인 국민은 발전된 제도와 문물의 공평한 수혜자가 되기 때문에 마땅히 제가끔 직분에 충실하고 국가에 대한 의무를 다해야 했다. 유길준은 국가와 국민의 공리(功利)적 추구가 공동선(善)을 달성하는 조화의 원리를 상세히 설명했는데, 담담한 어조 틈새로 그가 또한 드러내고 있는 것은 국가가 개혁의 주체로 나서지 못할 뿐 아니라 국민으로서의 각성이 없는 조선 현실에 대한 안타까움이다.

합리적 주체로서의 국가와 세련된 국민은 지구 저편의 부러운 본보기였

---

1) 국민의 권리와 의무, 정부의 역할을 서술한 4~6편의 이곳저곳.

다. 어디서부터 어떻게 모방을 시작해야 할지 엄두가 나지 않는 상황이었지만 당시의 조선에서도 국민이란 말은 신분의 차별과 같은 봉건적 질곡을 부정하는 새로운 동일성의 지표로 여겨졌을 것이다. 국민 되기는 개화의 구체적 목표였으니, 애국을 가르치는 계몽은 곧 국민 만들기를 뜻했다. 모든 구성원이 제가끔 본분을 다하는 국민이 될 때 나라는 강성해질 것이었다. 계몽과 애국이 초미의 과제가 된 상황에서 한 논자는 사대부의 애국심 없음을 질타하였거니와,[2] 사대부 아닌 이들이 더 애국적일 수 있었다면 그들이 상대적으로 쉽게 국민이 되는 상상을 할 수 있었기 때문이었을 것이다. 그러나 나라가 없을 때 국민도 있을 수 없었다. 이 공백은 민족으로 메워졌다. 민족은 국가나 국민에 앞서는 오랜 공동체로 간주됨으로써 국가나 국민을 대신할 수 있었다.

민족이 국권 상실이라는 위기의 상황에서 '고안'[3]된 배경에 대해서는 다음과 같은 설명이 가능하다. 우선 서세동점으로 전해진 근대가 도리나 질서의 붕괴로 경험될 수 있었다는 점이다. 척사론은 이에 대한 '정당한' 반응이었지만 아편전쟁으로 이미 중국을 무릎 꿇게 한 이 거대한 붕괴의 충격에 놀라지 않을 수 없었던 상황은 새로운 믿음과 열광의 대상을 필요로 하는 것이었음이 분명하다. 심리적으로 이런 필요를 절실한 것으로 만든 힘은 공포였을 것이다. 급격한 전환과 소멸의 위협 속에서 본질적이고 거룩한 전체

---

2) 박은식, 『서사건국지』의 서문.
3) 헨리 엠(Henry H. Em)은 일본 메이지 시대의 신조어인 '민족'이 한국에서 쓰이기 시작한 것은 1890년대 후반이었다고 하면서, 통일된 국가를 오랫동안 유지한 한국에서도 민족은 전부터 있던 것이 아니라 근대적 구성물임을 주장했다. 그가 주목한 것은 20세기 초의 '민족 사학'이다. 신채호의 『독사신론』(讀史新論, 1908)이 한국의 역사를 민족의 역사로 쓴 사실상의 첫 경우라는 것이다. 만약 동질적 공동체로서의 민족 개념이 이미 주어져 있었다면 신채호가 『독사신론』을 쓸 필요도 없었고, 당시의 독자들이 이 글에 그토록 열광하지도 않았을 것이라는 것이 그의 지적이다. Henry H. Em, "Minjok as a Modern and Democratic Construct; with focus on Sin Chae-ho's Historiography," Gi-wook Shin&Michael Robinson, eds., Colonial Modernity in Korea (Harvard Univ. Press, 1999), p. 341.

에 귀속되려는 무아(無我)의 욕구는 보다 일반화될 수 있는 것이다. 공포는 종종 열정의 기원이 된다. 합리적 주체로서의 국가에 대한 기대는 근원적 공동체인 민족을 향한 열정에 부속되어야 할 것이 되었다.

민족의 일체성은 증명해야 할 대상이 아니라 일깨워야 할 대상이었다. 소멸의 위협에 맞서고 강점에 저항해야 한다는 입장은 쉽게 도덕화되었으니, 민족은 도덕적 결속의 대(大)주체가 된다. 저항의 도덕성이 민족을 더욱 거룩한 것으로 여기게 한 것이다. 민족은 국민에 앞서는 것으로서 식민지의 이등 국민이기를 거부하는 정체성의 준거일 수도 있었다.

민족을 존재하게 한 대표적 방식은 민족사 쓰기와 문화적 구성이다. 명백히 새 개념이었지만 민족은 역사 쓰기를 통해 오랜 것으로 여겨질 수 있었다. 하나의 기원과 유구한 내력이 제시됨으로써 민족이란 공동체의 상상은 구체화되었던 것이다. 개화기의 이른바 역사 전기물은 민족의 '위대한 과거'(외적을 물리친)와 국난 극복의 영웅들을 되살려 절멸의 공포에 맞서는 판타지를 제공했다. 여기서 민족사의 근거는 정신이었고 따라서 민족적 자각은 정신적 자각이어야 했다. 예를 들어 을지문덕이나 이순신과 같이 용기와 단호함을 보이고 충직함을 구현한 군사 영웅[4]들을 그려낸 신채호의 의도는 군사 영웅의 남성적 미덕을 하나의 지표로 제시해 민족을 정신적으로 통일하려는 데 있었다. 즉 민족 구성원 모두가 한결같이 이 훌륭한 본보기를 좇아 강건한 정신을 갖는 것이 열강의 지배 대상으로 전락하지 않는 길이라 판단한 결과다. 그리고 그렇다면 새로운 영웅을 대망한 이 의지주의적

---

4) 단호함, 용기, 인내 등의 남성적 미덕을 구현한 군사 영웅들을 주인공으로 하는 민족 서사는 제국주의적 애국주의와 관련된 근대 민족 이야기 가운데 매우 일반적인 것이다. Graham Dawson, "Soldier Heroes and Narrative Imagining of Masculinities," Soldier Heroes (Routledge, 1994), ch.1 참조할 것.

기획을 발동시킨 것은 민족 정신이 아니라 '비도덕적인' 약육강식의 제국
주의 시대였다.

외세를 물리친 영웅은 도덕적 존재였고 따라서 도덕적 감응(感應)은 영
웅 이야기의 마땅한 독법이었다. 더구나 영웅의 형상은 애당초 심미화될 수
밖에 없었고, 그들의 거룩한 매혹은 상상의 방향을 강력하게 고정하는 것이
었다. 이는 영웅이 집단적 자아의 대표자가 된 방식이다. 즉 민족의 힘과 유
구함을 상기시킨 알레고리적 형상으로서의 영웅은 민족이라는 익명의 집
단에 얼굴을 부여하는 역할을 한 것이다. 민족은 이 영웅들을 통해 성격화
될 수 있었다.

이야기의 서술은 세계를 규정하는 것이다. 서술의 구조가 상상의 범위를
제한할 뿐 아니라 사고와 행위를 지배하는 법칙을 표한다는 점에서다. 일정
한 전언을 생산하는 통사적이고 의미론적인 법칙들의 조직적 체계로서의
문법은 이데올로기적 통합을 수행하게 마련이다. 역사 쓰기를 통한 과거의
상상은 이런 방식으로 집단적인 기억을 형성시켰다. 그렇다면 이야기를 장
악하는 것은 과거를 장악하는 것이며, 나아가서는 하나의 현실을 부여하는
억압의 방법일 수 있다.

민족 이야기는 그것의 절박함을 통해 지배적인 것이 되었다. 위대한 과거
를 돌이키는 민족 이야기의 문법은 민족의 뿌리가 깊고 결코 소멸될 수 없
는 근원적 자질을 갖는다는 전언을 고정시키는 것이어야 했다. 전해야 할
내용이 이미 뚜렷했으므로 민족사란 자기 중심적으로 선별되고 꾸며진 역
사가 되게 마련이었다. 민족 이야기가 과거를 일깨웠지만 동시에 그것의 문
법을 벗어나는 과거는 삭제되어야 했던 것이다. 그 결과 상상은 이런 역사
서술의 문법을 수용하고 그 전언에 공명하는 일로 제한된다. 민족은 특별한
역사적 발견을 통해서가 아니라 이런 이야기의 문법을 통해서 존재하게 된

것이다. 그것은 민족의 일반적 존재 방식일 수 있다. 민족 이야기의 지배가 문법의 제한을 초래할 것인 한 민족이 억압의 주어가 되는 것은 불가피했다. 민족의 억압성은 줄곧 저항의 도덕성에 의해 은폐되고 정당화될 수 있었다. 도덕화는 구속을 내면화하는 기제였던 것이다.

민족을 존재하게 한 문법 뒤에는 또 '심원한' 문화 전통이 있었다. 문화 전통은 위대한 과거와 마찬가지로 궁극에는 이 문법의 정당성을 확인해 주어야 할 것이었다. '족수'(族粹)를 살리려 한다는 취지 아래 1910년 조선광문회(光文會)가 발족되었고, 이후 식민 치하에서도 '조선학'에 대한 관심이 끊이지 않았던 점은 민족을 문화적으로 구성하는 것이 지속적이고 중요한 과제였음을 말한다. 민족의 문화를 지키는 일이 곧 민족을 지키는 일로 인식되었던 것이다. 사실 민족사는 문화적 텍스트를 엮는 방식으로 씌어질 수밖에 없는 것이었다. 비범한 영웅의 이야기 역시 그 자체가 문화적 텍스트였다. 영웅이 감응의 대상이었던 것처럼 민족의 문화는 분석하고 탐구하기에 앞서 느끼고 향수(享受)해야 할 대상이었다. 이를 바탕으로 한 정서적 고양과 연대 혹은 심미적 일체감은 공동체에의 귀속을 확인케 하는 경로가 되었다. 귀속이 절실한 과제였던 상황에서 민족의 '유구한' 역사와 '찬란한' 문화를 되살리는 것은 줄곧 중대한 사업일 수 있었다.

민족 이야기의 문법이 지배적인 것이 되기 위해서는 그것이 대중적으로 소비되어야 한다. 민족 이야기의 대중적 소비는 영웅을 주인공으로 하는 서사시들보다 민족어의 구사를 구체화한 근대의 대표적 문학 장르인 소설을 통해 더 일반화되고 또 촉진되었다.

베네딕트 앤더슨(Benedict Anderson)의 표현을 빌리면 출판 자본주의의 총아로서 신문과 근대 소설은 일정한 지평선 안의 사회적 풍경들을 고정시키고 동시적인 시간 감각을 제공해 한 공동체에의 귀속감을 부여하는 역할을 했다.[5] 긍정적 주인공의 경험과 의식은 어떻게 스스로를 규율하는 것이 민족의 일원으로서 마땅한 일인가를 비쳐보게 하는 거울일 수 있었다. 위대한 영웅의 행적을 통해 위대한 과거를 일깨우는 방식으로가 아니라 당대적 삶을 제시해 민족이란 공동체의 현재와 앞날을 생각하게 한 점에서, 거룩한 매혹이 아니라 다양한 정보를 제공하고 일상의 감각을 확인해 그 일체성을 상상토록 했다는 점에서 소설은 민족 이야기가 흔히 선택했던 영웅 서사를 패러디한 장르라고 말할 수 있다.[6] 소설에 흔히 관철되었다고 말하는 이른바 중류층의 시선은 기왕의 신분적 차이들이 중립화되는 포괄적 공간의 존재를 상상하게 했다.

사회적 분열과 갈등을 민족적 소명 의식 등을 통해 해소시키는 것은 우리 계몽기 소설의 한 유형이었다. '이형식'이 자기 내부의 갈등을 합리화함으로써 유학 길에 나서고, 기생이 된 '영채' 역시 인생유전 끝에 이 길에 합류하는 『무정』의 이야기는 민족의 부름 앞에 그간의 우여곡절과 그에 따르게 마련인 '감정들'을 떨치는 장면으로 끝난다. 그러나 거룩한 과제를 부여하는 결말이 민족 이야기에 꼭 필수적이었던 것은 아니다. 이내 『만세전』 등은 어떤 전망도 쉽지 않은 잿빛의 일상을 그렸다. 여기서 민족적 소명감은 더 이상 지배적이거나 일차적인 것이 아니었다. 대신 세부의 묘사를 통해 일상의 풍경이 좀더 구체화되었고 생활의 습속이 미시적으로 탐구되기에 이른다. 이후 소비적 일상의 무대를 대상으로 하는 고현학(考現學)이 소설의 한 분야가 되었던 것은 그 필연적 결과다. 일상을 꼼꼼히 제시하는 것은 사회적 풍경의 세부를 채우고 시간을 동시화하는 방법이기도 했다.

---

5) Benedict Anderson, *Imagined Communities* (Verso, 1983), pp. 35~36.
6) Timothy Brennan, "The National longing for Form," Homi K. Bhabha, ed., *Nation and Narration* (Routledge, 1990), p. 50.

물론 소설 속에서 영웅이 사라졌던 것은 아니다. 특히 역사를 상상하는 임무를 수행한 소설들에서 영웅은 지속적으로 등장했다. 즉 이 역사는 항거하는 인민의 영웅과 계급투쟁의 영웅들, 수난을 견디는 인고의 영웅 등을 그려온 것이다. 의지주의적인 영웅 탐구는 해방 후 다시 본격적으로 재개된다. 건국과 체제 강화 과정에서 북한 소설은, 비상한 열의와 정신의 힘으로 미비한 물적 조건을 극복하고 생산의 혁신을 일으키는 영웅들을 그렸다. 더불어 민족 해방의 영웅으로 등장한 김일성은 그에 필적하는 어떤 영웅의 존재도 허용하지 않음으로써 모든 이야기의 궁극적 화자이자 유일한 주인공이 되는 길을 닦았다. 반면 남한의 경우 김동리가 그려낸 인간의 '구경'(究竟)은 역사를 절대와 허무의 지평으로 되돌려, 있는 그대로의 현실을 승인하는 근거가 되었다. 구경적 양상으로서의 심미화된 운명은 그 자체가 어떤 의지도 허용하지 않는 역사를 관장하는 영웅이었다. 남북한 모두가 '중흥'의 시기(천리마와 새마을 운동이 시작된)로 접어들며 원대한 전망을 펼쳐보이는 민족사 쓰기는 다시금 작가들의 과제로 주어진다. 조선 후기의 민중 운동과 동학, 항일 투쟁의 역사가 '위대한 과거'로 되살려졌던 것이다.

해방, 혹은 억압의 역사

대항 민족주의가 모든 것을 정당화해 주지 않는다는 생각은 최근 들어 여러 방식으로 지적 논의의 장에 올려졌다.[7] 국민 국가의 달성은 근대를 따라잡기 위한 목표였지만 이제는 그것의 '극복'[8]이 21세기의 화두로 던져진 상황이기도 하다. 민족 이야기의 도덕화가 해방을 위한 것만이 아니라 또한

---

7) 한 예로, 임지현, 『민족주의는 반역이다』(소나무, 1999).
8) 『창작과 비평』 1999년 겨울호의 '20세기의 실험, 국민 국가의 명암'과 같은 특집의 백영서, 「20세기 형 동아시아 문명과 국민 국가를 넘어서」와 김동춘, 「20세기 한국에서의 국민」과 같은 글들을 참조.

억압의 기제였음을 말하는 것은 이제 그렇게 특별한 일이 아니다. 그러나 여전히 한편에서는 민족의 놀라운 예지가 미래를 약속하는 근원적 열쇠라고 외치는 소리가 갖가지 형태로 회자되고 있다. 동양의 지적이며 정신적 우위를 주장하는 이야기는 서구 중심의 보편주의가 '자신의 정체성을 고정시키는 문화적 헤게모니의 장치'[9]로 제시한 오리엔탈리즘을 거꾸로 반복하는 것일 수 있다. 그렇다면 민족의 예지는 폭력으로서의 오리엔탈리즘의 '작용'을 증빙하는 것이기도 하다.

문화적 차이가 독자성 혹은 우수성의 증거로 채택되는 현상 역시 민족 이야기와 도덕화의 결과였다. 도덕화 기제는 해방을 위한 단합과 정진을 요구한 민족 이야기의 문법 안에 잠재해 있었던 것이다. 배제의 위협에 맞서온 이 기제는 위협이 사라졌다고 생각하지 않는 한 작용할 수밖에 없다. 현재의 한국인이 도덕적 감응이 요구되었던 시대로부터 멀리 벗어나 있지 못하다면 다음과 같이 물어야 한다. 과연 민족 이야기가 한국인을 자유롭게 할 수 있는 것일까? 한국인은 이미 오랫동안 해방을 이루기 위한다는 명분 아래 강요된 억압을 경험해 왔다. 이 과정이 누구의 의도된 속임수이기에 앞서 일종의 역사적 운명이었다 하더라도, 이제 한국인은 해방을 약속하는 억압이 어떻게 지속되어 왔던가를 차근히 돌이켜보아야 한다. 나의 생각은 한국인이 자신이 누구인가를 정시하려 하지 않는다면, 그럼으로써 자기 안의 질곡을 깨지 않는다면 기왕의 세상을 바꿀 수 없다는 것이다. 민족적 예지의 주장은 서구 혹은 강대한 타자를 상대로 한 원한에 찬 모방이다. 그것은 한국인이 여전히 예속되어 있고 포박되어 있음을 말하는 뼈아픈 증거다.

---

9) 강상중, 「탈오리엔탈리즘의 사고」, 『오리엔탈리즘을 넘어서』, 이경덕·임성모 옮김 (이산, 1997), 189쪽.

해방 후 민족 이야기는 남북한 각각에서 국가를 절대적이고 유일한 것으로 만들었다. 해방을 맞아 끓어올랐던 건국의 열정은 민족의 상상이 국가의 상상으로 분출된 결과다. 그러나 남북엔 '결손된' 국가가 들어설 수밖에 없었고 양자는 이 결손을 민족을 통해 만회하려 했다. 북한에게 남한은 미제와 그들의 '괴뢰'에 의해 강점된 식민지였다. 매판 세력과 인민을 구분함으로써 식민 자본과 권력에 기생하는 전자를 민족 구성원에서 제외하는 관점은 남한을 바라보는 틀이 되었다. 민족의 완전한 해방은 남한을 해방시켜 국토를 '완정'(完整)[10]함으로써 달성될 것이었다. 남한에서도 한때 '북진 통일'이 외쳐졌다. 북쪽의 공산당은 소련에 민족을 판, 역시 괴뢰로 간주되었다. 공산당을 물리치는 것은 민족적 과제였다.

민족의 해방과 통일은 남북한의 동원 체제를 정당화한 명목이었다. 이 과정에서 김일성은 민족의 영도자가 되었으며 이승만은 '국부'(國父)의 권좌를 높였다. 남북한의 구성원은 각각 구획된 '우리' 안에 들어야 했고 언제든 이색 분자가 아님을 입증해야 했다. 남한에서 좌익 운동의 역사는 모두의 기억에서 삭제되어야 할 것이었다. 조국 근대화라는 기치 아래 경제 개발을 기획하고 채찍질한 지도자를 주인공으로 하는 '민족 중흥'의 신화가 반공 서사와 맞물려 되풀이되는 동안 북한에서는 김일성이 이끈 항일 혁명 역사 이외의 역사가 철저하게 지워졌다.

해방 후 북한 소설들은 성장의 윤리학을 제시했다. 주인공들은 '고상한' 신인간이어야 했는데, 그들의 성장은 토지 개혁과 같은 새 시대의 기적에 감응한 결과였다. 그런데 토지 개혁은 김일성이 농민들에게 '땅을 나누어 준' 사건이었으므로 감응은 그 은혜에 보답하려는 마음에서 이루어져야 했

---

10) 1948년 9월 조선민주주의인민공화국 정강의 첫째 조항은 '국토의 완정'을 목표로 내세우고 있다. 이에 대해서는, 박명림, 『한국전쟁의 발발과 기원 (1)』(나남, 1996), 83~91쪽.

다. 보은(報恩)이 성장의 내적 형식이었던 것이다. 통치의 도덕화는 이렇게 시작되었다. 감응에 의한 고양과 일체화의 수준을 드러내는 용어로 선택된 고상함은 억압적 타자들—탐욕스럽고 저열한 미제와 '괴뢰'에 대한 승리를 선취한 표식이 된다. 한국전쟁 역시 이런 관점에서 그려졌다. 북한에게 이 전쟁은 그 실제적 결과와 상관없이 자신들이 이긴 전쟁이었으니, 그들의 승리는 도덕과 정의의 승리로 규정되었다. 이후 북한은 민족을 정신적으로 고양시키려는 의지주의적 기획을 전면적으로 도모하게 된다. 가상의 인격을 그려내 본보기를 고정하고 상상의 은혜와 처벌을 반복 경험하게 한 것은 그 방법이었다.

  민족적 긍지는 오늘날의 '조선 민족 제일주의'에 이르기까지 북한이 줄곧 강조해 온 바다. 그것이 뚜렷이 부각되기 시작한 것은 전후 종파 투쟁을 거치며 자주 노선(주체 시대로 이어지는)을 모색하면서부터다. 이 무렵 전개된 민족적 품성 논의는 공산주의자의 풍모를 민족적 품성에서 찾으려 한 것이었다. 즉 조선 인민은 예부터 고상한 기풍과 상호부조의 정신, 불의에 저항하는 정의로운 마음 등을 지켜왔다는 것으로, 항일 투쟁에 나섰던 혁명 투사들은 이런 민족적 천품(天稟)을 가장 훌륭히 구현한 공산주의자들로 간주되었다. '(공산주의) 사상'은 미래에 대한 일치된 믿음을 요구하는 동력이었다. 그런데 민족적 품성 논의에 의하면 조선 민족은 정신적으로나 도덕적으로 이미 고상하기 때문에 항일 투쟁에 나선 것이며, 이 과정에서 공산주의를 선취한 것이다. 이런 입장에서 볼 때 1950년대 말 북한이 달성했다고 선언한 사회주의 제도는 이식된 것이 아니었다. 민족적 품성 논의는 사상이 더 이상 외래의 것이 아니라 민족성에 내재된 것임을 주장했기 때문이다. 사상이 민족 이야기에 의해 수용된 것이다. 그리고 이로써 사상은 조금도 의문을 갖거나 거부해서는 안 되는 거룩한 것이 되었다.

김일성은 애당초 민족 해방의 영웅으로 등장했다. 사실을 확인할 수 없기에 상상을 북돋는 전문(傳聞)의 형식으로 시작된 그의 항일 무장 투쟁사 쓰기는 주체 시대를 전후한 시기에 이르면 일관한 슈제트(sujet)를 갖는 민족 해방의 역사로 씌어지기에 이른다. 김일성이 이 역사의 유일하고 절대적인 주인공이 되는 과정은 그가 도덕적 중심이고 사상의 근원이며, 따라서 최고의 공산주의자이자 민족의 위대한 영도자가 되는 과정이기도 했다.[11] 1972년 첫 권이 나온 이래 오늘날까지 씌어지고 있는 '불멸의 력사' 라는 장편소설 총서[12]는 영도자가 주재한 역사 쓰기의 대표적 예다. 소년 김일성이 평양의 만경대를 떠나는 데서 시작되는 이 총서는 미국의 핵 사찰 위협에 당당히 맞서는 위대한 수령의 풍모를 그리는 데 이르기까지 숱한 인물과 사건을 다루면서도 일관된 메시지를 전하고 있다. 김일성이 이끄는 주인공 선(線)이 모든 줄거리와 세부를 철저히 장악한 결과다. 이 장편 소설들은 현재도 단지 허구가 아니라 소설이라는 형식을 빌린 역사, 결코 다 그려질 수 없는 숭엄한 역사로 간주되고 있다.

　민족 이야기는 절멸의 위협에 맞서는 것이었지만, 이미 식민지 시대에서부터 또한 민족 내부의 모순을 덮는 수단이 되었다. 민족을 탈역사적인 정신이나 모호한 심미적 표상으로 환원하는 것은 그 방법 가운데 하나였다. 전쟁 이후 남한에서 전개된, 풍류 사상이 우리 민족성의 근원이라는 김정설의 '심오한' 억설이나 조윤제 등이 펼친 한국의 '멋' 논의, 한국인이 '은근과 끈기' 라는 정신적 특질을 갖는다는 주장 역시 마찬가지 역할을 했다. 그것은 무엇보다 반공주의의 '문화적' 표현일 수 있었다. 심미적 감응을 통한

---

11) 신형기·오성호, 『북한문학사』(평민사, 2000)의 「서론: 북한 문학 발단」 부분 참조.
12) 1967년 김정일에 의해 결성된 '4·15' 창작단에 의해 1972년부터 최근까지 씌어지고 있는 김일성의 투쟁 역사를 그린 장편 소설 총서. 현재까지 20여 편이 출간되었다.

일체화의 상상은 계급적 '분열'을 봉쇄하는 것이었기 때문이다.

이 전략은 해방 직후의 '순수' 주장에 의해 이미 구사된 바 있다. 김동리와 조연현 등의 '순수'는 역사적 현실로부터 분리시킨 '인간'의 구경을 탐색함으로써 추구될 본질적이고 궁극적인 영역이었다. 가지(可知)적 대상일수 없는 운명과 허무, 어쩌지 못할 충동으로 나타나는 '인간 본연의 생리'가 논의되는 동안 반공을 국시로 하는 현실은 그대로 승인되었다. 심미화된토속취의 세계는 종종 구경 탐구의 무대가 되었는데, 그것은 막연히 심오한정신의 거처인 듯 여겨졌다. 정신으로 재구성된 전통은 종종 구체적 역사를대체했다. 특기할 것은 이 역(逆)오리엔탈리즘이 놀라운 성장의 신화와 상치되지 않았고 때로는 상호 의존적인 기능을 했다는 점이다. 민족을 누대의가난으로부터 구원하겠다는 개발 영웅을 우두머리로 한 성장의 신화는 속도와 효율을 숭상한 것이었으니, 비상한 열정과 의지를 요구했다. 전통은장애와 한계를 이기는 정신적 힘의 원천으로 상상되었다. 정신의 거처로서의 토속적 향토는 심미적으로 소외됨으로써 개발의 삽날을 막는 어떤 역할도 하지 못했다.

하지만 실제로 성장의 신화를 추동한 것은 전락(轉落)의 공포다. 하나의목표를 향해 달리는 대열을 벗어나 예외로 남는 것은 곧 낙오자가 되는 것을 의미했다. 개발에 앞장선 영웅들이 부는 호루라기 소리를 신호로 남을밀치고 뛰어야 하는 선착순의 경주에서 모두는 익명(匿名)화될 수밖에 없었다. 외부의 강대한 타자가 부정되었던 것같이 내부의 타자가 오직 유린의상대가 되는 상황에서는 자신의 얼굴도 사라진다. 정신적 파탄과 황폐화는필연적 귀결이다. 주체 시대 이래 김일성은 인민의 뇌수(腦髓)가 됨으로써모든 개별적 사유의 가능성을 박탈했다. 인민은 저 혼자는 생각하거나 궁리할 수 없는 무뇌 집단이 되고 만 것이다. 각자의 이름과 얼굴을 지우는 것이 가장 효율적인 억압의 방법이라면 이런 억압은 남한에서도 유사하게 진행되었다. 이미 '인간'을 일반화한 김동리 등의 발상은 모두가 익명이 되는 현실을 일찍이 승인한 것이 아니었던가 싶다.

　남한의 경우 민족 이야기에 대한 국가적 개입의 정도는 북한에 비해 상대적으로 낮았다고 말할 수 있다. 다른 이야기가 씌어질 수 없도록 함으로써 하나의 이야기를 통한 지배를 획책한 북한과 달리 남한은 외면적으로 '다양성'을 어느 정도 허용했다. 자본주의가 갖는 상대적인 유연성 때문이었다고 생각된다. 그러나 민족 이야기의 구속을 넘는 것은 어려운 일이었다. 예를 들어 성장의 신화와 그것의 매판적 성격을 꾸짖은 신동엽의 인민주의적 상상력은 민족 이야기의 문법을 벗어난 것이 아니었다. 신동엽이 이상화한 농업적 공동 사회는 훼손되지 않은 먼 과거에 대한 상상으로서의 기억이 그려낸 것이다. 그는 '은행국'(銀行國)과 '해외족'에 대한 증오를 표하고 '균(菌)스런 부패와 향락의 불야성'인 도시를 갈아엎어 보리밭으로 만드는 꿈을 꾸었다. 하지만 그가 이상화한 유토피아의 주인인 '전경인'(全耕人) ─ '고귀한 야만인'들 역시 이름과 얼굴이 지워진 허상들이었다. 흔히 제3세계에서 민중 개념의 바탕이 되는 '농민성'은 민중, 나아가 민족을 자연적 산물로 보는 근원주의와 관계한다.[13] 민족을 땅이라는 더럽혀지지 않은 자연성의 범주로 상상하는 것이다. 근대는 땅의 자연적 생명을 훼손한 역사로 간주되며 훼손에 대한 분노와 자기 연민이 훼손을 이긴 어떤 때를 상상하는 동력이 된다. 오직 도덕적 자발성의 지배를 받는 고귀한 야만인들의 유토피아는 개발을 긍정하고 부정한 차이에도 불구하고 정서적 남용이라는 점에서는 박정희 정권의 격렬한 로맨티시즘이 그려낸 '새마을'과 비교해 볼 필

---

13) Tom Brass, *Peasants, Populism and Postmodernism: The Return of the Agrarian Myth* (Frank Class Publishers, 2000), pp. 13~14.

요가 있다. 나는 외세를 물리치고 순수한 땅과 민족을 지킨다는 신동엽의 인민주의적 상상이 자기 안의 타자를 지우려는 잔혹한 폭력으로 비화될 수 있는 것이었음을 지적한 유종호 교수의 견해에 찬동한다.[14]

민족 이야기를 통한 통합의 과정이 집단적 자아의 익명성 속에 흡수될 것을 강요함으로써 이루어진 것이라면, 민중 역시 배제의 강박이나 유린의 공포를 불식시킬 수 있었던 말은 아니다. 사실 정체성 확보는 민족 이야기의 우선적 목표였다고 볼 수 없다. 타자를 폭력적으로 부정하는 현실은 정체성 확보에 끊임없이 실패함으로써 지속되는 것이기 때문이다. 이런 정체성은 타자의 배제를 요구하는 신기루와 같다. 예를 들어 오늘날 남한 사회에서 '우리'와 남을 가르는 금은 갖가지 연고주의 등에 의해 어지럽게 교차되고 있지만 과연 '우리'가 존재한다고 말할 수 있는 것일까? 숱한 '우리'는 일시적인 이해(利害)와 근거 없는 편견의 단위에 불과하다. 남을 배제함으로써만 나를 확보할 수 있는 삶은 치열하지만 이미 파탄된 경주다. 내가 남과 더불어 살아야 한다는 의미에서 타자와의 공존이 존재의 방식이라면 타자의 부정은 결국 자신의 부정에 이를 수밖에 없는 탓이다. 이 상황은 근본적으로 분열적인 것이다.

남을 잊고 자신을 잊게 한 익명적 전체로의 통합은 억압의 조건이자 방식이다. 내가 누구인지를 물을 수조차 없게 된 가운데 억압으로서의 통합, 곧 배제의 폭력은 지속되는 것이다. 끈질긴 지역 감정이라든가 '비국민'인 연변의 동포 및 외국인 노동자들을 상대로 한 야비하고 잔혹한 사례들은 쉼 없이 배제의 대상을 찾아 유린해야 하는 우리 사회의 폭력적 성격을 드러내

---

14) "외세를 물리치고 농본주의적 전원 국가를 건설하려는 동남아시아 약소국의 혁명적 실험이 참 담하고 황당한 인간 도살극으로 끝나는 것을 다행히도 그는 보지 못했다." 유종호, 「뒤돌아보는 예언자 — 다시 읽는 신동엽」, 1999년에 대산문화재단 주최로 열린 신동엽 문학 심포지엄의 발제문.

는 지표들이다. 그럼에도 불구하고 민족적 통합의 상상이 끊임없이 권장되어 왔음은 그것이 오히려 일상화된 억압—배제의 폭력을 재생산해 온 구조의 기능적 부분이 아닌가 하는 의구심을 갖게 한다. 모든 배제를 정당화하는 대명제로서, 혹은 파탄된 삶의 상징적 안식처로서.

세계화와 민족, 민중 이야기

세계화와 배타적인 민족 이야기들의 입장은 상반된 것처럼 보인다. 자본이 국가간의 경계를 넘나들고 새로운 교환과 소통의 공간을 만들어내는 오늘의 현실이 민족 이야기의 절실함을 침식하고 있는 것은 분명하다. 세계화가 많은 문제를 노정하고 있음에도 불구하고 그것이 문명적 혹은 문화적 연대의 확대를 가능케 할 것이라면, 민족에 의한 제한을 푸는 해방적 기능을 하리라는 기대 또한 가능할 것이다.

인권이나 식량, 환경과 같은 문제가 인류적 관심사가 된 지는 이미 오래다. 자민족 중심주의 아래 민족 국가들이 각축해 온 과정인 정복과 지배의 역사가 지난 역사가 되어야 하리라는 기대도 이제는 어느 정도 보편화된 원망(願望)이다. 그러나 세계화로 인하여 민족 이야기가 사라지리라 예측하는 입장은 동의하기 힘든 것이다. 나의 생각은 민족 이야기가 세계화를 저지할 수 있는 것이 아니듯 세계화 때문에 민족 이야기가 사라지지는 않으리라는 것이다. 선진 산업주의가 민족적 증오를 불식하는 쪽으로 작용하리라는 기대[15] 역시, 예를 들어 소련 사회주의의 붕괴 이후 다시 족출(簇出)한 민족주의가 증오의 종족 정치학으로 재연되었음을 상기한다면, 조심스럽게

---

15) Ernest Gellner, "The Coming of Nationalism and its Interpretation," Gopal Balakrishnan, ed., *Mapping the Nation* (Verso, 1996), p. 127, pp. 131~132.

검토되어야 할 것이 아닌가 싶다.

　자본 운동의 중심이 전지구적으로 주변을 확대해 온 식민 침탈의 역사는 세계화의 과정이었다. 세계화가 인류적 관점을 갖게 했다면 그것은 무엇보다 자본주의가 세계를 장악한 피비린내 나는 정복과 혹독한 착취의 도정을 통해 획득된 것이다. 모든 것을 동질적 상품 형식으로 환원하는 자본주의가 감각과 의식의 전 지구적 표준화를 진행시켜 온 것과 '인류'를 말할 수 있게 된 것은 결코 무관치 않다고 생각한다.

　근대 이래 자본 운동의 중심은 서구였으므로 세계화란 서구에 의한 세계 통합이 전개된 과정 속에서 보아야 한다. 세계화 이데올로기는 세계 통합이 진전되면 될수록 중심과 주변의 차이가 해소되리라는 막연한 기대를 은연중에 전파하고 있지만, 통합이 자본주의화의 속도 차이에 따른 혹독한 배제를 통해 이루어져 왔다는 점은 결코 덮을 수 없는 사실이다. 월러스틴(I. Wallerstein)은 세계화 과정으로서의 통합과 배제의 과정이 자본의 집적을 최대화하기 위한 것임을 지적했다. 즉 배제는 생산비(임금)와 정치적 파열을 최소화하기 위한 것이어야 했는데, 상대가 야만적이기 때문이라는 명분을 앞세운 인종 차별은 두 문제를 동시에 해결하는 교묘한 공식일 수 있었다는 것이다.[16] 인종 차별이란 경제적이고 정치적인 배제─통합을 수행한 세계화의 수단이었던 셈이다. 이렇게 본다면 아무리 세계화가 진행된다고 해도 세계화의 엔진인 자본주의의 원리가 바뀔 것이라 기대하는 것은 어리석은 일이다. 오히려 가능한 것은 세계화가 진행되면 될수록 배제의 금을 감추어 드러나지 않게 하는 통합 전략이 고도화되리라는 예측이다. 서구가

16) Immanuel Wallerstein, "The Ideological Tensions of Capitalism : Universalism versus Racism and Sexism," Etienne Balibar·Immanuel Wallerstein, ed., *Race, Nation, Class : Ambiguous Identities* (Verso, 1991), pp. 30~33.

중심의 자리를 굳히는 동안 서구의 문화는 보편적인 것이 되었는데, 이 과정에서 빚어졌던 문화적 충돌과 배제 역시 이윤을 최대화하려는 자본 운동의 원리에 의한 것으로 설명되어야 할 측면을 갖는다. 발리바르(Etienne Balibar)의 말대로 문화가 '새로운 인종'[17]의 역할을 수행한 것은 이미 오래이다.

중심이 확산되거나 흩어져 다중심이 되고 따라서 중심과 주변의 경계가 유동적일 수 있다는 세계화의 미래에 대한 예측을 믿기 때문은 아니겠지만, 오늘날 한국의 현실에서도 많은 사람들이 세계화를 사절할 수 없는 흐름으로 여기고 있는 것은 사실이다. 대통령까지 나서 세계화를 선창했으니, 하기에 따라 우리도 배제의 금을 넘을 수 있다는 꿈을 꾼 사람도 전혀 없지는 않았을 것이다. 그러나 당장 IMF의 경험을 두고 보더라도 중심과 주변의 거리란 쉽게 좁혀질 수 있는 것이 아니라고 말할 수밖에 없다. 신자유주의의 깃발 아래 세계가 무한 착취의 유토피아와 디스토피아로 갈리는 현실에서 새삼 확인하게 되는 것은 중심과 주변의 이해가 크게 다르고 여전히 중심에 의한 주변의 배제가 에누리 없이 이루어지고 있다는 사실이다. 근대는 우리에게 세계를 발견하게 해주었지만 그 세계에서 우리의 자리는 줄곧 변방이었다. 민족주의는 끊임없이 이 사실을 일깨웠고 이 사실을 바탕으로 계속 재생산될 수 있었다. 민족주의는 식민지의 경험과 선진국의 하청 국가로서의 경험을 상기하며 세계화가 과연 누구에게 이익이 될 것인가를 묻고 있는 것이다.[18] 민족주의가 불가피하고 또 정당한 것으로 여겨지는 한 이를 결정(結晶)해 낼 민족 이야기를 문제삼는 것은 세계주의 이데올로기에 넘어간 결과가 된다. 과연 그런가?

---

17) Etienne Balibar, "Is there a 'Neo-Racism' ?," Ibid., p. 21.
18) 한 예로, 진덕규, 『글로벌리제이션, 그리고 선택』 (학문과사상사, 1999), 170쪽.

후쿠자와 유키치(福澤諭吉)의 부국강병론은 서구 열강의 위협 앞에서 일본의 선택은 정복과 지배의 대상으로 전락하느냐, 무역과 군대로 영토를 넓히느냐 가운데 하나일 수밖에 없다고 판단한 결과다. 유린될 운명의 아시아를 벗어나야겠다는 조바심이 탈아입구(脫亞入歐)라는 구호로 나타나기도 했다. 국가적 통합은 절실했다. 하나로 뭉쳐야 할 국민이나 큰 가족이어야 할 민족은 그 안의 타자를 부정하는 것이었다. '비국민'은 단호히 배제되어야 했다. 일본의 국가주의 — 파시즘은 서구라는 중심을 따라잡기 위한 일자화를 명령하는 것으로 시작되었다. 타자를 배제하는 일자화는 자본 운동의 중심에 의한 세계 통합과 배제가 국가 안으로 관철되었던 방식이다. 하나의 국민(민족)이란 하나의 세계를 향한 통합과 배제의 과정을 지역적으로 관철하는 것이었기 때문이다. 이런 점에서 볼 때 국가주의와 세계주의는 기능적 쌍생아라고 해야 옳다.

식민지에서의 경우 민족은 국가에 앞설 수밖에 없는 것이었다. 그러나 '안'으로서의 민족을 통합하려는 외침은, '밖'이어야 할 식민 국가와의 경계를 나누는 금을 제대로 긋지 못한 경우 종종 식민 국가에의 복속을 위한 것일 수 있었다. 민족 이야기가 역설적이게도 이런 통합론의 수단이 된 경우는 이광수에게서 읽을 수 있다. 두루 알다시피 이광수는 '민족 개조론'을 통해 민족성의 열악함을 꾸짖었다. 그에게 민족은 '문화 의식'에 의해 도덕적으로 고양되고 통일되어야 할 것이었는데, 그의 친일은 민족을 '문화적으로' 통일하는 임무를 식민 모국(母國)에 의탁한 결과라고 말할 수 있다. 이광수에게 식민 모국은 민족 구성원을 도덕적으로 고양시킬 현실적 힘이 있는 실체였던 것으로, 결국 그가 말한 '문화 의식'이란 일자화를 위한 지배를 도덕적 지도로, 강압에 의한 복종을 도덕적 추종으로 분식하는 것일 뿐이었다. 이광수의 경우는 민족 이야기가 흔히 근거로 삼는 문화 의식이 민족의 독자성을 말하는 증거일 수 없음을 보여준다. 그러나 민족 이야기가 통합, 곧 배제로서의 세계화에 '기여' 해 왔다면 무엇보다 그 방식은 구성원들을 자의적인 묶음 속의 한 분자로 익명화시키는 것이었으리라. 익명화야말로 통합과 배제를 동시에 실행하는 방법이었기 때문이다. 그 과정을 간략히 돌이켜보자.

제국주의와 매판 세력의 침탈에 맞서는 민족이라는 '안' 을 구획하는 용어는 민중(인민)이었다. 민중은 식민 세력에 유착된 매판층을 민족의 경계 '밖' 으로 밀어낸 나머지를 가리킨다. 민중이 민족의 실질적 주체라는 생각은 민족간의 지배와 피지배 관계에 대한 계급적 분석이 시도되기 전부터 일반적이고 또 잠재적인 것이었다. 소수의 지배자나 통치자를 마주 놓는 '민' (民)에 '다수의 정의' 를 부여해 온 것은 오래거니와, 제국주의와 매판 세력에 의한 억압과 수탈을 감당해 온 민중은 실로 피지배 민족을 대표하는 존재가 아닐 수 없었던 것이다. 식민 지배를 '부당한' 것으로 여길 때 그 부당함은 민중의 입장에 섬으로써만 옳게 부각될 수 있었다. 때문에 저항적 민족 이야기는 수난자로서의 민중을 그렸다. 민중이 어떤 존재이며 그의 역사적 임무는 무엇인가라는 물음은 이내 계급 사상과 계급 문학을 통해 본격적으로 제기되었고 또 '과학적' 으로 설명되었다.

이 '과학' 의 예언을 실천할 주체는 프롤레타리아였는데, 식민지의 현실에서 프롤레타리아의 투쟁은 농민을 비롯한 인민 대중의 획득을 불가피하고 필수적인 조건으로 하는 것이었다. 볼셰비즘은 프롤레타리아 전위의 특별한 지위를 강조했으니, 민중적 연대는 프롤레타리아에 의해 주도되어야 했다. 프롤레타리아의 이념으로 민중을 묶고 이끄는 과정은 '정치적' 이어야 할 것이었지만 프롤레타리아의 상상은 흔히 도덕적 영웅에 대한 기대와 뒤섞였다. 식민지 시대에 쓰어진 여러 프로 소설들은 이념적으로 앞서 있을 뿐 아니라 도덕적인 주인공들을 그려냈다. '김희준'(『고향』)은 아무래도 교 사였으며 '여순'(『황혼』)은 양심의 선택을 함으로써 프롤레타리아 전위가 되는 험난하고 영광스런 여정을 시작한다. 원칙적으로 '과학'은 도덕적 해 석을 배제하는 것이었음에도 불구하고 프롤레타리아는 한편으로 민중의 구성원이어야 했던 것이다. 민중의 승리는 오랫동안 도덕적 힘에 대한 기대 를 통해 상상되었다. 억압이나 착취가 무도한 것이었던 만큼 그에 맞서는 것은 정의로운 일이었다. 저항의 도덕성을 앞세워 그것이 곧 힘이 되리라 기대하는 것은 저항적 민족 이야기 ─민중 이야기의 텍스트적 핵심이었다. 그리고 이런 도덕성은 민중 이야기가 영웅 이야기를 수용하는 경로이기도 했다.

민중의 이해(利害)는 곧 민족의 이해였으니, 제국주의와 매판 세력에 맞 선 민중의 투쟁은 민족의 해방을 위한 투쟁이었다. 해방은 민중이 권력을 쥐는 것을 뜻했고, 1945년 미·소에 의한 군사적 분할 점령이 이루어진 후 그것은 '인민공화국'의 건설로 담보될 것이 되었다. 38선 이북에서는 드디 어 인민의 국가가 세워졌다. 제국주의 세력이 물러난 위에 수립된 인민위원 회는 1946년 초 무상 몰수, 무상 분배의 원칙 아래 토지 개혁을 시행함으로 써 인민을 위한 새 정권의 출현을 알렸다. 그러나 38선 이남에서는 기왕의 매판 세력이 제거되지 못했고 그들이 '신래(新來) 제국주의'[19]를 영접하는 발판이 되리라고 한 박헌영의 예언 또한 실현되고 있었다. 민족의 단결이란 우파들 역시 입을 모아 외친 구호였지만 이미 '덮어놓고 뭉칠' 수 있는 상 황은 아니었다.

1945년의 해방으로 한반도의 종속 구도는 더욱 복잡한 것이 되었다. 남

---

19) 박헌영이 「8월 테제」에서 쓴 표현. '신래 제국주의'는 미국을 가리키는 것이었다.

한에서는 세계를 공산 진영과 민주 진영으로 나누는 구분이 일방적으로 관철되었다. 북한은 남한을 해방시켜 국토를 '완정'한다는 목표를 세웠다. 국토의 완정은 인민 정권에 의한 민족의 통일을 의미했을 뿐 아니라 세계 자본주의를 격퇴해 민족의 독립을 지키는 것을 뜻했다. 김일성은 등장과 더불어 일본 제국주의자를 상대해 무장 투쟁을 벌여온 '장군'의 호칭을 얻었거니와, 이제 인민 국가의 수반이자 '민족의 태양'으로서 세계 체제를 상대로 한 싸움에 나선 것이다. (서구) 제국주의를 타도하고 인민의 국가를 세운다는 오랜 꿈은 분단이라는 새로운 장애를 극복함으로써만 완성될 것이었다. 한국전쟁이 세계 체제에 맞선 '아시아 전쟁'[20]의 필연적 귀결점이기도 했다면 이 전쟁은 이미 해방과 더불어 시작된 것이었다고 보아야 마땅하다.

분단은 남북한간의 반목과 증오에 기초한 경쟁이라는 형식으로 지속되었다. 국토 완정이란 목표가 포기될 수 없는 것이었듯 '멸공 통일'은 남한의 국가적 목표였다. 통일은 경제적이고 군사적인 우위를 확보할 것을 요구하는 절대적 명분이 되었고, 이 명분을 앞세워 남북의 두 국가는 전면적인 국민 동원에 나섰다. 남북한의 국가적 동원 체제는 각각 제국주의나 선진 자본주의 국가를 또한 상대로 놓지 않을 수 없는 것이었다. '밖'을 따라잡는다는 격정을 북돋은 대중 동원 캠페인은 새마을운동과 천리마운동 등으로 구체화된다. 둘은 모든 제한과 과거의 질곡을 떨치는 비약이 가능하다는 집단적 도취를 사상 혁명의 방법으로 조성한 점에서나, 이런 열광의 분위기 속에서 속도의 초과를 강조한 점에서도 다르지 않았다. 남한이 자본을 끌어들여 그것의 파괴적 활력을 기대하는 선택을 했다면 북한은 도덕성을 동력으로 자립적 수준에서 생산성을 높이려 했다는 차이는 있지만, 서세동점 이

20) 와다 하루키(和田春樹), 「동아시아와 냉전」(East Asia and the Cold War), 2000년 8월 24일 '남북 정상 회담과 한반도 냉전 구조의 해체'를 주제로 연세대학교에서 열렸던 국제 학술 대회의 발표문 참조.

후 폭력적 방식으로 관철된 자본주의에 대한 원한은 대중 동원의 근본적 동력이 되었던 것이다. 새삼스러운 지적이지만 남북한의 동원 체제는 모두 (도덕적) 민족주의에 의존하지 않을 수 없는 것이었다.

국가적 동원은 흔히 위대하거나 강력한 지도자를 통해 이루어지게 마련이다. 나는 남북한의 지도자들이 동원 체제를 가동시켰다기보다 오히려 동원 체제가 그들을 만들어냈다고 생각한다. 사실 이 민족적 지도자들은 식민지 동원 체제의 경험 없이는 탄생할 수 없는 존재들이었다. 민족적 저항과 자존의 명령은 결국 국가적 동원을 다시금 절실한 것으로 만들었는데, 그것이 도덕화될수록 지도자의 권위는 절대화되었다. 무엇보다 도덕화가 모든 이를 익명화하는 수단으로 작용한 때문이었다.

민족·민중 이야기가 영웅 이야기라는 문화적 텍스트를 배제할 수 없는 것이었다는 점은 앞서 지적했다. 이승만이 국부로 추앙되었듯 김일성이 '민족의 태양'이 되었던 것은 결국 민족 이야기의 작용으로 보아야 할 것이다. 이승만의 경륜이나 김일성의 투쟁 이력, 혹은 박정희의 의지는 저항의 도덕성이 들씌워짐으로써 권위의 징표로 내세워질 수 있었다. 이 과정은 영웅 이야기로서의 민족 이야기가 성찰 없이 소비된 과정이었다. 지도자들은 근대라는 폭력의 경험, 그 공포를 초월하는 상상을 끊임없이 북돋웠다. 그러나 공포를 몰아낼 위대한 형상은 그 자신이 먼저 공포의 존재가 되었다.

해방 이후 북한 문학의 역사는 지도자가 모든 이야기의 궁극적이고 유일한 주인공이 됨으로써 결국 하나의 이야기를 되풀이하게 한 것이었다고 나는 생각한다. '왜병을 삼대 베듯' 하던 이 영웅의 이야기가 반복되고 부연됨으로써 감응의 인간학이 지배의 수단으로 정착되는 과정은 민족 이야기가 대중적으로 소비되지 않았다면 애당초 전개될 수 없었던 것이다. 때문에 김일성이 영웅 이야기를 만든 것이 아니라 민족 이야기로서의 영웅 이야기가 이 위대한 영도자를 만든 것이라고 보아야 한다. 그의 권위는 민족 이야기를 통해 생산되었다. 상상의 대중적 소비 관계 안에서 권위의 소재와 발생지는 분명치 않다. 도덕화된 권위는 국가적 동원을 특별한 중심이 없는 것처럼 보이게 했다. 영도자를 따르는 것은 진심에서 우러난 자발적 행위로 간주되었다. 그 결과는 모든 인민을 추상적 일자(一者)로 만든 것이었다. 이것이 민족 이야기와 그에 의한 도덕화의 메커니즘이었다.

　남한에서 민족과 민중 이야기의 대중적 소비는 상대적으로 다양한 양상을 보였다. 자본주의적 상품 생산의 방식과 이념적 억압이 정치적 권위와 이야기를 분리시킨 것은 그 원인이었다고 생각한다. 토속의 세계를 헤매며 인간 일반의 구경(究竟)을 모색한 민족 이야기들은 있는 그대로의 현실을 인정하는 역할을 했다. 그러나 국가적 동원이 가혹하게 진행되면서 기왕의 민족 이야기를 거부하는 민중 이야기가 씌어지기 시작한다. 황석영의 「객지」 이래 여러 작가들은 독점 자본과 국가 권력에 의한 동원이 무자비한 배제를 통해 이루어지는 것임을 알렸으며, 이를 견디고 이겨낼 민중의 미덕을 찾고 연대를 모색하고자 했다. 민중의 상상은 역사 쓰기를 추동해 조선 후기 민중사와 해방기의 인민 투쟁사 등이 위대한 과거로 되살려졌다. 민중 이야기는 새로운 전선을 그은 것이다. 그러나 프롤레타리아의 당파성을 핵심으로 해야 하는 것이건 '따뜻한 양심'으로 하나가 되어야 하는 것이건, 상상된 민중이 그 추상성을 극복할 수 없는 한 그것은 다시 민족 이야기 안으로 흡수될 수 있었다. 민중은 종종 비장하고 매혹적으로 그려졌는데, 정서적 격앙을 가능케 한 심미화는 또한 민중을 익명화하지 않았던가 싶다. 공허한 추상성은 모든 개별자를 흡수하는 익명성의 실제 모습으로서, 권위적 상상의 필연적 귀결이다. 공허한 주체가 도덕의 힘을 구현할 수는 없다. 민중 이야기의 이런 측면은 역시 대중적 소비의 정치학에 입각해서 분석될 필요가 있다고 생각한다. 민중의 소비는 민중의 구체적 얼굴들을 지우는 것이었다. 통합과 배제를 통해 얼굴 없는 소비 집단을 만드는 것은 애당초 자본의 기획이 아니었던가? 이렇게 볼 때 1990년대 이후 현저히 진행되고 있는 '의식 없는' 소비적 대중의 확산은 민중 이야기가 오히려 민중의 구체적 얼굴을 지워버린 데서 시작된 현상이 아닐까 하는 생각도 든다.

나는 앞에서 국가주의가 세계화를 국지적으로 수행했다는 점을 지적했다. 개별자들을 익명의 전체로 묶어 추상화시키는 민족·민중 이야기가 대중적으로 소비되어 온 과정 역시 과연 이 문맥을 벗어난 것이었는가 하는 의문을 나는 제기하고 싶다. 흔히 강변되어 온 민족의 특성이란 것도 다르지 않은 관점에서 보아야 한다. 민족적 특성 운운이야말로 그 구성원들을 추상화하는 방식이기 때문이다.

민족 이야기나 민중 이야기를 통해 상상된 우리만의 따뜻한 '안'은 실제로 없었다. 감응의 인간학이 지배하는 사회에서 감응하지 않는 것은 인간이 아니다. 북한 문학은 도덕이 도덕을 일깨워 성심(誠心)을 다하기에 이르는 과정을 그렸다. 김일성은 감응 관계의 중심으로 무조건 좇아야 할 대상이었으니, 그의 고매한 덕성에 감동하지 않고 그의 하늘 같은 은덕을 모른 체하는 인간은 인간일 수 없는 것이다. 인간의 도리를 못한다면 그는 교정되거나 제거되어야 한다. 이 도덕적 공동체로부터 배제되지 않아야 한다는 공포는 북한 사회를 유지해 온 실제적 힘이었을 것이다.

인민의 뇌수인 수령은 인민이라는 집단의 대표자가 아니라 인민이란 존재를 전유한 하나의 기호였다. 모든 인민이 한결같이 경배해야 할 '태양'은 실로 추상적일 뿐 아니라 심지어는 공허한 것일 수 있다. 김일성이라는 구체적인 존재의 죽음(1994)은 수령이라는 기호의 소거를 동반하지 않았다. 수령은 여전히 '살아계신' 존재였다. 죽어도 살아 있는 그는 그의 존재가 애당초 하나의 기호였음을 입증한다. 이 기호를 감싸고 도는 안개를 걷어낼 때 드러날 것은 무엇일까?

남한에서도 민족은 거대한 병영이자 난민촌이고 정글의 현실을 가리는 말이었다. 혈연과 지연, 학연 등으로 어지러이 구획되는 수없는 '우리'들의 중첩은 사회적 무질서와 도덕적 혼돈의 증거일 따름이다. 민족적 특성을 전통에서 찾으려는 노력은 지속되었다. 이로써 '한국적인 것'들이 규정되기도 했다. 그러나 우리는 박정희의 '한국식 민주주의'가 정신적 파탄과 황폐화, 문화적 천박성을 증폭시킨 과거를 또한 기억해야 한다. 이 고안된 전통은 전두환 정권이 전면적인 대중오락 프로그램을 가동시킬 수 있게 한 기반이 되었다. 요란한 꽹과리 소리와 더불어 '국풍'(國風)의 광란이 소용돌이칠 때 전국의 여관에서는 밤낮을 가리지 않고 미국 여자들이 알몸으로 등장하는 비디오테이프가 재생되었다. 자신이 왜곡되어 있는 상황에서는 남도 왜곡된 수준으로밖에 볼 수 없다. 자신과 자신의 현실을 바로 보지 못할 때 세계상은 역시 환상이게 마련인 것이다.

스스로 자신의 존재를 지워버려 자각 없는 소비자나 소비 대상이 되는 것이야말로 자본에 의한 세계화가 원하는 바일 것이다. 이런 현상은 이미 광범하게 진행중이다. 그런 한편으로 민족을 일깨우는 심오하고 신비하기까지 한 이야기들이 여전히 만만치 않은 상품으로서 유통되고 있다는 것은 아이러닉하다면 아이러닉한 일이다. 이들은 정신적 무국적화를 질타하며 민족적 정체성의 회복이 절실함을 외치지만, 민족 이야기가 익명화 메커니즘을 파괴할 수 있는 것이 아닌 한, 두 현상은 대립하는 것이라기보다 의식적으로든 아니든 공모의 관계를 갖는 것일 가능성이 있다. 나는 '우리'의 상상으로부터 벗어나는 것이 이 공모의 고리를 끊기 위해 필수적인 과제라고 본다. 상상의 소비를 거부하는 실천이 어떻게 모색되어야 할 것인지에 대해 나는 구체적 견해를 갖고 있지 못하다. 그러나 타자의 관점에 설 기회란 일상적으로 맞닥뜨리는 것이다. 그것은 '나'를 정시하는 방법이기도 하다. 실천이란 왜 이 기회가 잘 의식되지 않으며 스쳐 지나가고 마는가에 대해 생각해 보는 데서 시작될 수 있는 것이 아닐까?

통일에 대한 단상

텔레비전을 통해 방영된 남북 이산가족들의 만남은 이산의 고통을 겪어 온 당사자들의 얼굴을 대면할 수 있게 해주었다. 부모와 자식, 형제와 부부가 회한으로 이지러지고 슬픔의 눈물로 젖은 주름 가득한 얼굴을 서로 얼싸안는 장면은 이념에 의해 나눈 '우리'의 경계를 단숨에 뛰어넘게 하는 것이었다. 피붙이의 결합은 너무나 자연스런 일이 아닐 수 없다. 방송 매체들은 피붙이의 결합이 통일의 당위성과 필연성을 말하는 증거라고 외쳤다.

주체가 모호해지거나 추상화되는 것은 민족 이야기의 문법적 속성이다. 민족을 앞세움으로써 수령을 앞세워온 북한은 1990년대 들어 단군을 새롭게 발견하고 단군릉을 만드는 대대적 공사를 벌였다. 소련을 비롯한 사회주의 진영의 붕괴 이후 '조선 민족 제일주의'를 외쳐온 북한이 마침내 단군이라는 민족의 시조를 살려내기에 이른 것이다. 단군릉을 개건하여 민족의 성전으로 만드는 작업이 진행되었는데, 이 거룩한 기념비적 극장은 결과적으로 김일성의 죽음을 대비한 것이 되었다. 단군릉에 정성을 쏟던 김일성은 사망한 후 단군에 이어 '사회주의 조선'을 창시한 중시조로 간주되었기 때문이다. 단군이라는 민족적 시원의 상상은 남한에서도 다르지 않은 방식으로 반복되어 왔으니, 이제 남북한이 단군의 자손으로서 하나가 되어야 할 때가 온 것인가? 그러나 눈물범벅의 이산가족이 같은 단군의 자손이기에 긴 세월 동안 애타게 만남을 고대해 온 것은 아니다. 그들의 상봉을 바라보며 여러 사람이 눈시울을 붉힌 것 역시 우리가 '한 형제, 한 핏줄' 임을 확인하는 증거일 수 없다. 오래 그리던 가족의 만남에 감격하는 것은 결코 우리만의 특별한 일은 아니며 특별한 '우리'를 확인시켜 주는 것도 아니다. 단군은 물론 누구든 그들의 얼굴을 대신할 수 있는 존재는 없다. 하나가 될 것을 전제하는 민족 이야기는 그들의 구체적인 얼굴을 지움으로써 그들의 만남을 왜곡한다. 그들의 만남이 왜 민족 전체의 결합이 되어야 하는가?

감격적 상봉의 장면에서 북한 인사들이 위대한 장군님의 은덕을 기리는 모습을 나도 여러 번 보았다. 그것이 진심에서 우러난 행동이건 아니건 그것을 본 많은 사람들은 착잡한 감정을 느꼈을 것이다. 동시에 나는 아들에게 금목걸이를 걸어주며 그것 이외에도 값나가는 선물이 많이 준비되어 있음을 전하는 남한 측 어머니의 모습도 보았다. 오래 떨어져 보살피지 못한 아들에게 무엇인가를 해주려는 어머니의 사무치는 마음을 이해할 수 없다는 뜻은 아니다. 하지만 배려를 물질로 할 수밖에 없는 오늘날의 남한 사람들 입장에서 보면 '굶주리고' 있는 북한 사람들은 결국 물질적으로 베푸느냐 마느냐를 결정해야 하는 대상일 수밖에 없다. 가족에 대한 배려는 아름다운 일이다. 민족을 확장된 가족으로 상상하는 것은 오랜 관습이어서 북한 사람들을 가족처럼 싸안자는 이야기는 특별할 것도 없다. 하지만 가족을 보살핀다는 아름다운 배려는 결국 자본에 의해 수행될 것이다. 여기서 민족 이야기가 자본에 의한 통합과 배제를 숨기는 형식으로 작동하지 않으리라고 기대할 수 있는 근거는 없다. 이 점은 참으로 경계해야 할 바다.

'국토 완정'이 민족적 과업이 되고 '북진 통일'이 민족의 목표로 제기된 이래 통일은 두 분단 국가가 내부적으로 어떤 타자도 허용할 수 없음을 선언하는 구호였고, 이런 입장에서 서로를 전면적으로 부정한다는 단호한 의지의 표현이었다. 즉 통일론은 상대를 없애려는 통합론이었다. 민족 이야기는 이런 통일론, 아니 통합론의 근거이자 배경으로 작용했다. 이렇게 볼 때 연방제가 되었든 연합제가 되었든 상당 기간 서로의 체제를 인정한다는 최근의 논의는 어쨌든 고무적인 것이다. 그러나 상대를 자기 눈으로만 보는 관성은 여전한 듯하다. 경제적 우위를 체제의 우위로 믿어 의심치 않는 많은 남쪽 사람들에게 통일이란 결국 자본의 진주(進走)로서 진행될 것이거나 자본의 삼투(滲透)에 의해 완성될 것이다. 이런 '흡수'론은 명백히 통합론이다. 오늘날 이 통합론은 상대가 없어져야 한다고 먼저 말하지 않고 북한이 세계 자본주의 체제에 편입되는 것이 불가피할 것임을 먼저 말한다. 여기서 남한이 '동포'로서의 역할을 해야 한다는 것이다. 이런 '적절한' 온정주의는 짐짓 매우 현실적인 선택인 것처럼 보인다. 그러나 그것이 과연 통일인가?

나는 통일이 우선 상대방을 좀더 잘 이해하려는 데서 시작될 수 있다는 점을 새삼 강조하려 한다. 아마 북한 사람들로서도 남을 제대로 아는 것은 매우 힘든 일일 것이다. 그렇다면 통일의 방법에 대해 이야기한다든지 그 과정을 추측해 보는 일은 순서가 잘못된 것이다. 오늘날 거대한 화두가 된 통일이 그간의 통일로부터 자유로울 수 없는 것이기에 그간 통일을 말하게 했던 민족 이야기를 떼어놓고 바라보는 절차는 최소한 필요하지 않나 하는 것이 나의 소견이다. 통일이 이미 지상 목표가 된 상황에서 관심은 그것을 어떻게 이루느냐는 쪽으로 가게 마련이다. 민족이 하나라는 정서는 어떤 통일이건 통일의 동력으로 작용할 것이다. 그러나 그에 앞서 통일이 무엇인가 하는 물음은 계속 되물어야 하는 것이라고 생각한다. 물론 통일은 이산가족을 모두 만나게 하고 군사적 적대를 종식시키는 것이어야 할 것이다. 그것은 아마도 '민족의' 통일이 아니라 다른 의미의 통일을 통해 가능할 것이 아닌가 한다.

실제로 역사는 끊임없이 민족의 상상을 배반해 왔다. 그리고 그렇기 때문에 민족의 상상은 거듭되어 왔던 것인데, 통일의 상상적 소비는 이미 남북한에서 광범하게 진행되어 왔고 진행되고 있는 현상이다. 나는 한국인들이 민족과 민중을 소비해 왔듯 통일을 그저 소비해 버리지 않을까 걱정한다.

가상의 인격, 도덕의 광기

민족 이야기와 가상의 인격

    후지타 쇼조(藤田省三)는 "20세기는 난민의 세기"였다고 한 한나 아렌트 (Hannah Arendt)를 떠올리며 법적이나 제도적인 배제를 통해 난민(難民) 을 끊임없이 생산하는 것이 근대 전체주의 정치 체제의 근본 방침이었음을 말한 바 있다.[1] 그것이 전체주의 체제의 그야말로 방침이었다면 난민의 생 산은 난민으로 전락하는 데 대한 공포를 또한 지속적으로 생산해 내었을 것 이다. 이러한 공포는 20세기를 살아온 대부분의 한국인 역시 일상적으로 맞닥뜨려야 했던 감정이지 않았나 생각된다. 일본 제국주의에 의한 강점 이 래 강제된 변화를 따라잡느냐 그렇지 못하느냐 여부는 여러 계층의 사람들 에게 살아남느냐 유린되느냐를 가르는 근거가 되었다. 낙오의 공포를 벗어 나려 제가끔 안간힘을 쓰지 않을 수 없었던 상황은 변화의 어지러운 속도감 에 몸을 내맡겨야 했던 상황이었다. 과거의 것을 무참히 버리고 부수는 경 쟁이 지속되었던 가운데 자기 동일성의 위기는 상시적인 것이 되었다. 정처

---

1) 후지타 쇼조, 『전체주의의 시대 경험』, 이순애 엮음, 이홍락 옮김 (창작과비평사, 1998), 49쪽.

를 잃었다는 상실감은 한국인의 무의식 깊은 곳에 집단적 외상을 형성했다. 이런 상황에서 뿌리가 뽑힌 채로 막막하기만 한 여정 위에 던져져 있다는 느낌은 매우 보편적인 것일 수 있었다. 근대 한국인의 삶이란 특별히 난민이 아니라 할지라도 그 자체가 지속적인 공황(恐慌)이었던 것이다. 공황의 상태는 누구도 아무것도 믿을 수 없는 불신의 숲속에 던져져 있는 것과 같다. 그런데 그런 상태야말로 민족 이야기가 유통될 수 있는 조건이었다. 현실의 황량함에 사무칠수록 민족이라는 오래고 거룩한 전체에 귀속되려는 몰아(沒我)의 욕구는 집단화될 수 있었을 것이기 때문이다. 민족의 상상은 공황 상태의 지속을 통해 강화되었다.

민족 이야기란 민족사를 도덕적 관점에서 되살리는 여러 서술들을 통해 구현된 것이었으며, 민족의 문화유산이나 문화적 과거를 심미적으로 재구성하는 방식 속에서 텍스트화되어 나타난 것이었다. 민족 이야기를 통해 민족은 숭고함과 근원적인 순결함의 표상이 되었다. 민족 이야기는 그것 자체가 민족이 '부활'하리라는 믿음의 증거였다. 그것은 민족을 발화의 대주체로 전제함으로써 민족의 존재를 상상적으로 확인시켰다. 민족은 훼손되지 않은 먼 과거의 기억 속에서, 또 언젠가 도래할 영광되고 복된 미래의 비전 속에서 끊임없이 되살려졌다. 과거가 민족의 이름으로 기억되고 미래의 비전이 민족의 비전이어야 했던 상황이란 민족 이야기가 이미 지배적인 상황이었다. 거룩한 민족은 해방을 향한 갈망을 수렴했다. 공황 속에 던져진 사람들은 민족의 상상 속에서 하나가 될 수 있었다. 그러나 민족 이야기의 역할이 그들을 묶어내는 데 그친 것은 아니다. 민족의 상상은 공황에 빠진 군상(群像)의 혼란을 은폐하는 것이기도 했다. 민족을 향한 열광이 자신들을 피안으로 인도할 영웅이나 지도자의 출현을 고대하는 이야기로 나타났던 사실은 '사회'를 형성하지 못한 군상들이 자발적으로, 이 상상적 중심을 향해 자신들의 존재를 양도할 준비가 되어 있었음을 보여주는 물증으로 또한 읽어야 한다. 이렇게 볼 때 민족 이야기는 그야말로 군상이라는 무책임한 관계의 표현이다. 민족 이야기가 자신들이 누구인가를 더 이상 물을 수 없게 한 점에서 특히 그렇다.

내가 이 글에서 살피려는 가상의 인격이란 민족 이야기 속에 민족을 대변하는 상상적 형상으로 제시된 인격을 가리킨다. 민족을 발화의 궁극적 주체로 전제하는 민족 이야기에서 이 인격은 고상한 것이 되지 않을 수 없다. 그는 민족의 순결함과 아름다움 그리고 거룩함을 구현하는 형상일 것이기 때문이다. 그가 그저 인물이 아니라 인격이어야 하는 이유는 여기에 있다. 민족 이야기에서 가상의 인격은 민족을 인격화한 것이다.

과거의 군사 영웅이나 오늘의 영명한 지도자도 인격화되는 한, 더 이상 구체적 존재는 아니다. 상상의 반복을 통해 가상의 인격은 집단적 표상으로 고정되었는데, 이 과정은 그것이 구성원 모두의 존재를 몰수하는 집중화의 과정일 수 있었다. 그는 민족적 품성의 본보기가 되며 이로써 헌신의 사상을 마땅한 것으로 여기게 했다. 요컨대 그는 민족의 부름에 어떻게 응해야 하는가를 보여주는 형상이거나, 민족을 대표해 모두를 부르는 형상이었던 것이다. 물론 그는 도덕적이었다. 그러나 그는 공황 속에서 출현했다. 그는 민족을 저버리는 것이 얼마나 큰 죄과이며 그로 인한 처벌이 얼마나 가혹할 것인가를 일깨웠다. 그는 해방의 화신이면서 억압적 지배자일 수 있었다.

해방 이후 나라 세우기에 쏟아진 관심과 열정은 민족의 부활을 향한 기다림이 얼마나 오래고 깊은 것이었던가를 역설한다. 새 국가는 민족의 존재를 확인하는 물증일 것이었다. 민족의 상상이 공포로부터 벗어나는 상상이었으므로 '우리의' 국가는 응당 소멸과 전락, 유린의 위협을 차단하는 울타리여야 했다. 그러나 과연 '따뜻한 안'이 제공되었던가? 남북에 세워진 두 국가는 모두 민족의 국가임을 앞세웠지만, 민족이라는 '안'은 새롭게 맞닥뜨려야 했던 적들의 위협을 배제함으로써만 확보될 것이었다. 소련을 종주국으로 하는 '공산 도배'를 무찌르는 것이 남한의 민족적 과제였던 것처럼 북한에게 일본 제국주의와 미국은 같은 하늘을 이고 살 수 없는 원수였다. 상대 국가는 외세의 괴뢰(傀儡)들이 장악한 정부에 불과했다. 두 '민족'은 이러한 입장에서 서로를 부정했다. 두 '민족'이 각각 강변한 정통성은 구성원들을 동원하는 수단으로 더 큰 역할을 했다. 국가적 동원이 외세를 배격하고 괴뢰를 물리쳐야 한다는 명분 아래 진행되었던 것이다. 하나의 민족에 대한 요구는 양쪽이 모두 외친 통일의 구호를 통해서 내내 맞부딪쳤거니와, 상대를 없애야 하는 통합론으로서의 두 통일론은 또한 국가 내부적 통합에 예외가 있을 수 없음을 명령하는 것이었다. 남한에서 정치적 비판 세력이 흔히 '공산주의자'로 매도되었고 북한이 체제를 파괴하려는 이단자들을 끊임없이 만들고 제거해 왔듯, '밖'을 향한 배제는 곧 '안'을 향한 배제였다. 그렇다면 '안'과 '밖'을 나누는 경계란 사실상 모호한 것이었다고 말할 수밖에 없다. 적어도 이런 점에서 남북한은 다르지 않았다.

나는 북한 소설을 국가적 기획 아래 씌어진 민족 이야기로 보고자 한다. 근대 민족 이야기란 대중적 소비를 통해 공공적인 것이 될 수 있었으니, 소통의 통일된 공간을 넓히고 언어에 새로운 고정성을 부여한 출판 자본주의의 역할은 민족 이야기가 씌어지는 데서 결정적인 것이었다. 출판 자본주의가 상상적 공동체의 통합과 확대에 기여했다는 베네딕트 앤더슨의 주장[2]은 그것이 민족 이야기의 대중적 소비를 가능하게 했다는 뜻으로도 해석될 수 있다. 그는 공동체를 상상한 중요한 형식으로 소설을 들었는데, 북한 소

2) Benedict Anderson, *Imagined Communities* (Verso, 1995), pp. 44~45.

설이 씌어지고 읽히는 과정에서 출판 자본주의의 역할을 대신한 것은 국가적 지원과 감독이었다. 어떤 공동체를 상상해야 할 것인가의 결정은 국가 체제 안에서 내려졌던 것이다. 대중적 소비의 선택을 국가적 차원에서 제한하고 일률적으로 만든 과정은 공동체의 상상이 국가 권력을 강화하는 '전체주의적' 상상으로 나아간 과정이었다.

출판 자본주의가 상상된 공동체의 새로운 형식을 만들었다면, 그것은 새로운 권력 창조의 길을 연 것이다. 상상을 유도하고 제한함으로써 현실을 만들어내는 것이야말로 권력을 생산하는 조건이며 곧 권력의 과제일 것이기 때문이다. 해방 직후 김일성이 등장하자 그의 투쟁사와 행적을 그린 여러 일화(逸話)들이 곳곳의 지면을 메웠는데, 나는 그가 무장을 들고 일제와 싸운 장군으로 추앙되고 이내 민족의 지도자가 되는 데 이 일화들의 역할이 컸으리라는 견해를 제출한 바 있다.[3] 개선한 영웅의 면모를 알리는 일화는 해방의 감격을 전하는 형식이기도 했지만, 또 위대한 인물과 그의 놀라운 덕성에 감응(感應)하는 인민의 관계를 설정해 보인 것이다. 김일성은 민족이라는 대주체의 인격적 화신으로 그려졌다. 이 일화들은 최고의 인격을 그리는 북한 소설의 발단적 형식이 되었다.

토지 개혁(1946)은 오늘의 북한을 있게 한 중요한 역사적 사건이다. 토지 개혁을 통해 김일성은 땅을 나누어준 인민의 지도자로 칭송을 받았다. 그리고 이로써 건국의 열정은 이 지도자의 은혜에 보답하려는 성심(誠心)과 구별할 수 없는 것이 되었다. 새 나라는 이 위대한 인물을 올려다보지 않고는 상상될 수 없는 것이었다. 민족의 영웅이 '인민 국가'의 지도자가 되는 것은 마땅했다. 북한 소설들은 김일성이라는 '민족의 태양' 아래서 과거의 희생자·수난자들이 신인간(新人間)으로 성장하는 모습과 새 현실이 만들어지

---

3) 신형기·오성호, 『북한 문학』(평민사, 2000), 20~25쪽.

는 풍경을 그렸다. 그들은 건국의 새 역사를 써냈던 것이다. 한편 한국전쟁 이후 본격적으로 도모되는 항일 무장 투쟁사 쓰기를 통해 집단적 기억은 형성되었다. 항일 빨치산들은 '공산주의' 라는 미래를 선취한 인격적 모범형으로 제시되었다. 나는 북한이 '유격대 국가'[4]가 되는 데 북한 소설, 특히 항일 빨치산의 투쟁과 그 지도자 김일성을 그린 소설들이 지대한 공헌을 했다고 생각한다. 이렇게 볼 때 현실이란 수사적인 것이다.[5] 이야기가 시공간을 규정하고 그 내용이 다른 이야기와의 경합 없이 현실이 되면서 가상의 인격은 집단적 정체성의 표상이 되었다.

나는 북한 소설의 주인공을 역시 가상의 인격으로 보려 한다. 적어도 그들이 최고의 인격이 된 김일성의 부름에 충실히 응하는 것을 생의 과제로 삼는 한 그러하다. 최고 인격에 감응함으로써 인격을 획득하는 그들은 인격의 파생체라고 할 수 있다. 일반적으로 북한 소설에서 주인공—긍정 인물은 모두가 그렇게 되도록 노력해야 할 귀감이며 부정 인물은 그 반대다.[6] 주인공은 마땅한 행동의 패턴을 적시하거나 성장의 과정을 밟아 '완성'을 이루지만, 개전의 여지가 없는 경우는 죄악의 구렁텅이로 떨어짐으로써 북한 사회에서 바람직한 것으로 간주되는 덕목과 가치가 무엇인지, 또 무엇이 부

---

4) 와다 하루키, 『김일성과 만주 항일 전쟁』, 이종석 옮김 (창작과비평사, 1992), 314~316쪽.
5) Consuelo Cruz, "Identity and Persuasion : How Nations Remember Their Pasts and Make Their Futures," *World Politics* vol. 52, Johns Hopkins Univ. Press, April 2000, pp. 275~276.
6) 이른바 혁명 소설의 인물 형상의 역사를 쓴 예로는 Joe C. Huang, *Heros and Villains in Communist China : The Contemporary Chinese Novel as a Reflection of Life* (C. Hurst & Co. Publishers, 1973)를 참조해 볼 수 있다. 혁명 후 중국 소설과 그 인물 형상들을 통해 중국의 현실과 사상 이념, 행동 패턴이 바뀌어온 과정을 살핀 이 책은 인물 형상을 긍정 인물과 부정 인물, 그리고 중간 인물로 나누었다. 긍정 인물은 체제의 가치를 집약한 정수다. 부정 인물은 물론 그 반대이며 그 사이의 중간 인물은 정치적 '모호함'의 상징으로서, 긍정적이거나 부정적인 방향 어느 쪽으로든 갈 수 있는 인물로 규정되었다.

정적으로 여겨지는지를 대립적으로 보여주었다. 따라서 인물의 변천사는 사회적인 요구의 내용이라든가 가치관의 변천사로 드러날 것이다. 인물의 형상은 따로 분리될 수 있는 것이 아니다. 인물이 구현하는 가치가 체제의 근본적 성격과 관련되어 있으며, 그런 점에서 인격은 알레고리라는 것이 나의 입장이다. 나는 이 가상의 인격들을 민족 이야기가 수행한 통합과 배제라는 역학 속에서 보려 한다.

남북한에서 민족 이야기가 씌어진 양상은 달랐다. 그 차이는 언제나 늦고 양을 속이는 배급을 기다릴 도리밖에 없는 경우와, 남에게 밀려 밟히지 않으려는 긴장된 무질서 속에서 끊임없이 앞에 있는 어깨를 잡아채며 발돋음을 해야 하는 경우의 차이에 근거한다고 비유적으로 표현할 수도 있을 것이다. 그러나 과연 이 차이가 본질적인 것일까? 따듯한 '안'이 존재하지 않는데도 그 '안'이 상상적으로 지향되었고 '밖'으로 밀려 떨어지는 공포가 모두의 영혼을 짓눌러왔다는 공통점에 비하면 이 차이는 오히려 사소해 보인다. 북한 소설의 분석을 통해 민족 이야기가 우리 근대에서 얼마나 지배적이었는가를 밝히려는 것이 나의 의도다.

도덕화 혹은 심미화

가상의 인격이 일반적 긍정성을 그저 결합한 형상이라고 설명하는 것은 불충분하다. 그가 집단적 정체성의 표상일 수 있는 이유는 그가 '지배적인' 형상이기 때문이다. 그의 세계는 모두가 개안(開眼)을 해 발견하고 다가서야 할 세계로 제시되는데, 개안은 이성적 통찰이나 실제적 인식의 문제가 아니다. 가상의 인격을 만드는 기제로 내가 꼽으려는 것은 도덕화와 심미화다.

민족 이야기는 민족을 도덕화했다. 민족은 숭고한 것이 되었다. 숱한 희생과 모험이 그치지 않지만 모두가 하나가 되어 외적을 물리친 민족의 '위대한 과거'는 이미 심미화된 것이다. 도덕화는 흔히 심미화를 통해 이루어졌다. 거룩함이나 경건함은 심미화의 과정 없이는 조성하기 힘든 감정이다. 민족 이야기가 도덕화되고 심미화된 것이었던 만큼 민족을 인격화한 가상의 인격 역시 도덕화되고 심미화된 형상이게 마련이었다. 민족 영웅들의 용기와 헌신은 뜻 높고 매혹적인 것이다. 북한에서 최고의 인격인 김일성은 일찍부터 도덕적 절정에 이른 인물로 그려져왔다. 동시에 그는 줄곧 절절한 흠모의 대상이었다. 그의 형상을 접하는 독자에게는 그를 우러르고 그의 덕성에 감동하며 그의 형상에 매료되는 것만이 허용되었다. 대상을 내면의 거리 속에서 중립화시켜 바라보려는 독법은 이 인격에게 적용되어서는 안 되었다. 요컨대 이 이야기는 애당초 에이런(eiron)으로서의 독자를 허용하지 않는 것이었다.

도덕화와 심미화의 목표는 감응이었고 감응은 집단적 일자화에 이르러야 했다. 도덕화와 심미화를 통한 민족의 상상은 민족을 모든 인민의 육체로 상상하는 것이다. 모든 인민이 민족이라는 하나의 육체가 되어야 하는 상황에서 최고의 민족적 인격이란 이 육체를 움직일 정신이었다. 정신을 따르고 그에 민감하게 반응하는 것이 육체의 임무였다.

모든 인민이 하나의 육체를 갖는 상황이란 민족에 의한 지배의 조건이다.[7] 그렇다면 도덕화와 심미화는 지배의 방법이었다. 감응을 통한 집단적 일자화를 수행했기 때문이다. 북한에서 도덕화와 심미화는 인격화로 이루어졌고 따라서 민족의 지배는 인격의 지배라는 형태를 취하게 되었다. '영

---

7) 케두리는 모든 인민이 하나의 육체를 갖기에 인민에 대한 '보편적' 정부의 지배가 합법화된다고 보았다. Elie Kedourie, *Nationalism* (Hutchinson, 1966), p. 15.

도자'란 이렇게 출현한 것이다. 영도자는 민족적 인격의 최고 형태가 됨으로써 '정신적' 영도자일 수 있었다. 민족의 지배가 마땅한 것이었으므로 그의 지배도 마땅한 것이 되었다.

도덕화되고 심미화된 인격에 의한 통합과 지배는 북한의 정치를 규정하는 것이었다. 정치가 도덕적이고 심미적인 상상에 의해 추상됨으로써 진실은 제거되었다. 정치는 결코 구체적인 참여의 대상일 수 없었다. 오늘날까지 북한에서 덕치(德治)의 이상이 거듭 외쳐지고 영도가 '예술'로 간주되고 있는 것은 정치의 도덕화와 심미화의 진행을 말하는 증거다. 도덕화와 심미화는 정치뿐 아니라 경제를 역시 규정했다. '열성자'와 같은 인격의 생산은 생산 시스템의 근간이었고 감응의 힘은 생산의 동력이었다.

북한에서 의지주의(意志主義)[8]는 오늘날까지 일관되게 앞세워지고 있는 입장이다. 의지주의란 마음의 힘을 강조하는 것으로, 마음의 힘을 통해 모든 이의 생각과 의지가 하나가 되어야 한다는 것이다. 해방 직후의 건국 사상 총동원 운동 이래 천리마운동이라든지 근래의 붉은기 쟁취 운동 등은 그 대표적 예거니와, 북한에서 국가적 동원은 줄곧 사상적 동원의 형태로 전개되었다. 사상적 동원은 여러 조건이 미비하고 헌신을 유도할 현실적 동기를 제공하기 힘든 상황에서 생산의 비약을 기도하기 위해 어쩔 수 없이 선택된 것이라고 볼 수도 있다. 하지만 이 선택은 북한 체제의 성격과 관련이 있다고 생각한다. 사상은 개별자들을 하나로 묶는 것이어야 했다. 즉 사상이란 이미 옳은 것으로서 어떤 예외도 두지 않으려는 중심에 의해 전유된 것이었다. 북한 체제는 사상을 제도화하는 방식으로 성립되었다고 말할 수 있다. 그런데 사상이 마음의 힘을 근간으로 하는 것이었으므로, 이론적 설

---

8) 나는 의지주의를 주의주의(主意主義, Voluntarism)와 거의 같은 뜻을 갖는 용어로 사용하려 한다.

득에 앞서 요구되었던 것은 지성(至誠)을 다하는 태도였다. 이 문제에 대한 의지주의적 해결은 사상을 개별자의 도덕의식에 내재해 있는 것으로 간주하는 것이었다. 사상은 배워야 할 것이기 이전에 마음의 자세이자 심성(心性)의 문제였다. 북한 소설이 그려낸 긍정 인물들이 무엇보다 순결하고 진실한 바탕을 갖는 이유는 여기에 있다. 가상의 인격이 요구한 감응의 인간학은 이 심성에 근거한 도덕적 교감의 능력을 '인간의 능력'으로 전제한 것이니, 훌륭한 본보기를 통해 모두가 자기 안의 도덕의식을 확인하고 발동함으로써 사상적 일체화에 이르러야 한다는 것이었다. 사상이 개별자가 갖는 도덕의식에 내재된 것이라면 사상에 대한 해석의 차이는 있을 수는 있어도 그에 대한 이견은 있을 수 없다. 그리고 사상을 거부한다면 그 경우는 도덕의식이 없고 인간이 아님을 스스로 입증하는 것이 된다.

감응에 의한 사상적 일자화를 필연적인 것으로 말하는 이 인간학은 보편적 도덕 규범이 개별자 안에서 일종의 목적인으로 작용하리라 본 양명학의 발상법을 닮고 있다. 개별자의 마음인 심(心)이 즉 리(理)라는 양명학의 모토는 보편이 주체의 체인(體認)으로 구현되어야 한다고 본 점에서는 '혁명적'인 것이었지만 역시 개별자의 도덕의식과 보편적 도덕 규범의 합일을 목표로 한 것이었다.[9] 개별자에게 보편을 향해 가는 '내재적 거울'이 있다고 여겨, 개별자에게 보편을 구현해야 하는 필연성을 부여한 결과 심력(心力)과 의욕을 강조하는 의지주의 — '심력으로 천지를 개조하려 한다'는 — 는 나올 수 있었다. 북한에서 사상은 집단화될 체인의 내용이지만 이 과정은 내재적 거울에서 시작되는 것이었다. 가상의 인격은 이 필연적 과정을 예시하는 역할을 했다. 그는 사상이 기본적으로 마음가짐이자 일정한 심리적 정향이고 정서의 결일 뿐 아니라, 무엇보다 비상한 의지적 자세임을 보

---

9) 양국영(楊國榮), 『양명학』, 김형찬·박경환·김영민 옮김 (예문서원, 1994), 69·101쪽.

여주는 형상이었다.

가상의 인격은 결국 두 가지의 선택만이 있음을 말한다. 감응을 하는 인간의 길과 그렇지 못한, 인간이기를 포기하는 길이다. 후자의 길은 죽음의 길이다. 인간이기를 포기한 경우는 일고의 가치도 없으며, 그에 대해선 어떤 배려도 해서는 안 되기 때문이다. 이렇게 볼 때 가상의 인격을 만든 방법으로서의 도덕화·심미화는 인물 형상을 분식하는 수준에 그치는 것이 아니라 인간관 자체를 규정하는 것이다. 인간은 도덕적이고 심미적인 존재로 간주되었다. 이런 입장은 인간과 인간 아닌 부류를 단호하고 가혹하게 양분하는 것이었다.

북한에서 김일성이 최고의 인격이자 유일한 인격으로 그려져온 것은 물론 집단적인 일자화를 기획한 의지주의가 끊임없이 관철된 결과다. 이 최고의 인격은 사상을 구현하는 궁극적이고 절대적인 형상이 되었다. 이로써 그를 따른다면 인간인 것이고, 그렇지 않은 경우 인간일 수 없는 상황이 초래된 것이다. 의지주의에 입각한 일자화를 통해 북한은 대가정(大家庭)이 되었다. 한국전쟁 이후 국가는 대가정으로 묘사되었으니, 인격의 결합이 가족의 결합으로 간주되기 시작한 것이다. 물론 최고의 인격인 김일성은 '어버이'였다. 가정은 가르침과 계승의 의미를 강조하는 곳이다. 국가의 수장(首長)과 인민이 어버이와 자식의 관계로 도덕화됨으로써 유일한 영도자에 의한 수직적 지배의 구도는 사실상 완성되었다.

가족 국가의 이상은 봉건적 전제의 이데올로기를 답습한 것만은 아니다. 일군만민(一君萬民)의 사상[10]이나 지성(至誠)으로 천지를 감격시켜야 한다

---

10) 일군만민의 사상에 대해서는 요시다 쇼인(吉田松陰)에 대한 윤건차의 연구를 참조할 것. 윤건차, 『일본 그 국가·민족·국민』, 하종문·이애숙 옮김 (일월서각, 1997), 35쪽.

는 의지주의적 인간 중심주의[11]는 식민 통치 기간을 통해 강요된 것이었다. 나아가 국가가 절대 의지의 명령을 수행하는 도덕적 실천의 장소여야 한다는 생각은 일본 파시즘을 사상적으로 지원한 니시다 기타로(西田幾多郎)에 의해 상세히 서술되었던 바다.[12] 박정희가 경제 개발을 위해 '전통적 인간상[13]'을 강조한 바탕 역시 다른 것이 아니었다. 그것은 과연 도덕적이었던가? 도덕적 상상을 추동한 가장 큰 힘은 근대의 공포였다. 인간과 인간 아닌 것을 가르는 인간 중심주의는 배제와 절멸의 공포를 통해서 보아야 할 것이다. 왜 하필 김일성이었던가를 설명하는 일은 정치사의 과제겠지만 왜 그가 이 공포로 가득 찬 이야기의 유일한 주인공이 되었던가는 이 자리에서도 던져볼 만한 물음이라고 생각한다. 나의 답은 통합만이 가능했지 연대가 이루어지지 않았다는 것이다. 엄청난 도덕적 권능을 갖는 주인공을 만든 것은 공포로부터 벗어나려는 군상의 바람이었다. 하지만 최고의 인격이 상상됨으로써 그들의 존재는 최고의 인격에게 집단적으로 양도되었다. 그들은 오직 영도자를 믿고 의지하며 따라야 했다. 공포를 벗어나려는 무책임한 열망이 만들어낸 최고의 인격은 다시금 배제와 강압의 주인공이 되고 만 것이다. 도덕화와 심미화는 공포를 재생산하는 기제였다.

일찍이 신채호가 을지문덕이나 강감찬과 같은 군사 영웅을 그려낸 배경에는 사회 다윈주의와 같은 우승열패의 논리가 작용하고 있었다. 도덕화와 심미화는 이 논리를 거부하는 것처럼 보인다. 그러나 결과적으로 볼 때 도덕화와 심미화야말로 이 힘의 논리가 공포에 노출된, 사회적 결합 없는 대

---

11) 윤건차, 같은 책, 47쪽.
12) 허우성, 『근대 일본의 두 얼굴: 니시다 철학』(문학과지성사, 2000), 426쪽.
13) 박정희는 민족적 이상을 가져야 할 것을 강조하면서 전통적 인간상을 강조하는 일종의 인격적 품성론을 폈다. "한국의 전통적 인간상은 인륜에 밝고, 청렴절의를 존중하고, 전체 속에서의 조화로운 중용성(中庸性)을 견지하면서, 무엇보다도 고요와 평화를 사랑하는 것이라 할 수 있다."(박정희, 『민족의 저력』, 광명출판사, 1971, 261쪽) 이런 품성론은 '창조·협동·애국'을 요구하기 위한 것이었다.

중에게 수용되었던 방식이었다.

　이야기가 궁극적으로 하나의 주인공을 갖고 그가 절대화되었던 상황에서 타자는 인정될 수 없었다. 김일성이라 불린 도덕화된 중심으로서의 인격은 자신의 결여된 분신과 자신을 좇는 그림자들만을 존재하도록 허용함으로써 타자를 매도하고 타자의 역사를 지웠다. 중심과의 차별적 거리를 갖는 것이 도덕적 죄악으로 간주되었던 것이다. 의지주의는 개별자의 의지가 하나의 중심으로 모아져야 할 것을 전제한 것이었거니와, 다른 말을 할 발화의 가능성이 봉쇄됨으로써 단성주의(單聲主義)의 지배는 극단에 이른다. 소설을 소설이게끔 하는 것이 타자성에 대한 자각에 있다고 볼 때,[14] 단성주의에 지배된 메가폰으로서의 소설은 소설일 수 없었다.

　존재란 곧 자신의 말을 갖는 것이라면, 단성주의의 극단은 하나의 주인공이 모든 개별자들의 존재를 전유하는 것이다. 오직 그의 이야기만이 되풀이될 때 시공간은 추상화되며 구체적 현실은 사라져버린다. 시공간이란 곧 발화의 좌표일 터인데, 발화가 애당초 봉쇄된 상황에서 시공간이 흐려지는 것은 필연적이다. 예를 들어 모두가 김일성의 전사이어야 하는 공간이란 항일 무장 투쟁이 여전히 계속되고 있는 시간이다. 하나의 이야기가 반복될 때 세계는 새롭게 모색될 수 없다. 모두를 하나의 이야기 속에 가두는 단성주의의 지배는 모두를 살아 있는 유령으로 만드는 것이었다.

인격의 정치학

　해방 직후 북한에서 민족은 곧 인민이었고, 인민 정권과 인민 국가의 수립

---

14) Michael Holquist, *Dialogism : Bakhtin and his World* (Routledge, 1990), p. 73.

은 민족 부활의 가장 옳은 길이 되었다. 이 길을 가는 데 모두는 마땅히 한마음이어야 했다. 이 한마음을 '건국 사상'으로 구체화하는 데 건국의 새 역사를 써낸 문학 텍스트들의 역할은 컸다. 긍정 인물이 새 시대의 전개 방향을 이해하고 그 진행에 가담하는 선택을 하는 새 역사 쓰기의 일반적 형식에서, 주인공이 역사를 따라잡는 과정은 사상의 내용을 구체적으로 적시하는 과정이었던 것이다. 그가 어떤 지향과 용의를 갖느냐는 역사에 도달하느냐 못하느냐를 결정하는 요건이었는데, 그것은 바로 인격의 문제였다. 따라서 역사에 이르는 과정은 인격적 성장의 과정이 되어야 했다. 인격에 의해 도달하는 역사란 어떤 역사인가? 이 역사는 도덕화된 이야기로서의 역사일 수밖에 없었다. 결국 새 역사 쓰기의 핵심은 가상의 인격에 있었다. 도덕화된 이야기를 이끄는 주인공이었다는 점에서다.

신인간

북한 소설의 긍정 인물은 언제나 새 인간이다. 새것이 낡은 것을 지속적으로 극복해야 하는 도정에서 그는 새 시대의 물증이어야 하기 때문이다. 그러나 새 시대는 '사상적으로' 획득되는 것이었으며, 인격적 성장을 동반하지 않는 사상의 확보는 불가능한 일이었다. 끊임없이 새 역사를 외쳤지만 그 새 역사가 도덕적으로 고정된 인격에 의해 접근해야 할 것이었다는 점은 매우 아이러닉한 일이다.

신인간이란 낡은 인간 곧 '무용(無用)한' 인간에 대립되는 개념이다. 그것은 끊임없이 새로운 시대를 영접해야 하는 근대의 인간형으로, 변화에 빨리 적응해 효율을 극대화하려는 이데올로기를 대변하는 형상이기도 하다. 신인간이 혁명의 문맥에서 상상되었던 이유는 이런 관점에서 설명될 필요가 있다. 혁명은 신인간과 무용한 인간을 극단적으로 대별했으니, 혁명 전야의 러시아에선 공공의 복리를 위한 영감으로 가득 차 앞날에 대한 믿음을 실현하기 위한 헌신의 자세를 흐트러뜨리지 않는 혁명적 신인간의 출현이 고대되었던 한편, 나태하고 냉담하며 오직 백일몽을 꿀 뿐 어떤 계획도 실행하지 않는 무능하고 무심한 귀족인 '오블로모프'(Oblomov)는 무용한 인간의 전형적 예로 간주되기도 했던 것이다.[15] 낡은 시대가 사라질 것처럼 무용한 인간은 이기적인 파멸의 길을 갈 것이었다.

무용한 인간이 무너져가는 낡은 관계의 산물인 '잉여 인간'으로서 소멸이라는 역사적 운명을 피할 수 없는 존재인 반면, 신인간은 새 시대의 도래를 약속하는 미래의 단초였다. 1946년 소련을 여행한 이태준이 오직 선행(善行)의 의지만을 갖는 새로운 인간들을 만나는 감격과 기쁨을 전하며 "제도의 승리"[16]를 외쳤을 때, 그는 새 제도로서의 사회주의가 개인적 탐욕과 그 때문에 갖는 갈등이나 적의를 불필요한 것으로 만들었다고 읽은 것이다. 신인간이 새 제도의 단순한 수혜자일 수는 없었지만, 신인간을 새 제도와 새 시대의 '승리'를 알리는 물증으로 간주한 점에서 이태준은 옳았다. 상상된 신인간 혹은 신인간의 상상이야말로 새 시대의 담보였던 것이다. 인격의 정치학은 상상의 정치학이었다.

규율의 내면화

북한에서 가상의 인격에게 줄곧 요구된 사상의 내용 가운데 중요한 하나는 규율을 내면화한 엄격성을 갖추어야 한다는 사항이었다. 일반적으로 국가적 동원은 의식과 생활에 규율을 관철시키는 방식으로 이루어졌다. 규율은 일자화를 명령하는 권력의 형태이고 효율을 제도화하는 수단이자, 공동

---

15) Regine Robin, *Socialist Realism : An Impossible Aesthetic* (Stanford Univ. Press, 1992), pp. 115~119.
16) 이태준, 『소련기행』(백양당, 1947), 279쪽.

체적 선(善)을 앞세운 점에서는 도덕이었다. 규율을 내면화하는 것은 도덕적 선택으로 간주되었다. 도덕으로서의 규율은 국가적 대의의 실현을 위한 것이었으니, 가상의 인격은 무엇보다 자신의 이기심을 버릴 줄 알아야 했다. 그런데 국가의 요구는 이미 영도자의 요구였다. 국가적 대의를 담보하는 것은 바로 영도자의 인격이었다. 대의에 충실하는 것은 최고의 인격을 따르고 그가 베푼 은혜에 보답하는 길이 되었다.

이북명의 단편 소설 「노동일가」(勞動─家, 1947)는 규율을 내면화한 인격 형상을 일찍이 제시한 대표적 경우로 꼽을 만하다. 이 소설의 긍정 인물인 선반공 '진구'에게 노동 규율이란 지켜야 할 외부의 규칙이 아니다. 규율은 의식이고 몸이어야 하는 것이다. 진구는 언제든 침착하며 세심하고 용의주도할 뿐 아니라 무엇보다 유쾌하다. 작가는 진구를 부정 인물 '달호'와 대비시킴으로써 규율을 내면화한 인격이 어떤 것인가를 분명히 적시했다. 실력을 뽐내 자신을 부각하고 싶어하는 달호는 오직 이기적 동기에 의해서만 움직이기에 자연히 스스로를 소외시킨다. 진구에게 증산 경쟁을 먼저 제안한 것도 달호지만 이기고 말겠다는 마음만 앞서 목표량을 채우기에 급급해 하는 그와, 기계에까지 애정을 갖고 교감을 나누며 일을 시작하는 진구의 경쟁은 이미 끝난 것이다. 자신에게 집착하는 달호의 모든 것은 엉클어지고 마는 반면, 공장에서도 집에서도 과로하지 않도록 자신을 조절하는 엄격한 자기 통제의 인물인 진구는 직장에서나 가정에서나 실패의 요인을 방치하지 않는다. 진구가 아내를 가르쳐 증산 역군을 만들며, 김일성대학에 보내겠다고 기대하는 그의 어린 아들도 덩달아 우등생이 되는 것은, 엄격한 자기 통제가 진지한 열정의 표현이며 그것이 이미 가족 구성원들에게 전달되었음을 말한다. 인격화된 규율이 온 가족을 감응시켜 새로운 '가풍'(家風)을 이루어낸 것이다. 진구로 하여금 이러한 변화를 가능케 한 것은 무엇이었던가? 소설은 다음과 같이 진구의 의식적 상모(相貌)를 그리고 있다.

> 김진구는 로동신문을 사전(辭典)으로 알며 교사로 여긴다. 그러기 때문에
> 그는 신문을 한 장도 없이지 않고 보관하고 있다.
> 어느 때인가 수돌이가 신문을 찢어서 코푸는 것을 보고 당장 신문지의 코
> 를 씻겨서 도루 붙이게 하고 볼기를 세 개씩 때려 준 일까지 있었다.[17]

　신문을 꼭꼭 철해 두고 표어를 흰 종이에 새로 써서 벽에 붙이는 진구의
모습은 공적 텍스트를 존숭(尊崇)하는 데서 규율의 내면화가 가능했음을
말한 것으로 읽어도 좋을 듯하다. 공장에 신문과 소설을 비롯한 여러 종류
의 책자가 비치되어 있고, 벽보판에서 속보와 벽(壁)소설을 읽는 노동자들
의 모습이 특별하지 않은 배경인 것처럼 제시되고 있는 장면은 공적 텍스트
가 일상 깊숙이 들어와 있음을 알리는 것일 테지만, 그러나 그것이 진구의
경건한 태도를 설명하는 충분한 이유가 되지는 않는다. 경건할 수 없을 때
내면화의 수준은 제약될 것이 분명하다. 소설은 진구의 마음속에 건국의 불
길을 심은 것이 바로 '장군님'이었음을 밝히고 있다. 공적 텍스트의 진정한
발화자는 이 영도자였기에 진구가 보인 경건한 자세는 최고의 인격을 향한
것이었다. 경건함은 인격적 감응의 징표였던 것이다. 그는 외친다. "이 은혜
를 무엇으로 보답하랴! 머리털을 비어 신을 삼아 올려야 옳을가."[18] 조국 창
건에 몸바치는 것은 장군의 은혜에 보답하는 길이었다. 국가적 동원의 전제
로서 규율의 내면화 역시 인격의 지배라는 방식으로 이루어졌다.

---

17) 「노동일가」(勞動一家), 『이북명 단편집 노동일가』 (문화전선사, 1947), 58쪽.
18) 같은 글, 50쪽.

경건한 힘—기적의 역사

경건함은 이성적 깨달음으로써 얻어질 수 있는 것이 아니다. 그것은 이성의 한계를 넘는 도덕의 광휘를 접함으로써 갖게 되는 자세다. 가상의 인격이 열정적으로 헌신하는 것도, 그가 심상한 인간 능력의 범위를 뛰어넘는 것도 이 경건함의 힘 때문이다. 그것은 논리를 초월한다.[19] 가상의 인격은 결코 논리적 형상이 아닌 것이다. 경건함은 가상의 인격을 도덕화하고 심미화하는 핵심이거니와, 그를 영웅이게끔 하는 요소이기도 하다.

북한 소설의 가상의 인격들은 특별한 능력이라든가 비범한 자질이 부여되어 있지 않은 경우에도 비약하는 존재로 그려져왔다. 생활의 논리가 줄곧 강조되었음에도 불구하고 그의 성장 과정에는 단계적으로 설명될 수 없는 부분이 있다. 그것은 경건함의 힘이 작용한 지점이다. 이야기 안에서 이 지점은 독자를 포함한 모두가 하나의 마음으로 모여 뭉치는 지점이 되거니와, 기적은 이렇게 일어나는 것이다. 인격을 주인공으로 하는 역사는 기적을 기록하는 역사였다. 도덕화된 이야기로서의 역사는 인격의 증거를 확인해 보여주어야 했기 때문이다. 김일성의 유격대가 일제의 십만 토벌대를 물리친 것은 기적이었다. 그리고 이 기적이 있었기에 토지를 인민들에게 나누어준 '개벽'이 가능했으며, '세계 최강을 뽐내는' 미국의 야욕을 분쇄하는 기적을 또한 이룰 수 있었던 것이다.

이렇게 보면 영웅으로서의 인격은, 기적을 이루는 것이 자신의 운명임을 깨달은 존재다. 영웅의 길은 이 운명을 회피하지 않는 것이며, 그럼으로써

---

19) 소련에서 사회주의 리얼리즘이 제시한 긍정적 주인공의 연원이 반이성주의의 맥락과 관련되어 있다고 본 한 논자는 그 단초적 형상의 하나로 '라스콜리니코프'를 들었다. 도스토예프스키는 이미 이성적 깨달음의 한계와 도덕적 빛의 차이를 그렸다는 것이다. 라스콜리니코프의 모험은 악에서 선으로 가는 것이었는데, 그 길은 이성적 사고의 단계를 통해 이끌어내지는 것이 아니라 오히려 그것을 일거에 부정함으로써 열린다는 설명이었다. Rufus W. Mathewson Jr., *The Positive Hero in Russian Literature* (Stanford Univ. Press, 1975), p. 18.

스스로 도덕의 빛이 되는 길이다. 그가 인간 중심주의를 외치는 것은 필연적이다. 왜냐하면 그의 임무는 자신의 운명을 모두의 운명이라고 말하는 데 있기 때문이다. 모두가 가야 할 운명의 길 가운데 하나가 순교(殉敎)다. 조국 해방 전쟁 시기 일개 중대가 포 몇 문으로 '5만의 적군과 수백 척의 함정'을 상대해 싸워냈다는, 전사에 유례없는 기적인 월미도 방어 전투를 그린 단편 소설 「불타는 섬」(황건, 1952)은 일찍이 순교 이야기의 틀을 세운 경우라 할 만하다. 쉴 새 없이 포탄이 떨어져 연기와 흙먼지로 태양도 종일 '달걀 속처럼 흐린' 가운데서 병사들은 하나 둘 부상을 당하고 죽어가지만 누구 하나 사령부를 탓하거나 두려움에 떨지 않는다. 그들은 한결같이 자신이 살지 모른다는 기대조차 갖고 있지 않은 것이다. 포탄 폭풍에 찢겨 너덜거리는 군복 사이로 피가 밴 어깨며 가슴을 드러낸 중대장 '리대훈'은 늠름하고 아름답다. 육체의 아름다움은 도덕적 순결과 강직함의 표시로서 경건한 정신주의와 부딪지 않는다. 그들은 모두 신이라도 들린 듯 몰려드는 적함에 포탄을 안긴다. 무전수 '김명희'가, 무전수는 섬에서 나오라는 사령부의 명령에도 불구하고 진지에 남는 것은 일단 이들 해안포 중대원들과 일체감을 나눈 자의 도덕적 선택으로 그려진다. 죽음이 두렵지 않느냐고 묻는 리대훈에게 김명희는 다음과 같이 답한다.

그보다두 저는 중대장 동무며 중대 동무들과 알게 된 시일이 짧은 게 안타까운 생각을 하고 있어요.…… 그렇지만 저는 두렵거나 슬픈 생각은 없이 …… 어떻게 말루 표현할 수는 없어두 기쁘구 행복한 마음이에요. 참말 저는 중대장 동무며 중대 동무들 때문에 지금은 제 일생의 그 중 귀중한 시간에 있다는 생각이 들어요. 저를 욕하지 않으시겠지요?[20]

그들은 이미 경건한 힘으로 죽음의 두려움을 이겨낸 것이다. 산화(散華)는 이 이야기의 결말이다. 이 장렬한 죽음 — 육체의 찬란한 소멸은 정신주의의 한 정점일 것이다. 그러나 도덕화되고 심미화된 죽음과 이를 통한 정신의 승리라는 주제는 결코 새로운 것이 아니며 그만큼 낯선 것도 아니다. 김명희로 드러나는, 군사 영웅의 길을 뒤따르는 다소곳하지만 당찬 여인상 역시 군국주의의 인격들을 통해서, 그리고 예를 들자면 해방 직후 씌어진 「논개」(박종화, 1946)와 같은 소설을 통해 익숙하게 보아온 바다.

뒷날 「불타는 섬」은 혁명적 비극으로 명명되는데, 이 이야기가 비극적이라면 순결한 열정만으로 가득 차 있는 점은 주인공들의 운명적 '결함'이다. 그들이 경건한 일체감을 나누는 것은 애당초 그들이 무구(無垢)하기 때문이다. 경건함이 자기 극복[21] 없이는 도달하기 힘든 경지일 수도 있지만, 이미 순결한 그들에게 자기 극복의 과정은 큰 의미를 갖지 않는다. 김명희는 어떤 내적 갈등의 암시도 없이 선뜻 죽음을 선택하는 것이다. 소설은 이 선택이 '조국'의 부름과 장군의 믿음에 대한 마땅한 응답이었던 것으로 결론지었다.[22] 결국 조국 혹은 장군은 그들에게 경건함을 부여한 근거가 된다. 경건한 힘으로 이루어지는 기적의 역사는 조국을 인격화한 장군을 궁극적 주체로 씌어진 것이었다. 혁명적 비극 또한 기적의 역사를 쓰는 한 방법이었다.

---

20) 황건, 「불타는 섬」, 『조선인민군 창건 5주년 기념 소설집』 (국립도서출판사, 1953), 17~18쪽. 1978년 문예출판사에서 펴낸 단편집에서는 이 인용문의 마지막 문장이 "저를 철없다고 꾸짖지는 마세요"로 개작되었다.
21) 자기 극복의 완성이란 영웅이 탄생하기 위한 일반적 조항이다. 조셉 캠벨, 『천의 얼굴을 가진 영웅』, 이윤기 옮김 (민음사, 1999), 29쪽.
22) 소설의 말미에서 리대훈은 김명희와의 대화에서 장군이 자신들과 월미도를 반드시 지켜보고 있으리라고 말한다. "장군은 지금 지도 앞에서 월미도를 꼭 보고 계실 겁니다……. 원쑤들이 더러운 발을 쳐드는 조국 땅 어디에나 자기의 사랑하는 아들딸들이 그 중에도 믿어운 당원들이 총칼을 들고 서 있을 것을 사람들은 모든 정을 기울여 눈앞에 지키고 있을 겁니다." 「불타는 섬」, 21쪽.

미국을 물리친 기적의 역사는 공포를 이겨내는 판타지였지만 이 경건한 영웅들은 적의 위협이 쉽게 사라질 수 있는 것이 아니며, 모든 것이 부족한 상황을 극복해야 한다는 사실을 일깨우는 형상이기도 했다. 경건한 정신의 승리는 경건하지 않다면 공포의 초월이 불가능함을 말하는 것이다. 장군은 정신적 힘의 원천이었고, 따라서 그의 영도 없이 공포는 해결할 수 없는 것이 되었다. 영도자의 덕성은 공포 속에서 빛나는 것이었다. 인격의 정치학은 공포의 정치학이었다.

믿음에서 의탁으로

천리마 시대의 기수들은 경건함을 일상화한 존재들로 그려졌다. '천리마 대고조'란 모든 사회 구성원이 도덕과 정신의 힘으로 충만해 낙원을 눈앞에 두고 있다는 마술적 믿음을 요구하는 격앙된 낭만주의의 슬로건이었다. 산골 사람들도 펄펄뛰는 생선을 먹을 수 있도록 하겠다는 일념뿐인 양어공 처녀는 열차가 멈출 때마다 잉어 치어가 든 양동이를 식힐 찬 샘물을 길어 오느라 뛰어내리는데, 그녀가 열차를 놓치자 이 지극한 정성에 감복한 군당 위원장이 양동이를 들고 다음 역에서 내리고, 한달음에 그 전 역에서 달려온 양어공 처녀와 만나는 결말의 「길동무들」(김병훈, 1960)은 서로가 믿음을 나누는 아름다운 정경을 경탄의 시선으로 묘사한 단편 소설이다. 양어공 처녀는 이 아바이가 내릴 것을 믿었고 아바이는 처녀가 달려올 것을 믿은 것이다. 여기서 그려진 천리마 시기의 일상은 서로의 믿음을 확인하는 기쁨과 보람으로 가득 찬 것이었다.

새 용광로를 창안하는 기술자가 등장하는 장편 소설 『시련 속에서』(윤세중, 1957)부터 남한 독자들에게 북한식 연애 소설로 읽힌 『청춘송가』(남대현, 1987)에 이르기까지 주인공에게 부여되었던 진지한 외곬의 면모 역시 진정성의 승리에 대한 믿음을 확인시키는 중요한 인격적 패턴이었다. 긍정적 돈키호테는 모함과 무고를 당하기도 하지만 어떤 곤경에서도 그를 믿는 사람은 반드시 있으며 마침내 옥석은 가려진다. 그의 승리는 생활의 진실을 확인하는 것이었다. '진정한' 믿음의 근거는 물론 최고의 인격이었다. 전후 시기에 제시되었던 대가정론을 통해 김일성은 어버이가 됨으로써 믿음이란 궁극적으로 이 어버이의 품 안에 드는 것을 뜻하게 되었다. 성장의 과정이 입사(入社)의 과정으로 그려지게 된 것이다.

조국 해방 전쟁 시기를 배경으로 한 김보행의 장편 소설 『녀당원』(1982)에서 수류탄을 만드는 한 여성 노동자는 고난의 경험을 통해 거룩한 가족의 일원이 되는 시련과 입사의 과정을 밟아나간다. 고지식하고 순박하지만 특별히 열성자라고 할 수는 없었던 주물공 '주용녀'가 적극적으로 바뀌는 것은 싸움터로 나간 남편이 전사했음을 알게 되면서다. 남편을 앗긴 슬픔이 '미국놈'에 대한 증오의 불길을 지핀 것이다. 남편의 죽음으로 그녀는 비로소 자기 존재를 응시할 수 있게 된다. 함께 핍박의 세월을 헤쳐온 살뜰한 남편이었기에 그에 의지해 살았던 주용녀는 남편을 잃음으로써 산다는 것이 무엇인가 하는 근원적 물음과 맞닥뜨리는 것이다. 그러나 이 소설은 그녀가 스스로 삶과 존재의 의미를 탐색하는 모험담이 아니다. 그녀에게는 모두의 삶을 의미 있게 하는 장군을 좇아 대가정의 일원이 되는 것 이외의 목적지가 있을 수 없었기 때문이다. 따라서 그녀에게 닥치는 고난이란 거룩한 가족의 존재에 눈뜨게 하는 계기이자 표식일 따름이다. 성장할 인격적 준비가 되어 있는 그녀를 이끌고 미는 역할은 여러 사람들에 의해 수행된다. 슬픔에 빠진 그녀에게 작업 반장이라는 중책을 맡기는 지도 일꾼부터 '미국놈'들에게 부모를 잃고 공장으로 배치된 고아 소년들까지, 소설의 주변 인물들은 용녀로 하여금 깨달음의 행로를 벗어날 수 없도록 하는 역할을 한다. 해방 후 공장 시찰을 나온 장군을 만나 뵌 인연이 전제되어 있거니와, 장군은 용녀가 밟아가야 할 길을 비추는 태양이다.

슬픔과 분노로 "입술이 새들새들 마르고 두 눈이 더 커다래진" 용녀는 여름 내내 주형틀에 쓸 모래를 강에서 져 나르고 수류탄의 재료가 될 선철 조각을 얻고자 얼음을 깨고 물속에 들어가기를 주저하지 않는다. 이런 매진의 엄격함은 사적 집착을 버림으로써 얻어진 것이다. 그녀의 얼굴은 모두의 가장인 장군을 향한 신심을 굳히면서 점점 아름다워진다. 그러나 용녀에겐 다시 시련이 닥친다. 반동 첩자들이 "용녀의 가슴에 생못을 박아 주저앉게 만들려고" 그녀의 딸을 죽이는 사건이 발생한 것이다. 딸을 묻고 온 그녀는, 남편으로 인해 목숨을 건진 뒤 남편이 일하던 공장을 찾아와 노동자가 된 제대 군인의 입당을 결정하는 당원회의에서 다음과 같이 말한다.

> "저는 오늘 우리 명희를 땅 속에 묻었습니다. 어머니인 저에게는 슬픈 날입니다. 그러나 동무들 저에게는 슬픔만이 있다고 생각지 말아 주세요. 당원인 저에게는 기쁜 날입니다. 저의 집에서는 식구를 한 명 잃었지만 저의 세포에서는 식구가 한 명 늘었습니다. 딸은 잃었지만 한길에서 함께 싸울 동지를 한 명 얻었습니다." [23]

소설의 에필로그는 십 년 뒤 공장 지배인이 된 용녀가 장군을 만나는 장면이다. 감격에 겨운 용녀는 마음속으로 부르짖는다. "장군님! 장군님께서는 제가 잃어버린 모든 것을 다 합친 것보다 더 귀중한 녀성당원이라는 이름을 주시었습니다." [24] 고통스런 상실을 통해 고귀한 믿음을 얻은 점에서

---

23) 김보행, 『녀당원』 (문예출판사, 1982), 488쪽.
24) 같은 책, 533쪽.

그녀는 욥(Job)에 비유될 수 있다. 상실을 거듭 태어남의 조건으로 삼는 이 야기는 오랜 것이다. 그러나 모든 것을 장군에게 의탁함으로써 충만한 기쁨 속에서 사는 용녀는 존재의 양도를 도덕화하고 심미화하는 형상이다. 이 소설이 '당성 단련의 교과서'[25]라는 평가를 받을 수 있었던 것은 자기 존재를 지우는 자발적 복종을 진실하고 아름다운 믿음의 문제로 그리는 데 성공했기 때문이다. 장군을 믿고 그에게 전적으로 의탁하는 지점에서 존재를 전유하는 인격의 지배는 달성된다. 지배/복종의 관계는 믿음을 통한 자발적인 의탁의 형식이 되는 것이다. 인격의 정치학에서 복종이 인간적 존엄을 구현하는 길이라고 말하는 아이러니는 문제가 되지 않는다.

『녀당원』은 북한 소설에서 왜 긍정 인물들의 개별적 상모가 일반형 속으로 빠져들고 마는가 하는 이유를 설명해 준다. 긍정적 주인공은 스스로를 지워야 하는 존재였던 것이다. 결국 인격이란 구체적인 개별자를 가지고 논의할 수 있는 문제가 아니었다. 인격은 추상적인 중심이었다. 사실 인격의 화신인 어버이 김일성 역시 구체적인 존재라기보다 추상적 중심이었다고 보아야 옳다. 모든 존재를 몰수하는 중심이 어떻게 구체적인 인간일 수 있겠는가? 추상적 중심과 개별자들의 익명화는 결코 떼어놓고 볼 수 있는 문제가 아니라고 생각된다. 인격의 지배란 이 관계를 지속시킴으로써 이루어지는 것이다. 도덕화와 심미화는 중심을 추상화하고 개별자들을 익명화하는 장치였다.

인격적 중심에 의한 대가정론은 가상의 인격에 의한 역사 쓰기의 필연적

---

25) 김일성은 이 소설의 교양적 의의를 높이 사 '당성 단련의 교과서'로 읽을 만하다고 했다는 것이다. 이 소설은 수령과 인민의 혈연적 연계가 얼마나 숭고하고 아름다운 것인가를 감동적으로 그려내었다는 이유로 주목을 받았다. 즉 대가정론을 충실히 형상화했다는 평가였다. 박춘택, 「우리식 소설의 특징적 면모를 과시한 장편 소설 '녀당원'」, 『조선문학』 1990년 10월호, 42쪽.

귀결이다. 도덕화된 이야기로서의 역사는 여러 사람들을 묶는 인격적 중심을 주체로 하는 것이었다는 점에서 곧 대가정의 역사였기 때문이다. 나는 이런 역사 쓰기의 단초가 민족 이야기를 통해 마련되었다고 생각한다. 대가정론도 민족 이야기의 한 형태로 본다. 1990년대에 들어 단군을 부각하기 시작한 북한에서 김일성은 사회주의 조선을 일으킨 중시조(中始祖)가 되었다.[26] 대가정의 역사는 인격적 중심을 역사의 출발점으로 내세워야 하는 것이다. 중시조 운운은 이 어버이 역시 중심의 기호임을 드러낸 것이기도 하다.

인격의 지배를 가능하게 한 것은 결국 민족 이야기였다고 말하지 않을 수 없다. 나는 글 앞머리에서 민족 이야기를 추동한 것이 전락의 공포였음을 지적했다. 전락의 공포와 귀속의 열망이 한 메커니즘 안에서 파악되어야 할 것이라면, 전적인 의탁을 요구하는 인격의 정치학은 아무리 도덕을 강조하더라도 서로의 존재를 지우는 폭력적 관계를 재생산할 것이었다.

익명의 군상과 도덕의 광기

사회주의 문학이라고 부를 수밖에 없는 광범하고 다양한 흐름과 경향 안에서 인간 중심주의는 지속적이고 일반적인 것이다. 북한에서 문학은 일찍이 '인간학'으로 간주되었고 주체 시대에 들어 이 개념은 새삼 부각되었다. 그러나 공산주의 인간학이든 주체의 인간학이든 그것은 인간을 탐구하는 것이었다기보다는 인간을 규정하는 것이었다. 나는 '마땅한' 인간상을 제시하는 도덕적 인간주의와 인격에 의한 지배가 분리될 수 있는 것이라고 생

---

26) 김일성 사후 그는 '사회주의 조선의 시조'로 추앙되었다. 「작가들은 당중앙위원회의 구호를 관철하기 위한 투쟁에서 시대의 기수가 되자」, 『조선문학』 1998년 5월호의 머리글.

각하지 않는다. 도덕적 우위의 고정이 지배적 형상으로서의 권위적 인격을 상상하는 조건이었음을 거듭 지적할 필요는 없을 것이다.

　도덕적 인간주의에 입각한 인격의 지배는 또한 하나의 이야기를 반복하는 단성주의를 통해서 이루어졌다. 궁극적으로 하나의 주인공을 갖는 이야기는 하나의 이야기일 수밖에 없었다. 반공주의자들은 자유의 유무와 정도를 비교해 남한 체제의 우월성을 강변하려는 목적에서 북한을 감옥으로 묘사해 왔고 이런 생각은 오랫동안 대중적인 것이었는데, 그럼에도 불구하고 언어의 감옥이라는 관점에서 북한의 문제를 객관화시켜 본 경우는 없지 않았나 싶다. 하나의 이야기가 반복된다는 것은 이미 그 이야기가 천의무봉한 것임을 말한다. 언어와 문법의 혼란은 있을 수 없다. 천의무봉한 하나의 이야기가 모두를 하나이게끔 하는 균질(均質)의 감옥에서, 이 언어와 문법을 이해하지 못하거나 그에 대해 이의를 제기하는 타자는 허용되지 않으며 따라서 존재할 수 없다. '자기'를 갖는다는 것이 곧 타자와 대면하는 일일진대 타자가 부재한 가운데 익명화는 불가피하다. 모두가 익명이 되는 공동체는 모두가 한결같이 하나의 이야기를 집단적 독백으로 되풀이해야 하는 곳이다. 자신을 지우는 몰아의 열정은 아무리 경건한 것이라 하더라도 스스로를 감금하고 배제하는 '광기'다. 그리고 이 광기가 일상을 장악할 때 현실은 '합리화'[27]된다. 현실이 합리화됨으로써 그에 대한 저항은 비도덕적이고 개인적인 것이 되고 만다. 인격에 의한 지배란 도덕의 광기에 의해 지배

27) 임지현은 남한에서 1990년대에 들어 법적으로나 제도적으로 진행된 민주화가 '미흡한' 것인 이유를 그것이 오히려 현상을 '합리화'하는 억압의 기제로 작용할 수 있다는 점에서 찾았다. 여기서 '합리화'란 '국민적 합의'라는 이름 아래 법과 제도의 틀 속에 해방의 에너지를 가두게 되는 현상을 가리킨다. 결과적으로 이 합리화는 권력의 합리화 혹은 정당화일 수밖에 없다는 것이다. 이런 입장에서 그는 민주화가 진전되면 될수록 억압이 고도화된다는 역설이 성립될 수 있음을 주목했다.(임지현, 「'일상적 파시즘' 다시 읽기」, 2002년 12월 22일에 열린 '비판과 연대' 포럼 발표문) 제도화를 통한 합리화는 근대 국가 제도가 일반적으로 수행해 온 것이기도 하다. 나는 북한에서뿐 아니라 남한에서도 도덕의 광기는 제도로 정착되었고 그럼으로써 합리화되어 왔다고 생각한다.

된 현실이 합리화됨으로써 달성되는 것이다.

　도덕의 지배를 합리화하는 중심이란 민족 이야기에서의 '민족'이나 북한 문학에서의 '사상'과 같이 실상 정체가 없는 것이다. 그것은 '가상'을 통해서만 구체화될 수 있었다. 가상의 인격은 이 정체 없는 중심에 의한 통합의 의지를 드러내는 형상이었다. 스스로를 감금하고 배제하는 광기가 전락의 공포에 의해 추동된 것이었다면 전락의 공포야말로 이 중심의 정체였을 것이다. 일본 사회의 '도덕'을 비판하는 자리에서 도덕의 중심으로 간주되어 온 이른바 '세간'(世間)의 기원을 도쿠가와(德川) 시대에 형성되어 전후 농지 해방 이후로도 해체되지 않은 '무라(村) 공동체'에서 찾은 가라타니 고진(柄谷行人)은 다음과 같은 설명을 덧붙이고 있다. 이 공동체에 속한 농민들은 도덕을 앞세웠지만 오직 세간의 평을 두려워했을 뿐 실제로는 근본적으로 이기적이었고 우정이라고 할 만한 것을 나누는 사이도 아니었다는 것이다.[28] 촌 공동체는 긴밀한 친화적 집단처럼 보일 수도 있었지만 실상은 달랐는데, 그 이유는 무엇보다 '자기'가 없는 데 있었다는 지적이었다. 우정이 존재하기 위해서는 '자기'가 있어야 한다는 가라타니의 말은 옳다. 자기가 없는 사람이 타자를 발견하고 인정하기는 어려운 일이기 때문이다. 이런 상황에서 대화가 이루어질 리 만무하다. 그렇다면 세간이란 역시 정체가 없는 것이다. 자기 얼굴을 갖지 못한 익명의 군상과 정체가 없는 중심으로서의 '세간'은 그야말로 표리의 관계다. 익명의 군상은 세간의 평에 휩쓸리지만 세간의 평이란 또한 익명의 군상들에 의해 만들어지는 것인 탓이다. 이 관계의 문제점은 누구든 무책임하다는 데 있다. 세간의 평을 겁내며 들먹이고 이용하는 익명의 군상에게 자신의 판단과 책임은 없다. 그들은 단지 세간의 소리를 전할 따름이며 그것이 이미 내린 결론을 좇을 뿐이기 때문이다. 익

---

28) 柄谷行人, 『倫理 21』(平凡社, 2000), pp. 29~30.

명의 군상은 공포와 광기의 희생자이며 생산자다.

나는 수령이 인민의 뇌수라는 주체 시대의 결론이 공포와 광기, 더 근본적으로는 무책임의 결과라고 생각한다. 익명의 군상과 세간의 공모로 끊임없이 재생산되는 도덕의 광기는 오늘날까지 남한 사회가 처한 근본적인 문제점들의 원인이자 결과로서 서로 얽혀 있는 것이기도 하다. 민족 이야기가 '무도한 제국주의 강도들'의 존재를 통해 증식되었듯 도덕의 광기는 부도덕 속에서 정당화될 수 있었다. 그러나 과연 광기로서의 도덕은 부도덕과 얼마나 다른 것일까? 견결한 도덕주의에 입각한 민족적 저항주의자들은 도덕적 중심이 남의 피와 땀을 요구하는 자본의 공략에 맞서는 기지가 될 것을 기대해 왔지만, 자기가 없는 도덕적 일체화가 과연 정치적 연대로 발전할 것인가는 여전히 의심해야 할 사항이다.

가라타니 고진은 도덕과 윤리를 구분할 것을 주장했는데 그에 대해 나는 충분히 공감한다. 윤리란 개별자가 자신의 자유와 권리, 존엄을 스스로 책임지려는 데서 바라볼 수 있는 것이다. 윤리가 양도할 수 없는 존재의 개별성을 인정하는 데서 모색되는 것이며 공동체적 속박이 아닌 개별자들의 '사회'를 지향하는 것이라면,[29] 도덕의 광기로부터 윤리를 갈라내는 일은 불가피하다. 이렇게 볼 때 민족 이야기는 그것이 아무리 저항의 정당성과 민족의 도덕적 우월성, 이에 근거한 불멸성을 주장한다 하더라도 윤리적인 것이라고 하기 어렵다. 물론 가상의 인격은 윤리적 고뇌의 산물이 아니다. 자기가 없이 어떻게 참다운 인격이란 것이 있을 수 있겠는가? 숭엄함이나 고상함에 의한 통합을 요구하는 도덕과 달리 윤리는 상호 작용적인 것이다. 즉 일방적 독백이 아닌 타자와의 책임 있는 대화는 윤리적 교섭과 연대를 바라볼 수 있게 하는 형식이다. 이런 이유로 민족 이야기는 파열되어야 한

---

29) 가라타니 코오진, 『탐구 2』, 권기돈 옮김 (새물결, 1998), 151~153쪽.

다. 윤리는 이 천의무봉한 텍스트가 파열되는 순간에 발동하는 것일 터이기 때문이다.[30]

위대한 '보통 사람들의 시대'

주체 시대가 한 고비에 이른 1980년대 초 북한에서는 '숨은 영웅' 론이 제창된다. 1980년 10월에 있은 6차 당대회에서 공산주의적 인간의 전형을 숨은 영웅으로 규정한 결과였다. 숨은 영웅이란 말 그대로 드러난 영웅의 반대다. 특별히 조명을 받아 이름이 나지 못했다 하더라도 사회 곳곳에서 묵묵히 일하는 수많은 사람들 역시 영웅으로 간주해야 한다는 주장이었고, 누가 알아주지 않더라도 순결한 마음으로 지극한 정성을 다해 온 보통 사람들에게 눈을 돌려야 한다는 주장이었다. 남한에서도 크게 차이나지 않는 시기에 누군가가 외쳤던 '보통 사람들의 시대' 라는 정치적 슬로건을 연상케 하는 이 주장은 인격이 이미 대중의 것이 되었음을 강변하는 것일 수도 있었지만, 그간 보통 사람들이 영웅에 의해 배제되었음을 인정하면서 그런 배제가 무리였거나 효율적이지 못했다는 일종의 반성을 포함하는 것일 수 있었다. 남한의 '보통 사람들의 시대' 역시 표한(慓悍)한 개발 영웅들과 명민한 천재들에 치어온 대중에게 어쨌든 추파를 던진 것이었다.

숨은 영웅론이 인격의 지배를 느슨하게 했든 인격의 지배가 한계점에 이른 지점에서 나온 것이든 간에, 그것은 기왕의 '필연적인 생활' 과는 다른 생활로서의 세속적인 일상을 그리게 했다. 고매한 인격을 갖는 영웅과 달리 보통 사람으로서의 숨은 영웅은 아무래도 일상적 존재였기 때문이다. 일상은 도덕의 광기가 관철되는 현장이지만 동시에 그에 대한 저항이 시작될 수

---

30) Adam Zachary Newton, *Narrative Ethics* (Harvard Univ. Press, 1995), p. 37.

있는 공간이다. 갖가지 욕망이 교차되는 세속적인 일상 속에서만 개별자들이 자신의 구체성을 확인할 수 있다는 의미에서다. 이런 이유로 일상인이면서 어쨌든 영웅이어야 하는 숨은 영웅들이 보여준 이중성은 조심스레 관찰될 필요가 있다. 이례적으로 '나'의 시각이 부각되어 그 모순된 내면이 그려지기도 하고 개성을 지향해야 한다는 입장에서 새로운 형식이 모색되는가 하면, '잘못된' 권위주의를 비판한다든지 제도의 정의에 의문을 던지는 현실 감각이 드러나 보이는 현상 역시, 획기적인 것은 아닐지라도 북한 사회가 변화할 수밖에 없다는 신호로 읽어야 할 듯싶다.[31] 그러나 남한에서 민주화의 대중적 열망을 수용하겠다는 몸짓과 더불어 정권이 수사적으로 제시한 '보통 사람의 시대'가 결과적으로는 저항적 민중의 세속화를 예고한 것이었듯, 일상에의 관심은 제도화된 도덕을 다지고 다시 그 안으로 용해되기 위한 것일 수도 있다. 역시 내우외환에 시달렸던 북한의 1990년대는 사실 전반적으로 '보수화'의 경향이 오히려 두드러졌던 시기였다.

보통 사람들이 익명의 군상으로 남아 있는 한 그들의 위대한 시대를 열 수 있는 가능성은 없다. 그들은 불가피하게 전유의 대상이 될 것이기 때문이다. 가상의 인격과 그에 의한 지배는 익명의 군상이 전유되어 온 방식이었다. 그러나 전유하는 중심은 정체가 없는 것이었다. 이 중심에 항거하는 것이 '혁명'의 문제이기에 앞서 윤리의 문제라고 생각하는 이유는 여기에 있다. 존재의 개별성, 개별자의 자유와 권리, 그리고 책임과 존엄에 대한 자각에 기초하지 않은 항거가 또 다른 도덕의 이름 아래 자신을 가두고 배제하는 광기로 전락한 예를 찾는 것은 어려운 일이 아니다. 북한 문학의 역사는 문학이라는 제도를 통해 가상의 인격을 일상화시켜 온 과정이었으니, 그것은 곧 도덕의 광기를 합리화해 온 과정이었다고 말할 수 있다. 합리화된

31) 이 책 3부에 수록되어 있는 「1990년대의 북한 문학」을 참조.

광기의 재생산을 차단하는 것은 윤리의 과제일 것이다. 일찍이 북한 문학이 제시한 감응의 인간학은 도덕적 광기의 제도적 합리화가 정서적이고 감각적인 수준에서 시작되는 것임을 '통찰한' 것이었다. 오늘날 남한에서 '포스트모던'의 기치를 내걸고 대중적으로 소비되고 있는 정서와 감각의 개별적 질주라는 환상은 전 지구적 차원에서 진행될 또 다른 혁명의 서주인가, 아니면 세계 자본이 기획한 거대한 광기의 전면적 지배를 새삼 예고하는 것인가? 어떤 쪽이든 윤리적 성찰은 절실하다.

신동엽과 도덕화의 문제

감정의 기억, 감정의 연대

과거는 흔히 감정으로 기억된다. 감정적 동기에 의해 과거가 돌이켜지거나 감정이 기억의 내용이 되기도 한다. 대체로 기억이란 그것을 돌이키는 입장이나 문맥, 시점(時點)과 분리되지 않는 것이거니와, 감정 역시 기억을 구성하는 중요한 요소일 것이다. 감정이 기억하는 기억 혹은 감정으로 기억되는 기억을 감정의 기억이라고 해보자.

과거의 기억은 내가 누구인가를 말한다는 점에서 매우 절실한 것일 수 있다. 자신을 확인하고픈 마음에서 사람들은 잃어버린 과거에 대한 향수를 남용하기도 하고 과거의 기억을 그야말로 상상해 내기도 한다. 할아버지가 다 된 통기타 가수들이 번갈아 출현하는 카페 집단촌이 형성되어 있다든지, 갖가지 복고풍의 유행이 끊이지 않는 현상은 감정의 기억을 나누는 일이 풍속의 일부로서 대중적 소비의 한 패턴이 되었음을 말한다. 과거를 규모 있게 상품화하기 시작한 것이 근자의 일이라 하더라도 회고주의를 가능케 하는 이러저러한 감정들을 소비하려는 수요는 오래전부터 있었을 것이다. 모든 것을 뒤바꾼 근대를 감당해야 했던, 그렇기에 오히려 더 내가 누구인가라는 물음을 외면해야 했던 한국인들에게 과거를 돌이키는 감정적 몰입 행위는 갖가지 집단적 의식(儀式)들을 통해서 수행되어 왔다. 변화의 숨가쁜 속도를 따라 좇아야 하는 일상은 때로 그만큼 격렬한 막간극(幕間劇)을 필요로 하는 것이기도 했다.

예전 통기타 가수의 노래에 열광하는 중년배들이 돌이키는 것은 그들의 '감미로웠던' 젊은 시절이리라. 노래가 일깨우는 감정 속에서 그들은 자신들이 과거에 누구였던가를 기억한다. 자신이 육체적으로는 물론 정서적으로도 훼손되었다고 생각하는 그들에게 감정의 기억은 '온전한' 자신을 상상할 수 있게 하는 것이다. 상상은 시간의 속박을 벗어나려는 의지를 실현시킨다. 어느덧 이 상상을 공유하게 된 사람들에게 서로는 남일 수 없다. 그들은 같은 기억과 감정을 갖는 하나가 되는 것이다. 여러 '우리들', 나아가 큰 '우리들' 또한 이런 방식으로 구획되어 온 것이 아닌가 싶다. 식민화와 분단, 전쟁과 '혁명'들에 의해 시간적 단절이 반복되어 온 불연속적 상황에서, 과거가 조각으로 흐트러지고 자신 역시 파편 이상이기 어려웠던 것이 한국인들의 일반적인 처지였다면, 그리고 이런 상황에서 번번이 다른 가면을 써야 했고 가면이 그대로 얼굴이 되면서 내면을 갖는 일이 어려워질 수밖에 없었다면, 기억과 연대를 통한 '우리들'의 구획은 찢기고 지워진 자신을 상상적으로 회복하려는 기도다. 각급 동창회를 비롯해 다양한 연고에 근거한 모임들이 나날이 번성하고 있는 현상을 보더라도 기억에 의한 연대가 '생활의 원리'가 된 지는 오래인 듯하다. 기억과 연대가 집요하게 요구된 배면에는 공포에 의한 것이든 원한을 바탕으로 깔고 있는 것이든 자기 확인을 바라는, 하지만 한 번도 채워지지 않는 허기증이 깊이 도사리고 있으리라는 생각을 해본다.

'우리들'은 상상의 산물이지만 기억의 주어가 된다. 상상된 '우리들'은 집단적으로 과거를 기억하는 '우리들'인 것이다. 이로써 '우리들'은 이미 존재해 온 실체로 간주되었다. 그러나 애당초 '우리들'을 묶은 것은 '우리들'이 아니다. 우선 서세동점 이후 서구나 일본이라는 타자가 의식됨으로써 그에 대항하는 '우리들'의 구획은 불가피했다. 공포와 적의, 그렇지 않으면 선망의 대상일 수밖에 없었던 타자의 정체는 제대로 파악될 수 없었으니, 그런 가운데서 '우리들'의 현실은 항상 급박했고 결속은 언제나 절실히 요구되었다. '밖'의 위협으로부터 '안'을 지키는 임무를 자임한 '우리들'에게 기억은 '우리들'의 기억이어야 했다. 기억이 환기한 역사적 기원은 역사적 소명의 근거가 되었다. 그러나 '안'의 결속이 항상 공고했던 것은 아니다. 역사의 부름을 받은 '우리들'을 구획하려는 열망은 실로 전투적인 것이었고 피아를 가르는 금이 종종 생사의 갈림길이 되기도 했던 상황에서 '우리들' 사이에도 여러 금이 그어졌고 반목의 골은 더욱 깊어질 수 있었다. 때로 배제는 '밖'이 아니라 '안'을 향해 더 극단적으로 작용했다. 그런 탓에 내가 누구인가를 자문하기 이전에 네가 누구이냐는 물음에 먼저 답해야 했던 것이 근대를 살아온 한국인들의 현실이었다. 소속을 밝힘으로써만 그는 확인될 수 있었던 것이다. 귀속이 존재의 조건이었으므로 '우리들'과 구별되기를 원하는 '나'는 애당초 상상될 수조차 없었다. '우리들' 안에 타자는 있어서도 안 되고 있을 수도 없었다.

　타자를 향한 공포와 적의를 배경으로 부여된 기억이 모두의 기억이어야 하는 상황은 내가 누구인가라는 개별적인 물음 묻기를 차단했다. '나'를 구별해 낸다는 것은 줄곧 모험이 되었다. 내가 없는 '우리들'은 막연하고 추상적인 주어이게 마련이다. 결국 '우리들' 안에서 모두는 익명화되지 않을 수 없다. 이로써 '우리들'이 존재의 유일한 형식이 되었다는 점이야말로

'우리들'의 단결을 강조하게끔 한 진짜 이유였을 것이다. 이 상상의 주어를 고착시킨 감정의 기억과 연대는 근원적이고 또 필연적인 것으로 간주되었지만 사실은 막연한 유인(誘因)이나 근거 없는 집단적 자기 암시에 의한 것이기 쉬웠다.

신동엽의 시에 대해선 '전문가적' 비판[1] 없지 않았으나, 그가 거룩한 민족적 감정과 외세 혹은 매판 세력을 물리치려는 견결한 정신의 사표를 보였다는 평가는 상당한 시간 동안 의심할 바 없는 것으로 간주되어 왔다. 이는 신동엽이 일깨운 감정의 기억을 매개로 한 연대가 폭넓게 진행되었음을 말하는 것이기도 하다. 그는 민중 시인 혹은 민족 시인으로 불리었는데, 그에게 붙여진 이 명칭은 그의 시를 통해 구획된 '우리들'이 누구인가를 규정한 것이기도 했다. 그의 시 역시 여러 '애송시'들이 그러하듯 연대된 목소리로 읽혔던 것이다. 나는 신동엽의 시가 아니라 그의 시를 읽은 '우리들'의 목소리에 더 관심을 갖는다. 신동엽의 시를 다시 읽으려는 것이 아니라 그의 시가 읽혀진 독법을 논의의 대상으로 하겠다는 뜻이다. 그 내용이 어떤 것이며 배경이 무엇인지에 대해, 다시 말해서 신동엽을 민중 시인으로 읽은 감응의 메커니즘과 이 메커니즘을 가동시켰을 권력 관계에 대해 의견을 나누는 자리를 만들어보는 것이 내가 바라는 바다.

낭만주의적 사유에 의하면 서정시의 주체인 상상력은 감정을 쏟아놓는 데 그치는 것이 아니다. 예를 들어 '창조적인' 상상력은 분노나 격정의 사이클 너머에 위치하는 것이다. 그것은 또 다른 '이성'이었다. 그러나 자발적 유로(流露)에 의한 것이든 아니든 서정시는 '강한 감정'을 통해 정치적

---

1) 「껍데기는 가라」를 두고 "쇼비니즘으로 흐르지 않을까 걱정된다"고 한 김수영(「참여시의 정리」, 1967)의 경우라든가 「금강」(錦江, 1967)의 '신하늬'를 멜로드라마틱하다고 본 김우창(「신동엽의 '금강'에 대하여」, 1968)은 그 이른 예일 것이다.

역할을 수행해 왔다. 영국 낭만주의 시의 자연 예찬은 국가를 심미화하는 근대 기제의 일환이기도 했던 것이다. 이때의 감정은 권력 혹은 반권력의 한 형태일 터이다. 서정시의 '리얼리티'는 이런 감정 없이 획득될 수 없다. 그러나 이 감정은 서정시의 세계를 벗어날 수 있다. 권력으로서의 감정이란 이미 서정시를 넘어선 것이다.

신동엽은 반공 이데올로기의 지배와 개발의 시대를 거부하는 새로운 연대를 상상케 했다. 반공 이데올로기의 지배 아래 '대한민국 국민'이란 무엇보다 '공산 도배'를 배제하는 것이어서, 미국은 이미 멀고도 가까운 중심이었다. 신동엽의 시는 어느덧 미국과 같은 편이 된 한국인들로 하여금 제국들에 의한 침탈과 훼손의 역사를 돌이키게 했다. 산업화가 '조국 근대화'의 유일한 선택으로 간주되고 이를 위한 헌신과 희생이 요구되었던 때, 그가 일깨운 것은 잃어버린 고향의 기억이었다. 외세를 향한 분노와 고향을 앗긴 이들을 향한 연민은 진정한 '우리들'의 연대를 꿈꾸게 했다. 그 '우리들'이 민중이었다면 민중은 분단의 벽과 이념의 질곡을 넘어 상상된 공동체였다. 동원 대상일 뿐이었던 국민과의 차별을 요구한 이 '불온한' 주어는 분단을 극복한 온전한 민족의 상상과 겹쳐짐으로써 좀더 근원적이고 본래적인 것이 되었다. 나 자신 역시 그 가운데 하나였음을 고백하거니와, 신동엽을 통해 자신의 소속을 바꾸는 부끄럽기도 하고 감격스럽기도 한 경험을 한 젊은이들은 적지 않았을 것이다. 신동엽의 시는 '우리들'을 호출한 상상적 집회의 자리를 마련해 주었다. 신동엽의 시는 그저 서정시로 읽힌 것이 아니었다.

외세를 배격하고 잃어버린 고향으로 돌아가자는 주장은 여전히 많은 사람들에게 정서적 호소력을 가질 것이다. 신동엽은 일찍이 그 의지를 천명한 지사다. 통일은 모두가 꾸어야 하는 꿈이다. 남북한이 실제로 어떤 진전을 이루어낼 것인지는 미지수지만 최근에 목격되는 변화는 "북쪽의 권력도/ 남쪽의 권력도 아니 미친다는/ 평화로운 논밭"[2], '완충 지대'에 씨를 뿌리자고 한 그의 제안을 다시 생각하게 하는 것이다. 신동엽의 '우리들'이 외친 민중적 연대와 민족적 하나됨은 여전히 절실한 주제다. 그러나 민족의 안과 밖, 민중과 억압적 타자의 구별은 점차 자명한 것으로 보이지 않게 된 것이 또한 오늘의 현실이다. 전 지구적 규모로 생산과 유통이 확대되고 있는 상황은 이제 '우리들'의 경계란 있을 수 없다는 것을 주장하고 있다. 그러나 더 근본적인 문제는 '우리들'이 곧 자신이고 자신의 이익을 보장하리라는 믿음이 흐려지고 있다는 점이다. 사실 '우리들'은 흔히 억압적인 주어여서 이를 통해 곤경으로부터 헤어나거나 신뢰나 우정이라고 할 만한 것을 나누어본 경험이 실제로는 결코 많을 수 없었던 것이다. '우리들'이 구획한 따듯한 '안'은 대부분 상상 속의 것이기 쉬웠다. 여전히 갖가지 매체들은 검정 고무신의 추억일 수도 있고 특별한 음식 이야기일 수도 있는 텍스트화된 감정의 기억들을 제시함으로써 시시각각 '우리들'을 불러내고는 있지만, 사람들이 고향으로의 귀환을 포기한 지는 이미 오래인 듯하다. 오늘날 '우리들'은 의심받고 있으며 그 경계는 어지럽게 교차되며 흔들리고 있다.

'우리들'이 튼실한 울이 되지 못하는데도 끊임없이 갖가지 연대가 시도되고 거듭해서 소속이 확인되어야 하는 한국 사회의 현실은 내가 누구인가라는 물음에 답하는 것, 아니 내가 누구인가를 묻는 것 자체가 더욱 쉽지 않은 일이 되어가고 있음을 뜻하는 것일 수 있다. 때문에 '우리들'을 가르는 금이 자명해 보였던 신동엽의 시대가 향수의 대상이 되기도 한다. 그러나

---

2) 「술을 많이 마시고 잔 어제밤은」(1968)의 부분. 신동엽의 시는 『신동엽 전집』(창작과비평사, 1975)에 의거했다.

과연 신동엽의 '우리들'이 한때나마 진정한 자신을 찾게 해주었던 것인가? '우리들'이 내가 누구냐는 물음 자체를 봉쇄했고, 오늘날 정체성의 위기로 대표되는 한국 사회의 깊은 혼돈이 상당 부분 '우리들'이 막연하고 추상적인 주어 이상일 수 없었던 데서 비롯된 것이라면, 이 상상의 주어가 갖는 문제점은 심각하게 검토되어야 한다. 신동엽의 독법은 하나의 보기나 예로 다루어질 것이다.

인민주의적 상상력과 '조국 근대화'

> 껍데기는 가라
> 한라(漢拏)에서 백두(白頭)까지
> 향그러운 흙가슴만 남고
> 그, 모오든 쇠붙이는 가라 [3]

신동엽이 "껍데기는 가라"고 외쳤을 때 껍데기는 알맹이와 구분된 것이다. 그리고 "껍데기는 가라"고 외치는 주어는 그렇게 외침으로써 이미 알맹이를 자처한 것이다. 신동엽에서 껍데기와 알맹이의 구분은 "쇠붙이"와 "향그러운 흙가슴"이라는 은유에 대응되는 은유였고, 그가 다른 시들에서 제시한 '문명'과 '미개지', 도시와 농촌, '서방'과 '동방'을 대립시킨 이분법과도 계열적 관련을 갖는 것이었다. 이 구분을 비본질적인 것과 본질적인 것, 일시적인 것과 항구적인 것, 혹은 꾸며진 것과 참다운 것의 대비로 여기는 태도는 새로운 것이 아니다. 침략자 서구와 제국주의를 비롯해, 문명이라는 '어두운 악마의 기계'(Dark Satanic Mills)가 찾아낸 산업화 및 도시화

---

3) 「껍데기는 가라」(1967)의 부분.

를 도덕적으로 부정하는 담론 역시 오랫동안 되풀이되어 온 것이다. 그렇지만 신동엽은 이 이분법을 통해 '우리들'을 갈라냈다. "껍데기는 가라"는 외침의 격앙되고 고조된 목소리는 여러 한국인들로 하여금 막연하지만 강렬한 자기 암시를 가능하게 한 것이다. 자신들을 알맹이로 상상케 함으로써 "껍데기는 가라"는 '우리들'의 외침이 되었다.

껍데기와 알맹이를 나누는 신동엽의 도덕적 이분법은 역사를 타락 이전과 이후로 나누었다. '이조'(李朝)의 봉건적 전제(專制)는 신동엽에게 타락한 시간에 속하는 것이었지만, 타락이 시작된 '어느 때' 이전의 먼 과거는 아름다운 시간이었다. '빛나는 고향'은 이 시간 속에 존재했다. 장시 「금강」에서 그는 이 과거를 "지주도 관리도 은행주도 특권층도 없"던, "평화한 두레와 평등한 분배"가 이루어지던 조화로운 아나키의 시간으로 묘사했다. 어떤 강제도 없어 모두가 자연적 천품(天稟)을 잃지 않았고 도덕적 자발성을 발휘하기에 일상의 삶이 곧 축제였던 과거는, 그러나 잃어버린 낙원이었다. 대지는 파헤쳐졌고 사람들의 머리 위에 "무쇠 항아리"가 씌워진 지 오래였다. 역사란 억압과 훼손의 과정이었거니와, 그에게 근대는 특별히 더 그러했다. 그는 탐욕적인 특권층과 이방인 침략자들, 그리고 자본의 유린에 대한 분노를 표했다. '우리들'은 이들 타자와 마주서는 수난자로서 아름다웠던 과거를 기억하는 이들이었다. '빛나는 고향'의 자식인 '우리들'은 언젠가 그리로 돌아갈 것이었다. 아름다운 과거가 '우리들'이 회복해야 할 본디 모습이라고 여기는 한 '우리들'의 기억은 기억이 아니라 잠재한 품성이 된다. 품성은 이 상상의 주어가 자신을 도덕적으로 실체화한 것으로서, 역사를 관류해 지속되는 '정신'의 등가물이었다. 품성의 주인공을 자처함으로써 '우리들'은 알맹이일 수 있었다.

'우리들'이 민중이었다면 이 민중은 품성의 공동체다. 민중의 잠재력은 그것이 품성의 공동체이기에 발휘될 것이었다. 민중의 품성을 민족적 특성으로 보는 입장은 러시아 민중의 (서구에 대한) 우월성을 찬양한 벨린스키[4] 이래의 것이다. 제2차 세계대전 후 반 서구주의를 표방한 소련에서 벨린스키는 러시아의 위대한 '문화적 조상'으로 추앙되는데,[5] 천리마운동이 시작된 1950년대 말의 북한에서 진행된 '민족적 특성'[6] 논의 역시 이런 문맥과 무관한 것이 아니었다고 보인다. 이 논의에 의해 민중의 품성은 프롤레타리아 계급의 혁명성을 민족적 입장에서 설명하는 근거가 되었다. 민족이 결코 부정될 수 없는 오랜 기원과 역사를 갖는다는 상상 속에서 민중은 민족의 특별한 정신과 힘을 가장 순수하게 지켜온 알맹일 수 있었다. 민족을 유구한 공동체로 상상한 민족 이야기[7]가 품성론의 출처였다는 뜻이다. 도덕적 일체화는 품성론의 전망이다. 신동엽의 "껍데기는 가라"는 이런 입장에서 모든 불순한 것들을 물리친 민족과 민중의 오롯한 결합을 외친 것이었다.

  신동엽이 상상한 민족의 기원 — 그가 일깨운 기억 속의 아름다웠던 과거는 법이나 규율이 아니라 미덕에 의해 움직이는 농업적 공동 사회로 그려진 점에서 인민주의(populism)적 색채를 띤다. 인민과 관련된 모든 것이 빛나던 신성한 때가 있었다고 믿고 그곳으로 돌아가야 한다는 감정적 지향과 강한 귀속의 욕구를 갖는 점에서, 껍데기들에 대한 도덕적 분노를 표하며 순

---

4) 민중들이 무한한 생명력과 갖가지 역사적 난관을 극복할 능력을 갖는다고 본 벨린스키는 그들이 자신들의 재능과 본원적 문화를 발전시킬 것이라고 기대했다. 이런 민중들의 러시아는 마치 "잿더미 속에서 불사조가 환생하듯" 솟구쳐 오를 것이었다. V.G. Belinsky, *Selected Philosophical Works* (Moscow ; Foreign language publishing house, 1956), pp. 136, 386, 537.
5) Gleb Struve, *Soviet Russian Literature 1917~50* (University of Oklahoma Press, 1951), pp. 326~327.
6) '민족적 특성' 논의에 대해서는, 이 책의 3부에 수록되어 있는 「북한에서의 민족적 특성 논의」를 참조.
7) 민족 이야기에 대해서는, 이 책 1부에 수록되어 있는 「민족 이야기를 넘어서」를 참조.

교(殉教)의 꿈을 꾼 점에서, 그리고 훼손된 오늘을 사는 자기 연민을 심미화한 점에서 그는 인민주의자였다. 인민주의적 상상 속의 주인공은 신동엽이 '전경인'(全耕人)이라 이름지은 자족적이고 소외되지 않은 '고귀한 야만인'(Noble savage)[8]이다. 단순하지 않고서는 진정한 앎에 이를 수 없다는 생각을 대변하는 이 고귀한 야만인은 협동으로 경쟁을 대체해야 한다고 믿는[9] 인간 중심주의의 형상이다. 민족과 민중의 품성을 구체화해 준 것은 바로 인민주의적 상상이었다.

　이사야 벌린은 인민주의를 공동체가 갖는 본원적 가치에 대한 믿음이라고 간단히 정의했다.[10] 다수 민중이 구현하는 선(善)이 집단적 전통에 기원한다고 여기는[11] 지점에서 인민주의와 민족 이야기의 결합은 마련된다. 아름다웠던 과거에 대한 감정의 기억을 일깨움으로써 민중과 민족을 구획하는 과정은 인민주의적 상상이 품성의 공동체를 묘출하는 과정이었다. 품성론에의 접근이 인민주의적 상상을 통해 이루어진 것이다. 신동엽이 민중 시인이나 민족 시인으로 불리었던 것은 민중과 민족을 품성의 공동체로 간주

8) Donald MacRae, "Populism as an Ideology," *Populism: Its Meanings and National Characteristics*, Ghita Ionescu·Ernest Gellner eds. (Weidenfeld and Nicolson, 1969), p. 155.
9) 인민주의가 강조하는 농업적 덕(Agrarian Virtue)은 상호 부조를 인간의 자연스런 품성으로 간주하는 데 근거하는 것이다. 크로포트킨은 자연에는 상호 경쟁의 법칙과 더불어 상호 부조의 법칙이 있다는 주장을 폈다. 상호 부조는 자연스럽고 강력한 감정으로 나타나는 인간의 건설적 천품(天稟)이어서, 종의 진화에 더 중요하게 작용했다는 생각이었다. 이 주장에 의하면 진화의 최적자는 육체적으로 강건한 자나 교활한 자가 아니라 합심하고 협조를 잘 할 줄 아는 두뇌를 가진 자다. 도덕적 진보는 상호 부조 원리가 확대됨으로써 얻어질 수 있는 것이었으니, 크로포트킨은 인류의 진화 과정 속에서 특히 가장 빈궁한 계급이 상호 부조를 적극적으로 발휘했다고 적고 있다.(크로포트킨, 『상호 부조론』, 성인기 옮김, 대성출판사, 1948). 상호 부조론은 신동엽에게도 큰 영향을 끼쳤다.
10) Isaiah Berlin, "J.G. Herder," *Encounter* vol. 25, July·August 1965. pp. 32~34. 벌린이 파악하는 헤르더의, 혹은 헤르더 시기의 인민주의는 이성으로부터의 후퇴라는 반계몽적이고 반동적 흐름 안에 놓이는 것으로, 이 시기를 풍미하는 민족주의나 낭만주의에 동반된 사조였다.
11) Peter Wiles, "A Syndrome, not a Doctrine: Some elementary theses on Populism," *Donald MacRae*, op. cit., p. 166.

한 결과다.

　감정적 패턴으로서의 인민주의는 상황적으로 보면 근대화에 대한 일련의 거부 반응이다.[12] 자본과 기술을 배격한다든지 도시를 부정하는 태도는 그것의 일반적 경향이었다. 식민 제국이나 선진 자본주의는 죄악시되었다. 민중은 자본주의와 도시화의 수난자였다. 그러나 품성의 주인공 민중에게 수난은 오히려 품성의 힘을 북돋는 시련이 되어야 했다. 종로 5가 밤거리에서 길을 묻는 소년이 등에 진, "흙 묻은 얼굴을 맞부비며 저희들끼리 비에 젖고 있는", "먼길 떠나온 고구마"[13]들은 신동엽이 본 오늘의 '우리들' 이었다. 이 환유가 불러일으키는 강한 연민의 감정은 아름다웠던 과거의 기억으로 인해 한층 애틋한 것이 된다. 연민의 연대는 '쇠붙이'를 물리칠 정결한 분노를 모아낼 것이었다. 그것이 품성의 힘을 확인하는 경로였다. 수난은 민중을 인격적 결합체로 만드는 것이었다.

　인민주의적 상상 속에서 봉기(蜂起)나 의거(義擧)는 찬미의 대상이 된다. 여기서 지도자와 대중은 예언자와 그를 마음으로 따르는 추종자의 관계로 그려진다. 신동엽이 높은 정신적 경지로 여긴 '섬김' 의 태도는 모두가 서로에 대해 지극한 마음을 갖는 것이다. 「금강」에서 그는 동학을 이런 마음의 봉기로 그렸다. 봉기는 현실적인 전략을 통해서가 아니라 거룩한 격정과 마음의 결합을 통해서 유토피아를 선취한다. 그것이 신동엽을 통해서 동학과 4·19가 읽힌 방식이다.

　품성론은 대중적 영웅주의로 나아갈 수 있다. 그럼에도 불구하고 인민주의적 상상은 대체로 낭만적이고 때론 운명론적이다. 신동엽 역시 투

---

12) Augus Stewart, "The Social Roots", *Donald MacRae*, op. cit., p. 180.
　13) 「종로 5가」 (1967).

쟁의 필연성보다 희생의 불가피성을 더 많이 암시했다. 이런 입장에서 인민주의적 상상력이 그려내는 것은 성스러운 순교자다. 이 순교자는 많은 순교자들이 그렇듯 "거대한 천명(天命)"[14]을 예고하는 역할을 수행한다. 신동엽 자신을 투영한 「금강」의 주인공 '신하늬'가 그렇듯 순교자는 예언자가 된다.

　인민주의적 상상은 본질적으로 심미적인 상상이다. 신동엽은 훼손의 오물들이 켜켜이 쌓인 "균(菌)스런 부패와 향락"의 도시를 갈아엎어 "흙가슴"의 농촌을 회복하는 꿈을 꾸기도 했다. "갈아엎은 한강 연안에다/ 보리를 뿌리면/ 비단처럼 물결칠, 아 푸른 보리밭."[15] 고도로 심미화된 전복의 상상은 매혹적인 것이다. 미래의 승리에 대한 예언은 이런 매혹 속에서 빛날 수 있었다.

　나는 신동엽의 인민주의적 상상이 도덕과 부도덕, 선과 악을 나누고 '밖'을 죄악시하며 '안'의 인격적 결속을 요구하는 도덕화라는 술어에 의해 수행되었다고 생각한다. 인민주의적 상상에 의해 도덕화가 요구되었다기보다 도덕화라는 술어가 인민주의적 상상을 도출해 냈으리라는 것이 나의 견해다. 그렇게 볼 때 품성론은 도덕화의 산물일 수밖에 없다. 나아가 '우리들'이란 주어는 애당초 이 술어에 의해 구성되었다고 본다. '우리들'의 모호한 추상성은 도덕화라는 술어의 근본적 성격에서 초래된 것일 수 있다. 신동엽의 시가 '우리들'의 상상을 통해 읽힌 것인 한, 그 독법은 도덕화라는 술어의 지배를 벗어날 수 없었던 것이다.

　압제와 수탈에 맞서는 분노를 일깨운 점에서 물론 신동엽의 시는 저항적

---

14) 「금강」의 18장.
15) 「4월은 갈아엎는 달」(1966).

이었다. 그는 민족이 그 본원인 빛나는 고향 으로 돌아갈 날을 회구하는 경건한 기다림의 자세를 보였다. 그러나 잃어버린 낙원이 구체적인 역사 속에 놓이는 것은 아니어서 이를 되찾으려는 마음의 기도와 정치적 실천 사이의 길은 멀었다. 신동엽에게 역사는 중요한 화두였지만 아름다웠던 먼 과거는 역사적 문맥을 벗어난 꿈에 가까운 것이었다고 해야 옳다. 신성한 제의적 시간 속에서 하나의 전설 ("전설 같은 풍속"[16])로 빛나는 거룩한 대지를 기억하는 '우리들' 의 연대는 실제로 막연한 정서적 감응에 의한, 그만큼 일시적이고 모호한 것일 수밖에 없었다. 때때로 신동엽이 공허함이나 소조한 감상(感傷)에 빠져드는 모습을 보인 이유는 이러한 관점에서 설명될 필요가 있다. 그러나 감응을 요구받는 '우리들' 이 모호한 주어일 수밖에 없는 더 중요한 이유는 이 연대가 오히려 서로간의 소통을 불가능하게 하는 것이었다는 데 있다.

감응에 의한 통합과 대화를 통한 결속은 구분되어야 한다. 전자는 '우리들' 을 구체화해 내지 못하기 때문이다. '우리들' 이 모호한 주어일 때 도덕과 부도덕의 경계 긋기는 이미 자의적인 것이다. 도덕은 그것이 누구의 도덕인지가 규명되어야 한다. 도덕화라는 술어는 오히려 도덕에 대한 분석을 거부하는 것이었다. 그것이 구체적인 주어를 구성해 낼 수 없는 이유는 상당 부분 여기에 있다. 도덕화된 '우리들' 은 강렬한 귀속 욕구의 대상이 되었음에도 불구하고 실제로는 다만 유인(誘因)에 휩쓸릴 뿐 서로간의 소통이 차단된 낱낱의 익명적 군중일 가능성이 더 컸다. 물론 '우리들' 을 품성의 공동체로 여기는 집단적 자기 암시의 근거는 없다. 과거를 탈문맥화하는 상상 역시 역사의 무게로부터 벗어나려는 무책임한 시도이기 쉬웠다.

타자를 부도덕하다고 봄으로써 자신을 도덕적이라고 여기는 도덕화는

---

16) 「향아」 (1959).

근본적으로 배제의 기제다. 즉 타자가 부도덕한 것이 아니라 타자이기에 부도덕한 것이다. 타자를 금 밖에 놓음으로써 자신의 상(像)을 만드는 것은 근대 주체를 형성한 일반적인 방식이 아니던가. 도덕화 역시 이 근대 기제가 작동한 하나의 형태로 간주해야 할 듯싶다. 부도덕한 타자 없이 도덕적인 자신이 있을 수 없는 것이라면, 이 도덕의 진정한 근원은 부도덕이었다. 그런데 부도덕을 배제함으로써 구획되는 '우리들'은 이 도덕의 부도덕성을 성찰할 수 없었다. 이런 점에서 '우리들'은 이미 타율적인 테두리다. 도덕화에 의한 타자의 배제는 타자로부터의 배제를 흉내낸 것이거나 결국은 이를 다른 방식으로 승인하는 것이었다. '우리들'의 연대는 부도덕의 기획일 수 있었다.

'우리들'이 품성의 공동체이기 위해서는 그 안의 분열이나 불일치가 지양되어야 한다. 도덕은 억압의 명분이 된다. 여기서 내면은 허용되지 않는다. 도덕화는 각자의 내면을 지우는 또 다른 가면 쓰기를 요구한 것일 수 있었다. 아무리 도덕을 앞세웠다 하더라도 그 가면이 자신을 가두고 억압하는 것이라면 그것은 폭력이다. 때문에 나는 도덕화라는 배제의 기제를 압제와 침탈의 폭력에 대항하는 것이 아니라 맞물린 것으로 보아야 한다고 생각한다. 배제는 필연코 '우리들' 안으로도 작용할 것이었다. 모호한 주어에의 종속을 요구하는 상상적 통합은 실제로 '안'을 향한 배제를 통해 이루어지는 것이다. 이런 입장에서 볼 때 껍데기와 알맹이의 구분이 왜 박정희가 이끈 저 비상한 개발의 시대에 제기되었던가 하는 물음은 불가피하다.

1960년대는 산업화의 기치 아래 개발의 시대가 시작되었던 때다. '혁명'의 주인공으로 등장한 박정희는 민족의 경제적 번영과 자립이라는 빛나는 목표를 제시했다. 그가 농부의 자식임을 자처하며 일깨운 것은 '찢어지게 가난했던' 궁핍의 기억이었다. 궁핍에 대한 공포만큼 모두의 영혼 깊이 각인된 것이 있었던가! 그는 자신도 '서민'[17]임을 주장했다. 서민의 연대감을 통해 혁명의 요구가 정당한 도덕적 요구라고 설득한 것이다. 그러나 박정희 자신이 짓고 곡도 붙였다는, "우리도 한번 잘 살아보세"라는 청유형의 노랫말이 전국 방방곡곡으로 울려퍼졌을 때는 견고한 국가적 동원 체제가 마련된 뒤였다.

박정희의 포부가 어떤 것이었든 박정희 정권이 가동시킨 개발이란 기계는 자본주의 세계 체제와 국제 분업에 종속적으로 편입되는 길을 갔다. '한강의 기적'이라 불리기도 했던 발전이라는 신기루는 참혹한 노동 착취의 현실을 덮을 수 있는 것이 아니었다. 농촌은 분해되었으며 전 국토는 파헤쳐졌다. 그리고 누구도 이 가속적 변화를 돌이킬 수 없었다. 개발의 시대는 결코 서민들의 시대가 아니었다. 개발의 시대가 서민들의 시대가 아닌 한 그 목표 역시 서민들의 것일 수는 없었다. 서로의 등을 떠밀며 어느 곳으로 향할지 모르는 행진을 계속해야 했던 사람들에게 많은 것을 잃었고 다시 고향으로 돌아가지 못하리라는 상실감은 아물지 않을 상처가 되었다. 나는 근대 한국인에게 이런 상실감만큼 깊이 각인된 감정이 있을까 자문해 보곤 한다. 잃어버린 고향은 바로 이 상실감 속에 있었다. 낙원의 상상을 절실한 것으로 만든 것은 개발의 시대였다.

껍데기와 알맹이를 가른 품성론은 언젠가 이 상실을 이길 날이 오리라는 믿음의 근거였다. 그런데 품성론은 이미 국가적 동원의 방법이었다. 박정희에게도 국민은 품성의 공동체여야 했다. '좋은 심성'을 해친 원흉으로 '구미식(歐美式) 사조'를 꼽은 그가 건설의 청사진을 제시하며 당부한 것은 모

---

17) "본인은 한마디로 말해서 서민 속에서 나고, 자라고, 일하고, 그리하여 그 서민의 인정 속에서 생이 끝나기를 념원한다." 박정희, 『국가와 혁명과 나』 (향문사, 1963), 292쪽.

든 국민이 '순수한 민중으로 돌아가 달라' [18]는 것이었다. 소박해야 근면할 수 있고 정직해야 성실할 수 있다는 생각에서 품성의 회복을 요구한 것이다. 품성론은 비슷한 시기 북한에서도 강조되었다. 천리마 대고조를 부르짖은 1950년대 말부터 품성론은 본격적으로 개진되었으니, 고상한 도덕성과 외유내강의 태도 및 상호 부조의 열정, 애국주의 등은 민족적 천품의 내용으로 규정되었다. 이 천품론은 국가적 동원에 적극 부응해야 함을 명령하고 있었다. 국난을 극복하자는 '방어적'인 입장에서 요구된 산업화 혁명이었건, 탐욕적인 제국들에게 '우리식'의 본때를 보여야 한다는 격앙된 열정과 집단적 도취 속에서 진행된 정신적 증산 운동이었건, 품성에 대한 믿음과 기대를 동원의 방식으로 이용한 점에서 둘은 크게 다르지 않았다.

물론 신동엽은 자본과 기술에 의한 근대화를 반대했다. 신동엽의 '우리들'은 박정희의 국민과 달랐다. 그러나 이 '우리들'이 구획된 방식 자체는 궁핍의 공포나 외세에 대한 원한과 적의를 바탕으로 한 국가적 일자화의 기획과 구별되지 않는다. 각각이 생각한 도덕의 내용엔 차이가 있었지만 아름다운 과거를 회복하는 상상은 막연할 따름이어서, 그것이 국민 모두가 합심해 만들어가야 할 '새마을'의 이상과 어떻게, 얼마나 차별될 수 있는 것이었는지 궁금하다. 도덕의 힘으로 발휘될 '빛나는 정신'[19]은 갖가지 난관과 결핍을 이겨내어야 하는 '재건 정신'과 마찬가지로 하나의 언령(言靈)이었다. 상호 부조의 미덕이 어느 순간 모두를 예외 없이 구속하고 동원하는 도덕의 광기로 바뀌지 말라는 보장은 없다. 민중과 국민은 감응을 요구받는

---

18) 박정희의 품성론은 개조론이다. 그는 자신의 혁명이 인간 개조, 국민성 개조를 뜻한다고 주장하면서 소박, 근면, 정직, 성실 등을 국민의 갖추어야 할 덕목으로 요구했다. 이는 특별한 지도자와 국민이 '강력한 지도 원리'에 입각해 인격적으로 결합하기 위한 요건이었다. 박정희, 『우리 민족의 나갈 길』(동아출판사, 1962); 박정희, 『국가와 혁명과 나』, 289쪽.
19) 「빛나는 눈동자」(1963); 「금강」 3장.

품성의 공동체였다. 그리고 무엇보다 '우리들'을 앞세워 '나'를 지운 점에서 신동엽은 의도와 다르게 박정희를 허용한 것이다.

　나는 경건한 예언자로서 신동엽과 박정희가 갖는 공통점이 도덕화라는 술어와 그것이 작동한 기제를 통해 설명되어야 한다고 본다. '안'과 '밖'을 가름으로써 민중과 민족, 혹은 국민을 구획한 이 기제는 근본적으로 모호한 것일 수밖에 없는 주어에의 종속을 마땅한 것으로 요구하는 것이다. 모두가 익명화되는 상황에서는 누구도 이 종속에 대해 그리고 그 결과에 대해 책임질 사람은 없다. 도덕화는 모두를 무책임한 군중으로 만드는 군중의 정치학에 복무했다. 군중의 정치학이 국가적 동원을 위한 것이었다면 무책임한 군중을 낳은 품성의 공동체는 결코 근대의 제도적 형식들을 뛰어넘을 수 있었던 것이 아니었다. 군중은 이 제도적 형식들에 의해 통제되어야 할 대상에 불과했다. 도덕화는 근대를 거스르거나 넘어서려는 기획일 수 없었다.

　도덕화가 근대를 또 다른 방식으로 수용한 기획이었음을 확인하기 위해서는 도덕화라는 술어가 근대를 관류해 온 양상을 간단하게라도 살필 필요가 있을 듯하다. 도덕화라는 술어의 역사적 '역동성'을 규지할 때 신동엽과 박정희의 의도하지 않은 공모 관계는 더 큰 문맥 안에서 파악될 수 있을 것이다.

도덕화, 또 다른 근대 기획

　껍데기와 알맹이를 나누는 이분법의 기원은 서양을 금수(禽獸)들의 영역으로 간주한 척사론자들에게서 이미 발견되는 바다. 근대적 '민족'에 대한 생각은 없었겠지만 척사론자들이 서세(西勢)를 사악한 힘이라고 규정했을 때 그들의 주자학적 세계관은 자기 중심적 도덕화를 수행한 것이다. 이후 금수가 아닌 인간들의 품성의 공동체는 인격과 의지의 결합체가 되어야 했고 인격의 의지를 모아내기 위한 동원의 프로그램은 가동되었다. 서양을 맞은 편에 놓은 동양의 근대는 이렇게 시작되었던 것이다. 여기서 돌이켜보려는 동원의 프로그램은 식민지 시대 말기 대동아공영(共榮)을 부르짖은 일본의 신체제론과 해방 직후의 건국 과정에서의 '민주주의' 논의다. 이 둘은 서로 다른 성격을 갖는 것이지만 모두 서구적 근대의 초극을 주장했다. '비약'은 두 프로그램의 표어였다.

도덕화는 경제나 정치를 도덕의 문제로 간주한다. 이런 관점에서 자본주의는 흔히 적대시된다. 이윤을 얻으려는 동기 자체가 죄악이기 때문이다. 합리적 이기주의는 헌신과 봉공(奉公)의 자세, 상호부조의 정신으로 대체되어야 할 것이었다. 나아가 정치가 도덕적 감응의 관계로 단순화될 때 권위에 대한 전통적인 입장은 답습될 수 있었다. 감응의 중심이 정치적 권위를 독점하게 되는 것이다. 여기서 정치의 추상적인 심미화는 초래되게 마련이었다.

식민지 모국 일본을 매개로 서구라는 '밖'을 볼 수밖에 없었던 식민지 지식인들은 안팎을 가르는 금을 어떻게 긋느냐는 문제 앞에서 매번 당황하고 혼돈에 빠져야 했으리라. 이 이중적 존재에게 반제 계급 운동이 불가능해지며 휴머니즘과 모럴 혹은 '동양'이 화두로 떠올랐던 전형기(轉形期)란 내면의 균열이 심각한 위기로 의식되었던 때였다. 균열을 감당할 수 없는 지점에 이르렀다는 느낌이 지배적인 것이 되었던 가운데, 서구의 근대를 그대로 좇아서는 안 된다고 외치며 그것을 넘어서는 다른 시간을 도모한 '근대 초극'[20]의 주장이 던진 파장은 결코 작지 않았으리라 생각된다. 근대 초극 논의는 서구의 근대와 자본주의의 해악을 강조했다. 서구가 봉착한 물질주의와 세속주의, 전인성(全人性)의 상실, 영성(靈性)의 부재와 같은 문제들은 서구의 시간 속에서는 결코 해결될 수 있는 것이 아니었다. 서구가 갈 때까지 갔다는 판단 아래 아시아가 되찾아야 할 대안으로 제시되었던 것은 막연하고 추상적인 '정신'이었으며 모호하게 확장된 '가족'이었다. 이로써 정치는 도덕의 문제가 되었다. '우리들'은 도덕적으로 거듭 태어나야 했다.

이 논의에 의거하면 서구 문명과 문화는 그것을 수용한 식민지에도 해악을 끼친 것이다. 식민 주체 내부의 균열은 무엇보다 이로 말미암은 것이 된다. 서구적 근대를 뛰어넘는 것은 온전한 자신을 찾기 위해 절실한 과제였다. 처방은 근원으로 돌아가는 것이었다. 일본 고대 정신은 심오한 힘의 원천으로 간주되어서, 그에 바탕을 둔 믿음과 예지의 회복이 외쳐졌던 것이다. 감은(感恩)의 깊이에서 우러나는 '청명심'(淸明心)[21]이라든가 극진함을 다하는 정신적 경지는 회복해야 할 품성의 내용이었다.

근대 초극론은 일본을 맹주로 아시아가 뭉쳐 공영하자는 '신체제'의 필연성을 말한 것이었다. 신체제론에 의하면 민족자결의 원칙은 자유주의의 시장 경쟁 논리를 관철시키기 위한 서구의 음모에 지나지 않았다. 아시아의 연대—여러 민족들이 서로 친애하고 교육하는 대가정을 이루는 일은 서구를 주인공으로 하는 약육강식, 우승열패의 무대였던 근대를 극복하려는 새로운 세계사적 기획이었다. 물론 근대 초극의 길은 식민지 지식인에게 곧

---

20) '근대의 초극'(超克)이란 태평양전쟁을 벌인 직후인 1942년, 일본에서 진행된 일련의 논의의 주제였다. 『문학계』, 『중앙공론』 등에 연재된 이 논의는 서구적 근대를 비판하는 입장에서 일본이 아시아의 중심국으로 나서야 하는 세계사적 필연성을 역설하고 동아 공영의 '윤리성'을 역설한 것이었다. 『문학계』의 논의를 번역하고 소개한 글로는, 이경훈, 「'근대의 초극'론」, 『다시 읽는 역사 문학』(평민사, 1995).

21) 이광수, 「인간수행론」, 『신세대』 1941년 1월; 「국민문학 문제」, 『신세대』, 1943년 2월; 『춘원 이광수 친일문학 전집 II』, 이경훈 편역 (평민사, 1995).

친일의 행로일 수밖에 없었다. 그러나 아시아가 하나로 뭉쳐 서구에 의해 주도되어 온 자본과 기술의 시간을 뛰어넘는다는 것은 서구적 근대의 부도덕에 맞서는 웅대한 도덕적 구상으로 비칠 수 있었다. 일본이 새로이 여는 저 심원한 '정신의 바다'에 뛰어들 때 조각난 주체는 거대한 시대의 물줄기와 합쳐 하나가 될 것이었다. 식민지 지식인들은 계속 꿈으로 연기되었던 도덕에로의 귀환이 마침내 역사의 구체적 과제로 제기되었다는 황홀한 감격에 사로잡힐 수 있었다. 한때 서구를 '문화 기여자'로 간주하기도 했던 최재서가 신체제의 문학을 외치게 되는 과정[22]은 서구를 버리고 '동양'을 선택한 과정이었다. 그러나 이 '동양'은 서구가 그랬던 만큼 막연하고 추상적인 것이었다.

서구를 상대로 아시아의 결속을 외친 신체제론에 의하면 아시아 안의 내부적 차이들은 통합되어야 할 것이었다. 그러나 실제로 (민족과 국가간의) 서열이 제도화되었던 현실에서 아시아의 통합은 매우 추상적이고 심미화된 중심을 통해서만 도모될 수 있었다. 때문에 이 공동체의 경계는 실상 불확실하고 유동적이었다. 서구를 '밖'으로 배제한 '안'은 언제든 '밖'으로 밀려나갈 수 있었던 것이다. 자본 운동이 전 지구적으로 확대되면서 진행된 주체의 추상화가 근대의 한 양상이자 귀결이라면, 근대 초극 논의 역시 근대를 초극하려고 한 것이 아니라 수행한 것이다.

해방과 더불어 민족과 민중은 다시금 도덕적 배제를 술어로 갖는 대주어가 되었다. 이는 무엇보다 해방이 '사(邪)에 대한 정(正)의 승리'[23]로 규정된 결과다. 파시즘을 무너뜨린 역사의 수레바퀴는 동시에 도덕적 의지의 존

---

22) 「문화기여자로서」, 『조선일보』 1937년 6월; 「소설과 민중」, 『동아일보』 1939년 11월; 「전환기의 문화이론」, 『인문평론』 1941년 2월; 「문학정신의 전환」, 『인문평론』 1941년 4월호 등을 참조할 것.
23) 백남운, 『조선민족의 진로』(신건설사, 1946), 2쪽.

재를 확인시켜 주었던 것이다. 새 시대가 그간 고통을 받은 민중의 시대가 되어야 한다는 것은 역사의 마땅한 명령으로 받아들여졌다. 민족의 독립이라는 지상 목표는 민중의 시대를 구현함으로써 달성될 것이었다. 이 과제를 두고 누구를 혹은 무엇을 배제의 대상으로 놓느냐는 좌와 우, 그 안에서도 각축하는 세력들간의 경계를 가르는 매우 심각하고 근본적인 문제가 되었다. 평론가 한효는 서구적 지성과의 결별을 선언한다.

구라파 지성은 특유의 행동성과 윤리성에 의하여 전개되는 조선적 현실에 대하여 아무런 구체적 해명을 내리지 못했을 뿐만 아니라 그 방향을 전혀 지시하지 못했다. 우리 신문학이 구라파적 지성을 토대로 하고 그 위에서 발전되어 온 40년간 그 동안 우리는 불행히도 우리의 현실을, 축적되어 온 우리 민족의 불굴성과 견실성을 참으로 그 구체성에 의하여 묘파한 작품을 대한 일이 없다. 혹시 대한 일이 있었다면 그 작품은 이미 구라파적 지성과 결별하고 도리어 그것에 항거하는 억센 사상적 훈련에다 몸을 바친 작가의 속에서 씌어진 것이었다. 이것은 결코 조선의 작가가 작가적 소질에 있어서 부족됨으로서가 아니다. 그가 받아들인 지력, 구라파적 지성 자신에 숙명적인 결함이 있었음으로서이다. 조선의 신문학이 발전하는 데 있어서 구라파적 지성은 가장 유력한 온상이고 기(基)이었다. 이를 받아들임이 없이는 우리 신문학은 발전할 수가 없었으리라고 보는 것은 결코 잘못이 아니다. 조선 문학에 있어서 그 역할은 크다. 그것은 어떤 독선적 견해를 가지고도 도저히 과소평가할 수 없다. 우리의 많은 작가들은 누구나 그것을 받아들이고 그것을 토대로 삼아 자기의 역량을 길러왔다. 다만 중도에서 몇 사람의 좌익 작가가 그것으로부터 결별하고 새로운 사상적 훈련에다 자기를 몰아세우기 시작했을 따름이다. 구라파적 지성에다 결별장을 보낸 좌익 작가야말

로 누구보다 먼저 구라파적 지성의 붕괴의 운명을 자각한 사람들이었다.[24]

　서구를 배제함으로써 온전한 민족과 민중을 되찾으려는 기도가 거듭 시도되었던 것이다. 파시즘이 대두하면서 제기된 '지성의 위기'론은 대전의 종식 이후로도 서구적 지성의 붕괴를 단언하는 배경이 되었거니와, 서구 문화의 퇴영적 측면을 자본주의가 내부로부터 허물어져 가고 있음을 알리는 징후로 보는 견해 역시 특별히 새로운 것은 아니었다. 한효는 서구적 지성이 한 역할이 크다고 했다. 그러나 그 역할은 매우 제한적인 것이었다. 한효의 문제 의식은 서구적 지성이 붕괴의 운명을 맞았다는 그 자체에 있었던 것이 아니라 애당초 서구적 지성으로는 '특유의 행동성과 윤리성에 의해 전개된 조선의 현실'을 옳게 파악할 수 없었다는 데 있었다. 서구적 지성이 조선의 현실 속에서 축적된 '민족의 불굴성과 견실성'을 포착해 내지 못했다고 말했을 때, 한효는 민족의 시간이 서구적 근대와는 다른 것이었다는 생각을 또한 피력한 것이다. 그리고 '불굴성과 견실성' —민족의 특별한 품성이 좌익 작가의 '사상'을 통해서 바르게 그려질 수 있었다고 말함으로써 '사상'을 민족의 시간 속에 놓은 것이다. 뒷날 '반종파 투쟁'(1956) 이후 본격화되어 주체 시대를 낳게 되는 '사상'의 민족화는 이미 이 시점에서 시작되었던 셈이다.

　한효가 말한 '불굴성과 견실성'은 또한 민중의 품성이 아닐 수 없다. '인격의 원리'란 본질적으로 마르크스주의적인 것이 아니지만, 민중이 '본능적으로' 사회주의를 선취한 존재라는 생각[25]은 민중을 '지도'의 대상으로 보는 볼세비즘의 세례 이후로도 불식되지 않았다. 민중이 시련의 경험을 근

---

24) 한효, 「조선문학의 현재의 입장」, 『인민예술』 1946년 10월호, 9～10쪽.
25) 대표적 경우의 하나는, Alexander Herzen, "Our 'Opponents'," *My Past and Thoughts* (Vintage Books, 1974).

거로 도덕의 힘을 모아내리라는 기대는 역사 발전의 필연성을 도덕적 필연
성으로 설명할 수 있게 했다. 식민지 지식인에게 민중은 줄곧 서구적 지성
의 수용에 따른 내부적 갈등과 괴리를 만회할 온전한 표상이었다. 한효는
드디어 '사상'과 민중 그리고 민족을 결합하려 한 것이다. 이로써 '사상'은
서구적 지성으로부터 분리되었다. '민주주의'는 이런 기도의 정치적 표현
이었다.

'민주주의'는 파시즘 붕괴 이후의 세계사적 방향으로 간주되었으나 애당
초 연합국을 통칭하던 표현으로서의 '민주주의'가 이내 더 좁은 의미로 씌
어진 것이 해방기의 상황이다. 일찍이 박헌영은 미국을 '신래(新來) 제국주
의'로 지목했다. 민중의 시대를 눈앞에 두고 있다고 생각했을 때 이미 몰락
이 시작되어 퇴폐의 온상이 되고 있는 서구로부터 더 배울 것은 없었다. 물
론 이런 판단은 승전국 미소에 의한 세계 분할이 냉전을 배태하던 상황을
반영한 것이어서, 미국이나 서구의 부정은 소련의 긍정을 위한 것이기도 했
다. 하지만 소련이 민주주의의 대표자로 불릴 수 있었던 데는 무엇보다 소
련이 '죄 많은' 자본주의를 넘어섰다는 생각이 크게 작용했다. 많은 사람들
에게 자본주의의 배격은 민중의 시대를 구현하기 위한 절대적 조건이었다.
소련을 여행한 이태준은 "마치 조롱에서 놓여난 새가 천공(天空)을 나는 것
과 같았다"는 감정을 술회[26]하는 것으로 자본의 사슬을 끊은 세계사의 새
국면을 눈으로 확인한 감격을 피력했다. 오직 선의(善意)를 갖는 천진하고
구김살 없는 사람들의 모습은 "인류의 위대한 꿈이 실현된"[27] 증좌였다. 해
방기의 진보적 운동자들은 자신들이 이 꿈을 실현하느냐 못하느냐는 기로
에 서 있다고 여겼다. '사상'이 오랜 도덕적 이상을 실현할 동력인 한 그것

---

26) 소련 여행을 한 이태준의 기행문들을 모은 『소련기행』(백양당, 1947)의 서문.
27) 같은 책, 14쪽.

은 또한 도덕적 의지였다.

소련은 산업화의 고통스런 단계를 거치지 않고도 사회주의 혁명을 달성할 수 있음을 엄연히 보여주었다. 소련이 연 새 세계는 파탄에 이른 서구적 근대를 극복한 것이었다. 모든 부도덕이 극점에 이른 제국들의 시대를 뛰어넘는 것이 바로 '민주주의'의 과제였다. 현단계가 민족의 통일과 독립이라는 근대적 과제를 달성해야 하는 단계지만 이 과제가 부르주아가 아닌 민중에 의해 수행되어야 한다는 박헌영의 '부르주아 민주주의 혁명'이나 해방 직후 북한이 내건 '진보적 민주주의' 노선은 서구와 다르게 근대를 경과함으로써 민중의 시대를 열겠다는 '도덕적' 기획이었다.

'사상'을 서구적 지성으로부터 분리하려 한 한효의 기도는 '주체'의 출발점을 마련한 것이었다. 그렇다면 과연 주체의 북한은 서구적 근대를 넘어선 것인가? 신체제론이 천황이라는 추상적 감응의 원천을 부정하지 않은 것처럼 북한에서도 '민주주의'는 인민의 영웅이 어버이 수령으로 등극하는 것을 막지 못했다. 도덕화가 품성의 공동체로서 '우리들'을 표상하는 모호한 주어에의 종속을 요구한 결과다. 비약의 꿈은 국가적 이상일 수밖에 없어서 도덕으로의 귀환은 무자비하고 전면적인 동원을 정당화하는 명제가 되었다. 품성의 공동체는 실제로 익명화된 동원의 대상에 불과했던 것이다. 서구의 극복은 이루어지지 않았으며 근대는 초극되지 않았다. 동양과 서양의 구분, 물질과 정신의 대립은 속도와 양상의 차이를 통해 전개된 근대를 애당초 넘어설 수 없는 것이었다.

오늘날 북한에서 '주체'는 실제로 존재하는 것이 아니다. 인민은 특별한 지도자에게 자신의 모든 것을 양도해야 했는데, 김일성이든 김정일이든 역사적으로 그 유례가 없는 덕성과 예지를 발휘하는 지도자는 서술에 의해 구성된 허구적 형상이었기 때문이다. 수령을 중심으로 뭉친 대가정은 유령에 의해 지배되는 곳이다.

도덕화에 의한 경계 긋기와 역할의 부여는 근대를 수행하며 동시에 근대의 가능성을 '소진'시켰다. 나는 신동엽 시의 독법 역시 이 메커니즘을 재생산하는 것이었다고 본다. 그 과정에 대한 성찰이 내가 누구인가를 묻는 데서 시작될 것이라면 '나'의 회복은 도덕화 메커니즘에 맞서는 불가피한 길이다. 개별자가 되지 않고 유령으로서의 '우리들'을 벗어나는 길은 달리 없을 것이기 때문이다.

'우리들'은 없다

「금강」의 마지막 부분에서 신동엽은 '신하늬'의 순교를 그리며 정결하고 거룩한 마음이 지워질 수 없는 것인 한 '찬란한 혁명'[28]의 날이 다시 오리라는 믿음을 표했다. 도덕적 감응을 통한 한마음 되기가 '우리들'의 과제이며, '우리들'이 다가올 어느 때 혁명적으로 비약하리라 말한 것이다. 그러나 박정희와 김일성도 한마음으로 뭉칠 것을 요구하지 않았던가? 대대적인 대중 동원 캠페인으로 전개된 새마을운동이나 천리마운동 역시 모두의 의지를 모아 비약의 꿈을 이루자고 한 점에서는 '혁명'들이었다. 정결하고 거룩한 마음의 결합이 정결하고 거룩한 마음에 의해 보장되는 것은 아닌 듯하다. 그렇다면 혁명을 위해 실제로 필요한 것은 오히려 정결하고 거룩한 것에 대한 '거부'[29]일지 모른다.

「금강」에서 신하늬나 전봉준은 민중의 수난을 몸소 겪고 역사의 부름을

---

28) "우리 사랑밭에/우리 두렛마을 심을. 아/ 찬란한 혁명의 날은/ 오리라." 「금강」의 후화 2.
29) Michael Hardt·Antonio Negri, *Empire* (Harvard Univ. Press, 2000), pp. 203~204.

받아 지도자로 나선 민중의 영웅들로 그려졌다. 품성의 공동체가 하나의 마음에 이르는 상상은 감응의 중심으로서 전통적인 권위를 갖는 지도자를 필요로 할 수 있다.[30] 지도자는 인격에 의한 지배를 수행하는 존재다. 그렇다면 박정희와 김일성은 어떠했던가? 그들 또한 민중 속에서 난 민중의 영웅들이 아니었던가? 예지와 혜안의 예언자이든 용기와 과단성을 보인 실천가이든 혹은 영웅적인 순교자이든 감응의 원천이 되는 지도자란 찬미와 외경의 대상이 됨으로써 지배 관계를 은폐하는 존재일 수 있다. 그들은 모두 역사의 주인공으로서 결국 역사를 그들의 역사로 만들었다. 나는 작가의 메가폰으로 역사에 개입한 신하늬의 형상 역시 역사를 비범하거나 위대한 인격의 개진으로 서술하려는 기도[31]와 관련시켜 보아야 한다고 생각한다. 감응에 의한 자발성이란 이 역사 서술 속에서 유도되고 강제되었던 것이다.[32] 도덕의 힘은 언제든 민중을 군중으로 만들어버릴 수 있는 힘이었다.

부도덕한 '밖'을 배제한 품성의 공동체는 도덕에 의해 지배되어야 하는 것이지만 선과 악, 바람직한 것과 그렇지 못한 것을 끊임없이 갈라내야 하는 한 '안'이라고 해서 결코 따뜻한 곳일 수는 없다. 신동엽은 번번이 절개를 지키는 아름다움을 숭상했다. 그러나 절개가 숭상될 때 변절자나 배반자에 대한 경각심도 요구되는 것이다. 민중의 적들을 향해 그가 내비친 분노와 증오의 감정들은 '밖'으로만이 아니라 '안'으로도 향할 수 있었다. 알맹이 역시 끊임없이 껍데기가 되어야 했던 것이다. 도덕에 의한 지배는 결국

---

30) Gino Germani, *Authoritarianism, Fascism, and National Populism* (Rutgers Univ. Press, 1978), pp. 85, 94, 96.

31) 김일성의 혁명 역사를 서술한 장편 소설 총서 '불멸의 력사'와 같은 것은 그 대표적 경우일 것이다.

32) 감응이 유도되고 강제되는 상황이란 군중을 감정과 무의식의 수준에서 장악한 상황을 가리킨다. 지난 세기 초 '군중의 시대'의 개막을 알린 르봉은 군중의 마음을 지배하는 독재만이 진정한 독재라고 말했다. 왜냐하면 그에 맞서 싸울 가능성이나 근거를 없애버린 것이기 때문이다. Gustave Le Bon, *Psychologie des Foules* (Presses Universitaires de France, 1947), p. 95.

도덕적인 배제를 지배의 수단으로 하게 된다. 도덕적 명분 아래 배제가 자의적으로 이루어질 때 품성의 공동체란 오히려 폭력과 전횡을 허용하는 것일 수밖에 없다. 나는 새마을운동과 천리마운동이 이미 이 공포 속에서 진행되었다고 본다. 도덕적 배제의 극한은 파괴이고 소멸일 것이다. '아름다운 농업 공동체를 건설하려는 꿈이 참담하고 황당한 인간 도살극으로 끝난 한 약소국의 경우'[33]는 도덕적 배제가 얼마나 파괴적인 것일 수 있는가를 보여준 무서운 전례다.

농업적 공동 사회는 잔혹하고 살벌한 자본주의를 벗어나는 꿈으로 제시되었지만 이런 경제적 낭만주의가 자본주의 세계 체제에 맞서는 현실적 대안일 수는 없었다. 도덕으로의 귀환이 계속 연기되어야 했던 것처럼 이 낙원은 언제나 상상 속에만 있는 것이었다. 인민주의는 산업화가 필연이 아니라고 말한다. 그러나 제3세계에서 인민주의가 반서구를 표방하는 민족주의와 결합되었을 경우, 산업화를 거부하는 것이 그것의 궁극적 과제이지는 않았다.[34] 사실 민족주의가 필요로 했던 것은 인민주의의 이상이 아니라 감정이었을 것이다. 신동엽의 '무정부 마을'을 향한 꿈 역시 실제로는 경제적 민족주의를 옹호하는 역할을 할 수밖에 없었던 것이 아니었던가 싶다.

오늘날 자본주의의 전 지구적 팽창에 맞서는 대안의 하나로 다시금 '새로운' 인민주의의 가능성이 고려되기도 하는 듯하다. 생태주의로부터 페미니즘까지를 아우르는 '포스트모던한' 인민주의가 NGO와 같은 풀뿌리 민주주의의 저변을 넓히리라는 기대다.[35] 광범한 대중적 참여는 계급적 적대

---

33) 유종호 교수는 신동엽의 거대 담론에 회의적인 입장을 표하면서 캄보디아의 예를 지적하여 "외세를 물리치고 농본주의적 전원 국가를 건설하려는 동남아시아 약소국의 혁명적 실험이 참담하고 황당한 인간 도살극으로 끝나는 것을 다행히도 그는 보지 못하였다"고 썼다. 유종호, 「뒤돌아보는 예언자—다시 읽는 신동엽」, 1999년도에 대산문화재단 주최로 열린 신동엽 문학 심포지엄의 발표문.
34) Gavin Kitching, *Development and Underdevelopment in Historical Perspective : Populism, Nationalism, and Industrialization* (Routledge, 1989), p. 46.

주의를 넘어서는 다른 길을 열어줄 수 있다는 것이며, 국제적 연대의 확산은 민족주의적 배제의 논리를 벗어나게 하리라는 것이다. 새 인민주의에 대해 말하는 것은 나의 논제가 아니다. 나로서 말할 수 있는 것은 이 새로운 연대가 기대한 목표를 향해 나아가기 위해서는 '우리들'이기를 포기해야 할 것이라는 점이다.

상상된 품성의 공동체는 구성원 모두를 품성으로 환원시키려 한다. 그러나 과연 품성이란 무엇인가? 그것은 오직 '가상의 인격'을 통해서만 가시화될 수 있는 것이다. 가상의 인격은 감응과 그를 통한 추종을 요구하는 지배적 형상으로서 내가 누구인가라는 물음 묻기를 봉쇄하는 수단이기도 하다. 내가 누구인가를 묻지 않고 '나'가 있을 수 없다면 어떻게 또 '우리들'이 있을 수 있겠는가. 내가 없는 상황에서 도덕이 모두를 가두고 지배하는 집단적 광기가 되는 것은 불가피하다. 이름이 없이는 누구에게도 책임이 있을 수 없기 때문이다. 도덕화라는 술어는 아무도 책임이 없는, 그렇기에 누구도 주체가 아닌 군중의 시대를 연출해 온 것이다. 도덕화를 통해 구획된 민중이 과연 군중의 정치학을 극복할 수 있었던 것인가 하는 물음은 심각하게 검토될 필요가 있다. 이런 관점에서 신동엽의 시도 다르게 읽힐 필요가 있다.

김승옥은 「서울 1964년 겨울」에서 누구도 서로에 대해서는 물론 자신에 대해서도 책임을 질 수 없는, 그렇기에 기이하고 황량한 익명의 시대를 신랄하게 풍자했다. 그의 소설에서 '우리들'은 없다. 포장마차에 모인 등장인

---

35) Tom Brass, *Peasants, Populism and Postmodernism* (Frank Cass Publishers, 2000), pp. 150~152.

물들이 자신만의 사실을 소유하는 말장난을 벌이는 것은 지워진 자신을 확인하려는 안간힘일 터이다. 그들의 우스꽝스런 저항은 상상과 유인에 휩쓸리지만 이미 고립무원의 익명적 존재들이기에 서로간에 어떤 소통도 불가능한 상태를 증언한 것이었다.

> 우리들의 적(敵)은 늠름하지 않다
> 우리들의 적은 카크 다글라스나 리챠드 위드마크 모양으로 사나웁지도 않다
> 그들은 조금도 사나운 악한이 아니다
> 그들은 선량하기까지도 하다
> 그들은 민주주의자를 가장하고
> 자기들이 양민(良民)이라고도 하고
> 자기들이 선량(選良)이라고도 하고
> 자기들이 회사원이라고도 하고
> 전차를 타고 자동차를 타고
> 요리집에 들어가고
> (……)
> 그들은 말하자면 우리 곁에 있다
>
> —김수영의 「하…… 그림자가 없다」의 부분

김수영에게 '우리들'은 알맹이도 품성의 공동체도 아니었다. '우리들'은 바로 '우리들'의 적이었다. '우리들'에의 귀속이 거부되는 순간 내가 누구인가라는 물음은 불가피해진다. 나는 김수영이 그 물음을 던졌다고 본다.

극단적인 절멸을 경험케 한 전쟁의 기억 속에서 스스로를 지움으로써 살

아가야 하는 이른바 '소시민'의 자조 속에 빠져 있던 한국인들에게 신동엽의 민중은 새로운 정체성을 부여하는 하나의 화두일 수 있었을 것이다. 그러나 존재하지 않는 '우리들'이 역사의 주체가 되는 방법을 나는 알지 못한다. 신동엽은 아름다운 꿈을 제시했지만 부재한 '우리들'의 꿈은 동시에 환멸일 따름이다. 꿈과 환멸 사이에 신동엽이 서 있었다.

환멸의 꿈

서울을 갈아엎어 보리밭을 만드는 꿈은 환멸의 꿈이다. 환멸은 도덕이 부도덕을 밀어낼 것이라는 믿음 혹은 기대가 흔들리는 절망적 의혹의 순간에 엄습하는 감정일 것이다. 신동엽이 애써 감춘 의혹의 마음과 환멸의 감정은 오늘날 더 분명하고 더 보편적인 것이 되어버린 듯하다.

반외세와 주체성의 견지를 외침으로써 경제적 예속을 극복할 수 있고, 문화적 종속이 품성의 우위를 강변함으로써 해결될 것이라고 믿는 사람은 이제 많지 않을 것이다. 그럼에도 불구하고 근원주의적 입장에서 한국인의 특별성을 말하는 갖가지 사상적 고안들은 해괴한 모조품과 협잡물로 가득 찬 문화 진열장을 어지럽히는 또 하나의 조악한 상품이 되고 있다.

한때 북한은 '식민지' 남한과 달리 민족적 순결을 지켜온, 그런 만큼 도덕적 정당성을 갖는 곳으로 막연히 기대되기도 했다. 하지만 모든 사람들이 한 목소리로 한 이야기를 해야 하는 사회란 아마도 가장 부도덕할 수 있는 사회일 것이다. 누구든 일상적으로 끔찍한 부도덕에 노출되어야 하는 남한 사회의 현실 역시 도덕적 힘의 가능성을 부정케 하는 것이 아닐 수 없다. 사실 '우리들'이 품성의 공동체였던 적이 있었던가? 혹자는 한국 사회 전반을 뒤덮고 있는 부도덕을 식민 지배의 결과라 하기도 하고, 자본주의의 병폐로 진단하기도 한다. 그것이 한편 타당한 지적이라 하더라도 분명한 것은 그 원인이 '우리들' 밖에 있다고 말하는 것이 옳지 않다는 점이다. 부도덕이 도덕화의 결과라면 그것은 익명화의 결과, 즉 누구든지 자신과 남에 대해 끝간 데 없이 무책임할 수 있고 무책임해도 되는 데서 빚어진 것이다.

나는 이 글에서 '민족 시인' 신동엽이 제시한 '우리들'의 상상 역시 자신을 지우는, 그럼으로써 책임에 대한 성찰을 불가능하게 하는 익명화·도덕화를 문제로 보는 관점에서 읽을 필요가 있음을 지적했다. 나아가 도덕화가 군중의 정치학을 가능케 하는 술어일 수 있다는 견해를 피력했다. 군중의 정치학은 서로에 대해 그리고 자신에 대해 무책임할 수 있는 군중들 속에서 그것의 공간을 넓혀온 것이다. 그것은 서구나 외세를 배격한다는 정치적 선(善)을 목적으로 앞세워 '불가피한' 수단들을 정당화해 왔지만, '우리들'을 향한 기대와 바람이 감당하기 어려운 환멸과 혼란으로 뒤바뀐 지는 이미 오래다.

거룩한 사명을 수행한다는 공분(公憤)의 횡포라든가 목적이 정당한데 수단과 방법을 가릴 수 없다는 후안무치의 적극성, 그리고 그것들과 본질적으로 다른 것이 아닌 무책임한 무기력증과 같은 문제들이 다시 더 새로워진 '우리들'을 상상함으로써 해결될 것이라고 생각되지는 않는다. 이 군중의 시대를 거스르려는 것은 또 다른 환멸의 꿈일 수 있겠지만, '우리들'의 상상으로부터 벗어나려 하지 않는 한 환멸을 넘어서는 길은 없을 것이다.

이효석과 '발견된' 향토
—분열의 기억을 위하여

향토의 '발견'

이효석이 오늘의 젊은 독서 대중에게도 여전히 널리 애독되는 과거의 작가 가운데 한 사람이라는 기사를 본 적이 있다. 아닌게 아니라 그의 대표작인 「메밀꽃 필 무렵」(1936)은 수십 년 동안 각종 문학 교과서나 교재에서 다루어온 것이어서, 중등 교육을 받은 한국인이라면 한 번쯤은 접했을 소설이다. 하지만 그가 가히 '국민 작가'의 반열에 오른 이유가 이렇게만 설명될 수는 없다. 예를 들어 역시 필독서 목록에 오르내리는 염상섭의 소설들은 이효석의 경우와 같은 '인기'를 누리고 있지 못한 것이 분명하기 때문이다. 「메밀꽃 필 무렵」에 상대적으로 더 잘 읽히고 읽을 만하다(readable)고 여겨진 부분이 있다면 그것은 과연 무엇일까?

사실 「메밀꽃 필 무렵」이 '향토적 서정'을 담아낸 수작이라는 평가가 확립된 지는 오래다.[1] 이는 그런 독법이 일찍이 정착되었고 많은 사람들이 그

---

1) "향토적 정서"를 세련되게 일깨웠다는 점에서 이효석을 "한국적 로망주의의 일인자"였다고 평가한 정한모(鄭漢模)의 「효석론」(1957)은 그 한 경우일 것이다.

것을 익숙하게 읽어왔음을 의미한다. 향토적 서정이란 향토를 서정적으로 심미화해 낸 것일 터인데, 향토를 잃어야 했던 한국인들 사이에서 그것은 이미 상당한 수요가 있는 아이템이었음이 분명하다. 물론 향토가 「메밀꽃 필 무렵」에서만 제시되었던 것은 아니다. 순결하고 아름다운 전원, 그러나 "빼앗긴 들"²⁾의 정경이 환기되면서 향토를 그리는 일은 한국 근대 문학의 중요한 주제 가운데 하나가 되었다. 『상록수』(1935)의 목가적 농촌이라든가 해방 후 청록파의 '자연', 그리고 김동리나 서정주가 다룬 '토속'의 세계 등은 향토를 심미적으로 떠올리게 한 경우들 가운데 당장 꼽아볼 수 있는 것이다. 향토를 비춘 각각의 입장과 배경은 서로 달랐지만 어쨌든 그 향토는 한국의 향토였다. 향토가 불러냈던 것은 공동체의 기억이었다. 과거의 역사를 돌이키고 문화나 전통이라고 생각되는 것을 구성해 낸 민족 이야기는 민족을 상상케 했다. 향토는 종종 민족 이야기의 무대일 수 있었다.

이렇게 볼 때 「메밀꽃 필 무렵」 역시 한국인으로서의 동질성을 확인시키는 역할을 해왔으리라 짐작된다. 예컨대 장돌뱅이나 메밀꽃을 실제로 보지 못한 경우일지라도 나귀 고삐를 쥔 장돌뱅이가 달빛에 젖은 메밀밭을 지나는 그림을 낯선 것으로 느낀 한국인은 드물었을 것이다. 감각적 인상(印象)으로서의 정서가 집단적 정체성을 확인시켰다는 점은 이 소설이 '민족 중흥'(民族中興)³⁾의 시대 이래 국민적 읽을거리가 된 중요한 이유였다고 나는 생각한다.⁴⁾ 상상된 기억과 그로 인한 향수의 감정이 민족의 이름으로 모두

---

2) 이상화(李相和) 시 「빼앗긴 들에도 봄은 오는가」(1926)에서 따온 표현.
3) 박정희 정권이 1968년에 발표한 「국민교육헌장」의 첫머리 "우리는 민족 중흥의 역사적 사명을 띠고 이 땅에 태어났다"에서 따온 표현.
4) 나는 「메밀꽃 필 무렵」이나 「소나기」 등 '향토색 물씬 풍기는' 소설들이 분단 이후의 이데올로기적 조건과 문학 교육 정책에 의해 '친근한' 소설로 자리잡은 점에 주목하면서 이 현상을 분석하려 한 박헌호 교수의 『한국인의 애독 작품―향토적 서정 소설의 미학』(책세상, 2001)을 반갑게 읽었다. "향토적 서정 소설이 '평균적인 독자들'을 장악함으로써 해방 이후 한국 소설을 대표하는 것이 되었다"거나,

를 동원해 내려 했던 시대, '우리도 한번 잘 살아보자'는 다짐 속에 모든 것을 바꾸고 파헤치려 했던 시대에서 어떤 역할을 해왔다고 보는 것이다. 이 난폭한 개발의 시대야말로 향수가 요청되었던 때일 수 있다. 향수는 상실의 감정이다. 개발의 시대는 가혹한 상실의 시대였다. 그러나, 아니 그렇기 때문에 그것이 목표로 한 민족 중흥의 꿈은 '궁극적 터전'의 상상을 통해서만 정당화될 수 있는 것이었다. 향토적 서정이 이런 필요에 부응했을 개연성은 크다. 1983년 그의 전집을 간행한 편집위원들은 이효석의 문학이 "민족사적 증언임을 믿어 의심치 않는다"5)고 썼다. 나는 그들의 '찬사'가 단지 인사치레만은 아니었다고 본다.

그렇다면 정작 작가인 이효석은 어떠했던가. 그에 관한 '전문가'들의 연구물들이 밝히고 있듯 이효석은 고유한 것에 특별히 관심을 가졌던 작가가 아니었다. 물론 향토에 대한 애착이 남달랐다고 보기도 힘들다. 오히려 그는 자신의 취향이 대단히 서구적임을 감추지 않았다. 그가 제일 좋아하는 음식으로 꼽은 것은 버터였는데, 소설 속에서조차 종종 '진짜 빠터를 먹는' 행복론을 펼칠 정도였다.6) 커피에 대한 애착의 표현은 더 유난스러웠다. 저 유명한 수필 「낙엽을 태우면서」(1938)에서도 언급되거니와, 커피는 그를 이국적 상상의 세계로 인도하는 매개물 같은 것이기도 했다. 물론 버터나 커피를 좋아한다고 해서 향토를 그리지 말란 법은 없다. 하지만 버터의 맛이나 커피 향에 대한 기호와 향토적 서정 사이에는 상당한 감각적 거리가

"독재 권력에 의해 왜곡된 한국적 민족주의에 편승했다"는 지적은 매우 흥미로운 것이었다. 논의 과정엔 나로선 동의하지 못할 부분들이 없지 않았지만 그의 시도로부터 내가 많은 고무를 받았다는 점을 또한 밝히고 싶다.
5) 『이효석 전집』(창미사, 1983)의 머리말 「'이효석 전집'을 내면서」.
6) 「일요일」, 『이효석 전집』, 제3권, 199쪽.

있다. 향토가 과연 무엇이었던가를 묻기 위해서 이 거리는 설명되어야 한다. 나는 「메밀꽃 필 무렵」의 향토가 버터 맛이나 커피 향을 즐긴 입장에서 새롭게 '발견'된 것이 아닐까 생각한다. 즉 향토를 민족의 고유한 터전으로서가 아니라 새로운 감각의 산물로 보려 한다는 뜻이다. 때문에 나는 향토가 아니라 향토를 발견한 시선에 먼저 관심을 갖는다.

이 작가는 줄곧 '밖'을 동경했다. 미지의 세계에 대한 매혹으로서의 이국 취향은 길지 않은 삶을 사는 동안 이효석을 줄곧 사로잡았던 주제였다. 그는 국제적 공간에서 자유와 변모의 가능성을 찾으려 했다. 그의 소설엔 봉천과 하얼빈 혹은 연해주의 항구 도시(아마도 블라디보스톡쯤 되는) 등이 그려지거니와, 그는 소설의 무대를 국외로 옮긴 많지 않은 작가들 가운데 하나다.(예를 들어 「황제」(1939)는 나폴레옹을 화자로 한 소설이다.) 그의 주인공들 가운데 몇몇은 국경을 넘어 세계인이 되는 꿈을 피력하기도 했다. 장편 소설 『벽공무한』(碧空無限, 1941)에 등장하는, 작가의 바람이 투사된 이상적 분신이라 할 활달하고 매력 있는 '문화 평론가', '천일마'(千一馬)는 하얼빈에서 만난 러시아 무희에게 "국경이 없다는 것이 얼마나 아름다운 생각이오?"[7]라고 말한다. 소설은 그가 이 러시아 여인과 결혼하는 데서 끝나는데, 이야기 속에서나마 그는 '아름다운 생각'을 실천한 셈이다. 물론 이런 상상적 월경(越境)은 당시의 만주가 '오족협화'(五族協和)의 슬로건 아래 국민 국가의 틀을 넘는 다민족 공동체를 실험한 공간[8]이었기에 가능했던 것이며, 작가 이효석이 제국에 의해 확장된 세계를 구경할 수 있었던 결과이기도 하다. 그러나 어쨌든 천일마는 스스로 세계인이 되고자 한 형상이었다. 세계인이 된다는 것은 민족이나 국가적인 구획의 폭력을 벗어나는 길이

---

7) 『이효석 전집』, 제5권, 84쪽.
8) 川村 湊, 「五族協和と滿洲國—プロローグ」, 『文學から見る '滿洲'』(吉川弘文館, 1998), p. 18.

었다. 그리고 더 이상 식민지인이 되지 않는 방법이기도 했다.

향토를 발견한 것은 세계를 내다보는 시선이었다. '밖'을 동경하는 입장에서 '안'이 다시 보여진 것이다. 그 원리는 이국 취향에 빠지는 원리와 동일한 것이 아닐까 한다. 이국적인 것에 대한 감각적 추구에서 시작하여 이국의 상상에 몰입하게 되는 것이 이국 취향이라면, 향토적 서정의 향토 역시 단지 경험적으로 묘사된 것이 아니라 새롭게 감각되고 특별하게 심미화된 공간일 것이다. 향토의 차별화는 이로써 가능했다. 즉 「메밀꽃 필 무렵」은 향토에 주관적 감정을 쏟아붓거나 전원주의(田園主義)적 풍경화를 펼치는 대신 표현이 절제되어 매우 인상적인 효과를 내는 장면들을 제시하고 있다. 향토를 발견한 이효석의 시선은 모더니즘이라는 도시적 감각과 관련하여 설명되어야 할 것이거니와, 그에 대한 자세한 분석은 1930년대 중반이라는 역사적 지점에 대한 고찰을 필요로 하는 일일 것이다. 그러나 우선 말할 수 있는 사항은 이 지점에서 향토가 심미적 감상의 대상이 되었다는 점이다. 이효석은 향토를 액자 속에 넣어 보여준 작가였다.

심미적 감상의 대상이던 향토가 공동체의 기억을 환기하는 것으로 읽혀왔다는 점이 놀라운 일은 아니다. 오독(誤讀)이란 하나의 권리일 수도 있는 것이다. 그러나 오독이 전유(專有)의 방식이었다면 그 과정은 어떤 부분이 부정되고 잊혀온 과정일 터이다. 나는 향토를 발견한 것이 식민지 근대가 낳은 혼종(hybrid)의 시선이었다고 본다. 이효석으로 하여금 세계를 내다볼 수 있게 한 것은 식민지 근대다. 세계를 내다보았기에 향토가 새롭게 발견되었다고 할 때 그 향토는 식민지 근대의 산물이 아닐 수 없다. 그러나 향토의 독서는 오히려 한국인이라는 순종의 정체성을 일깨워온 것이다. 망각된 것은 혼종성이었다. 더불어 다음과 같은 추론의 가능성은 애당초 봉쇄되었다. 즉 이효석의 향토적 서정은 버터와 커피를 즐기고 하얼빈으로 기차

여행을 할 수 있었던 혼종의 감각적 창조물이었다. 혼종성의 공간으로서 식민지 근대는 향토를 새롭게 발견할 수 있게 했을 뿐 아니라 그것을 감상하는 소비 행위를 또한 가능하게 했다. 그리고 이 소비 행위를 통해 민족이 상상되었다면 민족의 발원지는 식민지 근대다.

나는 이 글에서 먼저 향토가 발견된 메커니즘에 대해 논의하려 한다. 혼종의 시선이 어떻게 작동했는가를 살피려는 것이다. 식민지 근대는 혼종을 생산한 혼종의 공간이었다. 나는 식민지 근대가 노정한 '극단적인 복합성'이 혼종성의 이해를 통해 부분적으로나마 이해될 수 있기를 기대한다. 식민지 근대 혹은 식민지의 혼종성을 단지 부정하려 들거나 그저 긍정하고자 할 때 이 복합성의 이해는 제한될 것이다.

나아가 나는 향토에서 공동체의 기억을 떠올려온 오독—전유의 메커니즘에 대해서도 언급하려 한다. 향토적 서정이 그간 대중적으로 소비되어 왔다는 것은 향토를 발견한 시선이 집단적으로 수용되었음을 의미한다. 그런데 이 수용은 오독의 방식으로 이루어졌다. 결국 오독은 대중적 소비의 형태일 터인데, 나는 그것이 진행된 경위 역시 다음과 같은 입장에서 식민지 근대와 관련하여 설명되어야 할 것이라고 본다.

식민 강점기를 기억하는 일은 줄곧 진지하고 심각한 과제였지만 또한 그만큼 목적론적 대상이었다. '국권 상실기'나 '암흑기'라는 수사가 일반적으로 사용되었다는 사실은 그 한 예증일 터이거니와, 향토의 오독 가능성은 이런 입장에서 일찍부터 제공된 것일 수 있다.(빼앗겼던 민족을 되찾고 지켜야 한다는 것은 도덕적 명령이었다.) 식민지적 혼종이 향토를 새롭게 발견해 냈다는 자체는 문화적 헤게모니의 역전을 표하는 현상으로 설명될 수도 있을 것이다. 그러나 향토를 순종성의 표식으로 전유해 버린 오독은 식민지 근대를 부정함으로써 그것의 간단치 않은 복합성을 역시 외면한 것이었다. 나는 이런 망각이 과거를 극복하기 위한 것이기는커녕 오히려 과거를 무자각하게 답습토록 하는 쪽으로 작용할 수 있었음을 지적하고 싶다. 망각이란 결코 역동적인 행위가 아니다. 아마도 오독은 '자연스럽게' 이루어졌을 것이다. 그렇다면 이는 대중들로 하여금 향토를 소비하게 한 메커니즘이 뿌리 깊은 것임을 뜻한다. 나는 순종을 향한 상상적 지향 역시 식민지 근대를 통해 마련되었던 것이 아닌가 생각한다. 혼종성이 부인된 이유 또한 식민지 근대 안에서 설명되어야 한다는 것이 나의 견해다.

모더니즘, 시선의 분리, 혼종성의 인식

「메밀꽃 필 무렵」이 씌어지던 식민지의 1930년대는 문학사적으로도 여러 의미를 갖는 기간이었지만 무엇보다 자신과 자신의 현실이 다시 보여진 시기이기도 했다. 시정(市井)의 세태를 묘사한 이른바 세태 소설(世態小說)은 그 한 형식으로서, 주관은 물론 대상의 '익숙함'으로부터도 분리된 시선을 견지하려 한 것이었다. 시선의 분리와 그 효과는 자기의 내면을 탐구하려 한 내성 소설(內省小說)에서 더욱 두드러졌다. 자신이 자신의 관찰자가 된다는, 기왕에 없던 일을 시도했기 때문이다. 분리된 시선은 대상을 낯선 것으로 만들었다. 이 효과 때문에 몇몇 소설들은 리얼리즘을 확대하고 심화시켰다는 평가[9]를 받기도 했지만, 그것을 모더니즘의 성과로 보는 견해는 보다 일반적인 것이었다.

분리된 시선은 단지 기법적인 선택의 결과가 아니다. 그것은 내면이 다양

---

9) 박태원의 소설 『천변풍경』(川邊風景)과 이상(李箱)의 소설 「날개」에 대한 최재서의 평문. 「리얼리즘의 확대와 심화」(1936)를 참고할 것. 최재서, 『문학과 지성』(인문사, 1938).

하고 복잡할 수밖에 없는 근대인의 시선이었다. 시선을 객관화함으로써 대상을 객관화한다는 기획은 근대적 세계관 내지 근대의 근본적인 성격과 관련하여 이해될 필요가 있다. 세계를 기계로 보는 기계론적 세계상은 근대기술을 낳은 세계를 이해하는 틀이었다.[10] 현실을 주관적 의지가 틈입될 수 없는 객관적 법칙의 세계로 그려내려 한 19세기 유럽의 자연주의는 이런 입장을 극단화한 경우라 할 것이다. 무정한 기계로서의 자연을 해부하기 위해 졸라가 과학적 관찰의 방법을 앞세웠을 때 요구되지 않을 수 없었던 것은 냉철하고 엄정한 시선이었다. 시선의 객관성이란 주관적 예단이라든가 도덕적 기대 같은 것들로부터 절연됨으로써 확보될 것이었다. 관습과 통념으로부터의 탈피가 요구되었던 상황은 이미 내면의 분열이 불가피해진 상황일 수 있다. 그런데 내면의 분열이 모더니즘의 조건이었다면 모더니즘은 자연주의를 통해 보아야 한다. 자연주의의 자연이 시선의 분리를 통해 관찰될 것이었듯 확대된 세계를 대상으로 한 감각적 추구라는 모더니즘의 과제 역시 시선의 분리를 통해서 수행될 수 있었다.

식민지의 모더니즘에서도 주관적 정서의 과잉은 가장 배격되어야 할 것으로 지목되었다. 비만한 '동양적 센티멘탈리즘'[11]—감정적으로 확대된 자신에 갇혀서는 어지럽게 펼쳐지는 세계와 대면할 수 없다는 생각에서였다. 그 세계는 제국과 자본이 위용을 뽐내고 갖가지 유혹과 자극이 넘치며, 변화의 속도가 빠른 만큼 그로부터 소외된 그늘이 황량하게 음각(陰刻)되는 다면적 공간이었다. 식민지 모더니즘은 이 세계가 위협적으로 육박해 왔던 상황을 감당해야 했던 것이다. 모더니스트들은 거리(街)를 관찰하고 일상을 분해했으며 자기를 바라보는 자의식의 한계를 시험했다. 그들의 대상은

---

10) 이마무라 히토시(今村仁司), 『근대성의 구조』(近代性の構造), 이수정 옮김 (민음사, 1996), 53쪽.
11) 김기림, 「오전(午前)의 시론」, 『조선일보』 1935년 4월 28일자.

주로 도시가 될 수밖에 없었는데, 여기서 도시는 밖으로 이어진 공간이며 특별한 지역이라기보다는 확대된 세계의 한 부분이었다. 그러나 분리된 시선에 의해 보여진 세계는 피상적 외면이나 파편화된 이미지들 혹은 막연한 정조의 조합으로 나타날 수도 있었다. 모더니즘의 감각은 세계를 총체적으로 구성해 내려는 것이 아니었다. 게다가 분리된 시선은 분열된 시선이기도 해서 통일된 자신이란 것은 없었다. 때문에 모더니즘이 세계를 비쳐낼 뿐인 것이었다면 시선의 분리란 세계에 대한 수동성을 면책하기 위한 것이라는 비판 역시 가능했다.

식민지 시대와 그 이후 모더니즘에 가해진 비판은 크게 좌파적 입장과 민족주의적인 시각에 기반한 것으로 대별해 볼 수 있다. 대체적으로 비판은 시선의 분리 문제와 분열된 내면의 몰주체성에 모아졌다.

좌파적 관점에서 볼 때 모더니즘은 언제나 자본주의의 '말기적' 현상이었다. 특히 1930년대의 모더니즘은 카프(KAPF)가 해산되고 이른바 이념적 지도성이 소거되었던 상황을 반영하는 수동적 후퇴의 징후로 간주되었다. 시선의 분리, 내면의 분열이란 인식과 실천을 통합하는 주체인 프롤레타리아에게는 있을 수 없는 것이었다. 그것은 프롤레타리아 계급이 갖는 (시선의) 헤게모니를 부정하려는 저급한 기도에 불과했다. 정당한 계급적 관점에서 자본 운동의 심부를 꿰뚫어볼 능력이 없는 시선은 다만 감각적 피상에 머물러 스스로를 소외시킬 것이었다. 눈앞의 세계를 수동적으로 승인하는 것이야말로 그 결과일 터였다. 예를 들어 현재를 유물로 바라보려는 고현학(考現學)[12]의 시선은 현재를 과거화하는 것이며, 이는 현상을 그대로 인정하는 극단적 경우의 하나일 수 있었다. 비판은 결국 분리된 시선이 궁

---

12) 고고학(考古學)아닌 고현학(modernology).

극적으로 누구의 것인가를 묻게 되어 있었다. 그 시선이 단지 자본주의를 방관하는 것이었다면 이미 그것은 자본주의의 시선이었다. 모더니스트들의 관찰 대상이 되었던 식민지의 도시는 착취의 무대였다. 부화한 가로(街路)를 거니는 자못 여유로워 보이는 '산책자' (flâneur)들은 이 무대의 전면(前面)만을 볼 뿐, 숨겨진 착취의 장치들을 타파할 생각도 의지도 갖지 못했다는 점에서 감각적인 소비의 환영에 넋이 빠진 군상과 다를 바 없었다. 좌파들에게 식민 자본주의가 연출한 착취의 시대를 단지 감각적으로 뒤좇는 것은 역사적 낭비이고 곧 반동을 뜻했다. 식민지 근대는 혁명에 의해 부정되어야 할 것이었다.

식민지 모더니즘에 대한 비판은 또 식민지 근대를 오직 식민 지배와 수탈의 시간으로 간주하는 민족주의적 시각에서 이루어졌다. 민족 주체가 강제적으로 부정된 가운데서는 어떤 근대도 왜곡되게 마련이라는 것이 민족주의의 입장이다. 그리고 이 상황에서는 민족 주체를 등진 어떤 것도 의미가 있을 수 없었다. 식민지 모더니즘은 바로 그 경우였다. 식민지 근대를 통해 이식된 식민지 모더니즘은 강간이 낳은 기형아였던 셈이다. 나아가 식민지 근대가 자생적 근대의 싹을 꺾었다고 보는 입장에서 식민지 모더니즘은 민족 문화의 연속성을 단절시킨 외래 지향의 모조품에 불과했다. 그것은 민족적 주체—정체성의 상실이 초래한 자기 훼손의 흔적이었다. 왜곡된 근대를 청산하고 굳건한 민족적 주체를 수립해 나아가야 한다고 했을 때 뿌리 없는 모더니즘은 마땅히 배격되어야 했다.

비판대로라면 분리된 시선은 자본이 만들어낸 가상(假象)을 감각적으로 소비하는 꼭두각시의 것이거나, 민족적 정체성을 상실한 기형적 '튀기'의 것이었다. 식민 자본이나 강점 세력은 이 시선을 장악한 배후의 조종자가 된다. 사실 식민 주체의 시선이 개입되거나 관철되는 현상은 근대적 제도로 문학이 정착되는 과정에서부터 뚜렷이 나타났던 바다. 예를 들어 이광수에게 문학은 교육 계몽을 수행하는 주체(서구에서 발원한 문명을 갖는)의 수단이어야 했으니, 장편 소설 『무정』(1917)의 인물들은 가르치고 배우는 교사와 생도로 양분된다. 누구든 교사가 아니면 생도가 되어야 하는 상황은 문명과 무지, 훌륭한 정복자와 교화되어야 할 토인의 이분법을 전제한 것이었다. 우열이 정해진 이 이분법은 간접적으로 식민 체제를 정당화한 것이었다고 볼 수 있다. 그것은 계몽론에 식민 주체의 시선이 관철된 방식이다. 식민 주체에게 식민지 현실을 긍정하는 것은 궁극적인 목적이 아닐 수 없다. 식민지 모더니즘이 다만 감각적 소비의 환영을 뒤좇음으로써 혹은 민족이 빠진 모조품을 양산해 식민지 현실을 긍정하는 데 그쳤다면, 이는 식민 주체에 의한 시선의 전유가 시선의 분리라는 방법을 통해 진행된 경우라고 해야 할 것이다.

그러나 과연 식민지 모더니즘이 식민 체제를 긍정하는 데 그친 것인가? 식민지 모더니즘의 부정은 식민지적 근대를 부정하는 역사적 입장을 바탕으로 이루어졌다. 먼저 나는 식민지적 근대를 부정하는 행위의 효과나 의도에 대해 의문을 갖는다. 부정되었던 이 시간이 아직도 지속되고 있다는 판단에서다. 해방과 더불어 '식민 잔재'는 하나같이 민족을 앞세운 혁명 주체들에 의해 무엇보다 시급하게 청산해야 할 대상으로 지목되었지만 남북한이 걸어온 과정은 줄곧 과거를 반복한 것이었다. 사회주의 혁명의 기치를 내걸든 민족 중흥을 외치든 새로운 시대를 열고자 했던 기획은 전면적인 동원 체제를 강화함으로써 번번이 국가 관료주의를 재연했다. 거듭되어 온 혁명들은 폭력적인 배제의 경험과 각인된 공포의 기억을 일깨웠다. 관리와 지도의 대상으로서 국민을 생산하는 일이 중단되었던 적은 없다. 모든 것을 일거에 바꾸려는 대담하고 잔혹한 계획들이 비약을 통한 과거와의 단절을 기도해 왔음에도 불구하고 과거는 청산되지 않았던 것이다. 그런데도 우리가 새로운 시대를 살고 있다고 생각해 왔다면 과거의 부정이야말로 망각을 유도한 방식이 아닐 수 없다. 식민지 근대라는 시간은 오히려 이런 부정을 통해 지속된 것이 아닐까?

식민지 근대가 어떤 형태로든 지속되고 있다고 할 때 식민지 모더니즘을 그저 부정하려는 것은 옳은 태도일 수 없다. 식민지 근대를 추동했던 자본주의와 세계는 또 다른 방식으로 여전히 오늘을 규정하고 있다. 식민 자본주의와 그것을 통해 확대된 세계가 식민지 모더니즘을 발생시킨 조건이었다면, 이 모더니즘은 자본주의와 세계에 대한 나름의 자각을 보여주는 것임에 틀림없다. 분리된 시선이란 어떤 정체성에도 안주하지 못하는 것이었다. 분리된 시선은 분열된 시선이었다. 분열의 필연성 혹은 불가피성이 바로 모더니즘의 필연성이고 불가피성이었다. 분열을 통해 모더니즘은 자신이 누구인가라는 물음을 새롭게 던진 것이다. 그리고 이로써 모더니즘은 어떻게도 간단히 규정되지 않는 혼종성을 드러내 보여주었다. 분열의 필연성은 혼종의 필연성이었다. 이는 결코 간과되어서는 안 될 점이다.

좌파나 민족주의적 입장에서 정체성을 거부하는 분열의 상태란 허용될 수 없는 것이었다. 나는 그 궁극적 이유가 동원의 정치학을 통해 설명되어야 한다고 본다. 동원의 정치학에서 정체성의 부여는 최우선 목표다. 그것이 동원의 전제이기 때문이다. 프롤레타리아나 민족은 모두의 존재를 소집하는 대주체가 되려 했다. 일자적 통합이 목표가 된 상황에서 자신이 누구인가를 다시 묻는 것은 금지되었다. 시선의 헤게모니란 전적으로 대주체에 의해 장악되어야 할 것이었다. 구성원 모두는 대주체에 복속된 그것의 일부분이어야 했고 오직 대주체를 통해서 보고 생각해야 했기 때문이다.

이효석은 도시 빈민의 고단한 삶을 비추고 '북국' (北國)을 동경한 점 때문에 동반자(同伴者) 작가라는 명칭을 얻기도 했다. 그러나 나는 그를 모더니스트로 보려 한다. 향토를 액자 속에 넣어 보여준 그가 아니던가. 그의 향토는 역시 분리된 시선을 통해 발견된 것이었다고 생각한다. 시선의 분리가 향토를 발견한 메커니즘의 원리였다고 여기는 것이다. 향토를 오래된 터전으로 읽는 오독은 분리의 메커니즘을 외면하는 것이다. 이런 오독의 의지는 정체성을 확인하려는 강박에 의해 추동되었던 것이 아닌가 한다. 여러 구획선들이 어지럽게 그어지고 금 안으로 끌어들이거나 밖으로 내치는 운동이 반복되어 온 구획의 역사 속에서 시선의 분리 혹은 분열의 상태란 그야말로 불안정한 것이었던 탓이다.

'자연주의'라는 시선

자연에의 귀의를 외치고 성애(性愛)의 세계를 대담하게 그렸다는 이유로 자연주의는 이효석의 소설 앞에 붙여졌던 수식어다. 나는 이 자연주의가 무엇이었던가를 분석함으로써 향토가 발견된 사정을 좀더 구체적으로 살필 수 있으리라 기대한다. 나의 판단이 맞다면 그에게서 자연은 분리된 시선이 발견한 또 다른 세계였다.

문명에 대한 거부로서의 자연주의는 두루 알다시피 매우 근대적인 현상이다. 문명을 통해 자연이 보여진 것이다. 결국 이 자연주의란 자연과 문명을 대조하는 것일 텐데, 여기서 문명의 시간이란 근원적이고 본래적인 원리로서의 자연을 거스른 것이었다. '자연으로 돌아가라'라는 선언으로 나타났듯 자연주의는 본래의 질서를 지향한다. 훼손된 문명의 시간을 넘어 본래를 완성하려는 것이 자연주의의 기획이다.

　자연주의에 의하면 인간은 자연의 한 종(種)이다. 자연의 일부로서 인간
이 갖는 본성은 규제할 수도 문책할 수도 없는 것이다. 자연은 이런 점에서
자유의 영역이다. 자유로운 상태로서의 자연은 여러 번 이효석 소설의 무대
가 되었다. '학교를 퇴학 맞은'「들」(1936)의 화자(話者)에게 자연은 안식
과 기쁨을 주는 피난처다. 끊임없이 신비한 조화를 일으키는 자연은 감각적
매혹의 세계일 뿐 아니라 고삐 풀린 행동을 허여(許與)하는 공간이기도 하
다. '옥분'과의 정사는 아무렇지도 않게 일어나는 것이다. 성교는 마치 '들
딸기'를 한번 맛보는 행위와 다를 바 없다. 그들은 자연으로 환원된 것이고
따라서 사회적 책임은 면제된 듯하다. 그런 때문인지 결말도 심각하지 않
다. 의외의 정사는 단지 향취로만 남는다. "멍석 딸기 나무딸기의 신선한 감
각에 마음은 흐뭇이 찼다."[13] 「메밀꽃 필 무렵」에서 강제된 결혼을 피해 물
방앗간에 숨은 처녀와 '달이 하도 밝아' 옷을 벗으려 들어간 장돌뱅이의 성
교(놀랍게도 그들은 서로 모르는 사이였다) 역시 다르지 않은 방식으로 이루어
졌던 것이리라. 결국 모든 것은 자연의 책임이 된다. 통제되지 않은 욕정의
세계가 반드시 산이나 들을 무대로 해서만 그려졌던 것은 아니다. 등장인물
들이 어지럽게 성관계를 맺는 중편 소설 『화분』(花粉, 1939)은 담장이넝쿨
로 뒤덮인 평양 교외의 한적한 주택에서 벌어지는 이야기다. 자연은 어디에
든 있을 수 있었다. 이효석의 자연은 편재(遍在)하는 감각적 세계, 매혹적인
색(色)의 세계였던 것이다. 자연의 세계로 들어서기 위해서는 오히려 현실
에서 발을 떼어야 했다. 자연은 환상의 공간이었다. 이효석은 환상에 대해
다음과 같이 말한 적이 있다.

---

13) 『이효석 전집』, 제2권, 17쪽.

신비 없는 생활은 자살을 의미한다. 환상 없이 사람이 순시(瞬時)라도 살 수 있을까?[14]

　그는 커피 속에서 '원시의 욕망'을 보며 처녀상(像)으로부터 노골적이고 적극적인 이브의 모습을 즐긴다.[15] 목욕물을 데우면서도 뒷산을 이용해 스키를 타는 꿈을 꾸기도 한다.[16] 환상 속에서 매혹적인 색의 세계는 오히려 선명하게 떠오른다. 자연은 현실을 대체하는 과잉된 감각이었다. 이효석의 자연주의는 자연과 문명의 대립을 자연과 현실의 대립으로 바꾸고 있다. 환상(자연)이 없는 현실은 참담한 것이고 공포 그 자체였다. 끊임없이 매혹적인 색의 세계를 좇으려 한 것이 이효석의 자연주의였다.
　자연이 환상을 통해 보여지는 것이었다는 점에서 이효석의 자연주의는 졸라 등의 자연주의와 다르다. 졸라는 자본주의의 병리를 진단하고 해부하려 했다. 그의 주제였던 '야수적 인간'은 이 현실의 존재였지 원시적 자연인이 아니었다. 자연은 완고한 결정론의 세계로서 문명의, 결코 교화(敎化)되지 않을 잔혹한 이면이었던 것이다. 그러나 과학을 앞세우든 감각적 환상을 좇든 자연주의에서 자연은 우선성을 갖는다. 졸라가 강조한 관찰과 실험이 대상의 엄격하고 정밀한 모사라는 자연주의의 오랜 원칙을 수용하는 방식이었다고 할 때, 동반되지 않을 수 없었던 것은 감각적 정련(精鍊)의 요구다. 대상에 가장 상응하는 언어를 찾아야 한다는 플로베르의 '일물일어설'(一物一語說)과 같은 주장은 감각적 정련의 이상을 표한 것일 터인데, 역설적이게도 여기서 자연주의는 모더니즘과의 접점을 마련한다. 감각적 정련은 대상에 대한 거리 두기를 조건으로 하는 것이고, 그런 상황에서 정밀한

14) 「청포도의 사상」, 『이효석 전집』, 제7권, 92쪽.
15) 「두 처녀상」, 같은 책, 36쪽.
16) 「낙엽기」, 같은 책, 제2권, 101쪽.

모사란 이미 대상의 문제가 아니라 감각이자 언어의 문제였기 때문이다. 자연주의와 모더니즘이 자본주의의 진행에 따르는 소외와 수동성의 증가를 반영할 뿐이라고 비판하기 위해서는 왜 현실적 대상과 언어(감각)의 분리가 일어났는가를 검토해야 한다. 실제적 삶과 감각적 세계의 괴리가 점점 크게 벌어져갔던 것은 근대의 일반적 현상이다. 감각의 확장은 근대를 관류하는 동력이었던 것이다. 매혹적인 색의 세계로서의 환상을 좇는 이효석의 자연주의 역시 이런 관점에서 파악될 필요가 있다.

　이효석에게 지리적 구획이나 장소, 예를 들어 고향과 같은 것은 무의미했다. 그는 스스로 고향이 없다고 말한다. 자연이라는 자유의 공간을 꿈꾼 그로서 지역적 소속감과 같은 것은 거추장스러운 것에 불과했다. 「메밀꽃 필 무렵」을 쓰게 한 배경이 되었을 평창 역시 특별히 애착의 대상은 아니었던 듯하다. 그의 경우 자연 예찬은 통상적인 향수의 감정과 무관한 것이었다. 평창 출신이지만 네 살 때 가족이 서울로 이사했고 다시 '일단' 평창으로 내려가 보통학교를 다녔다는 그의 술회는 그저 담담할 뿐이다.[17] 그러나 정처 없는 마음은 도리어 번란(煩亂)했다. 찻집의 낭만과 음악이 그를 이끌고, 감각적 환상 속에서는 이국 또한 멀리 있는 것이 아니었기 때문이다. 그는 주을(朱乙溫泉)의 오지(奧地)에서도 '샹송 도토오느'의 파리를 떠올린다.

　　나는 가령 베를렌느가 친히 지냈을 파리나 혹은 근교의 가을 풍경을 눈앞에 떠올릴 수 있다. 거리의 군밤 장수와 굴(oyster를 가리킨 것인 듯함―인용자) 장수가 나타날 날도 멀지 않은 파리. 수풍금이 울고 마차가 한층 시취(詩趣)를 띄어가고 산양 유(乳) 장수가 구슬픈 피리를 불며 염소 무리를 몰

17) 「영서(嶺西)의 기억」, 같은 책, 제7권, 102쪽.

고 거리에 나타나기 시작한 파리. 멀리 노틀담이 바라보이는 안개가 아리숭하게 긴 이제는 벌써 낚시질하는 사람도 드물어진 세느강— (······) 파리의 가을이 역력히 눈앞에 떠오른다. 이보다 더 아름다운 풍경도 드물 것이다. 베를레느의 시구에서 족히 이 풍경이 보여오는 것이다.[18]

환상의 파리는 어느 고향보다도 아름답고 '역력한' 것이었다. 파리는 바로 자연이었다. 왜냐하면 그것은 매혹적인 색의 세계였기 때문이다. 감각이 현실의 경계를 넘어서는 데서 자연은 펼쳐진다. 자연은 감각적 해방의 공간이었다. 그리고 그것은 바로 자연을 향한 동경이 새로운 세계를 향한 동경이었던 이유다. 동경의 시선이 투사해 낸 세계는 아름답고 그렇기에 역력한 것일 수 있었다. 아마도 그는 파리에 대해 훨씬 많은 것을 전해 줄 수 있었으리라.

서구에 대한 예찬은 식민지 지식인들이 보였던 어느 정도 일반적인 현상이다. 이효석에게 서구(파리만이 아니라)는 풍성한 색의 세계였다. 그는 곳곳에서 러시아 여인의 아름다움을 찬탄했거니와 다음과 같이 말하기도 했다. "미의 특정의 기준이 다른 것은 없겠으나 바다 빛 눈과 낙엽 빛 머리카락이 단색의 검은 그것보다는 한층 자연율에 합치되는 것이며, 따라서 월등히 아름다움은 사실이다."[19] 「메밀꽃 필 무렵」은 서구를 향해 있던 시선이 찾아낸 토산품의 세계였다. 즉 푸른 눈과 노란 머리카락을 '바다 빛 눈'과 '낙엽 빛 머리카락'으로 본 시선의 메커니즘이 곧 향토를 발견한 메커니즘이었던 것이다. 향토는 고향으로서가 아니라 식민지 혼종의 내면을 이루는 또 하나의 환상으로 제시된 것이었다. 심미화는 향토가 환상으로 제시되는

---

18) 「상송 도토오느」, 같은 책, 99쪽.
19) 「화춘의장」(花春意匠), 같은 책, 141쪽.

방식이었다. 그리고 이로써 향토는 감각적 소비의 대상이 되었다.

　동경의 시선은 스스로 정처를 두지 않으려는 시선이었다. 식민지라는 낙후하고 제한된 공간― "무엇하나 아름답게 자라지 못하는 여읜 땅"[20]에 갇혀 있을 수는 없는 노릇이었다. 이효석은 집요하게 경계를 넘는 꿈을 꾸었다. 어디에도 본디 것은 없고 언제까지 굳건한 것도 없을 것이었다. 민족적 경계 역시 마찬가지였다. 이런 생각에서 조선인 남자와 동거하는 일본인 처녀 '아사미'(阿佐美)로 하여금 한복을 입고 덕수궁을 찾아가, "이렇게 옛날 그대로의 고풍스런 건물 사이에 서 있으면 나도 이 의상대로 이 땅에서 태어나 여기서 자란 것 같은 느낌이 들어요"[21]라고 말하게 했던 것이다. 하지만 아사미와의 결혼이 가족과 주위의 반대로 벽에 부딪듯 '세계인'이 되는 꿈은 한낱 꿈일 따름이었다. 마음은 언제나 여행객이었지만 환상 속에서 빛나는 매혹적인 색의 세계는 손에 남아 있지 않았다. 사실 자유로운 자연은 어디에도 없었다. 동경의 시선은 쉽게 낙망에 이를 수 있었고 환상이 다하는 끝에서 맞닥뜨리게 될 것은 부재의 적막이었다. 이 같은 심회는 이미 「메밀꽃 필 무렵」에서부터 엿보인다.

　「메밀꽃 필 무렵」의 장돌뱅이들은 쓰러지는 날까지 떠돌아야 하는 운명이었다. 고향은 없었다. "장에서 장으로 가는 길의 아름다운 강산이 그대로 그리운 고향이었다."[22] 그들을 엮는 얄궂은 인연은 물론 그들의 의지 너머의 것이었다. 그들은 단지 흘러왔고 흘러갈 따름이었다. 그들은 자율적인 존재가 아니며, 욕망하는 육체일 때에도 본성적 열정으로 가득 찬 건강한 나신(裸身)[23]은 더욱 아니다. 소설은 도처에서 쓸쓸하고 퇴색된 분위기를 연출한다. 주인공 '허생원'은 쇠락해 가는 황혼의 형상으로 그려졌다.[24] 이

20) 같은 글, 140쪽.
21) 「엉겅퀴의 장(章)」, 같은 책, 제3권, 139쪽.
22) 같은 책, 제2권, 91쪽.

정경에서 드러나는 것은 역시 붙박을 데를 갖지 못해 떠돌 수밖에 없는 식민지적 혼종의 내적 상모다. 그에게 향토란 역시 환상이었고 따라서 부재하는 것이었다. 메밀꽃이 흐드러지게 핀 그윽한 달밤과 같은 이 소설의 시공간은 과거의 것으로 제시되었다. 과거화는 부재를 표현하는 서술 형식이었던 것이다. 향토의 심미화는 과거화를 통해서 이루어졌다. 향토를 감상의 대상으로 만든 액자는 바로 과거화라는 액자였다.

색의 세계를 누구도 거부할 수 없는 '위대한' 세계로 만든 것은 근대와 자본 운동이다. 감각(색)을 자연적인 것으로 보려 한 자연주의는 이 근대에 대한 수동성을 불가피한 것으로 인정한 태도일 수 있다. 이효석은 육박해 오는 색의 세계에 몸을 맡기려 했던 적극적 경우 가운데 하나다. 감각적 매혹은 감각적 탐닉을 불가피하게 할 것이었다. 그러나 탐닉의 끝은 소진(消盡)이고 나아가 소멸일 터였다. 위대한 색의 세계는 한 꺼풀 뒤에 가없는 적막을 감추고 있었다. 부재의 인식은 특별한 철학적 탐구로 얻어진 것이 아니다. 없음은 바로 매혹적인 색의 세계, '역력한' 환상의 이면이었다. 이효석은 희미하게나마 감각적 환상을 좇는 자연주의의 운명과 그 말로를 바라보았던 듯하다. 사라져갈 과거의 것으로서 색 바랜 토산품의 세계는 이러한 부재의 감각을 통해서 조명되었던 것이다.

분열된 내면이란 어떤 정체성도 거부하는 것이다. 이효석은 식민지 인으

---

23) 여기서 나신은 유럽인들에게 보인 토인의 나신을 가리킨다. 토인은 문명의 폐해를 입지 않은, 따라서 자율적이고 즉각적인 존재들로 간주되었다. 나신은 이런 입장에서 심미화된 육체다. David Spurr, *The Rhetoric of Empire* (Duke Univ. Press, 1993), pp. 156~157.
24) 그의 나귀를 통해 그려지는 '허생원'의 형상을 보라. "까스러진 목 뒤 털은 주인의 머리털과도 같이 바스러지고, 개진개진 젖은 눈은 주인의 눈과 같이 눈곱을 흘렸다. 몽당비처럼 짧게 슬리운 꼬리는, 파리를 쫓으려고 기껏 휘저어 보아야 벌써 다리까지는 닿지 않았다. (……)" 『이효석 전집』, 제2권, 90쪽.

로서의 자기 인식을 보여주지 않았지만 물론 그가 세계인을 자처했던 것도 아니다. 그저 식민지 인도 아니고 세계인일 수도 없는 것이 식민지 혼종이었다. 그런데 세계를 향한 감각적 추구가 부재의 인식에 이르는 순간, 추구의 주체마저 무산(霧散)될 수 있었다. 분열된 시선의 모색이 스스로를 부정하는 것일 수 있었다는 뜻이다. 결국 감각적 환상은 다만 무책임한 것이 되고 만다. 이것이 바로 식민지 혼종 앞에 놓여 있는 함정이었다면, 혼종으로서의 모색은 이 함정을 정시함으로써 시작될 것이었다. 나는 식민지 시대 작가 이상(李箱)을 혼종의 운명과 그에 대한 성찰을 보여준 경우로 꼽고 싶다. 이 함정 앞에서 이효석의 모색은 더 나아가지 못했다. 그의 감각적 추구는 주체의 무산을 예감하는 지점에서 중단되었다. 물론 없음의 세계를 탐구해 들어갔던 것도 아니었다. 그는 정처 없는 떠돌이의 모습을 보여주는 데 그쳤다.

민족을 상상하게 한 정신주의

과거화된 향토는 그리움이나 감상적 향수를 불러일으킬 수 있었을 것이다. 때때로 감상적 분위기에 빠져드는 것은 고향을 잃고 과거를 잊어야 했던 대중들이 자기를 위안하는 방식이었다. 「메밀꽃 필 무렵」 역시 그렇게 읽혀왔을 가능성이 크다. 「메밀꽃 필 무렵」의 향토는 심미화된 만큼 익명적인 것이었으며, 이 점은 그것의 대중적 소비를 도운 중요한 이유였음이 분명하다. 그러나 감각적 환상으로서의 향토는 부재하는 것이었다. 이 부재는 향토를 '무책임하게' 소비케 한 조건이었지만 동시에 근원의 상실을 일깨울 수도 있는 것이었다. 부재하는 것을 향한 추구는 정신주의적 형태를 취할 수밖에 없다. 향토가 오래된 터전으로 읽혔다면 이는 새롭게 감각된 향토가 정신적으로 추상된 결과다. 나는 앞에서 이런 전유의 과정이 1970년을 전후해 본격화된다는 점을 주장했다. 감각을 정신으로 추상시킨 것이 오독과 전유의 메커니즘이었고, 전유의 목적은 혼종이 아닌 순종으로서의 주체를 상상해 내는 데 있었다는 견해다.

근원적 주체의 상상이란 감각적 수준을 넘어서야 하는 것이다. 나는 향토가 정신적으로 추상된 과정에 감각을 좇는 자연주의와는 다른 동력이 작용했다고 보며 그것을 정신주의로 부르려 한다. 향토를 통해 민족이 상상된 과정은 정신주의의 작용으로 설명되어야 한다는 것이 나의 생각이다. 정신주의는 자연주의와 대척되는 것이 분명하지만, 감각적 추구가 주체의 무산에 봉착하는 지점에서 정신주의적 전회(轉回)가 일어났다고 할 때 양자가 서로 맞물려 있는 것이라는 추정도 해볼 만하다. 감각적 매혹이 정신적 추상화의 동기일 수 있다는 점에서다. 그러나 이 상상된 주체는 분열을 허용하는 것이 아니었으며 새로운 모색과 탐구의 가능성을 열어놓는 것은 더더욱 아니었다. 정신주의는 정신에 의한 일자적 통합을 요구하게 마련이다. 하나의 집단적 정체성을 부여하려 했다는 점은 정신주의가 동원의 정치학을 수행해 왔다고 볼 수 있는 근거다. 정신주의의 작용을 살피기 위해서는 이 동력의 일반적이고 역사적인 성격을 좀더 조명할 필요가 있을 듯하다.

정신주의란 감각적 색의 세계를 초월하려는 것이고 그런 점에서 근본적으로 반자연주의적인 것이다. 감각적 환상을 좇는 자연주의가 주체의 무산이라는 혼돈을 초래할 것이었던 반면 정신주의는 전혀 다른 방향을 선택하고 있는 것이라 말할 수 있다. 색의 세계에 대한 동경과 추구 대신 정신주의가 취하는 것은 금욕의 태도다. 색은 눈을 현혹하는 가상에 불과했다. 대신 정신주의는 보다 높은 추상적 원리나 법칙을 정신의 영역에 올려놓으며 그에 준거함으로써 안식을 구하려 한다. 사실 정신주의란 외부 세계의 변화가

어지럽게 진행되고 그와의 관계가 매우 복합적이게 되는 상황에 대한 반작용이기도 했다.[25]

추상적인 원리로서의 정신이 하나의 근원을 갖는 것으로 간주될 때 세계의 다차원성은 부정될 수밖에 없다. 색의 매혹이 끊임없이 변모하는 세계를 제시하는 것과는 달리 정신주의가 그리는 세계상은 단순화되게 마련이다. 정신주의의 목적은 충만한 정신의 상태를 유지하는 것이다. 그러기 위해서는 항상 정신의 출처인 초월적 근원이나 궁극적 존재와 결속되어 있어야 했다. 정신주의는 경건한 것일 수밖에 없다. 눈앞의 현란한 가상들은 사라질 것이고 마침내 정신이 승리하는 미래가 도래하리라는 믿음은 정신주의의 중요한 부분이다. '몸을 깨끗이 한 자'가 구원을 받는다는 묵시록주의(apocalypticism)야말로 정신주의의 속성인 것이다. 밝은 미래를 향해 가는 데서 현재는 중요하지 않다. 정신주의는 시련과 고난을 흔쾌히 받아들이는 태도를 요구한다. 도덕은 흔히 앞세워질 수밖에 없었다. 옳고 그른 것, 마땅한 것과 그렇지 못한 것이 이미 구분되었기 때문이다. 도덕적 정신주의는 구원의 약속을 받은 사람들을 구획하고 그렇지 못한 사람들을 배제하는 선민주의(選民主義)를 동반할 수 있었다. 구획과 배제는 정신주의가 폭력으로 작용하는 방식일 것이었다.

정신주의의 뿌리는 역사 깊이 놓여 있겠지만 근대적 현상으로서의 자연주의와 맞물린 정신주의 또한 근대적 현상일 것이다. 정신의 대립항이 물질이라고 할 때 한국의 근대에서 물질은 흔히 외래적인 것으로 간주되었다. 반면 주체적인 것은 정신적인 것이었다. 일찍이 서구 문물은 '기기음교'(奇技淫巧)로 파악되기도 했으니, 정신으로 물질의 공세를 물리치려는 기획은

---

25) Maria A. Morris, *Saints and Revolutionaries: The Ascetic Hero in Russian Literature* (NewYork State Univ. Press, 1993), p. 22.

이후 끊임없이 반복되어 왔다. 나는 한국의 민족주의가 이 기획에서 출발한 것이었다고 생각한다. 민족의 주체적 근원은 언제든 정신에 있었기 때문이다. 즉 민족정신이 민족 주체였고 민족적 통합은 정신적 통합이어야 했던 것이다. 민족적 영웅은 정신의 높이를 표상하는 통합의 지주였다. 정신은 민족주의의 역사론을 거룩한 것으로 만들었다. 민족의 과거는 위대한 정신의 보고(寶庫)였으며 위대한 정신은 또 영광된 미래를 약속할 것이었다.

정신주의가 주체를 '정신적으로' 구성하려 한 것이었다고 한다면 이는 한국의 근대 경험에서 매우 일반적으로 나타나 보이는 것이다. '외래 사조'에 근거한 사회주의 운동 역시 현저히 정신주의적인 면모를 보였다. '진리'로서의 프롤레타리아 이데올로기는 통합의 정신이었다. 프롤레타리아는 정신적 통합체여야 했고, 그것은 이 계급이 역사의 주체가 되어야 하는 이유였다. 역사란 정신의 힘으로 건설될 것이었기 때문이다. 계급적 영웅은 정신의 높이를 가장 첨예하게 구현하는 정신적 주인공이었다. 그러나 정신의 힘이 미래를 선취해 버린 상황에서 다른 미래는 상상될 수 없었다.

정신의 지배를 지속시켰던 것은 역사의 구속이다. 정신이 그 목표를 역사의 끝에 둘 때 역사는 이 최종적 목표를 향해 가는 선조적(線條的) 시간이 된다. 정신의 지배란 이 시간 안에 모두를 가둠으로써 진행되었다. 즉 미래를 확고한 것으로 믿게 하고 명백한 과거를 만드는 것이야말로 정신의 지배를 위한 조건이었다.

이효석의 경우에서 보이듯 감각적 해방을 꿈꾸는 자연주의가 탈영토화를 지향했던 것과는 달리 정신주의는 영토적 구획을 기도하게 마련이었다. 정신적 통합은 불가피하게 영토의 경계를 긋는 것이었기 때문이다. 정신적 통합이 집단적 정체성을 부여하는 과정은 또 엄격한 위계화를 수반하게 되어 있었다. 정신적 통합은 정신에 의한 지배를 뜻했고 정신에 의한 지배는 정신적 중심이나 지주를 향한 숭배 혹은 절대적 추종을 요구하는 것이었다. 정신에 의한 통합은 경건하고 거룩한 일일 수 있다. 그러나 실제에 있어 그 것은 훈육과 통제를 통해서 진행될 수밖에 없었다. 따라서 훈육 권력이 정 신을 점유하고 생산하는 현상이 초래되기 쉬웠다. 나는 이 과정을 잘 드러 내준 것이 바로 남북한의 역사라고 생각한다. 분단을 지속시켜 온 이념적 구획처럼 정신주의적 폭력의 극단을 보여준 경우가 달리 또 있을까? 정치 지도자들은 흔히 정신적 지주를 자임했고 그럼으로써 지배를 도덕화했지 만, 한 번도 따뜻한 '안'이 제공되었던 적은 없었다. 배제의 선은 언제든 자 의적으로 그어질 수 있었고 누구든 그 금 밖으로 떨려나는 공포로부터 자유 로울 수 없었던 상황에서 동원은 전면적이고 가혹하게 이루어졌다. 아마도 '새마을 정신'이나 '천리마 정신'은 정신에 의한 지배가 실제로 어떻게 진 행되었던가를 보여주는 뚜렷한 증거일 것이다.

「메밀꽃 필 무렵」이 민족 중흥의 시대 이래 한국 근대 소설을 대표하는 작품으로 간주되었던 것은 이효석의 자연주의가 수용되었던 결과가 아니 다. 1970년을 전후한 시기에 오면 1930년대 모더니즘 문학은 특별한 조명 을 받기 시작하는데, 과도한 이념성과 공식주의에 빠진 프롤레타리아 문학 의 시대를 획하고 현대성의 탐색을 보여주었다는 것이 그에 대한 일반적 평 가였다. '현대 문학'을 프롤레타리아 문학과 대비시킨 시각은 조연현에 의 해 마련되었다. 반공 문화 전선에 앞장섬으로써 '문단 주체 세력'을 이끄는 존재가 되었던 그는 또한 문학사 서술을 통해 자신들의 입장을 관철시키려 했으니, 그에 의하면 1930년대 중반은 프롤레타리아 문학이 소거되면서 현 대 문학의 시대가 시작되는 분수령이었다.[26] 해방후 좌파들에 맞서 조연현

---

26) 조연현, 『한국현대문학사』(인간사, 1968)를 보라.

등이 주장했던 것은 '순수'였다. 그런데 현대 문학의 시대를 연 1930년대 중반은 순수 문학의 역사적 출발점이기도 했다. 이로써 조연현은 순수 문학의 외연을 넓힌 것이다. 1930년대 모더니즘에 대한 언급과 연구는 이런 맥락에서 시작되었다. 그 대상 가운데 하나였던 이효석 역시 프롤레타리아 문학을 낡은 것으로 만든 작가라는 평가를 받았다.

물론 이효석의 감각적이고 심미적인 특성은 현대성의 증거가 아닐 수 없었다. 그러나 현대 문학은 이미 순수 문학이었고 분명한 이념적 구획선을 긋고 있는 것이었다. 이념적 구획이 정신적 통합을 명령하는 것이었던 만큼 이효석의 현대성은 정신적인 것이 되어야 했다. 우파들이 외친 '순수'는 과학과 물질(계급 사상이 말하는)의 구속을 벗어나야 한다는 인간 해방론의 면모를 보이기도 했지만, 그 인간은 추상된 인간 일반으로서 모든 현실 문제에 눈감는 탈(脫)정치 이념의 등가물이었다. 때문에 이효석의 '미적 정서가 정신적 세계를 형성'[27]시켰다고 했을 때, 그 정신은 이념적 구획을 확인하는 정신일 수밖에 없었다. 이효석이 한국적 자연의 아름다움을 그렸고 '원초적인 한국적 인간상'[28]을 그려냈다는 평가는 결국 그 정신이 무엇이었던가를 알려주고 있었다. 향토라는 민족적 터전의 상상을 통해서 '원초적' 한국인이 또한 상상되었던 셈인데, 이 민족적 순종의 상상은 분열의 기억과 깊은 갈등의 역사를 덮어버리는 것이었다. 추상된 인간 일반과 마찬가지 역할을 한 것이다.

내가 이 글에서 말하려는 것은 이런 정신적 지배와 구속의 과정을 통해 분열의 기억이 지워졌다는 점이다. 새롭게 발견된 향토는 분열이 불가피해

---

27) 조연현, 『현대한국작가론』 (문명사, 1970), 131쪽.
28) 이철범, 『한국문학대계』 (경학사, 1972), 하권, 138~139쪽; 구인환, 『한국근대소설연구』 (삼영사, 1977), 289쪽.

진 상황의 산물이었다. 향토의 발견은 혼종의 시선을 통해서 가능했다. 심미화된 향토란 사실 혼종의 분열된 내면 속에 있었다. 그러나 향토가 오래된 터전으로 읽힐 때 향토가 발견된 역사, 식민지적 근대의 경험은 잊혀지고 말 것이었다. 자신이 어쩔 수 없는 혼종이라는 사실 또한 외면되어야 했다.

그러나 망각된 것은 비단 이것만이 아니다. 나는 근원을 상상케 한 메커니즘 속에 정신적 통합을 기도하는 동력이 작용했고 그것이 국가주의적 억압의 수단이 되어왔음을 거듭 지적했다. 그런데 정신의 지배가 지배자에 대한 절대적 추종을 요구하고 거대한 폭력의 위계를 통해 모두를 동원의 대상으로 만든 과정은 이미 식민지적 근대에서 시작된 것이었다. 즉 정신에 의한 통합과 지배란 실로 식민지적 근대의 거대한 유산이었던 것이다.(일본 정신에 의한 국민적 통합이 중일전쟁 이후 전시 동원 체제를 구축해 가는 과정에서 식민지에도 강제되었음을 지적하는 것은 새삼스러운 일일 것이다. '정신'과 '역사'는 이후 신체제론을 구성하는 핵심적 화두였다.) 분열의 기억을 지워버린 망각은 정신적 통합을 절대적인 과제로 만듦으로써 정신주의가 어디서 비롯된 것인가를 또한 잊게 만들었다. 이런 방식으로 망각은 과거를 지속시켰다. 「메밀꽃 필 무렵」이 여전히 한국 소설의 대표작으로 읽히고 있는 현실은 정신적 통합의 시대가 끝나지 않았음을 뜻한다. 과거는 잊혀졌고 이런 망각을 통해 또한 지속되고 있는 것이다.

분열의 기억

내가 분열의 기억을 지워온 망각의 시간을 문제삼는 근본적 이유는 오늘의 한국인들이 이미 분열되어 있다는 데 있다. 한국인들이 혼종이라는 사실은 오랫동안 잊혀져 왔다. 그러나 한국이 혼종 공간이 된 역사는 그만큼 길다.[29] 근대라는 시간 내내 자신이 부정되는 경험을 거듭해야 했던 대부분의 한국인들에게 절멸에 대한 공포는 영혼 깊이 새겨졌던 것이다. 자신을 대주체에 귀속시키려는 열망은 이 공포로부터 벗어나려는 질주의 형태였다. 정신주의는 바로 이 공포에 의해 추동되었던 것이리라. 하지만 거룩한 정신을 받들어야 했던 시간이 한국인들에게 그들이 누구인가를 말해 주었던 것은 아니다. 사실 모두를 하나로 묶어줄 근원으로서의 정신이란 것은 애당초 없었다. 결국 정신은 그들을 단지 동원의 대상으로 만들었을 뿐이다. 정신이 모두에게 부여한 동질적 정체성은 또한 모두를 익명적 전체로 묶었다. 집단적인 익명화를 거부하지 못한 시간은 자신이 누구인가라는 물음을 물을 기회 자체를 봉쇄해 온 것이었다.

오늘날 이 상황은 또 하나의 전기를 맞고 있는 것이 분명하다. 냉전의 구도가 무너지면서 절대적 정신으로 군림해 온 이념(정확하게는 반공 이데올로기)은 사회 곳곳에서 빠르게 퇴조하고 있다. 근원의 상상을 통해 거룩한 비전을 제시하려는 기도는 갖가지 형태로 이어지고, 그동안 어지럽게 그어져 온 구획의 선들은 여전히 사회적 폭력성을 재생산하고 있지만 정신으로 역사를 재구축한다는 것은 이제 더 이상 만만한 일이 아닌 듯하다. 북한에서도 역사는 빛을 잃었다고 보아야 할 것이다. 국가와 지도자가 공언해 온 미래에 대한 북한 인민들의 기대와 믿음이 더 이상 굳건한 것으로 보이지 않기 때문이다. 그러나 세계화의 이름 아래 갖가지 영토적 경계가 무너지고 국제적 변화라는 것에 사회 전체가 휘둘려가는 현상 속에서 상황은 오히려 복잡해졌고, 문제의 뿌리들은 난마(亂麻)와 같이 엉켜 그것의 역사성을 이

---

29) 혼종의 역사에 대해선 다음의 글을 참고할 수 있음. 홍성욱, 「잡종, 그 창조적 존재학」, 『창작과 비평』 1997년 가을호.

해하려는 노력을 비웃고 있는 것이 또한 오늘의 현실이다. 과거의 문서를 뒤지는 일개 문학도에 불과한 나에게 무슨 특별한 의견이 있는 것은 아니다. 나는 다만 그간의 고단한 과정을 돌이켜볼 필요가 있다는 생각을 했고, 그로부터 다시 일깨워야 할 것이 있다면 그것이 무엇인지에 대해 논의해 보려 했다.

역사적 탐색의 결론이 으레 그럴 수밖에 없지만 나는 오늘의 문제가 이미 오래전에 시작되었다는 점을 지적하고 싶다. 혼종성은 계속 부인되어 왔던 것이다. 이효석의 자연주의는 식민지 근대의 필연적 면모를 드러낸 것이었다. 혼종성은 한국인들에게도 불가피했다. 그러나 이 사실을 부정해 온 정신주의의 역사는 결과적으로 식민지의 동원 체제를 답습했다. 식민지 근대의 극복을 외치기도 했지만 정신주의라는 선택이 식민주의자의 이데올로기를 벗어난 것은 아니었다.[30]

내가 감히 말하고 싶은 것은 한국인들이 하나의 추상된 이미지, 하나의 역사 안에 자신을 가두어온 과정 역시 오늘의 위기를 만든 중요한 원인이리라는 점이다. 과거가 청산은커녕 옳게 인식되지도 않은 상태에서 새로운 시대를 제대로 맞는다는 것은 힘든 일이다. 물론 혼종성을 자인한다고 해서 당장 굉장한 수가 나는 것은 아닐 것이다. 그러나 자신이 누구인가를 다시 묻지 않고 새로운 변화가 모색될 수 없는 것이라면 분열의 기억은 일깨워져야 한다. 한 번도 진지하게 검토되지 않았지만 분열의 절실함, 분열의 불가피성은 바로 근대적 역동성의 근거였다. 이제 혼종성의 역사는 다시 조명되어야 한다.

---

30) Albert Memmi, *The Colonizer and the Colonized*, Howard Greenfeld, trans. (Orion Press, 1965), pp. 88~89.

총력전과 멜로드라마

총력전의 세기와 도덕적 절대주의

지난 세기를 총력전(總力戰)의 세기로 규정한 레이몽 아롱(Raymond Aron)은 민족적 열정을 폭발시킨 제1차 세계대전을 그것의 본격적 출발점으로 보았다.[1] 민족(실은 국가)이 하나의 전체가 됨으로써 시작된 '민족 전쟁'이 총력전의 형식이었다는 것이다. 분쟁이 국지적인 데 그치지 않고 전선이 확대된 상황에서 대량 살상의 경쟁은 지속되었으며 끊임없는 소모 전략은 불가피한 것이 되었다. 그야말로 총력의 경주를 요구한 총력전은 국가의 모든 구성원을 군비 지원을 위한 동원의 대상으로 삼아 일상과 내면까지를 장악하려 한 것이었다. 부녀자나 아동 역시 잠재적 전투원이 되어야 했다. 총력전은 전방과 후방의 구별을 없앴다. 곳곳이 전장(戰場)이 된 것이다. 산업적 생산력의 증진이라든가 기술적 진보는 또 다른 전투였다. 효과적인 살상 무기의 개발을 위한 발명의 경쟁은 총력전의 세기 내내 첨예한 관심 속에서 지속되었다.

---

1) Raymond Aron, *The Century of Total War* (Beacon Press, 1955), p. 22.

전면적인 동원은 전면적인 조직화 없이는 불가능하다. '국민'의 생산과 이 집단적 주체의 이름 아래 이루어진 '강제적 균일화'[2]는 동원을 위한 전제이자 조건이었다. 전쟁의 승패가 국가의 존망을 가른다고 단정했을 때 국민이라는 운명 공동체에 균열이 있어서는 안 되었다. 따라서 잠재한 갈등 요소들을 해결하고 하나의 목적 아래 사회를 일사불란하게 조직화하는 것이 도모되었다. 사회의 '세포'로서의 가정[3]과 훈육의 장소인 학교는 국민을 생산하는 거점이어야 했다. 조직화는 물론 정치적인 통합을 위한 것이어야 했으니, 기능적 효율을 최대화해야 한다는 명령은 정치적 권위주의와 결합될 수 있었다. 나아가 문학이나 공연 예술, 미디어 등이 통합의 장치이자 기구(機構)가 됨으로써 다른 세계 이해는 제약되었다. 이렇게 총력전은 전 방위적 체제를 구축하는 데 이른다. 총력전의 세기는 계급 사회가 '시스템 사회'[4]로 이행되는 과정을 보여주었다. 근대는 공동 사회(Gemeinschaft)로부터 개인을 해방시켰지만 총력전 체제하에서 이 자율적 개인은 새로운 전체 안에 복속되어야 할 존재가 된다. 효율적 동원을 목적으로 하는 시스템 사회란 시스템에 의해 지배되는 사회로서, 예외나 유보 없이 모두를 균일화하

---

2) Yasushi Yamanouchi, "Total-War and System Integration : A Methodological Introduction," *Total War and Modernization'*, Yasushi Yamanouchi·J. Victor Koschmann·Ryuichi Narita, eds., (East Asia Program Cornell University, 1998), p. 3. 이 책은 일본에서 먼저 출간되었다.(山之內靖, 成田龍一, 『總力戰과 現代化』, 柏書房, 1995) 여기서 인용과 참고는 일단 영문본에 의거하기로 한다.

3) 야스시 야마노우치는 위의 글에서 헤겔의 『법철학 강의』를 분석함으로써 프랑스 혁명을 기점으로 증대되는 국가적 위기(계급 갈등 등으로 인한)를 안정시키기 위해 사회를 시스템화할 필요가 제기되었음을 지적한다. 헤겔은 농민이나 토지 귀족을 국가의 윤리적 뿌리로 여겼고 그들이 시민 사회 형성의 근간이 되어야 한다고 생각했다는 것이다. 즉 이들이 고수하는 가족 제도의 자연적 안정성으로 시민 사회의 불안정성을 통제해야 한다는 보수적 입장을 피력했는데, 이런 헤겔의 처방은 총력전 체제의 역사적 근거일 수 있다는 견해다. Ibid., pp. 7~14.

4) Ibid., p. 4. '시스템'은 일단 제도적 형태로 현상되는 것이겠지만 그것이 무엇인가라고 다시 물었을 때 답은 아마 간단치 않을 것이다. 나는 시스템을 하드웨어로서뿐 아니라 소프트웨어로 보아야 한다고 생각한다. 이 글에서 나는 총력전 시대의 서사 문법을 분석하려 하는데, 그 역시 시스템에 의한 지배를 지속시킨 중요한 프로그램의 하나라는 판단에서다.

려 한 것이었다.

　대전의 경과를 분석하며 아롱은 국가들 사이에 전쟁이 벌어지는 과정이 역사적 동인만으로 설명되지 않는다는 점을 지적했다. '국가의 양심'[5]을 지킨다는 것이 종종 싸움의 명분이었을 뿐 아니라 실제적인 이유가 되기도 했다는 것이다. 국민화와 동원의 배경이 되었던 민족적 열광이 흔히 도덕적 자기 정당성에 대한 믿음을 통해 고무되었던 점을 생각하면 그것이 특별히 놀라운 일은 아니다. 전쟁에서 자국의 승리는 곧 선의 구현이었기에 거룩한 과업이자 공동의 이상이 되었다. 적에 대한 최소한의 이해나 인정이 허용되지 않는 가운데서 자국과 적국을 선과 악으로 나누는 이분법은 불가피했다. 악은 단지 분노와 증오의 대상일 뿐이었다. 이로써 전선의 병사들보다 오히려 후방의 대중들 사이에서 적개심은 추상적인 형태로 고취될 수 있었다.

　시스템 사회란 열광을 유지해야 하는 것이고 때문에 대중 캠페인은 일상화되어야 했다. 하지만 열광의 유지가 선전이나 설득으로만 가능했던 것은 아니다. 열광이 도덕적 확신을 조건으로 하는 것이라면 이 조건이 지속적으로 제공되어야 했던 것이다. 그 역할은 시스템의 몫이었다. 시스템 사회는 도덕에 대한 의문을 제거함으로써 도덕을 고취했다. 하나의 목적 아래 조직되는 시스템은 일률적인 것일 수밖에 없고 일자를 지향하게 마련이다. 모두가 국민이 되어야 하고 비국민은 철저히 배제되어야 해서, 다른 선택을 불가능하게 한 것이 시스템 사회의 일반적 면모였다. 시스템 사회가 일체의 사적 영역을 허용하지 않고 공적 목적의 전일한 관철을 기도하는 것일 때 그것이 앞세우는 도덕은 절대적인 것이 될 수밖에 없다. 다른 도덕을 생각할 기회나 가능성을 차단한 시스템 사회는 도덕적 절대주의가 지배하는 사회일 가능성이 크다. 절대적 도덕은 사회 통합의 근간으로서 자기 통제와

---

5) Raymond Aron, op. cit., p. 9.

수련, 나아가 부정을 요구하는 주어였을 것이다. 도덕적 절대주의는 마땅히 금욕주의를 동반했다. 금욕은 열광과 모순되어 보이지만, 균일화나 일자화를 명령하는 금욕주의는 개별성을 지움으로써 집단적 열광의 에너지를 조성하는 시스템의 필연적 속성이었다. 나는 이것이 시스템 사회가 열광을 유지한 방법이었다고 본다.

물론 도덕적 절대주의가 도덕의 절대성을 외치는 것이라고 생각해서는 안 된다. 후지타 쇼조는 총력전 사회를 "경험 없는 전쟁 의욕의 덩어리가 가득 찬" 곳으로 묘사했다. 그래서 기진맥진할 때까지 싸우는 무한 소모전으로 가는 것이 총력전이라는 것이다.[6] 소모되는 것은 인명이나 물자만이 아니라 사람의 마음이다. 그 끝은 극단적인 황폐화일 수밖에 없다. 도덕적 절대주의는 이런 상황—군중의 도덕을 비판적으로 대면할 수 있는 기회가 제거되어 간—의 산물로 보아야 한다. 도덕의 '군림'은 황폐된 속에서 가능할 것이기 때문이다.

소모된 마음의 빈 공간을 채우는 것은 이기심이다. 후지타 쇼조는 "조금이라도 자신에게 유리한 지도자나 조직체에 몸도 마음도 다 내맡기려고 기다리는" 대중들의 기회주의적 영웅 대망론을 비판했는데, 동원의 시스템은 그들의 불안과 공포, 혹은 원한이나 증오를 재생산함으로써 지속되었다. 도덕적 절대주의는 불안과 공포 속에서 오히려 빛나고 원한과 증오를 북돋움으로써 더욱 강화될 것이었다. 집단적 열광 뒤에 있는 실제 얼굴은 지치고 냉담한 것일 수밖에 없다. 도덕적 절대주의가 금욕주의를 동반해야 하는 이유는 금욕을 통해 모든 개별성을 지움으로써 자신의 실제 모습을 돌아보는 자각적 성찰의 가능성을 빼앗기 위해서가 아닌가 싶다.

---

6) 후지타 쇼조, 『전체주의의 시대 경험』, 이순애 엮음, 이홍락 옮김 (창작과비평사, 1999), 53~57쪽.

이 글에서 나는 한국인들 역시 총력전의 세기를 살아내야 했고 그 영향과 흔적으로부터 아직도 자유롭지 못하다는 점을 강조하려 한다. 일단 식민지로서의 시공간은 일본의 총력전 체제를 벗어날 수 있는 것이 아니었다. '만주 사변' 이후 본격화되는 이른바 총후(銃後 — 후방이라는 뜻)의 형성[7]은 역시 식민지로 확대되었다. '애국반'[8] 등을 통해 일상이 조직되고 징용과 보국대를 비롯한 갖가지 동원의 대상이 되어야 했던 경험은 매우 광범하고 또 일반적인 것이었다.

식민지 시대를 통해 부식된 동원 체제의 근간은 해방과 분단 이후로도 파내어지지 않았다. 전쟁을 전후해 남북한간의 경쟁적 대치가 시작되며 '민주주의'를 수호한다거나 제국주의를 물리치는 것이 여전히 총력을 기울여야 할 거룩한 과제로 주어졌으니, 전면적인 동원의 요구는 일층 더 가혹한 것이 되었다. 이는 약간의 내용적 변화에도 불구하고 시스템의 구축과 지배가 재연되었음을 뜻한다. 예를 들어 경제개발5개년계획과 같이 대규모의 국가적 프로젝트를 펼친 남한에서, 국가가 대기업의 성장을 주도해 벌족(閥族) 경영 체제를 형성시켰고 이러한 산업적 위계로 하여금 국가적 위계 시스템의 기초를 이루도록 한 과정이라든지, 회사에 몸을 바쳐야 하는 '샐러리맨'들에 의해 또한 가정의 종속이 진행된 것[9] 등은 그 구체적 양상들이

7) 총후 형성이란 청년단이나 부인회, 소년단 같은 후방 조직의 결성을 이른다. 이로써 군부를 지지하고 군사 지원을 적극화하려 했던 것이다. 총후의 배후 선봉이 되었던 것은 재향군인회였다. 만주 사변 이후 군부와 재향군인회는 '국방 사상'의 보급을 위한 강연회를 곳곳에서 개최하였는데, 그 내용은 동포(일본인)를 학살·능욕하는 중국 군대의 폭거와 만행을 규탄하고 모두가 감연히 궐기하여 그들을 응징해야 한다는 것이었다. 배외열(排外熱)의 고양은 총후 형성의 기본 요건이었다는 것이다. 荒川章二, 『軍隊と地域』(靑木書店, 2001), pp. 201~206.

8) 식민지에서도 '애국반'의 조직은 1937년 신사 참배와 더불어 시작되었다. 애국반이란 '국민정신총동원 조선연맹본부' 산하 도(道)나 부군(府郡) 연맹, 읍면(邑面), 동정리(洞町里) 연맹으로 이어지는 피라미드 아래 10호씩을 묶은 '최소의 세포 조직'을 말한다. 애국반원들은 서로를 전우(戰友)로 부르기도 했고 정기적인 반상회(班常會)를 가졌다. 내선일체(內鮮一體)의 입장에서 국민 사상을 진작하는 것이 애국반의 과제였으니, 생업 보국(生業報國)이나 근로 봉사, 애국 저축, 물자 절약, 불평 금지 등이 그 구체적 내용이었다. 「국민정신총동원 조선연맹본부 방문기」, 『삼천리』 1938년 10월호 참조.

다. 거대한 위계로서의 시스템이 전락의 공포를 끊임없이 재생산해 냈던 가운데, 밀려나거나 낙오하지 않으려는 필사의 경주는 삶을 전투로 만들어온 것이다. 수령 앞에서의 평등주의를 외침으로써 '일군만민'(一君万民), '일시동인'(一視同仁)의 사상을 다시 구현한 북한의 경우 역시 크게 다르지 않았다. 카리스마의 주인공을 정점으로 하는 시스템은 사회의 구석구석까지 절대자의 시선을 관철시켰다. '수령은 어디서든 보고 계신'[10] 것이다. 이 판옵티콘(Panopticon) 안에서는 누가 얼마나 더 헌신하며 열의를 보이는가 하는 경쟁이 지속되어야 했다.

남북한에서 이데올로기와 그것이 제시한 과제는 도덕화되었다. 특별한 지도자들은 도덕을 강요했고 그 자신이 도덕의 중심이자 근원을 자임함으로써 이를 절대화했다. 도덕적 절대주의는 일자적 통합을 요구했지만 이 과정에서 스스로 생각하고 실천하지 못하는 '사회적 결합 없는 대중'들이 양산되어 온 것이다. 나는 총력전의 서사 문법을 분석해 이 과정에 접근하는 길을 열어보려 한다. 하나의 이야기를 반복하거나 이를 통해 서사적 자유를 제한하는 것은 도덕에 대한 의문을 제거해 대중을 장악해야 하는 시스템에겐 필수적이었다. 서사적 자유는 사유의 자유였으니 다른 세계 이해의 가능성을 차단하는 서사적 구속은 시스템에 의한 구속의 조건이었던 것이다. 따라서 대중 동원과 감시는 서사적 수준에서부터 도모되어야 했다. 이렇게 볼 때 총력전의 서사 문법이 총력전의 지속과 더불어 지속되었으리라는 추측은 불가피하다. 식민지 시대의 신체제 문학과, 역시 정신에 의한 일자화를

---

9) 재벌을 통한 국가적 시스템의 위계화나 전후 신중간층('샐러리맨')이 사무라이 모델을 형성하는 양상, 그밖에 지역 유지(구중간층)들이 자기 지역이나 사업체의 '작은 천황'이 됨으로써 천황제를 지지한 양상에 대해선, Amemiya Shoichi, "Self-Renovation of Existing Social Forces and Gleichschaltung: The Total-War System and the Middle Classes," Yasushi Yamanouchi·J. Victor Koschmann·Ryuichi Narita, eds., op. cit., pp. 209~211.

10) 전쟁 시기 월미도 방어 전투를 그린 황건의 단편 소설 「불타는 섬」(1951)에서 쓰인 표현.

요구한 북한 문학을 연결시켜 본다든지, 매번 시스템의 경계 안으로 다시 되돌아오는 남한의 대중적 로망스가 어떤 계보 속에 놓이는 것인가를 묻는 일은 흥미로운 과제다. 나는 이 글에서 총력전의 서사 문법과 익명화된 대중, 그리고 멜로드라마의 관련성에 대해 또한 언급하려 한다. 멜로드라마적이라고 할 수 있는 상상력 혹은 패턴이 도덕적 절대주의가 군림한 총력전의 세기를 통해 되풀이되어 왔다고 판단하기 때문이다. 이 글에서는 일단 멜로드라마적인 것이 어떻게 총력전 서사에 수용되었던가에 대해 논의하려 한다.

총력전 시대의 서사 문법

일반적으로 오늘의 조선 민중만큼 종교적 관념과 정감이 없는 일은 드물다고 말할 수 있다. 신도 부처도 인과의 관념도 모두 없고, 단지 욕망하는 것은 명리(名利)이며, 무서운 것은 법률과 자연의 힘뿐이다. 신(神)과 혼(魂)을 잊고서는 진정한 도덕과 예의를 바랄 수 없지 않을까.[11]

그것은 명령받은 위치에서 순(殉)하겠다는 마음가짐이다. 일단 어떤 실무를 명령받은 다음에는, 다음 명령이 있기까지는 그 자리에서 한 걸음도 움직여서는 안 된다. 상대에게 밀려서는 안 된다. 다른 생각이 있어서는 안 된다. 그것이야말로 일의전심(一意專心), 그 위치를 지키고, 그러기 위해서 자신의 최선을 다하며, 죽은 후에야 그만둔다는 바로 그 정신인 것이다.[12]

---

11) 이광수, 「산사(山寺) 사람들」(1940), 『춘원 이광수 친일 문학—동포에 고함』, 김원모·이경훈 편역 (철학과현실사, 1997), 238쪽.
12) 이광수, 「한 병졸의 마음가짐」(1940), 같은 책, 131쪽.

첫 번째는 조선인들이 흔히 천박한 세속주의에 빠져 있을 뿐이라는 절망감을 피력하고 있는 이광수의 글이다. 신(神)과 혼(魂)을 내면화하는 것이 눈앞의 이익만을 좇는 세속주의에서 헤어나는 길이고 도덕을 획득하는 길이라는 것이다. 두 번째 역시 이광수의 글이다. 조선인들은 명령에 살고 명령에 죽는 마음의 자세를 다짐으로써만 진짜 국민으로 거듭날 수 있다는 내용이었다. 도덕을 획득하는 길─국민이 되는 길은 신과 혼으로 표기된 동원의 주어에 전적으로 감응하는 것이었다. 그것의 명령은 이미 절대적이어서 더 이상의 생각은 필요 없었다. 몸바치는 성심(誠心)은 생각에서 나오는 것이 아니었다. 그것은 모든 잡티(이기심이라든가 서양의 '나쁜' 영향에서 비롯된)를 걷어낸 전일한 마음의 움직임이었다. 이광수는 이렇듯 마음으로 도덕을 구현하는 금욕적 삶이야말로 '본연의' 것이라고 주장했다. 그에게 최고의 도덕은 곧 종교였다. 종교적 관념으로 충만해 그 명령을 수행하는 본연의 삶은 아름답고 경건한 것이며, 죽음까지가 감사하고 기쁜 일이 된다.

침묵은 도덕적 절대주의의 최고 덕목이다. 군림하는 도덕은 분별을 시도할 대상이 아니기 때문이다. 그에 대한 논의는 불가능하다. 그것은 생각을 필요로 하지 않고 따라서 말도 필요로 하지 않는다. '일의전심'의 자세란 단지 충실히 감응한 결과일 것이었다. 그런데 감응은 국민에게 부과된 의무였다. 감응이 사실상 침묵을 요구한 것이었기에 모두가 '마음'으로 하나가 되어야 한다고 했을 때, 일자로서의 국민이란 익명의 벙어리 군상을 가리키는 말이었다. 국민 되기는 바로 침묵하기를 뜻했던 것이다. 국민을 불러내는 총력전의 서사에서도 침묵은 중심 테마가 아닐 수 없었다. 식민지 말기 방송을 전제로 씌어진 김내성(金來成)의 단편 「어떤 여간첩」(1943)은 이 테마를 노골적으로 제시하고 있다.

소설은 북경을 출발해 부산으로 가는 열차 안을 비추며 시작한다. "몸에 꼭 어울리는 양장을 한" 단정한 용모의 젊은 여인은 옆의 승객을 상대로 나날이 물자가 부족해지는 데 대한 불평을 늘어놓는다. 그러나 곧 "무게 있는 엄숙한 소리"의 꾸지람이 떨어진다. 동승한 노인이 호통을 친 것이다.

> 우리 나라는 지금 전대미문의 전쟁을 하고 있다는 사실을 잊어서는 안되오. 일억 민중이 불똥이 되어 이 전쟁을 이겨나가고저 노력하고 있는 것이요. 현대의 전쟁이란 다만 총과 칼을 갖이고 싸호는 것이라고 생각해서는 절대로 안되오. 무기와 무기의 전쟁은 벌써 옛날의 전쟁―현대의 전쟁은 그 나라가 갖이고 있는 온갓 힘과 힘의 전쟁이라는 사실을 몰라서는 안니되오. 총후도 전장(戰場)이다! 모든 불평과 모든 불만을 극복함으로써 최후의 승리를 거두어야 할 이 때에 아지노모도가 없어서 못살겠다, 아이스크림이 없어서 여행을 못하겠다가 다 무슨 소리란 말이요! 그러한 쓸데없는 유언(流言)을 하여 인심을 소란하게 한다는 것은 알고 하던 모르고 하던 간에 그 자체가 벌써 하나의 스파이 행동이라고 볼 수밖에는 없소!13)

과연 그녀는 미국과 영국이 밀파한 여간첩 'H 88호'였다. 민심을 소란케 할 목적으로 서울에 잠입해 소학교 후배 '영숙'의 집에 거하며 활동을 시작한 여간첩은 그러나 당장 영숙의 항의를 받는다. '자기를 희생하는 데서 오는 기쁨, 자기의 자유를 속박하는 데서 느끼는 행복'을 참된 기쁨과 행복으로 여기는 영숙으로선 갑자기 나타나 불만을 전염시키려는 선배가 탐탁할 리 없다. 여간첩은 오히려 그녀의 훈계를 들어야 할 판이다. 말이 많으면 불평과 불만도 쏟아놓게 마련이라는 것이 영숙의 생각이다. 때문에 말을 하지 말자는 것이 그녀의 주의다. "말하지 말자, 입은 있으되 말없는 인간이 되

---

13) 김내성, 「어떤 여간첩」, 『방송소설 명작선』 (조선출판사, 1943), 277~278쪽.

자."[14] 말많은 여간첩은 급기야 애국반 모임에 위장 잠입한 헌병 대원에 의해 체포된다.

군림하는 도덕은 말하지 않고 응시한다.[15] 도덕적 감응은 설득으로 이루어지는 것이 아닌 것이다. 감응의 관계가 본받아야 할 주체를 상정하는 한 위계적 구도는 불가피해진다. 여기서 감응이란 위로부터의 시선을 의식하고 그것을 좇으려는 것이 된다. 익명의 군상들은 단지 바라보여지는 대상으로 존재하며, 감응에 의한 복속은 그들에게 주어진 최선의 선택지가 된다. 그들은 복속을 통해서만 주체에 편입될 수 있기 때문이다.

감응의 대상으로서 국민의 결속은 복속을 통해 이루어질 것이었다. 때문에 총력전의 서사에서 이 과정을 그리는 것은 매우 중요한 과제가 아닐 수 없었다. 응시의 시선을 우러르는 해바라기가 되는 것이 국민의 마땅한 선택이자 의무로 여겨졌던 것이다. 국민으로 거듭나는 선택과 복속의 과정은 역시 친일 문학 작품으로 분류된 최정희의 「야국초」(野菊抄, 1942)에서 흥미롭게 그려진다. 유부남과의 연애로 아이를 얻었지만 낙태를 원하는 남자를 따르지 않고 홀로 11년 동안 아이를 길러낸 식민지의 여인—소설의 서술자가 담담하게 보고하는 것은 자신이·이 비합법적 아들을 군부대 훈련생으로 보내는 선택을 하는 과정이다. 번번이 '복수'라는 어휘[16]가 선택되고 있지만 그녀의 선택은 단지 버림받은 분풀이가 아니다. 아들이 아버지의 성(姓)을

---

14) 「어떤 여간첩」, 같은 책, 290쪽.
15) 곳곳에 내걸렸던 천황의 사진, 모상(模像, simularcre)으로서의" '어진영'(御眞影)이 국민으로부터 응시됨을 통해서 또한 국민을 널리 응시하는 존재를 현재화(顯在化)시키고 또 의식시켰다고 본 이효덕의 지적은 참고할 만하다.(이효덕, 『표상공간의 근대』, 박성관 옮김, 소명출판사, 2002, 303쪽.) 나는 이 부분을 어진영이라는 초월적 주체가 응시의 관계를 만든 것이 아니라 응시의 관계가 초월적 주체를 만들었다는 것으로 읽었다.
16) 최정희, 「야국초」(野菊抄), 『국민문학』 1942년 11월호, 146쪽.

따르지 않게 한 점[17]에서도 드러나듯, 그녀는 이기적 유부남의 가부장적 질서에 편입되기를 거부하는 대신 군대의 규율로 대표되는 새로운 아버지, 곧 '제국적 아버지'(Imperial Father)의 질서 속에 아들을 입적(入籍)시킨 것이다. 소년은 영광스럽게도 제국의 아들이 될 것이었다. 아들을 '강인한 꽃'(제국 군인)으로 키우겠다는 이 어머니는 이로써 또한 '새로운 제국적 어머니'(New Imperial Mother)가 된다.[18] 소설은 아들을 바라보는 어머니의 시선을 통해서 서술되는데, 물론 이 제국적 어머니는 제국의 시선을 매개하는 존재였다. 제국적 어머니로의 승격은 응시의 주체에 자신을 복속시킨 결과다. 이 선택을 통해 비합법적인 아들과 역시 비합법적인 어머니는 새로운 도덕의 시금석이 된다. 그녀는 자신을 쇄신시켰고 나아가 가정의 재편을 시도했기 때문이다. 군림하는 도덕은 인습의 경계를 넘는 초월과 쇄신의 비전을 제시하는 것이었다.

복속을 통해 거듭나는 자기 쇄신은 총력전의 서사를 관류하는 주제가 아니었던가 싶다. 도덕적 감응을 통한 정신적인 고양은 쇄신의 경로이자 형식이었다. 말은 필요 없었다. 이미 도덕이 절대화된 상황에서 선악은 양분되고 쇄신의 목표는 분명했기 때문이다. 대신 강조되었던 것은 철저한 투신이다. 투신의 적극성이야말로 자기 쇄신, 곧 도덕으로의 귀환을 보장하는 것이 된다. 투신으로써 모든 악과 부도덕에 대한 의지적 승리는 선취될 것이었다. 흔히 전선의 리포트는 과감한 돌격과 육탄전을 벌이고 탄우(彈雨)를 무릅쓰며 결사의 전진을 하는 병사들의 모습을 전했는데, 선혈에 젖은 '호국 전사'가 영예의 형상으로 그려졌던 이유는 그들이 두려움 없는 투신을

---

17) 패배하지 말라는 바람에서 '승일'(勝一)이라 이름지은 아이의 호적은 화자의 "오빠 앞으로 올리기로 했다"고 되어 있다. 일문으로 씌어진 「야국초」는 번역이 되어 『친일문학전집·2』, 김병걸·김규동 편역 (실천문학사, 1988)에 실려 있다. 이 전집의 176쪽을 참조.

18) Kyeong-Hee Choi, "Another Layer of the Pro-Japanese Literature : Choe Chonghui's The Wild Chrysanthemum," 『현대문학의 연구』 한국문학연구학회, 2000년 2월호, 205~207쪽.

통해 도덕으로 귀환한 존재였다는 데서 찾아야 한다. 장렬한 전사(戰死)는 자기 쇄신의 돌이킬 수 없는 확인이었다. 그러나 도덕의 세계로 귀환한 그들은 다시 돌아오지 않을 것이었다. 꽃잎같이 떨어져 내린다는 산화(散華)의 미학은 도덕으로의 귀환이 또한 소멸의 욕망과 잇닿아 있는 것이었음을 알려준다. 감응에 의한 복속은 주체가 되는 길이었지만 한편으로는 자신의 존재를 지우는 자기 소멸의 길이기도 했다. 소멸이 욕망의 대상이 되었다면 이를 추동했던 것의 정체는 무엇일까? 이 욕망의 뒤에는 개별자로 따로 설 수 없게 하는 공포가 작용하지 않았을까? 공포는 절대화된 주체에의 복속 이외에 다른 어떤 선택도 불가하다는 절망감 속에서 더욱 증폭될 수 있었을 것이다. 찬란한 산화를 통한 소멸은 복속과 쇄신을 실현하면서 동시에 그로부터 풀려나는 방법이었다. 소멸에 이르는 쇄신은 심미화를 불가피하게 하는 것이었다. 그리고 이런 심미화는 도덕적 절대주의를 재고할 수 없는 것으로 만들었다. 그것은 공포를 재생산하는 기제이기도 했으니, 도덕은 이 공포 속에서 더욱 빛날 수 있었다.

　　"고향이 어디신가요?" 무르면
　　"충청둡니다" 빙그레 웃으며 대답하고는 군용차(軍用車) 승강대에 소년처럼 걸터앉아서 명랑한 음성으로
　　「이 몸이 죽어서 나라가 선다면」도 부르고
　　「울밑에 선 봉선화」도 부르고
　　「바다로 가자」도 소리 높이 부르는 젊은
　　그대의 고향은 어느 산수(山水) 푸르른 충청도 산골인가
　　목청 고운 꾀꼬리 뻐꾸기들 많이 모여 사는 이름 모를 산꽃들 들꽃들 많이 모여 사는

어느 하늘 아래 마을인가?

한 점의 우울 한 점의 띠끌도 없이 가지런이 흰 이빨 맑은 두 눈방울이

늘 웃으며 일선으로 전진하는 이 패(敗)할 수 없는 젊은 정신이여

이러한 소대장의 옆에 또한 나란히 느러앉아 소대장을 따라 무시로 노래

하며 웃으며 일선으로 전진하는 소대와 소대들의 멸(滅)할 수 없는 젊은

정신이여!

내 그대들의 싱싱하고 에띤 조국애의 훈향(薰香) 속에 젖어 앉아

문득 조국의 창천(蒼天)과 그대들의 얼굴을 번갈아 보노니

역시 지금 이 판국에 하늘이 가장 어여삐 보시는 것

그대들의 그 욕(辱)을 모르는 얼굴이리라.[19]

전선을 향해 가는 열차 안의 병사들을 그려낸 이 시는 지엽적 부분을 빼고는 두려움 없이 죽음의 길에 나선 황군을 찬양한 것으로도 얼마든지 읽을 수 있는 것이다. 총력전의 문법이 여전히 통용되고 있었다면 1945년의 해방이 과연 총력전 체제로부터의 해방이었던가 하는 물음은 불가피해진다. 남북한 사람들 모두에게 혹독한 시련의 경험을 강요한 한국전쟁은 선악의 이분법과 도덕적 절대주의에 입각한 전면적 동원 체제를 수립한 점에서 기왕의 시스템이 변함없이 작동하고 있음을 확인시켰다. 해방 후 분단이 확정되는 동안 남북한은 각각 민족과 이념을 앞세운 정신주의적 통합을 도모했다. 전쟁은 이념적 '이물'(異物)의 배제가 그 어느 때보다도 폭력적으로 이루어진 때부터 이미 시작되었던 것이다. 남북한은 공히 전쟁을 외적의 침입에 맞서 민족의 명운을 지키는 싸움으로 규정했다. 미제와 괴뢰 세력을 물리치려는 것이든 공산 도배의 침략 야욕을 분쇄하려는 것이든 이 '정의의

---

19) 서정주, 「일선행차중(一線行車中)에서」, 김송 엮음, 『전시문학독본』 (계몽사, 1951), 44~45쪽.

'전쟁'은 결국 모두의 전쟁이 되었다. 승리만이 민족이 살고 개인이 살 길이었다. 적을 향한 증오는 미덕이 되었다. 서로가 서로에 대해 한껏 잔혹할 수 있었던 가운데 공포는 원한을 증폭시켰다. 적극적 투신을 찬양하는 정신주의적 열광의 수사는 다른 선택지를 찾지 못하는 절망감과 더불어 이 파괴와 혼돈의 시간을 지배했다.

이 시는 병사의 고향을 묻는 것으로 시작한다. "산수(山水) 푸르른" 고향은 "한 점의 우울 한 점의 띠끌도 없"는 투명한 정신에 상응하는 도덕적 근원이자 모태로서의 대지였다. 이 대지가 탄생뿐 아니라 소멸(귀환)의 장소였다면 시 속의 병사들은 고향을 떠나온 것이 아니라 고향으로 돌아가고 있었다. 총력전의 서사는 회귀적 성격을 갖는다.

총력전의 서사에서 심미화된 향토는 흔히 도덕을 절대적인 것으로 만드는 작용을 했다. 한설야가 단편 소설 「황초령」(1952)에서 그려낸 전선의 간호원 '복실'은 자연적 도덕률을 체현하는 형상이다. "토실토실한 몸매와 부식부식한 눈덕과 얼굴, 더욱 가느스름하고 꼬리가 좀 처진 만만치 않으나 수더분해 보이는 눈지방이 그 이름과 같이 향토적인 구수함을 가지고 있는 것 같았다"[20]고 묘사된 만큼 이 살뜰한 부상병들의 누이는 "냄새만 맡고도 더덕을 캘 수 있고 남이 밟고 지나간 뒤에서도 훌륭한 산나물을 캐는" 능력을 발휘한다. 그런데 그녀는 시종 미국과 관계된 모든 것을 증오의 대상으로 놓는 단호함을 보인다. 그녀의 자연적 형상과 능력은 그녀가 보이는 미국에 대한 증오심을 역시 자연적인 것으로 만든다. 이로써 미국에 대한 증오는 향토적 본성이 된다.

남북한간의 경쟁은 강력하고 위대한 지도자를 따르는 집단적 복속을 통

---

20) 한설야, 「황초령」, 『조선문학』 1952년 6월호, 15쪽.

해서 진행되었다. 때로 복속은 열정의 대상이 되기도 했는데, 그가 보증하는 성공의 신화가 집단적 유인(誘因)으로 작용하지 않았던 것은 아니지만, 그보다는 공포로부터 벗어나는 길이 달리 없는 것처럼 보였기 때문이었다. 나는 복속을 필연으로 그리는 것이 총력전 서사의 문법적 핵심이었다고 생각한다. 복속이 도덕으로의 귀환을 뜻하는 한 그것은 쇄신의 방법이었다. 금욕의 명령은 해제될 수 없었다. 그러나 언제나 도덕에의 귀환으로 끝나야 했던 단선적인 이야기가 공포를 불식시켰던 것은 아니다. 기실 도덕의 군림(주체의 지배)은 끊임없이 공포를 재생산함으로써 유지될 것이었다. 다른 선택의 가능성을 차단하는 것이 재생산의 가장 중요한 조건이었다면 유일한 도덕의 군림이야말로 그 자체가 공포였다. 개별적 선택이 애당초 불가능한 상황에서는 모든 개별자가 지워질 수밖에 없었기 때문이다.

멜로드라마적 상상력

프랑스 혁명 이후 출현하여 영국과 미국 등으로 퍼져 나간 멜로드라마는, 특히 19세기 세기말부터 제1차 세계대전이 종결되는 사이에 진행된 놀라운 변화—산업화, 도시화, 경제직 합리주의의 지배와 관료화 및 군사적 기계화, 통신과 수송의 발달 내지 이민을 비롯한 인구 이동, 매스 커뮤니케이션의 확대, 그리고 대중적 소비(오락)사회의 형성—속에서 그 형태를 굳힌 장르로 설명된다.[21] 멜로드라마가 흔히 뜻하지 않은 자의적 힘에 의해 지배되는 인생의 잔혹한 진실을 그리는 것으로 간주되었던 것은 성스러움이 사라진 세계의 위태롭고 불안한 삶을 반영한 결과일 수 있었다. 예를 들어 기차 선로에 묶여 있는 여인을 구해야 하는 상투적 장면은 기술과 기계의

---

21) Ben Singer, *Melodrama and Modernity* (Columbia University Press, 2001), p. 19.

시대가 요구하는 속도와 시간적 긴박성에 대한 두려움을 표현한 것이었다.[22] 멜로드라마는 흔히 그럴 만한 잘못이 없는 애매한 희생자를 주목해 그들이 겪는 고통의 파토스를 표현하는가 하면 충격과 서스펜스가 이어지는 상황을 연출했는데, 이 역시 자극적이지만 그만큼 공포로 가득 찬 도시 환경의 경험과 상응하고 있었다. 도시는 물리적으로 취약한 장소일 뿐 아니라 도덕적으로 역시 모호한 공간이었다. 일반적으로 근대화란 가족적 공동 사회로부터 개인이 분리되고 개별적 자율성이 강조된 과정이었지만, 동시에 분리된 개인은 자본과 산업이 만들어내는 거대 체제 안에서 무력하고 소외된 하나의 분자가 되어야 했다. 일상이 끝없이 부도덕을 무감각하게 지나쳐야 하는 것일 때 정의는 의심거리가 될 수밖에 없다. 멜로드라마가 제시한 비정함의 감각이라든가 전락(轉落)의 줄거리는 자본주의 이익 사회(Gesellschaft)의 알레고리였던 것이다. 공동체적 유대를 잃은 근대의 '선험적 집 없음'은 멜로드라마의 정신적 배경이자 주제였다.[23]

그러나 멜로드라마에서 희생은 다시 성스러운 것을 찾으려는 노력으로 나타난다. 당장은 확인되지 않는다 할지라도 정신적인 힘이나 명령으로 작동하는 도덕적 원칙의 존재에 대한 소망 충족적 기대와 믿음을 표했던 것이 또한 멜로드라마였다. 멜로드라마는 재성화(再聖化, resacralization)의 열망을 보여주었던 것이다.[24] 이미 고통의 파토스는 도덕적 불의에 대한 인식, 혹은 감정적 태도를 드러내고 있었다. 주인공의 희생이 불러일으키는 자기 연민[25]의 감정은 대중적 결합의 정서적 기반이 되었다. 악당에 대한 증오는

22) Ibid., p. 132.
23) Ibid., p. 35.
24) Peter Brooks, *The Melodramatic Imagination* (Yale University Press, 1976), p. 16.
25) 자기 연민은 비극과 멜로드라마를 구분하는 근거다. 비극이 자기 연민의 편협한 구렁에서 어떻게 시선을 진작시키는가 하는 문제를 놓고 고심하는 것이라면, 멜로드라마는 자기 연민에 빠져 이를 과장한다는 것이다. Henry A. Myers, *Tragedy : A View of Life* (Cornell University Press, 1956), pp.

과잉되어야 마땅했다. 선악의 구분은 자명했다. 멜로드라마는 중심이 사라지고 흩어진 혼돈의 심연 위에서 성스러운 도덕과 새롭게 만나는 가능성을 꿈꾸었다. 이러한 의사 종교적 면모야말로 멜로드라마를 대중적 장르로 만든 이유였다. 그리고 다르지 않은 이유에서 멜로드라마는 도덕적 절대주의의 수용을 거부하기 힘들었다.

나는 이른바 신파극은 물론 식민지 시대의 프롤레타리아 문학이나 신체제 문학, 나아가 해방 이후 남북한 문학이 전개되는 흐름으로부터도 멜로드라마적인 측면이나 성격을 찾아볼 수 있다고 생각한다. 이 부도덕의 시대에 대한 과잉된 감정적 반응을 통해 도덕적 세계의 도래를 고대한 것이 멜로드라마적 상상력의 핵심이라면, 한국 근대 문학과 그것이 씌어지고 읽혔던 시간에 대해 말할 때 멜로드라마적이라는 관형어의 사용은 불가피하게 확장되어야 할 것이다. 그리고 나는 재성화의 열망을 표현한 점에서 멜로드라마적 상상력은 도덕으로의 귀환(복속)을 촉구하는 총력전의 서사와 접합면을 가질 수 있었다고 본다. 대중이 신파극에 정서적으로 몰입하게 되는 1930년대라는 시점[26]은 멜로드라마적인 것의 소비를 가능케 한 여러 토대와 조건이 마련되는 때였으며, 동시에 총력전이 본격화되는 출발점이기도 했다. 신파극이나 영화, 라디오와 같은 대중 매체가 멜로드라마적 상상력을 펼치는 창구가 되었던 것인데, 대중 매체야말로 총력전의 발판이었던 것이다. 멜로드라마적 상상과 총력전의 접합면은 숨겨진 것일 수 있지만 스스로 멜로드라마의 주인공이 된 대중들의 파토스가 총력전 체제를 형성하는 요소로 작용했으리라는 추측 정도는 어렵지 않다. 예를 들어 가난한 고아이자

168~169. 근대란 비극이 일반화되었던 때지만 그 비극이 '과거의' 비극은 아니었다. 부르주아가 비극을 전유해 멜로드라마화하는 과정에 대해서는 Raymond Williams, *Modern Tragedy* (Stanford University Press, 1966), pp. 49~50.

26) 신아영, 『한국 근대극의 이론과 연극성』 (태학사, 1999), 176쪽.

기생이었지만 순결한 '홍도'[27]가 야비하게 음해를 당하고 오해 속에서 충동적인 살인을 저지르게 되는 이야기는 쇄신의 필연성을 말하는 것으로 읽힐 수 있었다. 순정을 배반당하는 홍도는 공포 속에 던져진 대중의 표상이었다. 부도덕으로 둘러싸여 있는 대중들은 가혹한 운명의 질곡을 벗어나는 선택을 해야 했다. 총력전이란 억압에의 굴종이 아니라 자발적 쇄신을 요구했던 것이다. 새로운 삶을 살아야 하고 그럼으로써 새로운 시대를 열어야 한다는 것이었다. 사랑 대신 새로운 헌신의 대상을 찾는 것은 더 이상 돈에 울지 않는 방법일 수 있었다. 멜로드라마적 상상력이 총력전에 복무한 경위에 대해서는 세밀한 실증과 분석이 이루어져야 할 것이나, 나는 일단 멜로드라마적 파토스가 총력전 서사를 수용하는 기반으로 작용했으리라는 점을 지적하고 싶다.

　도덕과 정의의 회복을 꿈꾸는 멜로드라마적 상상력은 프롤레타리아의 해방을 내다보는 계급투쟁의 서사에서도 지배적인 것으로 나타난다. 마음씨 곱고 아리따운 '선비'[28]는 아버지와 어머니를 죽게 한 원흉 '덕호'에게 정조를 유린당한 뒤 번갯불 치는 밤, 두려움 없이 서울행을 감행한다. 그러나 그녀가 부푼 꿈을 안고 들어간 방적 공장 역시 덕호가 방패막이로 삼던 '법'—악랄한 착취의 규율이 지배하는 곳이었다. 이 무구한 수난자에게 피난처는 없었다. 노역 속에서 노동 운동에 참여하는 그녀를 덮치는 병마는 모진 운명의 상징으로 읽힌다. 그토록 선비를 사모한 '첫째'는 이미 숨을 거둔 선비와 해후한다. 운명은 선비를 싸늘한 시신으로 만든 후에야 그에게 돌려주고 있는 것이다. 작가는 '첫째'의 눈앞을 가로막는 "시컴한 뭉치"[29]

---

27) 임선규, 「사랑에 속고 돈에 울고」 (1936).
28) 강경애, 『인간문제』 (1934).
29) 강경애, 「인간문제」, 『동아일보』 1934년 12월 22일자.

를 그려냄으로써 착취의 역사라는 긴 악몽을 깨는 것이 남은 사람들의 과제임을 역설한다. 선비의 가련한 죽음을 통해 새로운 시대의 도래는 도덕적 필연이 된다. 슬픔과 분노는 의지로 벼려져야 했다.

프롤레타리아의 승리를 약속하는 '역사의 법칙'은 멜로드라마 혹은 그 상상력이 회귀하는 운명주의와 다르지 않은 뿌리를 갖는 것이었다. 물론 식민지 시대 프롤레타리아 서사의 의의라든가 그것이 수행한 각성적 역할이 부정되어서는 안 된다. 그러나 이 법칙의 도덕화 내지 도덕에 의한 혁명 개념의 전유는 이미 예외적 현상이 아니었다. 계급의 구획이 선악의 이분법과 겹쳐짐으로써[30] 전위적 프롤레타리아는 긍정적 주인공으로, 나아가 도덕적 영웅으로 그려졌다. 혁명적 낭만주의[31]가 요구한 혁명적 파토스나 이를 통해 선취되는 상상적 승리는 감정적 소모 끝에 제시되는 멜로드라마의 종국적 판타지를 구체화해 낸 것으로 보이기도 한다. 계급투쟁의 서사는 그것의 '진리'를 도덕과 결합함으로써 멜로드라마적인 것이 된 것이다. 이 양상은 계급투쟁이 민족적이고 국가적 기획이 되었던 상황, 즉 민족 해방이라든가 국가의 수호를 절대적 과제로 하는 상황에서 특히 두드러졌다. 민족·조국이 이미 도덕적 주체가 된 가운데 그것이 규정하는 계급의 적을 향한 증오는 민족주의·국가주의적 열정이나 이족 혐오(Xenophobia)의 감정을 통해 일층 과잉되고 강화될 수 있었다. 헌신의 길에는 숱한 피가 뿌려질 것이었다. 그러나 이 희생은 참되고 거룩한 것이 아닐 수 없었다. 민족·조국은 계

---

30) 한 논자는 멜로드라마의 양극적 태도가 19세기 문화와 사고를 관류하는 인식론적이고 상상적인 패러다임이었다고 지적한다. 철학적으로 마르크시즘은 멜로드라마적 요소가 없었지만 미학적으로는 멜로드라마였다는 것이다. Wylie Sypher, "Aesthetics of Revolution : The Marxist Melodrama," Robert W. Corrigan ed., *Tragedy : Vision and Form* (Harper & Row, 1981), pp. 219~223.
31) 혁명적 낭만주의란 사회주의 리얼리즘의 내적 속성 내지 계기로 간주되었던 것이다. 필연적으로 성취될 미래(공산주의)를 꿈꾸는 혁명적 낭만주의는 병적 환몽(幻夢)에 그친 부르주아 낭만주의와 구별되어야 할 것이었다.

급투쟁을 더욱 성스러운 과제로 만들었다. 민족·조국에의 철저한 복속은 이 과제를 수행하기 위한 조건이었다. 그에 끝없이 충실하려는 금욕적 쇄신의 삶은 가장 보람 있고 아름다운 것이 된다. 이로써 숱한 성도전(聖徒傳)들이 씌어졌던 것이다. 그것은 인고와 승리의 멜로드라마였으며 총력전의 서사 문법을 답습한 것이었다.

북한에서는 이미 한국전쟁 이전부터 총력전이 시작되고 있었다. 미제를 물리쳐 국토를 완정(完整)해야 한다는 민족적 과제는 모든 인민의 성심에 찬 헌신을 요구했던 것이다. 쇄신된 신인간을 그리는 것은 북한 문학에 부여된 임무였는데, 신인간은 무엇보다 민족적 과제를 수행할 도덕적 주체에 충실히 감응함으로써 그에 복속되는 형상이어야 했다. 이윽고 발발한 전쟁은 대부분의 북한 사람들에게 혹독한 시련으로 경험되었다. 그러나 서사 문법적인 수준에서 전쟁기가 다르게 그려져야 할 이유는 마련되지 못했다. 오히려 전쟁기는 쇄신의 필연성을 다시금 확인시켜 준 때였다.

미군에 의해 강점된 평양을 무대로, 나이 어린 여공 '점순'이 노동자 동료들과 지하 투쟁을 벌이는 활약상을 그린 한설야의 장편 소설 『대동강』(1955)은 계급적 멜로드라마로서의 여러 특징들을 보여준다. 소설은 적에게 짓밟힌 조국의 아름다운 수도를 비감한 마음으로 바라보며 수령이 태양으로 빛나던 행복했던 과거를 그리워하는 점순의 모습을 비추는 것으로 시작된다. 도덕적 근원이자 모태로서의 향토를 심미화하는 총력전의 서사처럼 아름다웠던 과거를 상상하고 그것의 훼손에 대해 분노하는 것은 멜로드라마적 상상의 한 패턴이다.[32] 물론 이 상실과 훼손은 의지적으로 극복되어야 할 것이었다. '조국 해방'은 과거를 기억하는 인민 모두에게 성스러운 과제로 주어진 것이다. 소설은 처음부터 감정적 긴박감을 조성하며 서술되고 있거니와, 순결한 직심의 주인공은 이미 지하 투쟁을 시작한 상태다. 성실함을 가장하여 점령자들이 운영하는 인쇄 공장에 다시 들어간 그녀는 동지들을 규합하는 한편으로 기계 부속품을 버리고 감춰서 공장이 돌아가지 못하게 하는가 하면 교묘하게 태업을 유도한다. 급기야 그녀는 선전물의 내용을 뒤바꾸어 적을 희롱하기까지 하는 것이다. 그녀는 어느덧 당차고 기민하며 전략에 익숙한 지하 운동가의 모습을 보인다. 완벽한 공작자로 변한 점순은 쇄신을 실천하고 있는 형상이다. 그러나 그녀의 눈부신 활약은 남발되는 우연과 황당한 활극 속에서 가능했다. 곳곳에서 미군들을 죽이고 그들을 기만하는 놀라운 장면들이 이어지는 에피소드적 구성은 사실적 개연성을 결여하는 만큼 증오의 센세이셔널리즘을 부각하기 위한 것이었다. 이 판타지를 통해 숨겨지며 드러나는 것은 전쟁의 공포와 깊은 상처다.

지하 운동에의 투신은 점령지 인민이 민족·조국에의 복속을 실천하는 가장 적극적인 방식이었다. 점순은 그저 저항하는 노동자가 아니라 치밀하고 집요하며 단호한 공작자의 모습을 보였다. 공작자는 음모도 꾸밀 줄 알고 필요하다면 천연덕스럽게 자신의 속내를 숨겨야 했다. 언제든 경각심을 늦추지 않는 그녀가 도덕으로 귀환한 형상이라면 그녀 역시 새로운 시금석이었다. 이 쇄신된 인간이 충실하게 체현해 보이는 것은 국가적 동원의 요구다. 새로운 신화로 제시된 승리의 멜로드라마는 총력전의 서사 문법을 조금도 벗어나지 않는 것이었다.

이미 북한과 북한 문학에서 김일성은 민족·조국의 도덕성을 보장하는 주체였다. 점순의 활약은 항일 무장 투쟁을 이끈 이 장군에게 깊이 감응하

---

32) 멜로드라마에서 현재란 불안정한 것이다. 그리고 그런 만큼 온전한 과거나 그것을 담고 있는 향토는 그리움의 대상이 된다. 멜로드라마적 상상 역시 회귀적인 면모를 갖는다. Christine Gledhill, "The Melodramatic Field: An Investigation," *Home is Where the Heart is*, British Film Institute, 1987, p. 21.

고 그의 가르침을 좇으려는 성심의 발로였다. 점순과 그녀의 동지들은 항일 빨치산의 뒤를 잇는 '도시 빨치산'이었다. 외적을 물리친다는 도덕의 거룩한 절대성이 김일성이라는 인격적 주체의 숭배를 불가피하게 했고, 나아가 그가 몸소 실행해 보인 모범을 따르게 한 것이다. 도덕의 승리를 증명하려는 이 이야기는 위대한 지도자에의 복속이 필연임을 말함으로써 총력전의 서사 문법을 확인한다. 김일성은 이 소설에 등장하지 않지만 공작자로 쇄신된 점순은 그에 의해 보여지고 인도된 형상이었다. 분노와 증오로 격앙되고, 자기 연민에 빠지며 열광하고 찬탄하는 멜로드라마적인 신경증은 복속을 위한 감응의 경로가 되었다.

나는 멜로드라마가 비극의 한 종류가 아니라 비극적 성찰을 결여한 장르라는 견해에 동의한다. 일반적으로 비극의 주인공은 멜로드라마의 무고한 희생자와 다르다. 그에게 닥치는 재앙이 전적으로 그의 책임은 아니지만 그는 이 과정에 어떤 형태로든 관여되어 있기 때문이다. 예를 들어 비극적 결함으로서의 성벽(性癖)이나 특별한 기질은 흔히 파국을 부르는 계기적 요소로 작용한다. 요컨대 재앙의 과정은 결코 우연적인 것이 아니며, 여기서 성찰이란 이 과정을 가지적(可知的, intelligible)[33]인 것으로 여기는 데서 시작될 것이었다. 이는 비극이 자기 연민에의 함몰을 경계한다고 말할 수 있는 근거다. 반면 멜로드라마가 고취하는 것은 자기 연민이다. 비극과 멜로드라마를 이렇게 구별할 때 멜로드라마적 상상력 역시 재앙의 경험을 자신과 관련지어 성찰할 수 없었던 데서 비롯된 것이라는 추측이 가능하다. 나는 총력전의 시대가 그런 상황을 계속적으로 조성한 시대였다고 본다. 공포

---

33) Henry A. Myers, op. cit., pp. 154~155. 재앙이 닥치는 과정을 가지적인 것으로 간주한다는 점에서 비극은 이를 영문 없는 것으로 그리는 멜로드라마의 반합리주의와 구별된다.

가 끊임없이 되살려졌지만 그 정체에 대한 탐색은 허락되지 않았다. 언제 닥칠지 모르는 재앙의 위협 속에서 도덕은 빛났다. 도덕적 절대주의란 도덕에 대한 주관주의, 일종의 유아론(唯我論) 없이는 지탱되지 않는 것이다. 그 것이 타자를 배제하고 자신을 역시 정시할 수 없게 함으로써 거룩한 민족이나 조국 혹은 절대적 지도자에의 복속은 필연적인 것이 되었다. 이렇게 볼 때 총력전의 서사가 말한 쇄신이 과연 어떤 쇄신이었던가 하는 물음은 불가피해진다. 쇄신은 도덕으로의 귀환을 뜻했다. 그러나 그 도덕이 오히려 자신과 자신의 '운명'에 대한 성찰을 불가능하게 하는 것이었다면 이러한 도덕으로 귀환, 아니 함몰되는 쇄신은 결코 자신을 새롭게 하는 쇄신일 수 없었다.

개발의 시대—하나의 정점

국가 주도의 개발이 전면화·본격화되면서 또 하나의 신화가 씌어지는 남한의 1970년대는 다시금 총력전 체제를 조인 시기였다고 보인다. 개발은 민족 중흥의 수단이자 과제로 도덕화되었는데, 이 새로울 것 없는 혁명 역시 정신 혁명을 요구했다. 그것은 국가적 훈육을 통해서 이룩될 것이었으니, 공장의 제조 라인이나 학교의 교실은 물론 한적한 시골 마을에까지 정신의 쇄신을 외치는 명령이 울려퍼지게 되었던 것이다. 이 명령을 거부하는 것은 쉬운 일이 아니었다. 그 주체가 강압적인 국가였기 때문이기도 했지만 거부가 곧 국민이라는 대열에서의 낙오를 의미하는 상황이었기 때문이다.

전락(轉落)은 자본주의와 도시의 주제다. 개발의 시대는 전락의 공포를 더욱 증폭시킨 때였다. 근면과 내핍 등이 중요한 덕목으로 요구되었음에도 불구하고 개발이 이익을 위한 것이고 또 그것이 누군가에게 편중될 것이었던 한, 개발의 시대는 본질적으로 투기의 시대일 수밖에 없었다. 모두가 출세와 일확천금을 꿈꾸고 눈치와 배짱의 경쟁이 벌어지는 가운데서 민족이나 국민이 안정된 삶을 보장하는 울타리이기를 바라는 것은 어리석은 환상에 불과했다. 국민의 대열이란 서로 밀치면서 밀려나지 않으려는 대열이었던 것이다. 출세의 꿈은 전락의 공포에 의해 추동되었던 것으로, 둘은 국민의 대열을 유지시킨 실제적 요소들이었다. 따뜻한 '안'은 어디에도 없었던 것이다.

과연 이런 상황에서 쇄신의 진정한 내용은 무엇이었을까? 쇄신은 줄곧 정신에 의해 거듭나는 것을 의미했지만 앞서도 언급했듯 성찰을 불가능하게 하는 쇄신이란 복속의 수사였을 따름이다. 즉 쇄신의 요구는 현실을 호도하고 기만하지 않으면 이를 무비판적으로 받아들일 것을 종용하는 것이었다. 도덕화된 개발이 그에 대한 의문을 허용하지 않았던 한편으로, 이 투기의 시대는 누구에게도 행운의 기회가 올 수 있다는 기대를 또한 유포했다. 개발이 초래한 변화를 그대로 긍정하는 것은 행운을 기다리는 방법이었다. 물론 쇄신의 기회는 변화 속에 있었다. 그것은 계속되는 현재만을 사는 것이었다. 요컨대 쇄신은 한낱 신기루로서, 망각을 조건으로 했다. 때문에 심지어는 개발의 시대가 생산하는 욕망에 충실하는 것이 쇄신의 방법일 수 있었던 것이다. 모든 것을 소비하고 소진시키는 저 광포한 '건설'은 이렇게 이루어졌다.

하나되는 복속이란 서로가 주어진 것 이외에 다른 소통의 방법을 갖지 않는 것이다. 그들을 실제로 묶어주는 것은 소비 혹은 소진의 욕망일 뿐이다. 개발의 총력전은 총력전의 한 양상이었지만, 예를 들어 금욕과 욕망의 문제 등에 관해서는 일층 섬세하게 설명되어야 할 측면을 갖는다고 본다.[34]

누구도 전락의 공포로부터 자유로울 수 없는 상황, 과거가 끊임없이 지워지는 불안과 빠른 변화를 좇아야 하는 강박 속에서 멜로드라마적 신경증은 발생한다. 무구한 희생에 대한 연민에 빠지고 도덕의 승리를 막연히 기대하는 행위는 결코 서로 밀치며 밀려나지 않으려 애쓰는 대열의 피로감을 덜어줄 수 없었다. 그러나 그것이 총력전의 서사를 수용하는 방식이었다. 그 경위는 대체로 어떠했던가?

대중 소설 독서의 유행을 일으키는 최인호의 『별들의 고향』(1973)은 전락을 주제로 한 것이다. 소박하고 막연한 꿈을 갖는 조심성 많은 열아홉 살 처녀 '경아'가 몸과 마음이 모두 찢겨진 작부가 되는 과정에서 그녀의 잘못이라고 말할 만한 것은 딱히 없다. 그녀는 허랑한 '영석'을 사랑했으며 이기적이고 차가운 '만준'에게도 매달렸다. 풍성하고 민감한 육체의, 귀엽고 유아적인 이 "작은 애완물"[35]은 유린되기를 기다리는 순진한 제물인 듯하다. 특히 낙천적인 만큼 남의 말을 잘 믿어 '속기 쉬운' 그녀는 무고한 희생자의 면모를 완성한다. 생래적인 따듯함으로 자신을 짓밟는 남자들을 사랑하는 그녀는 마치 사랑만이 이 비정한 세상의 구원이라고 말하고 있는 듯하다. 그녀는 잃어버린 무구함이며 본원적 순결성 그 자체다.

그녀의 전락에 참여하는 남자들은 과연 악당들이다. 경아를 처음으로 상궤에서 이탈시키는 영석은 '권태로워하는 우울한' 인물로 그려진다. 향락

---

34) 개발의 총력전은 여러 각도에서 설명되어야 할 것으로 보인다. 나아가 총력전 체제의 지속과 포스트모더니즘과의 관계를 설명하는 것은 흥미로운 과제의 하나가 아닐까 한다. 포스트모더니즘으로 불리는 일련의 경향과 현상들은 전체(wholeness)의 상상이나 하나의 문법의 지배를 거부한 점에서 분명히 총력전 체제를 침식시키는 측면을 갖는다. 그러나 꼭 그렇지만 않을 가능성도 고려되어야 한다. 예를 들어 대량 소비 사회가 허용한 '개성'이라든가 '욕망'이 과연 소비의 시스템을 벗어날 수 있는 것인가 하는 물음과 관련시켜 볼 때 그러하다.

35) 최인호, 『별들의 고향·상』(예문관, 1973), 174쪽.

적 소비 이외엔 어떤 관심도 없는 그는 누구에 대해서든 무책임할 뿐이다. 물론 사랑은 그의 관심사가 아니다. 탐닉의 시간이 끝나자 영석은 그녀를 버린다. 두 번째 정거장인 성공한 중년 남자 만준은 일종의 완벽주의자로서 경아에 대한 집요한 열정을 보였다가 냉정하게 그녀로부터 돌아서는 결벽증을 발휘한다. 그는 이미 스스로를 이기적으로 소외시켜서 누구도 사랑할 수 없는 인물이었다. 영석이나 만준과 달리 어둠 속의 존재로 나타나는 '이동혁'은 그녀를 폭력적으로 점유하고 마침내 파괴를 완수하는 냉혹한 운명의 그림자다. 하루하루 나태한 삶을 사는, 그렇기 때문에 이들 가운데서는 가장 긍정적인 인물인, 이 소설의 화자 '문오' 역시 경아가 전락하는 행로 안에서 일정한 역할을 수행할 따름이다. 그들은 병들었거나 갇혀 있는 것이다. 그들의 지적 상모에서 읽게 되는 멜로드라마적 신경증은 이 비상한 개발의 시대가 무엇을 실제적인 동력으로 했으며 국민의 대열이 어떤 것이었던가를 보여준다. 전통적인 동원의 형상과는 구별되지만 그들이 동원의 시스템을 벗어나 있는 것은 아니다. 그들은 감각적 욕망과 이기심 이외엔 어떤 소통의 채널도 갖고 있지 못한 '우리' 속의 낱낱들이었다. 남에 대해서는 물론 자신에 대해서도 그들은 자포자기하고 있는 것이다. 그들이 시스템을 벗어날 수 없듯이 순수의 표상인 경아는 도시의 휘황한 네온 속으로 소진되어야 할 존재였다. 남자들은 공모자가 아니면 방관자였다.

작가가 곳곳에서 펼쳐놓는 발랄한 감성들은 짐짓 시스템에 대한 저항을 기도하는 듯해 보이기도 하지만, 이 소설을 관류하는 멜로드라마적 상상력은 다만 경아의 죽음을 향해 치달린다. 그리고 그녀의 희생을 성스러운 것으로 만든다.(그녀가 더 내려갈 길 없는 바닥에 이르는 9장의 제목은 '성처녀'다.) 유린되고 파괴되었지만 순결함을 잃지 않았기에 그녀는 죽은 뒤 더 아름답고 편안한 얼굴로 돌아간다. 희생됨으로써 오히려 순결성을 일깨운 이 성처녀는 모두의 죄를 묻고 또 용서한 것이다. 그녀의 전략을 지켜본 연민의 시선은 승화된다. 공모자와 방관자를 포함한 모두는 쇄신되어야 했다. 그러나 경아라는 순결을 소비함으로써 기도된 쇄신이란 과연 어떤 것일 수 있었던가? 연민과 승화에 이르는 감정적 소모가 막연한 '우리'를 다시 묶어내려는 것이었다면 그것은 오히려 시스템으로의 귀환을 위한 것일 수 있었다. 무엇보다 '우리'의 이름으로 도모되는 쇄신은 출구를 찾으려 고심하는 '나'를 부재케 할 것이거니와, 이로써 쇄신을 복속의 문제로 만들어버릴 개연성이 큰 것이기 때문이다. 집단적 복속은 집단적 쇄신의 방법이어 왔다. 나는 감정적 집단화가 집단적 복속의 요구를 재강화할 수 있다는 점에서 멜로드라마적인 전복의 상상은 한계를 갖는다고 생각한다. 희생의 파토스를 통한 쇄신의 의지는 현재를 긍정함으로써 결국 이 개발의 시대를 지속시킨 메커니즘의 일부분으로 작용했을 가능성이 크다. 개발의 시대는 파토스와 나아가서는 쇄신의 의지 자체를 소비해 버린 것이며, 이로써 스스로에게 면죄부를 부여한 것이다. 경아는 떠나갔고 '우리'의 대변자인 문오의 과제는 이제 그녀를 잊는 것이었다. 성처녀의 희생을 딛고 그는 일상으로 복귀한다.(언제 그가 일상을 벗어난 적이 있었던가?) 이 긴 소설은 다음과 같이 끝난다.

거울 앞에 놓인 약병에서 나는 버릇처럼 간장약을 한 알 꺼내어 그것을 삼켰다.

옷을 단정히 입고 나서 나는 대충대충 내가 오늘 강의할 내용을 정리하기 시작하였다. (……)

그러다간 화판들이 지저분하게 널려 있는 것이 눈에 거슬렸으므로 나는 오늘은 일찍 들어와서 그것을 정리해야겠다고 결심을 하였다.

시간을 맞춰서 나는 방을 나왔다. 문을 꼬옥 잠그고 또 몇 번 확인한 후에 나는 열쇠를 주머니 어딘가에 집어넣었다. 그리고 층계를 내려서 걸음을 빨리 하기 시작하였다.

　쌓인 눈이 햇살을 반사하면서 예리하게 빛나고 있었다.

　나는 사관학교 생도처럼 어깨를 펴고 걸었다.[36]

　두루 알다시피 이 시기는 민중이 다시 발견된 시기였다. 민중이 개발의 시대가 심화시킨 역사적 모순을 인식하고 이를 극복하려 한 주어였다면 전락의 공포를 환기하는 것 따위가 그의 목적일 수는 없었다. 이 주어는 물론 단지 연민의 대상이어서도 안 되었다. 개발의 시대는 민중에 의해 비로소 역사화될 수 있었고, 이로써 민중은 자신의 임무를 또한 규정할 수 있었다. 그러나 역사의 이름으로 부여된 민중의 임무가 거룩한 사명이 될 때 민중 또한 연대가 아닌 복속을 요구하는 주체일 수 있었다. 민중의 추상화는 도덕화를 통해서 진행되었던 것이 아닌가 한다. 민중이 고난의 경험을 항거의 힘으로 바꾸어내는 이야기의 도덕적 필연성은 구체적이고 개별적인 기록의 가능성을 오히려 막는 것이기 쉬웠다. 세부적인 차이에도 불구하고 도덕화된 민중 이야기는 헌신을 고무하고 종국적 승리에의 믿음을 다지는 서사적 구조를 답습했다. 민중이 혁명성을 획득하는 과정에 대한 탐색의 제한은 도덕적 순결론(순결하기에 혁명적일 수 있다는)을 반복하게 할 것이었으니, 민중은 긍정적 품성의 주인공이 되었다.[37] 그는 격앙된 분노를 표하고 영웅적 투신을 감행함으로써 비장함의 파토스를 환기해야 했다. 멜로드라마적 상

---

36) 최인호, 『별들의 고향·하』(예문관, 1973), 416~417쪽.

37) 황석영의 「객지」(1971)는 긍정적 품성의 주인공이 그려져 온 역사를 계승하면서 다시 하나의 본보기를 보인 계기적 경우였다고 말할 수 있다. 특히 흔들리지 않는 자신감을 갖는 인물로 등장하는 이 소설의 주인공 '동혁'의 형상은 민중의 긍정적 자질을 대변한 것으로 읽힌다. 그러나 노동 운동의 경험도 없었던 그가 사려 깊게 쟁의를 이끌고 자신을 던져 저항의 의지를 표명하는 데 이르는 과정은 아무래도 비약적이다. 동혁의 선택에 대해서는 그것이 다만 개인적인 결단이어서 전망은 주관적인 것에 그친

상은 여기저기에 관철되고 있었다.

민중적 품성론은 민족적 외상(外傷)에 대한 자기 보상적 투사로서의 측면을 갖는다. 애당초 민중은 민족을 대표하는 존재여서 민족 이야기의 자장을 벗어나기 힘들었다. 나는 민중론이 민족 이야기 안에 갇힌 것이었다는 점이야말로 시스템의 지속이라는 관점에서 검토되어야 할 문제라고 생각한다. 민중 주체는 총력전 체제 안에 하나의 대항 체제를 만들었다. 하지만 민중 이야기가 총력전의 서사와 기본 문법에서 차별되지 않는 한 대항 체제는 총력전 체제의 부분이거나 그리로 흡수될 것이었다.

월드컵과 '국민적' 열기에 대한 몇 가지 단상

한 달 넘게 월드컵 축구 경기가 계속되는 동안 한국인들이 보인 응원의 열기는 일찍이 그 유례가 없던 것이었다. 무엇보다 한국팀이 기대 이상의 선전을 한 때문이지만 여러 인사들이 입을 모았듯 이 현상이 간단히 볼 수 있는 것이 아님은 분명하다. 열기는 지역과 노소를 가리지 않고 전면적으로 확대되었고, 물론 자발적이었으며, 카니발이라고 하기에는 매우 도덕적 양상을 보였다. 아마도 이 과정에서 가장 특기할 사항은 길거리 응원이라는 집단적인 관람의 형식을 '국민적' 행사로 만들어냈다는 점일 것이다. 사람들은 제가끔 성원의 표식인 붉은 옷을 입고 시청 앞과 세종로에 모여들었고, 이에 놀란 지자체들은 곳곳에 서둘러 '광장'을 마련하는 성의를 보이기

다는 지적이 있었고(황광수, 「노동 문제의 소설적 표현」, 『한국문학의 현단계 4』, 창작과비평사, 1985), 한 평자는 동혁이 구현하는 비장한 영웅주의를 '낭만적 허위'로 보았다.(성민엽, 「작가적 신념과 현실」, 『한국문학의 현단계 3』, 창작과비평사, 1984) 한편 이 형상을 당시 노동 운동의 수준과 관련시켜 해석한 경우(김선건, 「1970년대 이후 노동 소설에 나타난 계급 의식에 관한 연구」, 연세대학교 대학원 사회학과 박사 학위 논문, 1992)도 있었다. 나는 이런 한계가 무엇보다 문법적인 것으로 설명되어야 한다고 본다.

도 했다. 발 디딜 틈새도 없이 운집한 사람들이 그 자리에서 확인한 것은 무엇이었을까?

세계의 축구 강호들을 이겨 나아간 한국팀의 놀라운 승리 릴레이는 한국인임을 스스로 대단하게 여기고 대견해 하는 드문 기회를 제공했다. 한국팀이 이기기를 기원하는 고양된 일체감 속에서 사람들은 학연이나 지연 등에 의해 어지럽게 가로질리는 구획과 구속들로부터 벗어나는 해방감을 느꼈을 것이다. 격앙된 감정은 쇄신된 하나의 '우리'를 드디어 발견케 했을지 모른다. 경기가 끝난 뒤에도 거리마다 동네마다 코모스들의 함성은 이어졌는데, 그들이 연호한 '오~대한민국'은 모든 경계를 허물고 하나가 될 것을 명령하는 새삼 거룩해진 주어였다. 경기가 '인류적' 제전으로 선전되었던 만큼 쇄신된 '우리'는 보다 높은 규율에 의해 스스로를 제도(濟度)해야 했다. 들은 바에 의하면 사람들은 서로를 밀치지도 않았고 파장 뒤에는 보도된 것처럼 합심해 쓰레기를 치우는 도덕성을 발휘했다고 한다. 태극기를 망토나 치마로 만들어 걸치는, 무엇이든 심각하게 여기지 않으려는 듯한 소비 감각도 도덕으로의 귀환을 방해하지는 않았던 듯하다. 월드컵 경기가 시작되기 전부터 한국은 '인류'의 시선을 의식해야 했거니와, 나는 한국팀이 승리를 거듭하며 한국인들이 흥분해 갈수록 도덕적 엄숙주의라고 해야 할 기운이 점점 퍼져나가는 듯한 느낌을 받았다. 이 과정들은 앞으로 세밀히 분석될 필요가 있다는 생각인데 일단 몇 가지 소견을 적어보고자 한다.

'순수한' 축구광들에게는 물론 응원이 목적이었겠지만 사람들이 길거리로 쏟아져나온 것은 애당초 꼭 경기에서 이기는 일만이 아닌 어떤 잠재적 염원을 표출하는 방식일 수 있었다. 나는 이 자발적 동원 현상으로부터 깊은 불안과 불만 그리고 공포를 동력으로 하는 멜로드라마적 신경증을 읽었다. 붉은 옷으로의 통일 역시 한마음의 표시이기 이전에 타자나 모호한 중간자로 남아 있지 않겠다는 결연한 태도들의 표현으로 비쳤다. 스스로 분명하게 식별되려는 복속의 열망은 그만큼 그들의 삶이 실제로는 뿔뿔이 흩어져 있음을 말한다. 'Be the Reds!'라는 구호를 가지고 그간의 레드 콤플렉스가 사라졌다는 증거로 풀이하는 사람도 있었지만 레드 콤플렉스는 색깔의 문제가 아니다. 배제의 공포와 이를 바탕으로 한 통합의 역학은 여전히 재연되고 있었다. 사람들을 모이게 한 것은 애국심이나 축구에의 관심만이 아니라 공부를 못하면 아무 희망도 없는 지겨운 학교이고, 불안정한 취업 상황이었으며, 이른바 무한 경쟁이 이루어지고 있는 비정하고 고달픈 현실이었던 것이다. 열정과 열기의 소비는 그로부터 벗어나려는 집단적 '질주'의 양상이기도 했던 셈이다. 하여튼 그래서 그들은 과연 하나가 된 것인가?

다음은 내가 길거리에서 우연히 목도한 장면이다. 태극기와 응원 보조물을 늘어놓고 파는 한 중년 여인에게 역시 같은 장사를 하려는 20대 청년이 반(半) 사정, 반 협박을 하고 있었다. 여인의 자리가 좋은 목이었던 모양으로, 얼굴에 태극기를 그린 젊은이는 '이 거국적 기회에 아줌마만 장사해서 되겠느냐'는 요지의 주장을 거듭하며 자리를 조금만 내줄 것을 요구하는 모양이었으나, 여인은 귀를 막은 듯했다. 겨우 나온 그녀의 답변은 '없어서' 장사를 하는데 왜 방해를 하느냐는 것이었고 이내 청년은 '나도 없다'고 맞받았다. 그러나 국민적 연대는 물론 계급적 공감도 이루어지지 않았다. 청년을 '너'로 부른 여인에게 청년이 "씨발년 죽을래"로 답했기 때문이었다. '씨발년'을 연호하는 청년은 족히 어머니나 이모뻘은 될 여인의 목이라도 조릴 듯이 덤벼들었고 물론 여인은 그에 못지않은 기백으로 맞섰다. 그 뒤로는 흔히 예상할 만한 일들이 벌어졌다. 붉은 옷의 사람들은 이 두 붉은 옷들간의 격투를 흘깃거리며 지나쳤다. 물론 그것은 예외적인 불상사일 수 있었지만 '우리'의 일상이 이런 찢김과 갈등의 연속임을 부정할 길은 없을 것이다. 쇄신의 요구는 그것이 현실의 모든 문제를 일거에 해결할 수 있다고 말하는 것이다. 그것은 그러한 상상을 구체화하며 열광하는 분위기를 북돋음으로써 그것이 실현된 듯한 환각을 갖게 한다. 도덕적 엄숙주의의 확산은 이러한 자기 암시의 결과이지 않았던가 싶다. 휴지를 줍는 등 스스로를 통제한 군중들의 행동은 쇄신을 요구하는 어떤 주체의 시선을 의식한 것이었다. 그것은 '한국을 지켜보는' 저 인류(그 가운데서도 서구나 일본)의 눈일 수도 있었고, 갑자기 자부할 만한(심성으로든 유전자로든) 것이 된 민족의 시선일 수도 있었다.

여러 식자들에게 하나가 된 도덕적 군중은 한국인이 누구인가를 다시 보여주는 증거로 간주되었다. 민족적 잠재력이 확인되었다는 것이다. 그 기반이 오래고 깊은 것이라고 말하기 위해서 '신바람'이니 '율려'(律呂)니 하는 용어가 동원되기도 했으나, '국민적 열기'는 어쨌든 근대적인 것으로 설명되어야 옳다. 그에 비하면 평소 요즘 젊은이들이 과연 전쟁이라도 나면 몸을 던질 수 있을까 의심했는데 이번 기회로 그런 걱정을 씻었다는 어떤 이의 글은 역시 놀랍긴 해도 허황한 것은 아니라고 할 수 있다. 그는 애국심이 무엇인가를 분명하게 알고 있었기 때문이다. 식자들의 논의 가운데 가장 압권은 훌륭한 지도자가 한국 축구를 쇄신시킨 것처럼 한국을 이끌 위대한 지도자가 고대된다는 지도자 대망론이 아닌가 싶다. 국민적 에너지는 한껏 충전되었고 이제 옳은 방향을 가리키는 제대로 된 선장이 출현할 때라는 주장이었다. 쇄신의 요구는 도덕적 엄숙주의를 동반해 왔고, 도덕적 엄숙주의는 도덕적 절대주의를 수용하는 기반이 되어왔다. 이 메커니즘은 옳은 지도자가 위대한 지도자가 되고 또 유일한 지도자가 되는 과정에서 작동한 것이었다. 나는 지도자 대망론을 접하며 도덕적 절대주의를 구현하는 쇄신의 주인공을 다시 영접하자는 것인가 하는 의구심을 떨칠 수 없었다.

축구 경기가 벌어지는 동안 한국 국민들이 보인 열의를 다시 국가 도약, 민족 중흥의 에너지로 옮겨내야 한다는 우국충정들에 대해 나는 동의하지 않는다. 비판적인 성찰을 통한 연대와 집단적인 열광을 구분하기 때문이며, 전자가 부재한 후자로서는 자신들의 삶의 조건을 근본적으로 변화시킬 수 없다고 보기 때문이다. 나는 감격적으로 하나가 되는 것보다 서로에 대해 최소한의 예절을 지키는 것이 더 중요하다고 생각하는 편이다. 한국 축구의 기적에 열광한 시간이 끝나면 '우리' 는 다시 '리바이어던' 으로 돌아가야 한다. 열광을 통한 쇄신—복속의 상상은 실제로는 어떤 안정감도 주지 않는 매우 취약한 것일 뿐인데, 역설적이게도 그렇기 때문에 거듭될 수 있었던 것이 아닌가 한다. 결과적으로 쇄신의 이상은 리바이어던을 계속 리바이어던이게끔 하는 쪽으로 작용했다. 총력전의 시스템이란 것을 하드웨어의 형태로뿐 아니라 소프트웨어로 본다면, 쇄신된 '우리' 를 상상하는 것은 총력전의 프로그램이거나 그것의 다른 버전으로 보아야 할 측면을 갖는다. 이제 나는 이 프로그램을 거부해야 한다는, 현재로선 별로 가망이 없는 듯한 결론에 이르고자 한다. 그래도 뭔가 희망을 제시해야 한다면 이 익숙한 프로그램에 대해 먼저 자각적일 필요가 있다는 말을 하고 싶다. '우리' 는 같은 프로그램에 반복적으로 빠지는 점에서 놀라운 건망증 환자인데, 크게 다르지 않은 버전들이 시스템을 강화해 온 과정—총력전의 세기는 필시 '우리' 가 없다는 것을 깨달을 때야 끝날 것이다.

2부

남북한 문학과 '정치의 심미화'

'양립'의 구조와 남북한 문학

미·소의 분할 점령에 의한 1945년의 해방 이후 38선 이남과 이북에 각각 정부가 수립됨으로써 시작된 남한과 북한의 대립은, 최근의 크고 작은 변화에도 불구하고 여태껏 지속되고 있다. 남북한이 짧지 않은 세월을 맞서 온 데에는 안밖의 여러 이유가 있을 것이다. 분단이 남북한 모두에게 불행한 일이라고 생각하는 한, 분단을 초래했고 또 지속시킨 원인과 배경을 찾고 설명하는 일은 매우 중요한 과제일 수밖에 없다. 분단이 그에 이르는 정치사적 사건들의 결과로만 설명될 수 있는 것이 아니고, 분단 지속의 책임을 38선을 그은 이들 탓으로만 돌리는 것이 옳지 않다면, 서로 상대방과는 다르다고 말하면서 상대를 향한 적의와 공포 혹은 무관심을 재생산해 온 분단 당사자들의 책임 역시 심각하게 거론되어야 한다. 나는 이런 입장에서 남북한 문학이란 과연 무엇이었던가를 묻고자 한다. 남한과 북한으로 갈리면서 생겨난 남한 문학과 북한 문학이 분단의 산물임은 틀림없다. 사회와 개인이 처한 여러 상황과의 상상적 관계를 세우고 고정하는 것이 문학이 해

온 역할 가운데 하나이고, 이런 점에서 문학은 이데올로기의 형태라고 할 때, 분단의 산물인 남북한 문학이 남북을 가른 분단 이데올로기를 거스를 수 있는 가능성은 애당초 적었다.

분단 이후 오랫동안 남한에서 북한은 적대적 진영의 모질고 악랄한 첨병으로 여겨졌다. 북한이 소련 및 중국과 등거리 외교를 펴며 자주 노선을 걸은 이후로도 북한을 소련의 위성국으로 단정하는 입장은 바뀌지 않았다. 남북한을 가른 것은 '자유민주주의'와 '공산주의'를 나누는 전선이었으니, 남한에서의 반공은 냉전의 논법을 조금도 벗어난 것이 아니었다. 한편 6·25가 발발하기 전부터 북한에서 38선 이남은 미국에 의해 강점된 공화국의 남반부로, '국토 완정'의 대상이었다. 남한을 해방시키는 일이 제국주의를 물리치는 민족적 과제라는 생각은 오랫동안 의문의 여지가 없는 것이었다. 국가 통제에 입각한 '일국적 발전'을 통해 자본주의 세계 체제에 맞설 수 있다는 믿음은 여태껏 북한 사회를 이끌고 지탱해 왔다. 세계 체제의 변방, 식민지 남한을 해방시킴으로써 이 실험의 승리는 확인될 것이었다.

남북의 지배 집단들에게 서로는 세계 분할 체제에 편승해 자신들의 지배와 이익을 보장받은 반민족적인 반통일 세력이었다. 그러나 이제 분명한 사실은 남북한에서 되풀이되어 온 이런 주장들이 한쪽은 맞고 한쪽은 틀린 것으로 판별할 수 있는 대상은 아니라는 점이다. '동서'의 이념적 대립이나 '남북'의 경제적 격차라는 세계사적 조건을 해석하는 데서도 둘 모두의 입장은 너무 일방적이었고 또 성겼다. 세계적 규모의 반체제 운동이 일었던 1968년에 대해 남북한이 똑같이 무감각했던 것은 이를 말하는 한 예증이다. 1968년 한반도의 한쪽에선 주체 시대가 시작되고 있었으며, 다른 한쪽은 유신 시대를 준비하고 있었던 것이다.

남북한에서 세계와 상대방을 규정해 온 이런 '상상'들이 완고한 것이었던 만큼 양쪽은 서로의 차이점만을 강조해 왔다. 오랫동안 남한에게 북한은 반공의 정당성과 필연성을 입증하기 위한 비교의 대상이었기 때문에, 남한의 북한 비추기는 북한이 남한과 얼마나 다르고 또 남한보다 얼마나 못한가를 부각하는 데만 열중했던 것이 사실이다. 물론 북한에서도 남한은 정치·경제적으로뿐 아니라 무엇보다 도덕적으로 개선의 여지를 갖지 않는, 따라서 비교할 필요도 없는 상대였다. 이런 인식이 지속되어 온 과정이 분단 지속의 과정이었다. 정치적 계산에 의한 '교류'의 역사를 제쳐놓는다면 남북한은 상호 소통을 해보려 하지도 않았고 이를 위한 기반을 조성하려는 노력도 기울이지 않았다. 그러나 과연 남북한은 다른 시간 속에서 다른 선택을 거듭해 온 것일까?

분단 이후 남북한이 걸은 행로는 어떤 점에서 어긋난 것이었다고만 하기는 힘들다. 사실 두 '약소국'의 처지는 크게 다를 수 없었던 것이다. 둘의 처지가 가까웠다면 둘의 선택도 판이하기는 어렵다. 분단의 과정은 다르다고 외치면서 상대를 흉내냄으로써 결국 자신의 모습을 상대에서 찾게 되는 과정일 수 있다는 이야기다. 남북한이 마치 약속이나 한 것처럼 비슷한 선택을 한 예는 분단사의 구석구석에서 발견된다. 1950년대 말부터 본격화되는 천리마운동은 국가적 대중 동원 운동이라는 점에서 새마을운동과 견주어볼 필요가 있을 것이다. 천리마운동은 주체 시대로 이어졌고 새마을운동은 유신으로 이어졌다. 그것은 우연의 일치일 수 없다.

나는 남북한의 대립을 내용이 다른 맞섬으로써가 아니라 유사한 상황 속에서의 '양립'으로 보아야 한다는 입장에서 남북한 문학이 어떤 작용을 해왔는지 살피려 한다. 이런 양립의 구조를 통해서 남북한 문학을 보아야 하고, 또 남북한 문학 가운데서 양립의 구조를 찾아 읽어야 한다는 것이 내가 생각하고 있는 바다. 남북한 문학은 매우 다른 것으로 인식되어 왔다. 남한에서 북한 문학은 당의 선전 선동 도구일 뿐이었고, 남한 문학이란 대체로 반동적 매판 세력의 기만 수단이라는 것이 북한의 견해였다. 그러나 남북한 문학은 오히려 이런 방식으로 '교감'을 나누어왔던 것이 아닐까? 남북한이 철저하게 서로를 배제하면서 내부적 결속을 요구하는 배타적 공동체의 모습을 보여왔다면, 남북한 문학이란 것 역시 이 공동체의 '밖'에서 조명할 필요가 있다. 양립의 구조란 남북한 문학을 통해 진행되어 온 '배타적 소외'의 과정을 돌이킴으로써 드러날 것이다.

'순수'와 '정치' —양립의 발단

남한 문학과 북한 문학은 다른 물적 토대를 바탕으로, 그 내용이나 성격이 다른 제도로 성립되었다. 근대적인 의미에서의 제도화란 문학이 '사회 엔진'의 일부로 작동하게 되는 것을 뜻한다. 세계의 모습을 일정하게 제시하고 그 안에서 개인이 서야 할 위치를 잡아주는 것은 문학의 역할 가운데 하나였다. 남북한 문학의 비교는 그것의 제도화 과정을 살피는 방식으로 이루어질 일이다. 제도화 과정은 양립의 구조를 세우고 굳히는 것이었기 때문이다. 먼저 제도화의 방향을 가리킨 역사적 근거나 발단을 찾아보자.

남북한 문학이란 38선 이남과 이북에 각각 다른 정체가 섬으로써 분립된 것이지만, 해방 직후 좌우 대립의 문학적 표어로 제시되었던 '정치'와 '순수'라는 두 입장은 남북한 문학이 가게 되는 상반된 방향을 예고한 것이었다고 보인다. 문학의 정치적 기능을 강조하고 문학은 정치적 실천의 수단이 되어야 한다고 말하는 '정치'의 뿌리는 유구한 계몽의 입장에서 찾아야 할 것이다. 직접적으로 1920년대부터 문학사상의 견인차 노릇을 했던 프롤레타리아 문학론은 이 주장의 근거이자 배경이었다. 한편 문학의 독자성과 자율성을 주장하는 '순수'는 1930년대에 들어, 프롤레타리아 문학과 미약한 대립 구도를 그리고 있던 이른바 민족 진영 대신 문학 이데올로기로서의 영토를 확보한 것이었다. 해방 직후 '정치'와 '순수'의 대립은 이미 식민지 시대 말기에 '신인 논쟁'을 통해 예고되었다. 즉 이 대립은 해방 직후에 정치적으로 급조되었던 것이 아니다. 그러나 해방 이전의 상황과 해방 이후는 매우 달랐다. '정치'와 '순수'의 대립은 정치적 좌우 대립의 일환이었다.

신인 논쟁 때부터 '순수'의 대표 논자로 나섰던 김동리는 해방 직후 '정치'라는 대립항에 대해 공격적인 자세를 취했다. 김동리는 '정치'의 주장이 특정한 역사적 시기나 단계에 제약되는 것일 뿐 아니라 또 불가피하게 조작되는 것으로 단정하고 있었다. 그에 의하면 문학은 영원성의 비전을 제시하는 것이어야 했다. 그는 절대의 경지와 이성적 조작의 영역을 나누고 있었던 듯하다. '정치'는 후자의 영역에 갇힌 것이었던 셈이다. '순수'는 전자를 상대하는 것이고 그것이 문학의 본령(本領)이라는 주장이었다. 그는 역사를 무한대의 공간으로 확장하는 '인간'의 개념을 끌어와 문학은 이런 인간의 궁극적 조건이자 운명이라는 뜻인 이른바 '구경'(究竟)을 그려야 한다고 말함으로써, '순수'가 특정한 국면에서의 정치적 조작을 초월해 문학의 본령에 충실하는 길임을 강변했다. 절대의 경지와 이성적 조작의 영역을 나누는 구분은 물론 자의적인 것이다. 그러나 이 구분에서 드러나는 것은 합리주의를 향한 거친 반감과 불신이다. 그는 합리적 추구나 모색의 가능성을 부정함으로써 역시 정치적 진보의 가능성을 부정하고 있었다. 그에게 합리주의는 비인간적·비생명적 도그마에 의한 억압의 기획을 뜻하는 것일 뿐이었으니, 곧 마르크시즘의 동의어였다. '정치'는 이런 '주의'의 우상을 신봉하는 공식론이거나 이를 요구하는 한낱 기만이 된다. 결국 문학의 정치화란 '주의의 충복'이 되자는 주장에 지나지 않는다는 것이다. 게다가 김동리가 볼 때 '주의'의 우상은 외래의 우상이었다. 그는 '정치'의 배면에 사대주의가 깔려 있다고 공격했다.

김동리의 소론은 심층적으로 분석해야 할 것이다. 그가 보인 탈역사적 태도나 합리주의를 배격하는 입장, 민족적 주체성의 주장은 서로 모순되기도 하는 것이어서 말 그대로 받아들이기는 어렵다. 그러나 일단 분명한 것은 그가 정치적 실천과 문학을 분리했다는 점이다. 합리적 접근이나 설명이 불가능한 파악될 수 없는 원리(김동리가 종종 '운명적'인 것으로 표현한)인 구경은 이미 심미적인 용어였으니, 구경을 그려야 한다는 것은 심미화를 요구한 것이라고 읽지 않을 수 없다. 그의 단편 소설 「황토기」(1939)는 이런 심미화를 실천한 좋은 예일 것이다. 이 장수 설화에서 전면화되는 것은 합리적 설명이 불가능한 파괴와 소모의 충동이며 허무에의 지향이다.[1] 이는 야성과 본능을 심미화한 결과다. 심미화는 결국 문학의 본령이 된다. 심미화는 바로 탈역사와 반합리주의의 길이었다. 민족적 주체성의 주장 역시 실제적인 것이라기보다는 심미적 수준에서 이해해야 할 것임이 분명하다. 과연 심미화는 순수한 것이었던가?

김동리가 모든 정치적 실천과 문학을 분리하려 했던 뒤에는 현실을 어떤 변혁도 불가능한, 알 수 없고 따라서 주어지는 대로 받아들여야 하는 운명적 공간으로 간주하는 태도가 깔려 있었다. 좌우 대립의 시대를 돌이킨 『해방』(1950)[2]이라는 장편 소설에서 김동리는 좌익이 내건 진보의 이상이 얼마나 어리석은 것인가를 보여주려 했다. 김동리가 볼 때 좌익은 소련을 추

---

1) 「황토기」의 심미화 양상에 대해선 김철 교수의 분석을 참고했다. 김철, 「김동리와 파시즘」, 『현대문학의 연구』 12집, 국학자료원, 1999년.
2) 『해방』의 분석으로는 신형기, 『변화와 운명』(평민사, 1997)의 4장 3절 「변화를 기대하지 않는 현실주의」를 참고할 수 있다.

종하는 것이었는데, 미국에 의해 해방된 남한에서 미국(자본주의, 혹은 자유주의인)의 영향력을 배제하려는 것은 당치 않은 일이었다. 현실을 그대로 승인해야 한다는 그의 현실주의에 입각할 때 좌익은 비현실적이었다. 현실이 누가 나서든 쉽게 개선할 수 있는 것이 아니라면, 변혁의 꿈은 헛된 것이 아니면 속임수가 된다. 그런데 이런 주장은 바로 반공 이데올로기의 핵심이었다. 현실에 대한 관심을 차단하는 김동리의 소론은 반공 이데올로기와 그대로 상응하고 있었던 것이다. '순수'가 '반공 문화 전선'을 이끈 슬로건일 수 있었던 이유는 여기에 있다. 심미화는 반공의 방법이었다. 어떤 변혁의 가능성도 부정하는 '순수'는 또한 지배 권력에 봉사하는 것이 아닐 수 없었다.

'순수'가 반공의 최전선에 섰다는 점은 남한 문학의 성립 과정에서 그것이 지상 명령일 수 있었던 이유였다. 순수를 표방한 이른바 '문단 주체 세력'은 정말 문단 주체 세력이 되었다. 이들은 '문협 정통파'로 불리기도 했다. 적어도 1950년대까지 남한에서는 '순수'에 대한 이의는 감히 제기되지 못했고, 그 이후로도 이들의 영향력은 오랫동안 지속되었다.

'정치'의 주장은 정치적 과제에 대한 지사(志士)적 책임을 일깨우는 전통과도 관련된 것이 아니었던가 싶다. 정치가 모든 것을 결정한다는 긴급 의식이 일반화되었던 해방 직후에서 정치적 과제는 곧 문학적 과제여야 했다. '가장 진보적인' 정치 세력을 따르는 것은 정치적 과제를 수행하는 일차적 조건이었다. 그것은 식민지 시대에는 불가능했던 일이었지만, 해방으로 인해 정치 세력과의 결합이라는 마땅하고 불가결한 조건이 충족된 것이다. '정치'의 주장을 대표한 임화 등이 이끈 문학 운동과 그 조직은 공산당의 노선을 좇았다.

계급 혁명론의 관점에서 보았을 때 정치란 혁명을 뜻하는 것이다. 혁명을 이루는 것이 정치의 목표여야 하는 한, 모든 것은 혁명을 위한 사업의 일부분이 되어야 했다. 볼셰비즘은 일찍이 이 사업이 당에 의해 주도되어야 한다는 점을 밝혔다. 혁명을 위해서는 무엇보다 당을 따르고 그것의 가르침과 명령에 충실해야 했던 것이다. 임화는 박헌영의 「8월 테제」를 문학 운동의 노선과 방향 설정의 전거로 삼았는데, 「8월 테제」는 당이 나아갈 방향을 가리킨 것이었다. 임화에 의해 주도된 문학가동맹의 강령이 당 노선을 충실하게 해석한 것이었음은 다시 말할 필요 없다. '정치'의 문학은 당의 노선과 지도자의 생각에 충실해야 했고, 궁극적으로는 정치적 전언을 명시하기 위한 수단이 되어야 했다.

'정치'는 북한에서 제도화되었다. 당과 김일성의 가르침은 항상 문학적 언술에 앞서고 그것의 방향과 내용을 규정하는 것이었다. 일찍부터 프롤레타리아 문학은 프롤레타리아의 궁극적 승리를 약속하는 유물사관이라는 이야기를 전했다. 이제 이 이야기의 주체는 '유일하게 옳은' 정치적 주체여야 했으니, 김일성은 이를 대표하는 인격적 주어였다. 더불어 유물사관이라는 막연한 이야기는 김일성이 무장 투쟁을 벌여온 혁명 역사로 대체되었다. 공산주의의 전망은 이 혁명 역사 안에서 찾아야 할 것이었다. 공산주의의 승리는 전면적인 동원을 요구했고 국가적 통합은 절대적 과제가 되었는데, 김일성의 혁명 역사와 이를 근거로 한 하나의 이야기는 통합의 수단이 되었다. 모든 사람이 오직 이 이야기 속에 구속되어야 했던 상황이 지속됨으로써 단성주의(單聲主義)는 완성되었다. 타자(하나의 이야기를 벗어난)가 존재할 수 없는 상황에서 다른 목소리의 틈입은 불가능했다. 북한 문학은 새로운 이야기를 모색하지 않았다. 북한 문학 역사는 하나의 이야기를 고정한 역사였다.

'순수'는 순수하지 않았다. 남한에서 그것은 한동안 반공을 앞세운 정치적 억압의 기제로 작동했다. 그렇다면 '정치'는 과연 혁명적 역할을 했던가? 북한에서 '정치'는 하나의 이야기를 반복함으로써 정치의 공간을 지웠다. 타자가 존재하지 않을 때 대화는 불가능하며, 대화가 불가능할 때 정치의 공간은 마련될 수 없는 탓이다. 자족적이며 폐쇄적인 하나의 이야기만을 강요하는 정치는 일방적이고 억압적인 것일 수밖에 없다. 현실 혹은 현실성이 회의하는 '정신'[3]에 의한 대화의 확장을 통해서 확보되는 것이라면, 하나의 이야기는 이미 현실로부터 분리된 것이다. 현실과 분리된 이야기는 그 자체가 '장치'일 뿐이며 표상이고 수식이다. 권위적으로 군림하는 하나의 이야기는 이미 심미화된 것이다. 그것은 어떤 합리적 근거도 실제적 타당성도 필요로 하지 않는다. '순수'가 문학을 구경이라는 심미적 세계 안에 가두려 했듯 단성주의의 미학은 모든 것을 하나의 이야기로 대체하려 한 것이다.

'문학은 정치와 별다르다'와 '문학이 정치의 수단이 되어야 한다'는 주장은 크게 다른 것이었지만, 남북한 문학에서 '순수'와 '정치'는 공통된 작용을 했다. 주어진 현실을 그대로 승인해야 한다고 말하는 것이나, 하나의 이야기를 통해서만 현실을 보아야 한다고 말하는 것의 차이는 크지 않다. 양립의 구조란 그 공통성의 의미를 밝힘으로써 드러날 것이 아닌가 생각된다. 물론 '순수'가 줄곧 남한 문학을 장악해 왔던 것은 아니며, 따라서 순수의 입장이 계속 관철되었던 것도 아니다. '순수' 이후의 남한 문학의 전개는 어느 정도 역동적이었다고 말할 수 있다. 게다가 남북한 문학이 소통한 경

---

3) 이 '정신'은 가라타니 고진이 해석한 데카르트의 '정신'을 뜻한다. 그에 의하면 데카르트는 '생각한다'는 것이 하나의 언어 게임(비트겐슈타인)에 근거한 공동체에 구속되어 있는 것이 아닌가를 의심했다는 것이다. 따라서 의심하는 주체는 공동체 외부로 나아가려는 의지로서만 존재할 수 있는데, 데카르트는 그러한 의지를 '정신'이라고 불렀다는 것이다. 가라타니 코오진, 『탐구 1』, 송태욱 옮김 (새물결, 1999), 15쪽.

우가 전혀 없는 것도 아니다. 1970년대에 들어 북한에서는 남한 문학이 부분적으로 소개되어 읽혔고, 1980년대 남한에서도 한때 북한 문학에 대한 열광의 분위기가 일었던 것은 어쨌든 큰 변화다. 그러나 나는 '정치'와 '순수'의 대립을 발단으로 한 양립의 구조가 과연 쉽게 해소될 수 있는 것이었던가 하는 의문을 갖는다.

정치의 심미화

'순수'와 '정치'가 모두 억압으로 귀착되었다는 공통점은 '정치의 심미화'라는 개념을 통해 구체화될 수 있을 것이다. 정치의 심미화란 두루 알다시피 벤야민이 「기술 복제 시대의 예술」이란 글에서 파시즘 분석의 패러다임으로 제시한 용어다. 벤야민에게 '심미화'는 가짜 아우라를 갖는 환영을 제시해 실제로는 억압적 현실과 화해하는 가상을 갖도록 하는 것이었다. 환영이 현실에 대한 바른 이해를 가로막는다면 화해는 강요된 것이고 심미화는 억압의 수단이 된다.[4] 여기서 심미화는 예술의 자율성을 주장한 부르주아 이데올로기에 근거한 것이지만, 단순히 순수한 심미적 자질로의 환원을 뜻하는 것은 아니다. 정치의 심미화는 파시즘의 경우와 같이 심미화를 통해 정치적 소통의 공간을 없애는 억압의 기획이었다.

그러나 형식화를 통해 추상적 원리나 규범 혹은 질서를 이상화하는 심미화의 일반적 양상이나, 심미화를 통해 흔히 제시되는 '영원성'의 비전, 순수하고 원초적인 것의 찬미가 반동 정치의 음모로서만 나타나는 것은 아니다.[5] 형식화를 통한 추상적 원리의 이상화나 영원성의 비전은 근대성의 구

---

4) Russell A. Berman, "The Aestheticization of Politics: Walter Benjamin on Fascism and the Avant-garde," *Modern Culture and Critical Theory* (Wisconsin Univ. Press, 1989), p. 30.

조 속에 도사리고 있는 일반적 함정일 수도 있었다. 즉 근대가 총체성을 잃은 시대였다면 예술은 유일하게 본질적인 것으로 간주될 수 있었다는 뜻이다.

심미화가 근대의 일반적 현상일 수 있다고 생각할 때 남북한에서 진행된 정치의 심미화에 대해 이야기하기 위해서는, 심미화의 일반적 배경과 그것의 특수한 양상 및 효과를 분리하고 다시 결합해 보는 것이 필요하다. 정치의 심미화가 파시즘의 현상이라고 해서 심미화를 곧 파시즘의 증거로 돌리는 것은 성급한 일인 듯하다. 우선 미학적이거나 문학적인 현상을 가지고 정치적 규정을 하게 되는 탓이다. 그러나 파시즘을 일정한 시기 유럽에 나타났다가 사라진 망령으로 단정할 수 없다면, 정치의 심미화와 파시즘의 관계는 여전히 많은 것을 시사할 수 있다. 전체주의 체제와 파시즘의 관계라든가, 남북한 체제의 전체주의적 성격과 파시즘적 양상에 대해 언급하려는 것이 이 글의 목적은 아니지만, 남북한에서의 정치의 심미화에 대해 말하기 위해서는 어떤 역사적·정치적 문맥에서 이런 현상이 비롯되었는지에 대한 언급을 배제할 수는 없을 것이다.

'정치'와 '순수'의 대립이 정치적 좌우 대립에 그대로 상응했던 상황에서 '순수' 역시 정치적 선택의 대상이었다. 정부 수립 이후 '정치'가 소거됨으로써 '순수'는 유일하게 옳은 것이 된다. 이 구경의 미학은 정치와의 분리를 표방했다. 그러나 그것이 내건 반공의 입장은 새 국가 권력의 요구와 그대로 일치하는 것이었다. 반공을 앞세워 어떤 비판도 허락하지 않는 권위적 지배 담론이 형성되었던 과정에서 '순수'는 그 일익을 담당했다.

---

5) 심미화와 파시즘을 동일시한 벤야민의 견해에 대한 비판으로는 Andrew Hewitt, *Fascist Modernism* (Stanford Univ. Press, 1993), p. 172.

앞서 말했듯 문학은 현실의 모순을 해결할 수 없으며 해결하려 들어서도 안 된다는 것이 '순수'의 정치적 입장이었다. 문학은 현실보다 더 본질적이고 근본적인 문제를 다루어야 했다. 합리주의에 대한 맹렬한 반감을 드러내며 직각(直覺)적 정신주의에 가까이 간 점에서 그것은 낭만적으로 보일 수도 있었다. 그러나 '순수'의 흐름이 현실로부터 격리된 경건한 자기 세계를 구축하거나, 이런 입장에서 낭만적 개성의 깊이를 모색하려는 쪽으로 흘렀다고 보기는 어렵다. 사회적 파열이라든지 이로 인한 개인적 고뇌의 경험이 진지하고 심각하게 천착되지 못한 때문이다. 낭만적 열광과 혁명성은 자제되어야 할 것이었다. 현실이란 주관적 의지를 펼칠 대상이 아니라는 현실주의는 실제로 항상 우세하게 작용했다. '순수'의 문맥 안에서 촉발된 실존주의 논의가 실존적 선택의 혁명성 문제로 발전하지 못한 점, 구경론이 비극성의 문제를 제기했음에도 불구하고 비극적 의지나 위엄 지킴의 문제가 관심거리로 구체화되지 못한 점은 이와 무관치 않을 것이다. 토속취로의 함몰은 이런 상황에서 가장 손쉬운 선택이 아니었던가 싶다. 현실과 실천적으로 매개되지 않은 토속적 세계는 공동체에 대한 막연한 상상을 유도한 점에서 심미화된 가상의 공간이었다.

현실을 운명적이고 불가지한 세계로 보는 것은 '순수'의 주된 경향이었지만 그것이 운명과의 맞섬이라는 유구한 인문학적 주제를 천착했던 것은 아니다. '순수'의 운명론은 다만 현실의 질곡이 어떻게든 개선될 수 없다고 말하는 것이었다. 그에 의하면 사람들 사이의 대화는 소용도 없고 필요도 없는 것이다. 운명의 파도에 휩쓸려 떠도는 사람들에게 서로는 의미를 갖는 대상이 아니다. 그들은 벙어리의 군상이다. 이로써 '순수'가 재생산한 것은 현실에 대한 공포다. 알 수 없고 어떻게 해볼 수 없는 것이야말로 공포의 대상이 아닌가! 그것은 부당한 권력의 전횡이 끝간 데 없고, 최소한의 합리성도 없는 잔혹한 경쟁 사회를 무력하게 감내하는 것만이 유일한 선택임을 말하는 것이었다. 현실을 혼돈으로 규정함으로써 구경의 미학은 그 자체가 본질이 될 수 있었다. 그것은 공포를 본질적이고 보편적인 것으로 여기게끔 강요하는 억압의 기획이었던 것이다. 구경의 미학은 혼돈의 미학이었으며 공포의 미학이었다.

오늘날에 이르는 남한 문학의 흐름 속에서 '순수'의 영향이 미친 범위와 그것이 작동한 여러 양상을 규명하는 것은 또 다른 일이다. 1960년대에 들면 '순수'는 젊은 '참여파'들의 공격을 받는다. 그러나 '순수'의 영향력은 남한 사회의 성격과 심미화의 메커니즘에 근본적 변화가 없는 한 지속될 것이었다.

해방을 맞은 38선 이북에서 문학의 임무는 곧 분명한 것이 되었다. 이념과 노선을 달리하는 정치 세력간의 경합이 벌어졌던 서울에 비하면 38선 이북에서의 정권 수립은 사실상 매우 빠른 것이었기 때문이다. 임시 인민위원회가 결성(1946년 2월)되고 곧 토지 개혁이 실시되면서 인민이 주인이 되는 시대가 눈앞에 와 있는 듯 감동과 격앙의 분위기가 부추겨졌다. 새 역사 건설은 이미 시작된 셈이고 그 방향은 뚜렷한 것처럼 보였다. 더불어 김일성은 가장 훌륭한 지도자로 떠올랐다. 그는 농민들에게 땅을 나누어주지 않았던가! 이 지도자는 단호하고 과감하게 인민의 오랜 꿈을 실현시켜 준 것이다. 이런 '개벽'의 상황에서 새 역사 건설의 행진에 참여하는 것은 선택의 대상일 수 없었다. 새 지도자와 새 정권 그리고 새 제도는 이미 새 역사의 건설을 담보하는 주인공이었기 때문에 그에 충실하는 것은 새 역사 건설에 참여하는 방식이 된다. 새 지도자를 영웅으로 그리고 새 제도를 찬미하는 일은 해방 직후부터 문학의 중요한 과제였다. 이 주인공들이 이끌고 마련한 개벽의 역사를 위대하고 숭엄한 역사로 쓰는 일은 오늘날까지 계속되고 있다. 북한 문학은 이런 이야기를 확대하고 부연해야 했다. 북한 문학은 하나의 이야기만을 반복해야 했던 것이다. 다른 이야기가 불가능해진 상황, 하나의 이야기가 모든 시공간을 장악해 버린 상황은 공포 그 자체가 아닐 수 없다.

새 역사 쓰기가 북한 문학의 바탕 형식이 되었던 데에는 도덕적 당위론이 크게 작용한 것으로 보인다. 즉 이제 과거와 다른 시대가 펼쳐져야 한다는 것이었다. 억압받고 착취당했던 과거를 개벽 이후와 대비하는 것은 해방 직후부터 북한 문학에서 일반적으로 나타나는 양상이다. 새 역사는 과거의 고난을 뿌리치는 것이었다. 그러나 과거의 고난이 새 주인공에게 충실하지 않으면 안 된다는 것을 말하기 위해 되풀이되는 수단인 한 고난은 끝난 것이 아니다. 개개인의 말살을 강요하는 시대는 새로운 고난의 시대가 아닐 수 없다. 김일성은 인민을 도탄에서 구한 메시아로 그려졌지만, 이 메시아는 오직 자신만을 믿고 따를 것을 요구했다. 숱한 문학 작품들이 칭송했던 것처럼 그는 진리의 담지자였고, 그의 진리는 다른 어떤 진리도 인정하지 않는 것이었다. 이미 주체 시대 이전에 그는 혁명 사상과 역사의 진정한 창시자로 제시된다.[6] 이 진리의 담지자가 이끄는 유일하고 권위적인 이야기로서의 역사는 절대적 형식화를 수반했다. 나는 여기서 하나의 이야기를 정당화한 도덕적 상상과 윤리적 진지함을 구분하고자 한다. 윤리가 양도할 수 없는 단독적 개체(타자)의 사회적 관계를 고려하는 것이고, 따라서 타자의

---

6) 주체 시대로 들어서며 김일성은 혁명 전통의 창시자로 간주되었다. 천세봉의 장편 『안개 흐르는 새 언덕』(1966)에 대한 김일성의 비판은 이를 확인해 주는 한 예다. 이 소설은 1930년대 공산주의 투쟁을 전개하는 주인공이 1920년대 공산주의자들의 영향을 받은 것으로 그렸는데, 그와 같은 설정은 1930년대 김일성의 무장 투쟁이 혁명 역사의 진정한 출발점이었다는 '사실'(史實)을 위배하는 것이었다. 자세한 사항에 대해선 신형기·오성호의 『북한문학사』(평민사, 2000)의 4장 「천리마와 같이 달리자」의 6절 『안개 흐르는 새 언덕』 비판 부분을 참조할 것.

존재를 인정하는 것이 윤리의 기본이자 출발점이라면[7] 이 도덕적 상상은 애당초 윤리적이지 않은 것이었다. 하나의 이야기는 배타적인 공동체 안에서 타자의 존재를 부정하는 것이었다. 타자를 인정하지 않는 주체의 도덕적 상상은 결국 도덕적일 수 없는 것이다.

유일하고 권위적인 이야기로서의 역사가 심미화된 것이라고 할 때, 이 심미화 과정이 정치와의 분리를 선언함으로써 이루어진 것이 아니었다는 점은 주목을 요한다. 과연 자율성의 이데올로기는 심미화의 불가결한 조건인가? 근대적 분화의 산물인 자율성의 이데올로기는 결코 북한에 수용될 수 없는 것이었고, 오늘날까지 배격되고 있다. 그러나 김일성이 어떤 비교의 대상도 갖지 않는 지도자로 간주된 이래, 통치는 종종 '예술'로 간주되었다. 이런 현상은 이미 정치가 현실과 분리된 결과라고 생각한다. 정치의 독점은 분리의 방법이다. 한 지도자가 모든 것을 마련하고 영도하며 주재하는 가운데서 정치의 공간은 존재할 수 없다. 오직 유일한 지도자만이 존재하는 것이다. 정치를 앞세웠지만 오늘날에 이르는 북한의 역사에서 정치의 공간은 점점 좁아들었다. 지도자를 화자나 주인공으로 하는 유일한 이야기가 대신 이 공간을 메운 것이다. 이 이야기는 회의나 반론을 허락하는 것이 아니었으며 따라서 고쳐 씌어질 수도 없는 것이었다. 그것은 검증과 분석, 통찰의 과정을 통해서가 아니라 믿음과 열광을 통해서 읽어야 할 것이었다. 나는 스스로 진리의 개진임을 주장한 이 유일한 이야기가 가짜 아우라를 강요하는 환영이라고 단정하지 않을 수 없다. 그 이야기의 진위 때문이 아니라 그것이 오직 유일한 것으로 제시되었기 때문이다. 이 이야기의 폐쇄적 완결성이야말로 심미화의 조건이다.

---

7) 가라타니 고진은 비트겐슈타인을 분석하면서 그에게 윤리는 '타자와 대면하는 것'이라고 말한다.(『탐구 1』, 75쪽) 이런 비트겐슈타인의 윤리적 입장은 Stanly Cavell에 의해 상세히 서술된 바 있다. Stanly Cavell, *The Claim of Reason* (Oxford Univ. Press, 1979), pp. 84~85.

남한에서 '순수'가 애당초 자율적이지 않았던 것처럼 '정치'도 북한에서 실천적 논의와 모색의 공간을 마련하지는 못했다. '순수'가 모든 변혁의 가능성을 부정했던 것처럼 '정치'도 오히려 현실로의 접근을 차단하는 데 이르렀다. '순수'가 현실을 무비판적으로 따를 것을 강요한 반면, '정치'가 약속한 해방은 끊임없이 미루어질 수밖에 없었다.

공포의 힘 혹은 도덕적 상상

'순수'와 '정치'가 모두 심미화의 양상을 노정했다면, 이 상반된 입장은 어떤 공통된 기반을 갖거나 공통된 구조 속에서 작동한 것이 아닐까 하는 추론을 해볼 수 있다. 사실 역사적으로 보면 정치의 심미화는 특별히 새로운 현상이 아니다. 예를 들어 오랫동안 봉건적 통치 이데올로기의 전면을 장식했던, 정치의 이상을 시에서 찾으려는 경향이 그것이다. 물론 그 때문에 심미적 가치가 실제로 우선시되었던 것은 아니다. 시가 정치에 앞섰던 적은 없었다. 정치가 시 정신에 입각해야 한다는 생각은 오히려 정치를 심미화함으로써 정치적 실천의 개념을 고정하고 그에 대한 논의의 진전을 막는 역할을 했다고 보아야 옳다. 정치의 심미화에서 심미화는 언제나 목적이 아니라 수단인 것이다. 수단으로서의 심미화가 반복되어 왔다고 할 때, 특별히 남북한 문학의 양립 과정에서 정치의 심미화를 초래한 조건은 무엇인가?

한국의 근대 경험은 놀라운 폭력의 경험이었다. 독점 자본과 군대를 앞세워 빠르고 무자비하게 진행된 식민 착취의 과정에서 식민지 민중들은 일상적으로 두려움과 분노를 느껴야 했을 것이다. 강요된 변화를 그저 따라야 하는 현실 속에서 새 시대를 향한 기대와 열망은 깊이 잠복될 수밖에 없다. 일제의 강점으로부터 풀려난 감격 속에서 많은 사람들이 정치에 비상한 관심을 보였던 것은 그들이 감당해 온 역사의 무게—공포의 무게를 생각할 때 너무도 당연한 일이었다. 이 시기의 정치적 열정을 간추리는 말은 '민족'이고 '독립'이었다. 새 시대를 향한 기대와 열망이 민족(국가)을 상상하는 것으로 구체화되었던 것이다. 독립된 민족 국가를 향한 꿈은 절멸의 공포를 벗어나려는 질주였다. 물론 상상의 내용은 좌와 우에 따라 달랐지만 상상의 방향은 같았다. 민족은 숭엄한 선(善)이었다. 따라서 민족을 상상하는 것은 가장 도덕적인 일이 되었다.

해방 직후 당시의 논객들은 망설이지 않고 해방을 사(邪)에 대한 정(正)의 승리로 규정했다.[8] 선의 의지가 역사에서 실현되리라는 기대는 매우 일반적인 것이었던 듯하다. 역사를 도덕적으로 해석하는 태도는 오랜 것이다. 예를 들어 역사적 사실이나 행위들을 두고 도덕적 판단과 평가를 내리는 것은 중국에서의 역사 서술 전통이었다.[9] 역사는 특별한 사실을 통해 이야기되는 것이라기보다 일반적 진리에 대한 성실성을 통해 이야기되어야 할 것이었다. 민족의 상상은 도덕적인 이야기로 유도되었다. 이 이야기는 식민 지배를 물리친 민족(국가)의 승리로 끝나야 했다. 압제와 착취에 맞선다는 점에서 줄곧 마땅하고 정당한 것일 수 있었던 대항 민족주의라든가, '훼손'을 만회하는 도덕적 공동체를 꿈꾸는 인민주의적 상상력은 이 이야기의 동력이었다. 이 이야기를 반드시 그렇게 될 당연한 이치로 볼 때, 이야기는 신념과 의지의 대상이 된다.[10] 민족의 상상이 만든 이야기는 그에 대한 믿음과 의지적 참여를 요구하는 것이었다.

---

8) 한 예로는, 백남운, 『조선민족의 진로』(신건설사, 1946), 3쪽.
9) Marston Anderson, *The Limits of Realism : Chinese Fiction in the Revolutionary Period* (University of California Press, 1990), pp. 22~23.

그러나 도덕적 상상이 빚은 이야기는 근거 없고 막연할 뿐이다. 사실 민족의 '승리'는 믿음의 언술 속에서만 존재하는 것이다. 게다가 더 근본적인 문제는 이 이야기가 지배적인 것이 된 상황에서 현실과 역사는 단순화되지 않을 수 없다는 점이다. 예를 들어 해방을 정의의 승리로 규정한 것은 미·소에 의한 군사적 분할 점령이라는 해방의 조건을 세심하게 고려하지 못한 결과일 수 있다. 현실이나 역사가 쉽게 도덕화할 수 없는 것이라고 할 때, 도덕적 상상이 숭엄하거나 거창할수록 그것은 현실과 역사를 왜곡하게 마련이다. 이야기의 지배는 구체적인 현실 인식의 노력을 배제하는 것이며, 그럼으로써 가능한 것이다. 결국 이런 도덕적 상상은 도덕적인 것일 수 없다. 그것은 자신과 남 그리고 주변에 대한 윤리적 성찰의 기회를 박탈할 뿐이다.

해방 직후 38선 이북에서 새 시대가 그간 핍박을 받은 인민의 시대여야 한다는 도덕적 상상을 거부하는 것은 쉬운 일이 아니었다. 김일성은 토지개혁을 통해 인민의 기대와 열망을 실현할 지도자로 떠올랐다. 이 시기부터 이미 '민족의 태양'[10]으로 칭송된 그는 인민의 승리를 약속하는 이야기의 주인공이었다. 이 인민의 영웅을 주인공으로 하는 이야기에서 정치적 지배와 피지배 관계는 자애롭게 은정(恩情)을 베푸는 지도와 높은 덕성에 감응하는 자발적 추종의 관계로 바뀌었다. 물론 민족·국가적 단합과 일체화는 끊임없이 강조되었다. 천리마 시대에 고안된 대가정론은 도덕적 상상으로

---

10) 당연한 이치와 주체의 의지와의 관계는 양명학에서 강조되었던 것이다. 의지를 강조하는 것은 도덕적 원리를 존재론화하는 방법이기도 하고, 도덕적 원리의 존재에 대한 의구심을 만회하는 방법이기도 하다. 세상을 (도덕적으로) 바꾸려는 마음의 힘과 의지를 가져야 한다는 양계초 등의 의지주의는 후자의 예가 아닌가 싶다.
11) 북조선예술총동맹이 '김일성장군 찬양 특집'으로 펴낸 『우리의 태양』(1946년 9월)을 참조.

서의 민족·국가의 상상이 다다른 한 극단이다. 수령과 인민이 어버이와 자식의 관계라는 생각은 모든 정치적 관계가 가족적 사랑이나 의리, 지조와 같은 도덕적 관계로 대체되었음을 말한다. 이는 도덕적 상상에 의한 이야기가 강력한 지배의 기호로 작동한 결과다.

북한 문학은 이 이야기를 함으로써 시작되었다. 도덕적 상상을 유도함으로써 이 이야기를 믿음의 대상으로 만들고 실현의 의지를 북돋는 것은 북한 문학에 부여된 사명이었다. 이 이야기의 주인공은 김일성이었으므로 그를 형상화하는 것은 매우 중요한 과제였다. 이 이야기는 또한 역사 서술로 간주되었다. 제국주의의 침략에 맞서 싸워온 간고한 투쟁과 승리의 과정은 '위대한 과거'로 그려졌다. 물론 김일성이 이끈 항일 무장 투쟁사는 이 역사의 기원이자 중심 줄거리로서 계속 '발굴'되어야 할 대상이었다.

그러나 이야기가 이미 폐쇄적 완결성을 획득한 상황은 그에 의한 지배가 돌이킬 수 없는 지경에 이르렀음을 말한다. 가능하고 유일한 선택은 이야기의 주인공을 충실히 따르는 것뿐이다. 완고한 형식으로 정착된 이야기는 구체적 소통을 가능하게 하는 것이 아니라 심미적으로 군림하는 것이다. 그것은 사실상 독백이며 의미를 갖지 않는 허사(虛辭)다. 이는 도덕적 상상, 심미화의 가공할 결과다. 북한은 자신만의 거울을 만들어 자신을 그 안에 가둔 것이다. 이 거울 속에서 공포는 사라졌다. 그러나 공포는 이 거울의 상을 만든 배경이며 거울을 존재하게 하는 힘이다. 따라서 거울을 깨어버리지 않고는 공포로부터 벗어날 수 없는 것이다.

남한의 순수론자들은 '민족혼'을 앞세워 정신적 통일을 부르짖는 당시의 '민족주의자'들과 반공의 연대를 이루었다. 그러나 좌익이라는 대립항이 사라지자 그들과의 구분을 요구하기도 했다.[12] 진정한 문학은 영속성을 갖는 것이어야 하는데, 민족주의 문학은 역시 효용에 집착하는 것이며 그런 만큼 역사적 한정성을 갖는다는 이유에서였다.

애당초 '순수' 역시 민족의 상상을 거부하지 않았다. '순수'가 내용으로 삼은 토속성은 민족을 심미화한 공간이었다. 이런 입장에서 가장 민족적인 것은 세계적인 것이라는 주장을 되풀이하기도 했다. 그러나 '순수'의 입장은 민족의 상상을 하나의 이야기로 묶으려는 것이 아니었다. 무엇보다 '순수'는 이야기(역사)를 부정하는 것이었고 따라서 주인공도 있을 수 없었다.

남한 사회에서 도덕적 상상으로서의 민족의 상상이 그야말로 상상적 공간에서만 작동할 수 있었던 것은 남한 사회가 '비도덕적인' 경쟁을 통합의 원리로 삼았던 데서 찾아야 할 것이다. '모리배'라는 해방 직후의 유행어에서도 드러나듯 이 경쟁의 본질은 수단과 방법을 가리지 않는 데 있었기 때문에, 도덕성은 냉소의 대상이 되어야 했던 것이다. 더구나 친일 매판 세력이 온존할 수 있었던 남한 사회에서 정의가 이기는 이야기를 기대하는 것은 불가능했다. 정치적이고 사회적인 혼란이 계속되었던 가운데 경쟁은 언제나 무질서하고 결과적으로 잔혹한 것이었다. 그러나 이런 무질서야말로 전면적 동원과 통합의 방법이었다. 누구든 스스로 도태의 길을 선택하지 않는 한, 이 경쟁에 뛰어들지 않을 수 없었기 때문이다. 이 경쟁의 공간은 모든 것을 빨아들여 뒤섞는다. 어떤 길도 출구도 없는 이 공간에서는 누구든 정처를 갖지 못하며, 방향 없이 부유하는 것은 운명이 된다. 모두는 그 안에 갇힌 것이며 다른 선택이 불가함을 인정해야 하는 것이다.

단일한 코드에 의해 통합된 전체주의 사회는 개인들간의 자연스런 소통과 실천적 교류를 차단하는 것이다. 정치의 심미화는 소통과 교류를 위한 것이 아니라 전체주의적 통합을 위한 것이었다. 북한 문학은 북한 사회를

---

12) 대표적인 것으로는 김동리, 「민족문학론」, 『대조』 1948년 8월호.

선의와 자발성으로 움직이며 사랑을 나누는 도덕화된 세계로 그렸으니, 모든 것을 이 심미화된 형식 안에 가두는 결과가 초래되었다. 반면 남한에서 이런 도덕적 상상은 제시되지 않았다. 도덕적 상상이 짐승들만이 날뛰는 황폐한 '밖' 과 인정 넘치는 따뜻한 '안' 을 나누었다면, 남한에서 '안' 은 분자화된 상태로만 존재하는 것이었다. 일찍이 '순수' 는 문학이 삶을 개선할 수도, 하려 들어서도 안 된다고 말함으로써, 현실이 황폐한 곳임을 간접적으로 승인했다. 문학이 특별한 영역이라는 자율성의 주장은 그것을 이 황폐한 세계와 구분한다. 황폐한 현실로부터 문학을 분리시킴으로써 문학은 궁극적이고 절대적인 것이 된다. 문학의 아우라는 현실에 무관심하거나 현실을 황폐한 곳으로만 그림으로써 더욱 빛날 것이었다. 왜냐하면 현실과의 구체적인 소통의 길을 막는 것은 이 아우라의 실제 목적이기 때문이다. 아우라는 현실을 초월하는 환상을 제공했다. 그것은 황폐한 현실, 닫힌 공간의 가짜 출구였다.

역사의 공포를 벗어나는 도덕적 상상을 하나의 이야기로 고정함으로써 다시 공포 속에 스스로를 가둔 북한의 경우와, 현실에서 출발하는 이야기의 가능성을 찾으려 하기보다는 공포가 존재의 조건이라고 외친 남한의 구경의 미학은 모두 역사의 무게에 짓눌린 형국을 보여준다. 막연한 도덕적 상상이 아니라 구체적인 소통의 노력으로서의 윤리적 대화[13]를 모색하고 추구하지 못한 점에서 둘의 경우는 같았다. 오늘날까지 북한 문학은 매우 도덕적이지만, 그러나 윤리적 깊이를 갖는 것은 아니다. 윤리적 대화의 깊이

---

13) 윤리적 대화란 밖의 도덕적 원칙이나 이상을 옮겨놓는 것이 아니라 타자의 인정을 통한 상호적 대화를 통해 개인과 사회 관계에 대한 윤리적 물음을 던지고 이를 문제화함으로써 그 의미를 새롭게 조정하려는 실천적 노력을 가리킨다. Adam Zachary Newton, *Narrative Ethics* (Harvard Univ. Press, 1995), ch. 1 "Narrative as Ethics."

와 넓이를 확보하는 것이 정치에 접근하는 방법의 하나라면, 정치를 미학으로 대체하는 심미화는 윤리적 대화와 대척되는 것이다. 대화를 봉쇄하는 심미화의 형식은 어떤 것이었던가?

심미화의 형식적 양상

북한에서 새 역사 쓰기로 시작된 도덕적 상상은 현실에 대한 구체적 탐구에 앞서야 할 것이었다.[14] 항일 혁명 역사 쓰기를 통해 상상의 주인공들과 그들의 공간은 허구로서가 아니라 실제로 제시되었다. 그것은 이야기가 상상의 공동체를 형성했던 방법이다. 항일 혁명 역사 쓰기는 '유격대 국가'로 가는 길을 닦았던 것이다.

민족을 묶고 국가를 세우는 이야기는 일정한 플롯의 구조를 반복하는 것이 되게 마련이다. 그것은 투쟁과 성장 그리고 최종적 승리의 이야기로 씌어질 것이었다. 전기의 형식을 취할 때 이야기는 흔히 성도전(聖徒傳)[15]이 된다. 주인공은 순수하고 열정적이며 따라서 비약하는 인물이어야 한다. 그는 애당초 적극적 행동가거나 헌신하는 모범형일 수 있지만, 이기심과 탐욕을 버리고 깨달음에 이르는 각성의 과정은 일반적으로 이야기의 중요한 부분이다. 주인공이 추구해야 할 목표는 경건한 것이고 따라서 추구도 경건하다. 그는 마침내 도덕적 힘과 정신의 승리를 보여준다. 순교를 통한 부활은 승리의 한 방식이다. 그는 새로운 세계에 눈뜨며 새 생명을 얻는다. 대가정에 들게 되는 것이다.

---

14) 대중 소설이 민족(국가)을 상상하는 문화적 기구의 역할을 할 수 있다는 점은 이미 앤더슨 등에 의해 지적되었다. 대중 소설은 이 '상상의 공동체'의 모습을 구체화한다는 것이다. Benedict Anderson, "Apprehension of time," Tony Bennett, ed., *Popular Fiction* (Routledge, 1990), p. 72.

15) 성도전에 관해서는 Katerina Clark, *The Soviet Novel* (Chicago Univ. Press, 1981), p. 49.

이런 이야기가 유일한 이야기로 고정되었던 것은 도덕적 상상의 내용이 권위적으로 규정된 결과다. 이 이야기의 서술자는 선과 악, 바람직한 것과 그렇지 못한 것을 가르고 있거니와, 그의 평가는 당적 견해나 수령의 교시에 철저하게 입각한 것이어야 했다. 그것이 개별적 회의의 대상일 수 없는 상황에서 긍정적 주인공은 공적 선을 구현하는 권위적 상투형이 될 수밖에 없다. 결국 이 이야기는 오직 하나의 서술자를 갖는 것이었다고 보아야 한다. 항일 혁명 역사의 '복원'이 도모되면서 김일성은 궁극적 서술자이자 최고의 주인공이 되었다. 그러나 김일성의 형상 역시 특별히 새롭게 그려졌던 것은 아니다.

독자에겐 믿고 따르며 우러러보아야 하는 역할이 주어졌다. 물론 이야기 자체를 취사 선택하는 것이 독자의 임무는 아니다. 권위적 서술자나 주인공이 이끌어가는 이야기가 본보기 서사의 성격을 갖게 되는 것은 불가피하다. 도덕적 상상을 실현해야 하는 이야기는 아무리 그 과정의 우여곡절을 그린다 하더라도 형식적으로 단순할 수밖에 없는 것이다. 그렇기 때문에 이야기의 핍진성을 살리기 위한 여러 장치들은 끊임없이 강조되었다. 세부의 적절함, 성격과 생활, 행동의 그럴 법한 관계, 서술자가 갖는 목소리의 진정성 등의 요구가 그것이다. 한편 이야기는 번번이 서사시나 신화가 되게 마련인 것이어서, 숭엄한 채색이 요구되기도 했다. 주체 시대에 들어 창작적 개성을 살리라는 주문과 더불어 새로운 형식이 모색되기도 했다. 하지만 새 형식 역시 기왕의 이야기를 반복해야 했다.

북한 문학이 심미화되었다고 말하는 이유는 그것이 종교적 경건함을 보이거나 숭엄미를 지향하는 데 있는 것이 아니라, 그것이 성도전이나 신화, 서사시의 형식으로 굳어버린 데 있다. 서술자와 주인공 그리고 독자가 하나의 도덕적 담론에 의해 같이 묶여 있는 상황에서 윤리적 대화는 불가능하다. 윤리적 대화가 현실적이고 사회적인 구체성의 경험을 나누는 상호 비판과 탐색 행위라면, 윤리적 대화는 권위적 도덕 담론과 다르며 오히려 그것에 의문을 제기함으로써 전개될 수 있는 것이다. 특히 정치가 도덕적 담론에 의해 포박된 상황에서는 윤리적 대화 없이 정치에 다가설 수 있는 길은 없다.

북한 문학의 단성주의는 대화적 상상력을 차단한 것이었다. 권위적 서술자와 수동적 독자, 공적 선의 구현자인 주인공 사이에 대화의 간격은 부재했다. 단성주의의 형식으로서 성도전이나 신화, 서사시는 하나의 이야기, 권위적 도덕 담론으로 억압-동원을 일상화하는 미학적 장치였다.

남한에서는 '바람직한' 형식이 제정되지 않았다. 북한에서의 역사 쓰기와 같이 하나의 이야기에 의한 문학의 공식화가 진행되지 않았다는 뜻이다. 그러나 남한에서 진지하고 자유롭게 윤리적 대화를 나눌 수 있는 공간이 마련되었던 것은 아니다. 우선 '순수'의 탈역사적 입장은 문학을 현실과 분리시킴으로써 윤리적 대화의 토대가 되는 경험적 구체성으로의 진입을 막았다. 순수론에 의하면 생의 구경을 그리는 문학은 특별히 심오한 의미를 갖는 것이었지만, 문학적 상부 구조의 특권화는 오히려 그것을 비현실적인 장식거리로 떨어뜨렸다. 문학이 현실의 모순을 초월하는 별개의 경지라는 막연한 신비감과 그것이 '정글의 삶'과 무관한 기만적 도피처라는 생각은 쉽게 서로 뒤섞일 수 있는 것이었다.

탈역사의 입장에서 이야기의 개진은 불가능했다. 이야기가 불가능한 가운데 현실은 파편적으로 그려질 수밖에 없다. 일상의 단편이나 이변사(異變事)는 대화에 이르지 못한 고백이나 한탄, 전문(傳聞)의 형식으로 그려졌다. 기묘한 우연이나 사건의 상징적 재배치는 플롯 전개의 방법이 된다. 서술자나 등장인물은 대화의 주체가 아니었다. 따라서 대화의 모색과 전개는 불가능했다. 역사는 흔히 고물 취미의 대상이었지만, 드물게는 그에 대한 형이상학이 전개되기도 했다. 그러나 진부한 이야기로서의 역사나 역사의 추상적 일반화는 역사를 현실과 동떨어진 별개의 것으로 만든다는 점에서 같았다.

원형(原型)의 탐구는 '순수'의 한 경향이었다. 원형은 변화하지 않는 근본적이고 근원적인 것으로 간주되었다. 어떤 이미지나 은유는 '심오한' 진리를 말하는 것인 듯 여겨졌다. 그러나 이는 변화가 의미 없고 따라서 변화를 꿈꾸는 것 자체가 어리석은 헛수고일 뿐이라는 단정과 관련된 것이기도 했다. 원형의 탐구는 탈역사의 방편이었던 것이다. 그것은 종종 설화로 나타났는데, 설화는 전통을 되살린 순수하고 근원적인 형식이 아니라 심미화로서 고안되고 강구된 형식이었다. 그것은 말하자면 심미화로서의 형식화의 소산이었다.

심미화로서의 형식화는 전근대적 혹은 탈근대적 분산을 향한 것이라기보다 근대적 전체화를 향한 것이었다. '순수'는 서로의 소통을 차단하고 각부분들을 차별화함으로써 전체화를 꾀하는, 소외에 의한 통합에 기여했다. 정치와 문학의 분리는 역시 윤리적 대화를 불가능하게 하는 쪽으로 작용했다. 서로가 소외된 상황에서는 억압적 현실을 그대로 받아들일 수밖에 없는 것이다. 구경은 정치적 억압-소외의 구조를 운명으로 심미화하는 용어였다. 모두가 대주체에게 자신을 양도해야 했던 북한에서와 마찬가지로 '순수'는 배타적 소외의 구조를 지속시켰다. 나는 서로를 배제함으로써 스스로 소외를 깰 수 없는 것으로 만들어온 이 배타적 소외의 구조야말로 양립의 구조라고 생각한다. 정치의 심미화는 그 수단이자 결과였다.

멋진 신세계

하나의 이야기에 의한 통합과 소외에 의한 통합은 모두 서술자와 독자, 작자와 작중 인물, 상상적 텍스트와 현실의 구체적 개인들과의 대화를 차단하는 방법으로 이루어졌다. 하나의 이야기에 의한 지배를 통해 주체를 유일한 것으로 만든 북한에서나 주체와 타자의 경계를 가늠할 수 없게 한 남한에서나 대화의 공간은 박탈되었으며 윤리적 모색은 차단되었다. 정치가 미학으로 대체되는 현상은 그에 따라 진행되었다.

오늘날까지 북한 문학은 여전히 하나의 이야기를 반복하고 있지만, 1990년을 전후한 때부터는 구체적인 생활 경험들을 반영하게 되면서 기왕의 이야기 틀을 부분적으로 허무는 현상도 보였다. 개성적 형식을 모색해야 한다는 주장 자체는 이제 북한에서도 특별한 것은 아니다. 게다가 오늘날 북한의 현실은 오랫동안 되풀이되어 온 도덕적 이야기를 부정하는 것이다. 이런 점에서 북한은 여전히 이야기가 군림하지만, 그것의 지배가 관철되지 않는 일종의 진공 상태에 돌입한 것이 아닌가 생각된다. 북한이 모든 대화가 불통하고 그럼으로써 사회적 에너지가 고갈된 기진맥진한 혼돈의 상황에 처해 있다면, 그것은 단성주의의 지배가 빚은 불행한 결말이다.

남한에서 '순수'의 영향력이 절대적인 것이 되지 못한 지는 오래다. '순수'에 대한 반발은 '참여'로 나타났고, 1970년대에 들어 융성한 리얼리즘 문학은 민중들의 외침을 전했다. 그러나 과연 남한 문학을 두고 정치의 심미화 문제를 다시 거론할 필요는 없는 것일까? 끊임없이 갖가지 욕망을 부추기는 남한 사회에서 모두는 욕망에 사로잡혀 있지만 누구도 그 욕망의 주체는 아닌 듯하다. 이 익명의 소비 대중에 관철되는 것은 소외에 의한 통합의 원리다. 그렇다면 이제 '순수'를 대신하는 것은 '개성'이다. 소비의 환영이자 그 패턴에 불과한 '개성'은 '순수'가 그러했듯 이성적 소통의 공간을 앗아가버리는 것이다.

환영이 끊임없이 소비되어야 하는 시장 안에서는 정치 역시 한갓 소비의 대상일 뿐이다. 소비의 환영은 모호하기 짝이 없는 구경의 미학과 달리 매혹적이고 또 구체적인 것이기도 하다. 이제 가상들이 모든 시간과 공간을 차지해 버리리라는 예언은 현실화되고 있다. 과연 이 멋진 신세계는 가상 예찬론자들이 말하듯 소통의 공간을 극대화할 것인가? 아니면 다시 거대한 억압의 기획으로 작용할 것인가? 오늘의 남한 현실에서 심미화의 문제는 새로운 국면에 접어든 것이다.

주제 소설의 화자

주제 소설, 주체, 화자

　이 글은 화자(話者)의 분석을 통해 '주제 소설'의 역사를 돌이켜보려는 것이다. 주제 소설이라는 개념을 구체화하는 것이 나의 일차적 목적인데, 화자의 성격과 위치라든가 역할 등을 살핌으로써 주제 소설에 보다 실제적으로 접근할 수 있지 않을까 한다. 주제 소설이 전언(傳言)을 분명히 제시하려는 것이라면 그것을 '누가 어떻게 말하는가'는 중요한 형식적 부분일 터이기 때문이다.

　주제 소설에 대해 내가 갖는 문제 의식은 한국 근·현대 소설의 흐름에서 주제 소설의 계보가 큰 줄기를 이룬다는 판단에 근거한다. 일제에 의한 강점 이래 절멸의 위협이 이어지고 혁명과 동란이 뒤섞이는 정치적 격동의 시간이 거듭된 가운데, 문학은 번번이 역사의 '명령'들을 전하고 일깨워야 했다. 민족이나 계급적 주체의 확립이 실로 생사가 걸린 과제가 되었던 상황에서 각성의 교본으로 혹은 동원의 나팔 소리로 문학이 감당해야 했던 책무는 언제든 심각했던 것이다. 나는 주제 소설이 이런 상황의 산물이라고 생각한다. 그 상황이 오늘날까지 이어지는 것이라면 주제 소설에 대한 이해는 문학사적 구획상 간격을 보이고 생산과 유통 방식에 따라 차이지는 양상들을 보다 심층적인 문맥 안에서 파악할 수 있게 하리라 기대한다. 즉 이제 애국적인 역사 전기물과 이른바 계몽 소설 및 프롤레타리아 소설을 한 줄기로 꿰어 읽을 필요가 있고, 체제 및 이념의 경계를 넘어 남북한의 소설을 더불어 보는 안목이 절실한 시점에 이르렀다면, 주제 소설과 그 메커니즘의 이해가 그런 요청에 답하는 길일 수 있다는 생각이다.

주제 소설을 형식적 범주로 규정하려 들기보다 먼저 그것의 역사적 양상을 살피는 데 주력한다는 것이 나의 입장이다. 따라서 화자를 분석하려는 의도도 화자를 형식적 요소로 환원시키려는 데 있지 않다. 화자의 분석을 통해 내가 궁극적으로 찾으려는 것은 발화의 형식적 주어가 아니라 역사의 명령을 발행하는 주체이며 그것의 진정한 정체다.

먼저 주제 소설에 대해 내가 어떤 생각을 갖고 있는가를 말하는 것이 순서일 듯하다. 나는 일단 주제 소설을 주제를 앞세우고 예증하려는 소설, 애당초 분명한 의도나 목적 아래 전언(傳言)의 효과를 염두에 두고 씌어진 소설로 규정해 보고자 한다. 효용론 내지 교훈주의는 주제 소설의 전제일 것이다. 주제를 명백히 구현해야 하는 주제 소설의 형식은 산만하고 분산적이기보다 일관되며 통합적이게 마련이다. 형식이 전언의 효과를 제고하는 데 부합되어야 하기 때문이다. 그리고 이렇게 보면 여기서 주제란 결과로 드러나는 것만이 아닌, 전체적인 구성에 작용하는 일종의 구조적 요소라고 해야 옳다.

주제 소설의 윤곽을 그리기 위해 참고할 만한 전거의 하나는 1900년대 초기부터 프랑스에서 쓰인 로망 아 테제(roman à thése)라는 용어다. 이 역시 이념적으로나 사상적으로 뚜렷한 입장을 갖고, 읽는 사람들에게 세계와 현실을 '정확하게' 이해시키려는 목적 아래 씌어진 소설들을 가리킨 것이었다.[1] 소설의 화자는 마땅히 말하려는 테제에 대해 확신을 가져야 했다. 그의 확신이 누군가에 의해 보장되어야 하는 것일 때 그는 권위적 주체를 대변할 수도 있었다.

문학이 교훈적이어야 한다는 주장은 오랜 것이다. 교훈적 목적을 갖는다는 이유만으로 로망 아 테제를 부정적으로 취급해서는 안 된다. 하지만 소설에서 '정확한' 이해가 어떻게 보장되는 것인지, 또 그것이 언제나 확신 내지 확언을 필요로 하는 것인지는 논란거리일 수 있다. 로망 아 테제는 해석의 단일성을 목표하게 마련이어서 발화의 단조로움을 피하기 힘들고, 의미의 불확실성을 제거하려는 노력은 또한 '반복'(redundancy)[2]을 초래하게 마련이다. 그런데 '정확한' 이해가 어떤 확신을 단조롭게 반복함으로써 담보되는 것이 아니라고 할 때, 로망 아 테제는 스스로 목적을 위배하는 것이다. 사실 권위적인 확신은 테제의 '정확성' 여부와 관계없이 그에의 구속을 강요하는 것일 수 있다. 단조로운 반복이 현실의 모습을 선택적으로 고정시킬 가능성 역시 충분하다. 로망 아 테제는 이런 혐의를 받았다.[3] 나는 로망 아 테제에 대한 이 비판이 주제 소설에 역시 적용될 수 있다고 본다.

목적이 앞서 의도적인 조작이 감행되고 이로써 지나친 과장이나 왜곡이 초래되는 현상은 리얼리즘의 입장에서 경계되었던 바이기도 하다. 엥겔스

1) Susan Rubin Suleiman, *Authoritarian Fictions* (Princeton University Press, 1993), pp. 1~3.
2) 술레이만은 로망 아 테제의 특징을 반복의 형식에서 찾는다. 일정한 내용을 일정한 방식으로 되풀이하는 반복은 결국 서사의 단순화, 상투화를 초래하지 않을 수 없다. 반복은 '오해'를 방지하려는 강박을 표하는 것이기도 한데, 이는 또한 지적 극단주의나 단원론(Monism)과 관련된 것일 수 있다. Ibid., pp. 171~172.
3) 로망 아 테제라는 용어를 통용시킨 폴 부르제(Paul Bourget)는 리얼리티를 선택적으로 제시했다는 이유를 들어 빅토르 위고의 『레 미제라블』을 로망 아 테제로 분류했다. Ibid., p. 4.

가 발자크를 두고 말한 '리얼리즘의 승리'는 리얼리즘이 이미 주어진 교의에 충실함으로써가 아니라, 실천적인 통찰력과 진정한 계몽적 의지를 발휘함으로써 확보된다는 예술적이고 인식적인 '원리'를 천명한 것으로 해석될 수 있다.[4] 사실 인문주의적 균형 감각을 잃은 교훈주의의 위험성을 지적하는 것은 동서를 막론하고 거듭되어 온 일이었다. 그러나 리얼리즘을 내건 운동과 움직임 들에서 강고한 목적론적 입장이나 교훈적 효용론이 앞세워진 예를 찾는 것은 그리 어렵지 않다. 대표적으로 사회주의 리얼리즘에 의하면 현실의 본질은 공산주의라는 역사의 끝(telos)을 의식적으로 선취함으로써만 바르게 그려낼 수 있는 것이었다. 현실은 이 목적을 통해서 투시(透視)되어야 할 대상이었다. 사회주의 리얼리즘이 과거의 리얼리즘을 발전적으로 계승했다고 자처한 근거는 여기에 있었다. 현실의 본질은 곧 삶의 '진리'로 현현될 것이었으므로 진리를 그리는 사회주의 리얼리즘은 거리낌 없이 교훈적 입장을 표방했다.

리얼리즘의 이상과 실제 사이에서 주제 소설의 자리를 찾는 것은 간단치 않아 보인다. 과연 리얼리즘의 '타락'은 주제 소설이 씌어지는 조건인가? 나는 주제 소설이냐 아니냐가 리얼리즘의 성취 여부에 따라 판가름될 성격의 것은 아니라고 생각한다. 만약 리얼리즘이 어떤 목적론도 배제해야 하는 것이라면 주제 소설은 애당초 리얼리즘의 이상을 위배하는 것이다. 따라서 리얼리즘의 기준으로 주제 소설을 규정하려는 기도는 적절치 못한 것이 된다.

근대의 서사 양식인 소설은 다수 대중을 상대로 하는 것이고 그런 점에서

---

4) 아놀드 하우저, 『문학과 예술의 사회사』 (현대편), 백낙청·염무웅 옮김 (창작과비평사, 1974), 49 쪽.

불가피하게 정치성을 갖는다. 특히 그것이 대중의 운명과 관련된 문제를 다룬다고 할 경우 더욱 그러하다. 소설이란 자기 충족적이기 힘든 장르인 것이다. 사실 소설의 정치성은 그것이 무엇을 말하느냐와 관련된 문제이기 이전에 시간을 구획하고 배분하며 풍경을 고정시키는 그것의 기능으로부터 비롯된다. 소설에서 서술되는 시공간은 의미의 사회적 질서를 제시하는 것이다. 인물들과 그들의 선택, 그리고 그들이 맞게 되는 결말은 정치경제학적 규정이라든가 집단적 심리학 등을 확인시킴으로써 그것을 보편적인 것으로 상상토록 한다. 허구적 개연성이란 종종 경험의 범위를 넘어서는 상상된 보편성인 것이다. 보편성으로서의 개연성은 상상을 구체적이고 또 전체적인 것으로 만든다. 이로써 허구는 실재가 된다. 이와 같은 보편화의 메커니즘을 통해서 소설은 세계를 제시하고 주체를 구성해 낸다. 소설 혹은 이야기가 권력의 기구일 수 있는 이유는 여기에 있다. 푸코의 견해처럼 권력이 고정된 제도나 구조의 한 부분이 아니라 다양한 힘들의 관계 속에서 진행되는 전략적 상황의 복합물이라면, 그런 상황을 보편화하는 이야기는 그야말로 권력의 움직이는 거처일 수 있다. 근대 소설의 정치적 의미는 매우 강조되어야 할 것임에 틀림없다.

주제 소설은 대중 소설을 지향하게 마련이다. 주제 소설의 목적은 그 내용이 어떤 것이든 많은 사람들의 공감을 이끌어내는 데 있기 때문이다. 때로 통속성의 성취는 그것이 기도하는 바일 수도 있다. 그러나 권력 관계에서 주제 소설의 역할은 능동적이기보다 오히려 수동적이었던 때가 더 많지 않았던가 싶다. 이는 무엇보다 주제 소설의 주제가 누가 말하는 것이고 누가 요구하는 것인가와 관련된 문제다. 뚜렷한 목적과 확고한 전언을 가져야 하는 주제 소설은 이미 궁극적 발화 주체의 권위를 인정하는 것이다. 주제 소설은 전언을 제시해 대중 독자를 깨우치려는 것이지 그 목적에 대해 논의하려는 것이 아니다. 목적은 절대적이며 따라서 그 전언에는 이론의 여지가 있을 수 없다. 주제 소설에서 발화의 주체는 권위적 주체일 수밖에 없다. 그리고 권위적 주체가 절대화될 때 주제 소설은 그에 종속될 것이다. 권위적 주체는 물론 작자가 아니며 형식적 화자도 아니다. 권위적 주체의 출생지는 이야기 속일 테지만, 이야기를 통해 현실화되는 그는 이야기를 장악·지배하는 데 이른다.

앞서도 말했지만 나는 권위적 주체를 구성하는 것이 근대 한국의 주제 소설이 스스로에게 부여한 큰 과제였다고 생각한다. 줄곧 공포와 혼돈이 겹쳐졌던 상황 속에서 당면한 현실적 과제를 해결할 필요는 절실한 것이었고, 소속을 확인함으로써 존재의 입지를 확보하려는 기도 또한 처절한 것이었다. 주체는 마땅히 권위적이어야 했을 뿐더러 나아가 절대화되어야 했다. 절대적 주체를 애타게 기다리는 가운데 주체의 인격적 현신(現身)임을 자처하는 특별한 지도자들의 출현은 이어졌다. 주제 소설의 목적이 주체의 목적이 되며, 그 전언 또한 궁극적 발화자의 것이 된 가운데 소설적 탐색은 제한될 수밖에 없었다. 주제 소설은 바로 이런 종속의 산물이었다.

그렇다면 주제 소설이 과연 소설인가 하는 물음은 불가피하다. 주제 소설에서 탐색의 결과는 이미 정해져 있는 것일 뿐 아니라, 궁극적 발화자로서의 주체가 인물들 위에 군림함으로써 그들을 자신의 메가폰으로 만들거나 전언을 도출하기 위한 기능적 성분으로 전락시킬 수 있기 때문이다. 이 경우 서사는 단선적이고 단성적인 것이 될 수밖에 없다. 목적에 이르는 길이 여럿이어서는 안 되기 때문이다. 목적이 추구의 결과를 애당초 규정하는 한 주제 소설은 루카치가 말한 '결렬'의 형식이 아니다. 주제 소설에서 결렬은 해결될 결렬이고 해결의 방향은 자명하게 제시되어야 했다. 주제를 명료하게 하는 과정은 흔히 선과 악의 이항 대립 구도를 그리게 되며 다른 선택의 여지를 허용하지 않는다. 당연히 발화는 보다 직접적인 형식을 취하게 된다. 극화(dramatize)된 화자를 통해 이야기를 간접화한다 하더라도 이런 매개 장치는 전략적인 고안의 대상일 수밖에 없다. 전언의 효과를 도모하는 전략적 입장에서 우선되는 것은 수사학이다. 다소 역설적이지만 주제 소설의 많은 부분은 결국 수사학의 대상이 된다. 화자가 한갓 수사학적 장치로 전락하고 인물이 수사학적 고안의 대상이 된다면 주제 소설은 소설 형식을 위협하는 것이다.

권위적 주체를 대변하는 권위적 전신자(傳信者)에서 수사학적 장치 사이를 오가는 것이 주제 소설의 화자다. 이런 점에서 화자는 주제 소설의 구조적 성격을 단적으로 표하는 부분이다. 화자의 분석이 주제 소설을 규명하는 한 방법일 수 있다고 생각하는 이유는 여기에 있다.

이야기란 누가 누군가에게 말하는 형식을 취해야 하는 것이고 그렇게 성립되는 것이라면 화자는 그것의 불가결한 장치다. 두루 알다시피 화자가 형식적인 기능을 하는 데 그치는 것은 아니다. 누가 말하는가는 종종 독자로 하여금 이야기에 대한 태도를 결정짓게 하는 요소다. 화자는 불가피하게 이야기의 성격과 내용을 규정하게 마련이다. 화자란 사건과 정황을 지각하고 그것을 자신의 언어로 제시하는[5] 존재인 것이다.

소설의 화자는 극화된 인물로 제시되는 경우가 아니더라도 가상의 화자일 수밖에 없다. 물론 작가가 나서 화자를 자처할 수도 있고, 숨은 작가 시점(Implied author)에서와 같이 드러난 화자가 없을 경우 작가가 이를 대신할 수도 있지만, 어쨌든 화자는 작가와 달리 텍스트 안에 위치한다. 그리고 텍스트가 여러 목소리나 담론들이 교섭하고 교차되는 곳이라면, 화자는 기

---

5) 미케 발, 『서사란 무엇인가』, 한용환·강덕화 옮김 (문예출판사, 1999), 218~219쪽 참조.

원적 창조자(이미 롤랑 바르트와 미셸 푸코가 죽은 것으로 단정한)로서의 저자를 부정하는 존재이기도 하다. 이야기하는 주어인 화자의 권력 — 행위자를 구체적인 인물로 살려내며 특별히 어떤 인물을 더 조명하거나 덜 비추고 누군가에 초점을 맞추는 — 이 꼭 저자로부터 나오는 것은 아니라는 뜻이다. 오히려 '말하는 자리' 그 자체가 권력의 발생지다. 따라서 화자는 결코 인물 가운데 하나일 수 없으며 '순수한' 작가로도 환원되지 않는다.

권위적 주체를 궁극적 발화자로 하는 주제 소설에서 화자는 그의 대변자 역할을 해야 한다. 그러나 주체의 진정한 소재(所在)란 문제적인 것이다. 권위적 주체는 화자 위에 존재하는 것처럼 여겨질 수 있지만, 사실 가상의 화자야말로 주체의 실제적인 존재 형식일 수 있다는 점에서다. 전면의 주어로 나서 전언을 효과적으로 제시하는 것은 주체가 아니라 화자의 몫이다. 그는 주제를 예증하려는 전략을 운용해야 한다. 그는 또한 확신을 피력해야 하며 그러기 위해 대개는 우위의 지점에 서게 된다. 숭고한 권위적 주체를 대변하는 화자에게 인격적 요소는 불가결한 것이다. 주제 소설의 화자는 가상의 인격[6]이어야 한다. 특별한 여과의 장치를 마련한다든지 매개의 수준을 높이는 것은 비효율적이거나 불필요하고 위험한 일이다. 화자는 때로 인물들을 채색하는 중심 성격일 수도 있다. 그러나 화자가 결국 대변자일 따름이라면 권위적 주체로 흡수되거나 이로써 익명의 존재가 되는 것이 또한 그의 운명이다. 화자를 익명화함으로써 권위적 주체가 서술을 장악할 때 오직 하나의 이야기만이 반복되는 단성주의는 완성된다. 화자는 한갓 수사적 장치가 되는 것이다. 다르게 말할 수 있는 개별자의 목소리가 침묵하는 한 단성주의는 지속될 수밖에 없다.

---

6) 이 책의 1부에 수록되어 있는 「가상의 인격, 도덕의 광기」 참조.

주제 소설에 대한 나의 근본적인 문제 의식은 그것이 다른 이야기의 가능성을 제약했다는 점에 있다. 주제 소설의 역사는 단성주의에 의한 구속의 역사로 읽어야 한다는 것이 나의 생각이기도 하다. 권위적 전신자로서의 화자가 수사적 장치로 고정되고 인물들이 다른 선택을 할 수 없게 되는 과정의 분석은 단성주의의 지배 메커니즘을 어느 정도 규명해 내지 않을까 기대한다.

내가 거론의 대상으로 삼은 다음의 세 소설들이 특별히 계기적인 관련을 갖는 것은 아니다. 그러나 나는 이 소설들의 분석이 주체와 화자의 관계가 변화되는 양상과 과정을 어느 정도 단계적으로 예시하기를 기대한다.

주제 소설의 한 발단: 화자와 권위적 주체

소설은 개별적인 인물들과 그들의 행동을 보편화하는 방식으로 '자아'(self)상을 제시해 왔다. 정체가 파악되지 않는 강대한 타자의 존재가 의식되면서 씌어지기 시작한 한국 근대 소설에서도, 그렇기에 더욱 자신을 새롭게 규정하는 일은 줄곧 피할 수 없는 과제였다. 보편화는 구체화의 조건이자 그것을 요구하는 것이다. 보편화가 구체화를 요구하는 이유는 보편화의 대상이 사실상 특별한 정체성이기 때문이기도 하다. 나는 인물의 구체화가 단지 디테일의 묘사를 통해 가능한 것이 아니라 그가 갖는 특별한 정체성을 부각함으로써 달성된다고 본다. 리얼리즘의 전형 개념에 기대면 특별한 정체성이란 역사적인 것으로서 과거의 구속과 변화의 불가피성을 확인케 하며, 낡은 것과 새로운 것이 날카롭게 단절되거나 중첩되는 복합성을 통해 드러나는 것이다. 이렇게 시간적인 거리라든가 차이의 감각을 일깨운다는 점에서 소설은 실로 근대의 장르이다. 소설에 의하면 자아는 변모해 왔고 변모되어야 할 것이었다.

식민 강점은 새로운 자아상의 제시를 절실하게 했다. 강제된 변화가 과거를 부정하도록 했고, 이런 가운데 식민 주체에 종속된 식민지적 자아의 형성이 강요되었기 때문이다. 일찍이 신채호 등에 의해 씌어진 역사 전기물들은 민족의 '위대한 과거'를 일깨우고 과거의 영웅들을 민족적 정체성의 모델로 제시하여 이 강대한 타자의 위협에 맞서려 했다. 그러나 근대가 담론의 전반적 재배치, 재조직[7]을 진행시키는 과정에서 식민 관계 역시 식민 주체의 관점에서 보여지게 된다. 식민 자본주의의 지배가 지속된 근대는 문명과 과학을 갖는 식민 주체의 관점이 우세하게 관철된 시간이었던 것이다. 그 문명과 과학으로 미신을 척결한다는 계몽의 기도는 이 관점을 쉽게 벗어나기 힘들었으니, 식민지는 아직 깨어나지 못한 곳이 되었고 각성과 변모는 절실하고 시급한 것으로 여겨졌다. 계몽적 시각은 결국 식민/피식민 관계를 시간적 지체의 문제로 단순화시키게 된다. 낡은 과거는 떨쳐버려야 했다. 과거를 조상(弔喪)하기 위해 씌어진 소설이 바로 『무정』(1917)이다.[8]

『무정』의 이야기를 관류하는 주제가 교육 계몽이고 가르치고 배우는 교사와 학생의 관계가 인물과 사건들을 엮는 구도로 작용하고 있음을 지적하는 것은 새삼스러운 일이다. 배움의 욕구는 '형식'과 '영채', '선형'과 '병욱' 등 이 소설의 긍정 인물들을 이끄는 동기다. 우여곡절이 없지는 않지만

---

7) 이런 과정이 새로운 권력 상황을 만들어내는 것이었다는 점은 이미 지적된 바 있다. 황종연은 이광수 문학론의 분석을 통해 그가 말하는 근대 소설이 도덕적 자율성이나 인문학적 교양 개념에 바탕을 둔 근대적 주체의 구성을 수행하려는 것이었다고 진단하면서, 이 주체를 확장한 것이 국가였다고 결론지었다.(황종연, 「문학이라는 역어(譯語)」, 『한국문학과 계몽담론』, 새미, 1999, 35~37쪽) 나는 이 근대적 주체와 식민 주체가 구별되기 힘든 것이었고 따라서 국가는 식민 국가를 뜻하는 것일 수 있었음을 덧붙이고 싶다.

8) 『무정』은 다음과 같이 끝난다. "어둡던 세상이 평생 어두울 것이 아니오 무정할 것이 아니다. 우리는 우리 힘으로 밝게 하고 유정하게 하고 질겁게 하고 가열하게 하고 굿세게 할 것이로다. 깃븐 우슴과 만세의 부르지짐으로 지나간 세상을 됴상하는 「무정」을 마치자." 이광수, 『무정』(회동서관, 1925), 559쪽.

그들 모두는 배워야 한다는 명령을 회의 없이 따르고 있다. 배움에 나서는 과정은 또 도덕적이거나 정신적인 성장의 과정으로 그려졌다. 다른 이야기가 전혀 배제되고 있는 것은 아니지만 교육 계몽이라는 주제를 구현하는 이야기 뼈대는 워낙 강고해서, 인물들이 다른 이야기를 펼치거나 그로부터 이탈할 가능성은 주어지지 않는다. 그러나 물론 모든 인물들과 사건들이 단지 기능적 요소로 환원되고 있는 것은 아니다. 이광수는 '정'(情)이 새로운 문학의 동력이어야 한다고 주장[9]함으로써 과거엔 억눌리고 도외시되었던 감각의 확장을 선언한 바 있거니와, 과연 『무정』에서 새로운 인물들의 면모와 그들의 시대는 보다 구체적으로 그려진다. 화자는 시시각각 변화하는 감정의 기복들을 섬세하게 잡아낸다.

> 어제 김쟝로에게 그 부탁을 들은 뒤로 지금썻 생각하건마는 무슨 묘방이 아니생긴다. 가온데 책상을 하나 노코 거긔 마조 앉아서 가르칠가. 그러면 입김과 입김이 서로 마조치렷다. 혹 뎌편 히사시가미가 내 니마에 스칠 때도 잇스렷다. 책상 알에서 무릅과 무릅이 가만히 마조다키도 하렷다.[10]

선형의 가정교사를 하게 된 형식의 속생각을 묘사하는 소설의 첫머리이다. 그의 상상은 자못 분방하다. 화자의 감각적 탐구는 주로 형식을 매개하여 이루어지는데, 쉽게 열정에 들뜨고 민감하며 그런 만큼 변덕스러울 뿐 아니라 자기 중심적이어서, 속물들에 대한 적의에 불타지만 또 놀라울 정도로 세속적인 이 젊은이야말로 감각적 탐구의 가장 중요한 성과물이었다. 이 간단치 않은 모순된 형상은 근대의 파열된 내면을 드러내고 있다. 하지만

---

9) 이광수, 「문학이란 하오」, 『매일신보』 1916년 11월 10~23일자의 '문학과 감정' 부분.
10) 이광수, 『무정』, 2쪽.

그런 만큼 또 새로운 꿈과 욕망을 구체화해 보여주었다는 점은 『무정』이 대중적 호응을 받은 이유 가운데 하나였으리라. 변모된 자아상으로서 형식은 변모의 필연성을 상상적으로 확인케 했던 것이다. 그는 물론 섬세한 관찰자이기도 해서 그가 잡아내는 세태와 풍속적 장면들은 하나의 사회적 풍경들로 고정된다. 그는 바뀐 세계상을 제시했던 것이다.

한편 이 무대의 도처에서 화자는 형식을 앞세워 감정의 드라마를 연출해낸다. 기생이 되어 나타난 영채의 기막힌 사연을 돌이킬 때 화자는 이 비운의 여주인공을 동정해 마지않는 이야기꾼이 되며, '김현수'가 영채를 강간하는 현장에 이형식과 '신우선'이 들이닥치는 긴박한 순간에는 형식의 격앙된 감정의 추이를 전하는 리포터가 된다. 그러나 형식을 앞세운 화자는 그와 밀착됨으로써 이 인물이 가질 법한 내면의 모순된 갈등이나 날카로운 찢김의 상처는 본격적인 탐구의 대상이 되지 못한다. 화자와 인물의 경계가 흐려져 화자가 형식의 백일몽에 편승하고 마는 것은 그 한 원인인 듯하다.

애당초 화자에게 이형식은 객관화할 대상이 아니었다. 이 인물은 오히려 공감을 요구하는 주어였다. 그는 화자의 목적을 구현함으로써 다른 인물들이 가야 할 길을 가리키는 역할을 한다. 이야기의 종착점은 형식과 영채 등이 우연히 만난 기차 안이며 수해를 당한 삼랑진이다. 그들이 모두 한자리에 호출된 것이다. 이 우연한 조우 이후 화자는 형식으로 하여금 모두를 포용하는 상상[11]을 펼치게 하는 한편, 수해를 입은 민중의 참경을 길게 묘사하여 여타 인물들과 독자들의 동정을 유도한다. 형식과 영채, 선형은 과거사로 말미암아 착잡한 마음을 다잡기 힘든 상황인데도 공적 사명을 상기해

---

11) "올타 그럼으로 우리들은 배호러 간다. 네나 내나 다 어린애임으로 멀리멀리 문명한 나라로 배호러 간다. 형식은 저편 차에 있는 영채와 병욱을 생각한다. '불상한 처녀들!' 한다.
　이렇게 생각하니 세 처녀가 다 갓티 사랑스러워지고 정다워진다.…… 형식은 마음 속으로 크다란 팔을 벌려 그 어린 동생들을 한 팔에 안아 본다." 같은 책, 511쪽.

마침내 심기일전하는 데 이른다. 거룩한 부름 앞에 개인적인 갈등은 사소한 것에 불과했다. 그들이 보였던 미세하고 심각한 균열들은 모두 봉합되는 것이다. 이로써 영채의 한스럽고 고단한 이야기는 어이없는 해피엔딩을 맞으며, 과거에 대한 의리와 미래에의 기대 사이에서 고민하고, 매혹적인 영채와 미국행을 가능케 할 '깨끗한' 처녀 선형을 놓고 저울질하던 야심만만한 젊은이의 당연하지만 잔인한 선택은 어정쩡하게 합리화되고 만다. 형식이 대변하는 거룩한 명령에 복종함으로써 인물들(형식을 포함하여)에 대한 탐색은 중단된 것이다. 결국 소설이 강요하고 있는 것은 한 방향으로 읽기다. 교육은 모든 문제를 해결할 열쇠이자 목표였다.

> "그러면 엇더케해야 져들을……저들이 아니라 우리들이외다……저들을 구제할까요?' 하고 형식은 병욱을 본다. 영채와 선형은 형식과 병욱의 얼굴을 번갈아 본다. 병욱은 자신이 잇는드시,
> "힘을 주어야지오! 문명을 주어야지오!"
> "그리하랴면?"
> "가라쳐야지오—인도해야지오—"
> "엇더케요?"
> "교육으로, 실행으로"[12]

이 유명한 여관에서의 문답 장면은 거룩한 명령을 내면화한 형식이 그 명령을 발행한 주체의 대변자로 나서고 화자가 또 그를 대변하는 양상을 보인다. 다른 답은 있을 수 없었다. 이형식을 중심으로 여러 인물들은 전적인 감응에 이르고 있는 것이다. 긍정 인물의 감응이 이미 약속된 것이라면 이 문

---

12) 같은 책, 544~545쪽.

답은 오히려 화자와 독자 사이의 것이다. 격앙된 감격 끝에 그들 모두가 울음을 터뜨리는[13] 집단적 의식(儀式)으로 이야기는 종결된다. 이어 수년의 시간이 흐른 시점에서 화자는 주인공들의 발전상을 비추며 조선의 미래가 밝을 것이라는 확신에 찬 예언을 덧붙인다. 화자는 문명과 과학의 약속을 보증하고 있는 것이다.

감각적 확장의 기획이 정서적 감응을 요구하는 결말에 이른 원인을 주제의 강박에서 찾는 것은 불가피할 듯하다. 서구와 제국주의라는 강력한 타자의 존재가 현실적인 위협으로 다가온 상황에서 교육은 근대의 공포를 벗어나려는 거대한 은유였다. 이 공포가 절박했던 만큼 교육과 계몽을 통한 비약의 꿈은 그것을 실현할 강력한 권위적 주체를 고대했다. 주제의 강박은 이런 긴장 상태를 반영한 것이었다. 교육 계몽은 이미 신소설의 주제이기도 했지만 앞서의 소설들과 비교할 때 『무정』의 소설적 육체는 상대적으로 풍성하다. 그 풍성함이 어느 정도 주제의 무게를 감당했다는 점은 실로 『무정』이 갖는 의의다.

그러나 이형식으로 형상화된 계몽 주체는, 그가 민중에게 주어야 할 것이 단지 문명이고 과학일 뿐이었다는 점에서 식민 주체로부터 스스로를 분리해 낼 수 없었다. 문명과 미신을 가르고, 미신에 빠져 있는 한 성인이 될 수 없다고 선언하며 피식민지의 미개한 민중을 성인으로 키울 의무를 자임한 것은 바로 식민 주체가 아니던가. 이 소설 안에서 유린된 민족(영채)에게 식민 주체에 의한 교육을 받아들이느냐 거부하느냐 이외의 다른 선택은 불가하다. 그리고 그것은 이미 선택의 문제가 아니었다. 소설에서 그려진 남

13) "…… 영채도 선형의 손을 마조 쥐며 더욱 눈물이 쏘다진다. 형식도 울엇다. 병욱도 울엇다. 마참내 모다 울엇다." 같은 책, 554쪽.

녀 관계는 지배와 복종의 권력 관계로 또한 읽어야 할 것이거니와, 교육 계몽을 거룩한 사명으로 간주하는 도덕적 엄숙주의 역시 유린된 민족이라는 여성의 것이 아니라 문명과 과학을 갖는 성숙한 남성(식민 주체)의 것이다. 화자의 권위는 교육 계몽의 긴급성에 연유하는 것이기에 앞서 식민 주체의 권력적 지위에서 비롯되는 것이었다. 이렇게 보면 왜 감각적 탐구가 중단되었던가는 설명된다. 감각적 탐구가 변화 과정 속의 복합적인 여러 관계들과 그것의 일방적이지 않은 작용을 드러낼 때, 가르치고 배우는 지배와 복종의 틀은 흔들리게 될 것이었다. 『무정』이 주제 소설인 것은 문명화라는 목적을 향한 한 방향의 시간 안에 모든 것을 가두고 만다는 점에서 확인된다. 화자가 권위적 주체의 대변자로 나서는 지점은 아마도 프로스페로가 되려는 캘리번, 그렇기에 더욱 복잡한 내면을 가질 수밖에 없는 이형식에 대한 탐구를 중단하는 지점이 아닐까 한다.

『황혼』— 인물의 위계와 화자의 자리

주제 소설이 인물들을 '필연적' 행로 안에 가둠으로써 다른 탐색을 불가능하게 하는 서사적 구속을 진행시켜 온 과정은 역사의 긴급한 명령들이 사상적이고 이념적인 구획 및 배제를 진행시킨 과정이기도 했다. 명령을 발행하는 권위적 주체는 구획의 주어이자 동시에 배제의 주어였다. '안'의 구획이 곧 '밖'의 배제를 의미하는 상황에서 어떤 선택을 하고 어느 편에 서느냐는 모든 것을 결정하는 요인이 되었다. 소속은 배제를 통해서 확인될 것이었고 배제를 위해서는 또 소속을 분명히 해야 했는데, 그 방법은 무엇보다 주체의 요구를 충실히 따르는 것이었다. 서사적 구속이란 주체의 요구가 화자와 인물들에게 그대로 관철된 결과였다. 주체의 요구에 부응하는 것,

즉 소속을 분명히 하는 것은 흔히 도덕의 문제였을 뿐 아니라 나아가 존재의 문제가 되었으니, 이는 구속을 강화하는 요인으로 작용했다.

화자가 주체의 충실한 대변자이고자 할 때 그는 주체가 제시하는 목적을 의식적으로든 상상적으로든 선취한 존재여야 한다. 이야기에서 목적은 실현되거나 목적의 실현이 예견되어야 했기 때문이다. 인물들이 이르러야 하는 종국이 정해진 상황에서 화자는 인물들을 조종하고 그들이 주체의 의지를 구현토록 해야 했다. 주체와 화자 그리고 인물들의 관계는 일종의 권력 관계를 구성해 보이는 것이었다. 개별적으로 존재할 수 없는 인물들은 판박이가 될 수밖에 없다. 그러나 그가 주체의 적자(嫡子)일 때 그는 화자의 권위를 대신할 수도 있다.

1920년대 초반 민족 문제가 계급적 관점에서 접근된 이래 계급적 대결의 이야기는 최근까지 여러 소설들에서 반복되어 왔다. 그것이 프롤레타리아 이데올로기에 의해 가장 옳게 그려질 수 있는 것이었다면, 이 '과학'에 근거한 계급적 대결의 이야기는 여러 이야기들 가운데 하나가 아니라 유일한 이야기여야 했다. 그러나 '과학'의 진리성은 궁극적으로 프롤레타리아가 승리하는 미래를 통해 입증될 것이었으므로, 또한 불가피하게 신념의 대상일 수밖에 없었다. 신념의 시간은 의지적 주체를 상상하게끔 한 시간이었다. 이야기 안에서 프롤레타리아는 복음의 실현을 약속하는 증거로 부각되어야 했다.

한설야의 장편 소설 『황혼』(1936)은 식민지 시대 노동 소설의 백미로 평가되었던 것이다. 계급적 대결의 이야기를 펼친 여러 프롤레타리아 소설들은 대개의 경우 뚜렷한 목적 아래 전언의 효과적인 제시를 의도한 것으로, 주제 소설의 면모를 보인다. 『황혼』의 긍정적 주인공 '준식'과 같은 인물의 임무는 잠시도 신념을 잃지 않음으로써 미래의 승리를 확신하게 하는 것이었다. 한설야는 한국전쟁 이후 적지 않게 고쳐 쓴 개작본을 내는데,[14] 개작본에서는 권위적 주체와 긍정 인물의 관계가 보다 더 선명히 드러나고 있다.

　『황혼』에서도 이야기의 중심 내용이 되는 것은 인물들의 성장과 배움의 과정이다. 하지만 배워야 할 것이 정해져 있고 목표 또한 주어져 있는 상황에서 성장은 개별적인 탐구라든가 성찰의 과제일 수 없다. 성장의 과정은 주체의 명령을 좇는 도제 수업의 과정이었다. 도제들은 사이에도 수업의 속도가 각각 다를 수밖에 없고, 또 수업의 과정은 옳은 것이 조금이라도 그렇지 못한 것으로부터 구분되는 과정이어야 했으므로 인물들의 서열은 매우 중요한 문제가 된다. 이미 완성된 도제로서의 긍정적인 주인공과 긍정적으로 변모하는 인물, 여기서 낙오하거나 전혀 반대편에 서 있는 인물들의 구분은 분명해야 했던 것이다. 첫 번째는 두 번째를 인도하는 역할을 맡아야 했다. 그러나 세 번째 부류에 대해서는 어떤 동정의 여지도 남겨두어서는 안 되었다.

　『황혼』의 인물 관계에서 단연 중심에 서는 것은 준식이다. 준식은 믿음 넘치는 교사로서, 갖가지 유혹에 노출되어 방황하는 '여순'을 돕고 다른 노동자들 역시 바르게 인도하는 역할을 수행한다. 준식은 완성된 도제다. 여순과 준식 가운데 누구를 주인공으로 보아야 할 것인가를 놓고 벌어진 작은 논란[15]은 성장의 과정에 초점을 맞추어야 하느냐 사상적으로 옳은 입장을

---

14) 개작 시기에 관해서는 김병길, 「'황혼' 개작본을 소개하며」, 『개작본 황혼』(국학자료원, 1999).
15) 김명수는 변모·발전하는 형상으로서 여순을 주목해야 한다는 입장에서 준식을 주인공으로 본 안함광의 견해를 반박했다. 안함광, 「조선에 있어서의 사회주의 사실주의 문학의 발생과 발전」, 『조선어문』 1956년 3월호; 김명수, 「문학예술의 특수성과 전형성의 문제」, 『조선문학』 1956년 9월호.

견지하는 지도적 역할에 비중을 두어야 하는가를 물은 것일 수 있지만, 도제로서의 서열상 준식은 가장 앞에 놓이는 인물임에 틀림없다. 소설의 앞부분에서 여순은 은근히 서로 호감과 애정을 갖는 사이인 '경재'로부터도 지적 자극을 받는데, 물론 그것은 잘못된 배움의 관계로 판명되어야 했다. 비판적 부르주아 지식인 경재는 계급적 배경과 심정적 지향 사이에서 방황하는 자각적 경계인의 분열된 내면을 보여주지만, 이 구획과 배제의 역학에서 그가 설 수 있는 가운데란 존재하지 않는다. 여순은 경재와 자신의 구별을 확인한다. 경재로부터 배울 수 있는 것은 없고, 그의 길과 자신이 가야 할 길이 반대의 방향임을 밝히는 것이 여순의 임무였다. 애당초 적대적인 진영에 서 있는 '안중서'나 '김재당', 그리고 안중서의 부화한 딸 '현옥'과 같은 인물들이 변모될 여지는 조금도 없다. 그들은 터무니없고 추악한 반면교사일 뿐이다.

그러나 이 소설의 인물들이 모두 기호로 환원되는 것은 아니다. 이 소설은 또 청춘 남녀의 애정 관계를 부속적인 이야기로 하는 것이어서, 그들의 속내와 대화 장면을 그리는 데 많은 분량을 할애하고 있다. 여순과 경재 그리고 현옥 간의 감정적 갈등과 번민은 섬세하게 묘사되며, 세속적 노동자 '정님'이나 그런 정님이를 좋아하는 진지하고 어리석은 '학수'의 성격적 상모 역시 구체적인 만큼 인상적이다. 이런 점은 『황혼』이 성취한 리얼리즘의 수준을 보여주는 것으로, 화자가 인물들에 대해 일정하게 객관적 거리를 유지한 결과다. 하지만 개작본에 이르면 이 거리는 깨어진다. 더불어 인물들의 형상 역시 큰 차이를 보인다.

야욕을 채우려 덤비는 안중서를 피해 사무원을 그만둔 여순이가 준식을 찾은 장면에서 여순에게 노동자가 되기를 권고하는 준식의 목소리는 퍽 조심스럽다. 사무원 생활을 해온 여순과의 관계가 서먹해졌고 그녀가 아직 마음의 갈피를 못 잡고 있는 것을 알고 있었기 때문이다. 화자는 중간의 자리란 있을 수 없음을 거듭 강조한다. 그러나 어쨌든 결정은 그녀가 내려야 할 것이었다.

> 사람은 항상 우이만 처다보기 쉬운 것이요 아래를 내려다보길 싫어하는 법이다. 더군다나 여순이 같이 사회상의 처지가 위로 올라가기도 힘들고 그렇다고 아래로 떨어지기도 싫은 중간에 선 인간은, 그리고 사회 전체가 커다란 이상을 잃어버린 음울한 세대에 처한 인간은 그저 중간에서 어름어름하다가 그 전도를 어둠에 던져버리는 위험이 다분히 있는 것이다.
> 준식은 자기가 생각하는 바를 솔직히 여순에게 말하고 싶었으나 오래 동안 처지를 달리하던 사람에게 무중 그렇게 내대기도 무엇해서 늘 암시에만 끈처왔다. 그리며 여순의 맘에 스스로 무슨 결심이 서 주기를 기다렸다.[16]

화자는 중립적 입장에서 준식의 생각을 객관화하고 있다. 반면 개작본의 이 부분은 사뭇 다르다. 중간의 자리란 있을 수 없다는 화자의 말은 준식이 하는 말로 바뀌었다. 준식의 권고는 단호해서 명령에 가깝다. 여순의 선택은 이미 결정된, 필연적인 것이다.

> "나는 려순씨가 공장으로 들어올 것을 권고하오. 사람은 항상 우만 처다보기 쉬운 것이요. 아래를 내려다보길 싫어하는 법이요. 그래서 발은 흙 속에 두고 머리는 구름 속에 있어서 자기분해가 되어버리오. 더구나 려순씨같이 사회상의 처지가 우로 올라가기도 힘들고 그렇다고 아래로 떨어지기도 싫은 중간에 선 사람은, 그리고 사회 전체가 커다란 리상을 상실한 음울한

---

16) 한설야, 『황혼』(영창서관, 1940), 421쪽.

세대에 처한 인간은, 그저 중간에서 어물어물하다가 전도를 어둠에 던져버리는 것이요. 그러니까 자기 설 자리를 바로 잡아야 하오. 지금 올려다 뵈는 것이 반드시 높은 것이 아니고, 또 지금 내려다 뵈는 것이 결코 낮은 것이 아니요. 요는 어느 것이 전도 있는 것인가, 발전할 것인가…… 이것을 보아야 하오. 그래서 나는 려순씨에게 공장을 권하는 것이요."[17]

준식이 권고가 아닌 명령을 하는 것은 미래의 승리에 대한 확고한 믿음을 갖기 때문이다. 개작본의 여순 역시 준식을 찾아올 때 이미 마음의 결심을 한 상태였다. 여순은 더 이상 경계인이 아니며 따라서 준식이 머뭇거릴 이유도 없는 것이다. 준식의 말은 그녀의 결심을 확인시키는 것이었다. 어떻게 그녀는 원본에서와 달리 노동자가 되는 선택을 두고 주저하지 않을 수 있었던가? 준식은 애당초 동요하지 않는 믿음의 형상이었다. 원본에서도 그는 내면의 분열이 있을 수 없는 충족된 인물로 등장하지만 개작본에 이르면 그의 자리는 더욱 공고한 것이 된다. 물론 그는 여순의 마음을 돌려놓는 데 결정적 역할을 했다. 그러나 개작본에서 준식의 영향이 더 크게 작용한 이유는 다른 데서 찾아야 한다.

원본과 개작본에서 드러나는 차이는 무엇보다 개작본에 새롭게 등장하는 박상훈이라는 존재를 통해서 설명될 수 있다. 원본에 없던 인물 '박상훈'은 준식 등을 지도하는 오르그인데, 모든 문제에 대해 옳은 답을 주는 그는 지극히 추상적으로 그려졌다. 준식조차 그가 누구이고 어디서 왔는지를 모르고 있다.[18] 그러나 박상훈을 새로 만들어넣은 의도는 어느 정도 명백하다. 북지에서 파견된 그는 김일성이 이끈 북만에서의 항일 무장 투쟁이 국

---

17) 한설야, 『황혼』 (작가동맹출판사, 1959), 현대조선문학선집 제16권, 305쪽.
18) "준식이들은 자기의 올그가 어디서 왔는지 어디 묵고 있는지 그런 것은 전혀 알지 못했고 알려고도 하지 않았다." 같은 책, 89쪽.

내의 모든 혁명 운동을 지도한 원류였음을 주장하고 있는 것이다. 이미 김일성과 그가 펼친 혁명 운동이 민족 해방 운동의 주체이고 주류로 간주된 상황이었으니, 박상훈은 주체의 신비한 그림자였다.

구체적인 인물로 드러나지 않는 이 모호한 존재는 절대적 권위를 매개하는 정통한 전신자의 역할을 하고 있는 것이다. 준식은 이 그림자를 매개로 주체에 근접한 것이며, 이로써 화자의 권위에 육박할 수 있었다.

개작본 『황혼』에서 화자와 인물의 거리를 흐리게 한 것은 주체의 진입이다. 원본이 연재된 당시와 개작본이 나온 시기의 이념적 지형은 크게 다른 것이었다. 개작본은 분명한 인격적 주체가 등장한 가운데 씌어졌다. 그리고 이 점이 바로 개작의 이유였다. 인물들의 서열과 위계가 오직 주체에 근접하는 정도에 따라 결정되는 상황에서 인물들의 독자성은 사라질 수밖에 없다. 인물이 화자의 말을 대신한 것도 이런 관점에서 볼 필요가 있다. 가야 할 길이 정해져 있는 인물들의 이야기를 서술하는 화자는 그들의 이야기가 필연적으로 귀결될 지점을 알고 있는 자다. 그런데 인물 또한 이야기의 끝을 선취한 것이다. 때문에 권위적 인물이 권위적 화자를 대신하는 양상이 초래될 수 있었다. 그러나 이 상황에서는 이미 화자도 인물도 사라지고 없다. 단성주의의 지배 아래 남는 것은 궁극적이고 유일한 발화자뿐이다.

북한 소설—화자의 소거

북한 문학의 출발점에서부터 김일성은 항일 무장 투쟁을 이끈 위대한 장군이자 민족을 도탄에서 구하고 새 국가 건설의 길을 연 인민의 지도자로 그려졌다. 이후 북한 문학의 역사는 그의 형상이 더욱 구체화되며 그의 권위가 보다 절대화되어 간 과정을 보여준다. 대표적인 예로 들 만한 것은 주체 시대(1967~)에 들어 씌어지기 시작해 오늘날도 그 수를 보태고 있는 '불멸의 력사'이다. 김일성의 혁명 역사를 시기별로 나누어 그린 이 장편 소설 총서는 허구가 아니라 모두 사실(史實)을 형상화한 것으로 간주되었는데, 그 방대한 분량은 '수령 형상'이 아무리 재능 있는 작가라도 다 그려 낼 수 없는 심오하고 풍성한 인간성과 정치성을 갖는다[19]는 이유에서 기획된 것이었다. 숱한 사건들과 갖가지 삽화들이 이어지는, 소설로 씌어진 역사를 통해 김일성은 줄곧 경건한 탐구의 대상이 되었다. 이 경쟁자 없는 주인공은 해방과 구원의 주체였다. 이야기 안에서 그는 모든 존재의 근원이기도 해서 다른 긍정 인물들은 그에 근접하는 정도나 그에 대한 충실성 여부에 따라 의미와 위치를 부여받으며, 오직 그를 통해서만 사고하고 행동해야 했다. 언제나 한 치의 착오도 없이 시대의 본질과 역사의 합법칙성을 꿰어 읽는 그를 역사 속의 인물로 볼 수는 없다. 오히려 그는 역사를 이끄는 정신이었다. 그의 일대기는 곧 민족 투쟁사의 정수이자 당의 역사였다. 오늘날까지 그는 감히 토론이나 비교의 대상일 수 없는 유일무이한 최고의 인격이다.

최고의 인격인 수령은 오직 믿고 따라야 할 존재다. 직심(直心)으로 그의 가르침을 좇는 것만이 결코 도달할 수 없는 높이를 우러르는 길이었으며, 그에게 모든 것을 맡기는 전적인 의탁은 이 절대자를 모시는 최선의 태도가 되었다. 어떻게 이런 현상이 초래되었는가? 이것은 과연 누구의 기획이었던가? 김일성이 특별한 인격적 주체로 형상화되는 과정에서 무엇보다 중요한 부분은 그가 고상한 도덕성을 구현한 유례없는 인물로 그려졌다는 점이다. 그는 천재적 전략가였고 명쾌한 이론가이자 독보적 사상의 창시자였지

---

19) 윤기덕, 『수령형상문학』 (문예출판사, 1991), 224~233쪽.

만, 그를 인민의 지도자로 만든 것은 위대한 도덕성이었다. 그의 권위는 도덕적 숭고함의 등가물로 간주되었다. 도덕성의 아우라를 통해서 그는 모든 부도덕한 강압과 수탈로부터의, 그로 인한 사무친 고통으로부터의 해방을 약속하는 주체로 나설 수 있었던 것이다. 그러나 이 위대한 도덕성은 부도덕한 시대가 상상케 한 것이었다. 부도덕한 시대의 도덕성은 쉽게 구속의 고리가 될 수 있었다. 도덕적 구속은 부도덕한 시대의 기획이었다.

수령을 인격적 정점으로 하는 주체의 인간학에서 그의 기대를 저버리는 것은 인간으로서 있을 수 없는 일이다. 수령의 은정(恩情) 앞에 감격과 동시에 '송구함'을 느끼는 것은 인간의 도리였다. 수령은 우러러보아야 할 높은 존재였지만 수령을 향한 열광적 숭모의 감정은 '사랑'으로 뭉친 대가정의 이상처럼, 집단적 혼연일치를 지향함으로써 자신을 잊는 나르시시즘을 유도하는 것이기도 했다. 집단적인 자기 몰각의 나르시시즘은 전적인 의탁의 한 방법이었다.

수령의 내면은 엄격하면서 온화하고 의지적이면서 자애로운 등 전 방위의 면모를 갖는 것으로 그려졌다. 이는 집단적 나르시시즘을 위해 고안된 장치일 가능성이 있다.[20] 동일시가 매혹을 조건으로 하는 것이라면 수령 형상의 풍성함은 매혹의 대상이 결코 고갈될 수 없음을 알리는 것이었다. 한없이 고상하지만 또 지극히 인간적인 이 주인공은 상상된 인격의 최고치로서, 전방위의 면모는 동일시를 고정하는 장치였다. 동일시의 대상과 방향이 고정된 상황은 정치적 억압의 가능성을 극대화하는 것이다. 주체에 대한 재고나 이를 위한 상호 소통을 애당초 불가능하게 하는 탓이다. 서사적 구속은 그것의 결과이자 동시에 원인이었다.

---

20) Gary J. Handwerk, *Irony and Ethics in Narrative* (Yale Univ. Press, 1985), p. 114·141.

직접 등장하건 그렇지 않건 수령이 이미 소설의 궁극적 주인공일 수밖에 없는 상황에서 권위적 화자 내지 인물의 역할과 비중은 줄어들 수밖에 없다. 전적인 의탁이란 대변자의 권위조차 부정하는 데 이를 경지이기 때문이다. 인격적 종속은 주체 시대의 소설이 보여주는 큰 특징이다. 긍정 인물은 스스로를 지움으로써 존재의 의미를 얻는 과정을 보여주어야 했다. 자기 몰각의 필연성을 일러주는 것은 화자의 역할이 되었는데, 때로 화자가 먼저 자신이 수령에 속하는 존재임을 드러내는 경우도 없지 않았다.

　『평양시간』(최학수, 1976)은 평양시를 복구하고 건설하던 또 하나의 비약의 시기로 꼽히는 1958년 무렵을 돌이킨 장편 소설이다. 조립식으로 건축을 '공업화' 하라는 수령의 교시가 아파트 건설에서 '평양 속도' 를 달성케 했다는 내용인데, 이야기는 설계 일꾼 '문화린' 을 비추며 시작된다. 문화린은 문득 자신이 수령의 교시와 어긋나게 생각했고, 따라서 자신의 설계가 잘못된 것이었음을 깨닫는 것이다. 조립식 건물은 단순하기 때문에 미적 가치가 적다고 여겼던 것이 그의 과오였다. 화자는 그가 낡은 서양 건축의 영향을 벗지 못했고 개인적 공명심에 차 있었음을 지적하며 이를 과오의 원인으로 진단하지만, 정작 조립식이 효율적일 뿐더러 건축미 역시 보장하는 방식이라는 판단의 근거는 누구에 의해서도 제시되고 있지 않다. 설계자인 문화린조차 수령 앞에서는 전문가일 수 없다. 사실 문화린의 잘못은 기술적인 데 있기 이전에 수령의 신임을 배반했다는 데 있는 것이다. 그는 자신이 저지른 큰 죄 앞에 전율한다. 화자는 그를 꾸짖는다. 이제 문화린은 마땅히 과오를 뉘우치고 수령의 가르침이 옳음을 증명해야 했다. 그는 스스로를 질책해 마지않는데, 그 목소리는 이미 화자의 것이거나 화자에 의해 강요된 것이다. 자기 비판을 했다는 남편을 다그치는 아내의 절규에 관철되고 있는 것 역시 죄와 구원에 대한 준엄한 심판자의 입장이다.

"그렇더라도 자기의 잘못을 남김없이 털어 놓구 검토하세요. 그래도 괴롬
은 당해야 해요. 당신이 죄진 이상 당신도, 그리구 저도 마음의 고통을 당해
야 해요. 모질게 당할수록 다시는 죄를 짓지 않으려는 결심도 굳을 거예요.
어쩌면 당신은… 그렇게 크나큰 믿음과 배려를 받으시구두… 그러셨어
요?!"[21]

문화린은 조립식 건설에 떨쳐나선다. 그것은 죄를 씻는 참회의 길이다.
화자는 문화린이 다시 수령의 품속으로 돌아가는 과정을 감독하는 인도자
이다. 수령에 대한 존대는 주체 시대 소설의 일반적인 화법이거니와, 이 과
정에서 화자는 끊임없이 수령을 칭송하는 코러스로 개입한다. 해마다 홍수
를 겪는 보통강 유역을 공원으로 바꾸는 계획을 교시하는 수령 앞에서 감격
에 떠는 문화린의 내면은 이 코러스에 의해 대변된다.

다함없는 사랑! 자애로운 어버이!
인민에게 돌려주시는 자애로운 어버이 위대한 수령님의 사랑, 그것은 날
이 가고 달이 가고 해가 갈수록 커만 지나니 그 사랑의 높이, 그 사랑의 깊
이는 얼마며 그 끝은 어데이랴?
한평생 인민을 위해 자신의 모든 것을 바쳐오시는 어버이 수령님!
수령님 계시기에 인민의 행복이 있고 수령님 계시기에 지옥 같던 이 땅이
찬란한 낙원으로 천지개벽함을 문화린은 가슴 뜨겁게 느끼었다.[22]

과연 이 코러스는 화자의 것인가? 공식적인 찬양의 목소리만이 남은 곳

---

21) 최학수, 『평양시간』 (문예출판사, 1976), 55쪽.
22) 같은 책, 243쪽.

에 화자는 이미 사라진 것이다.

'소설의 위기' 론과 관련하여

거듭 지적했지만 주제 소설은 서사적 자유를 제한하는 점에서 억압적인 것이다. 다른 이야기를 할 권리의 요구가 곧 정치적 권리의 요구를 의미한다고 할 때[23] 이 억압은 정치적인 억압이다. 주제의 장악이 결국 주체에 의한 전적인 지배에 이르는 과정, 이로써 인물이 익명화되고 화자 역시 공식적 목소리의 대변자나 역할을 하게 되는 것은 억압의 진행이 초래한 결과다.

역사의 명령을 발행하는 주체는 동원의 주체였다. 주제 소설은 이 동원의 시대를 대표하는 장르다. 그러나 동원의 어떠한 명분도 이런 결말을 정당화해 줄 수 있는 것은 없다. 권위적 주체는 절멸의 공포와 정체성의 확보를 위협하는 혼돈 속에서 출현했다. 그런데 그것은 다시 카오스의 상황을 빚어냈다. 나는 공포와 혼돈이야말로 그것의 진정한 정체가 아닐까 생각한다.

포스트모던을 외치는 오늘날, 인물들을 가두었던 이야기가 더 이상 유효한 것일 수 없다는 판정은 이미 자명한 것인 듯하다. 해체의 독법 안에서 이야기의 지배나 이를 통한 권위적 주체의 군림은 유지되기 어려운 것이다. 문화적 지구화가 문화적 혼종성(hybridity)을 일층 심화시켜 갈 것이 분명하다면 주체를 중심으로 한 구획의 경계 긋기란 자의적일 뿐 아니라 의미 없는 것이 될 가능성이 크다. 과연 주제 소설의 시대는 끝났는가?

---

23) David Carroll, "Narrative, Heterogeneity, and the Question of Political; Bakhtin and Lyotard," Murray Kriger, ed., *The Aims of Representation* (Stanford Univ. Press, 1987), p. 75.

그러나 주제 소설의 '위기'가 또한 소설의 위기이기도 하다는 것은 아이러닉한 일이다. 자아와 세계를 일관되게 제시할 수 있는 이야기가 더 이상 불가능해졌고, 따라서 이야기는 이제 이야기를 거부하는 이야기(anti-narrative)가 된다는 진단[24]이 소설의 위기를 논하는 한 근거인데, 주제 소설이야말로 이야기의 개진을 차단한 것이었기 때문이다. 주제 소설이 과연 소설이냐 아니냐는 문제를 제기한 나에게 소설의 위기와 주제 소설의 '위기'는 마땅히 구분되어야 할 것이다. 과연 소설이 위기에 당면했다면 이 상황은 서사적 구속의 역사와 관련하여 설명될 필요가 있다.

24) Richard Harvey Brown, "The Position of Narrative in Contemporary Society," *New Literary History* vol 11, Spring 1980, p. 545.

서사적 구속의 양상

'민족'이라는 주어

지난 세기 동안 민족은 부도덕한 침략자에 맞서는 저항적 주어로 내세워져 왔다. 민족을 주어의 자리에 놓으려는 것이 넓은 의미의 민족주의라면 한국에서 민족주의는 여전히 광범하고 지배적인 경향임에 틀림없다. 그러나 민족주의가 앞으로도 계속 '밖'과 맞서는 전략적 기반일 수 있을 것인가 하는 의혹 또한 떨치기 어려운 것이 오늘의 상황이 아닌가 한다.

내가 이 글에서 다루려는 주제는 민족을 주어로 하는 저항 담론이 내부적인 억압의 수단으로 고착되었던 과정에 관한 것이다. 역사 쓰기를 비롯한 문화적 구성의 방식을 통해 하나의 기원과 유구한 내력을 갖는 공동체로서의 민족을 상상케 한 민족 이야기는 민족의 '안'과 '밖'을 선명히 구획하는 것이었다. 민족의 면면한 역사를 이어가는 일이 절대적 과제로 주어지고 이런 입장에서 '밖'에 맞서는 '안'의 결속이 줄곧 강조되었던 가운데, 억압의 구조는 이미 마련되었다고 보아야 한다. 민족 이야기는 선택 사항이 아니었으며 따라서 거부도 불가능했다. 이 글은 특별히 민족 이야기에 의한 억압이 서사적 구속을 진행시킨 부분을 조명하게 될 것이다.

민족 이야기가 그려낸 세계는 서사적 구속을 통해 고착될 수 있었다. 어떤 서사적 특징들이 구속을 수행했는가 역시 이 글의 분석 대상이다. 서사적 구속의 원인과 결과에 대해 말하기 위해서는 민족이 주어로 구성되는 과정 전반의 검토가 필요하겠지만, 여기서는 남북한이 약속이나 한 듯 국가적 동원 체제를 더욱 공고한 것으로 만드는 1960년대를 전후한 무렵에 시야를 국한하고자 한다. 국가적 동원 체제의 강화와 서사적 구속 사이엔 일정한 관련이 있을 수 있다. 반종파 투쟁 이후 천리마운동이 시작되는 북한의 경우는 이를 분명하게 보여준다. 나는 천리마운동 시기에 씌어진 한 단편을 집중적으로 다룰 것이나 남한 문학의 일각 역시 그에 비추어보려 한다.

북한에 대해 말하는 것이 동시에 남한에 대해 이야기하는 것일 수 있다는 점은 내가 이곳저곳에서 주장한 바다. 해방 이후 서로 반목하며 경쟁해 온 남북한은 모두 민족을 앞세워왔다. 오랫동안 북한에게 남한은 민족의 원수인 미국에 의해 오염된 땅이고 남한에서 북한은 민족을 등진 최악의 '공산도배'가 똬리를 틀고 앉은 곳이어서, 서로는 서로에게 다만 철저히 배제되어야 할 타자일 뿐이었는데, 오늘날 이 역설적 관계는 민족은 물론 그것이 분리해 낸 타자 역시 얼마나 상상된 산물이었던가를 확인시키는 증거로 읽어야 할 것이 아닌가 싶다. 민족 정기의 수호가 끊임없이 외쳐졌고 민족 반역을 단죄하는 소리는 그치지 않았지만, 남북한 어느 곳에서든 민족의 오롯한 결합은 항상 먼 목표였다. '안'을 지키는 일이 그토록 강조되어 왔지만, 국가가 줄곧 '서민'들을 상대로 갖가지 사기를 쳐온 남한이나, '우리 식으로 살자'면서 몇 년째 끔찍한 식량 위기를 해결하지 못하는 북한을 두고 볼 때 지켜야 할 '안'이 과연 무엇이었나를 되짚어보는 일은 이제 불가피하다.

여기서 적어도 말할 수 있는 것은 남한은 물론 북한에서도 '안'과 '밖'의 경계란 애당초 분명한 것일 수 없었다는 점이다. 전 지구적으로 이루어지는 생산과 유통이 민족 국가의 법적이고 정치적인 경계를 무효화하는 오늘의 현실은 그것의 경계가 자명하고 굳건하다고 여겨온 긴 과정의 불가역적 결과다.[1] 민족주의의 융성을 보장한 민족 국가의 시대는 그것의 쇠퇴로 이어지는 시간 속에서 파악되어야 할 것이다. 나는 남북한이 맞서온 과정 역시 이런 관점에서 보아야 한다고 생각한다. 남북한이 서로간의 울을 높이며 국가적 동원 체제를 강화한 것은 결코 민족 융성의 기반을 닦기 위한 것이 아니었다. 부도덕한 '밖'을 배제하고 '안'을 도덕화하려 했음에도 불구하고 남북한 어느 곳에서도 도덕이 성취되었던 적은 없었다. 남한에서 '안'은 이미 오래전부터 무자비한 경쟁의 공간이었거니와, 여전히 문을 닫고 있는 북한 또한 '따뜻한 안'을 지키는 데 성공한 것은 아니다. 최근 남북한 사이에 조성된 불확실한 화해의 기류는 통일을 바라는 남북한 민중의 간절한 염원이 드디어 효력을 발휘한 것도, 남북의 지도자가 민족 대단합의 역사적 용단을 내려 얻은 성과도 아니다. 그것은 오히려 민족의 이름으로 서로를 배제해 온 구획의 경계가 더 이상 지탱될 수 없는 데 따른 것으로 설명되어야 한다. 미사일 방어 체제의 설치를 강행하려는 미국의 입장이나 역사 교과서의 '왜곡'을 시정 못하겠다는 일본 정부의 태도를 남북한이 다르지 않은 적의 위협 속에 있음을 일깨우는 증거로 읽을 수도 있겠지만, 그것이 과연 민족의 결속을 통해 해결될 문제인가에 대해 나는 회의적이다.

서사적 구속은 저항적 주어에의 복속을 마땅한 것으로 전제하거나 요구함으로써 이루어졌다는 것이 나의 견해다. 저항적 주어에의 복속은 민족적인 형식('한국적 민주주의'나 '우리 식' 공산주의와 같은 것으로 나타난)을 정착

---

1) Michael Hardt·Antonio Negri, *Empire* (Harvard Univ. Press, 2000), p. 336.

시키기 위한 관건으로 간주되기도 했다. 그러나 그것이 확고한 정체성을 부여하리라는 환상은 모두가 낱낱으로 흩뿌려지는 존재의 망실에 대한 두려움을 통해 또한 유지되었던 것이다. 나는 이런 공포가 저항적 주어와 배제되어야 할 위협적 타자의 공모에 의한 것이 아닌가 의심한다. 타자의 흉악한 얼굴은 '거룩한' 민족이 언제나 필요로 하는 그림자였다. 서사적 구속이 어떻게 진행되었던가를 탐색할 때 혹시 이 공모가 일어난 장소는 포착될 수 있을지 모른다.

1960년대: 강화되는 동원 체제와 민족 이야기

스탈린이 죽고 흐루시초프가 스탈린을 비판한 소련의 제20차 당대회 (1956) 이후 헝가리 등에서 대중 봉기가 이는 것을 기점으로 '1968'에 이르는 시기는 세계적으로 사회주의 국가에서 체제에 대한 상대주의적 인식이 확산되어 간 때다. 『이반 데니소비치의 하루』(1962)의 발표가 불러일으킨 소련 안팎의 파장[2]은 여러 예들 가운데 하나일 터이거니와, 사회주의라는 제도의 절대적 우월성에 대한 믿음이 그 제도 속에서 살아온 사람들에 의해 의심되기 시작했다면, 거꾸로 사회주의 국가로서는 제도의 우월성을 확인시키는 일이 눈앞의 과제였을 것이다. 중국에서의 대약진 운동과 이어지는 '동란의 10년'이 그러했듯, 북한에서도 1960년대는 체제의 우위를 확인하려는 무모한 '열정'의 시대였다. 1956년의 반종파 투쟁을 실질적 계기로 해서 시작되는 천리마운동은 열정의 시대를 연 대중 동원 캠페인으로서 천리마를 타고 나는 속도의 초과, 말하자면 '비약'을 표어로 내세웠다. 비

---

2) 마르크 슬로님, 『소련의 작가와 사회 1917~1977』, 임정석·백용식 옮김 (열린 책들, 1986), 361쪽 이후.

악이란 토대의 수준을 뛰어넘는 것이었으며, 이로써 '공산주의'를 달성하는 것이었다. 공산주의는 먼저 정신적으로 선취되어야 했는데 이제 공산주의 정신은 단지 '국제주의적인' 것이어서는 안 되었다. 공산주의 혹은 그 정신의 '주체적' 해석이 시도되었던 것이다. 공산주의 정신의 근거를 민족적 품성에서 찾고 품성의 '발전'이라는 관점에서 공산주의를 규정한 민족적 특성 논의(1959~1961)[3]는 그 대표적 예다. 민족적 특성 논의를 통해 공산주의 정신은 발전된 품성이 되었다. 반종파 투쟁에서 민족적 특성 논의에 이르는 경과를 조금 더 상세히 살펴보자.

스탈린 사후 소련에서 인 해빙 분위기가 북한에 미친 영향은 적지 않았던 듯하다. 북한에서도 김일성의 소(小)스탈린화가 지적[4]되는가 하면, 문학 논의에서조차 '독단주의' 배격[5]이 하나의 화두로 제기되기도 했다. 스탈린 시대가 비판되기 시작한 소련을 역시 좇으려 한 입장에서 볼 때 당장 개인 숭배는 문제시되지 않을 수 없었다. 이런 안팎의 변화에 힘입은 일단의 반김일성 세력이 1956년 8월 전원 회의에서 김일성과 당 지도부를 공격하려 한 것이 8월 종파 사건이다. 하지만 반대 세력의 기도는 무산되었으며, 오히려 이를 계기로 김일성은 정치적 장애물들을 제거하고 마침내 당내의 전권을 쥐기에 이른다.

8월 종파 사건은 국내의 권력 관계와 국제적인 변화가 맞물려 일어난 것이었다. 그리고 안팎을 가르는 담을 더 높인 것이 그 결과였다. 종파 세력을

3) 이 책의 3부에 수록되어 있는 「북한 문학에서의 '민족적 특성' 논의」 참조.
4) 이종석, 『조선노동당 연구』(역사비평사, 1995), 269~270쪽.
5) 소련에서의 '해빙' 분위기가 전해진 가운데 개최된 제2차 조선작가대회(1956년 10월 14~16일)에서 당시 작가동맹 위원장이었던 한설야는 기조 연설을 통해 드디어 '독단주의'가 종식될 날이 왔다고 하면서, '집체적 지혜'가 발휘되어야 한다는 의견을 밝혔다. 한설야는 독단주의가 무엇인지 구체적으로 밝히지는 않았지만 그것이 당시의 정치적 상황과 관련해 쓰인 표현이었음은 분명하다. 이에 관한 더 상세한 사항은 신형기·오성호, 『북한문학사』(평민사, 2000), 178~181쪽.

제거하는 과정에서 그간 김일성을 도왔던 소련과 중국의 '간섭'이 있었고 김일성으로선 이제 그로부터의 '독립'이 필요했다. 이후 북한은 소련과 중국으로부터 일정한 거리를 두고자 했는데 그 때문에라도 '주체'의 선택은 불가피한 것이 되었다. 북한의 길지 않은 역사에서 종파 투쟁은 실로 의미심장한 전환점이자 출발점이었던 것이다. 민족이라는 주어는 새삼 부각되었다. 그러나 주체의 선택에 따른 민족의 강화가 김일성이 당내의 모든 권력을 쥔 결과였다는 점은 자못 의미심장하다. 천리마운동은 이 같은 상황에서 제기되었다. 즉 주체의 길을 가야 했고 자력갱생(自力更生)이 새삼 절실한 과제로 떠오른 가운데, 사회 분위기를 생산적으로 일신하기 위해 도모된 대대적인 대중 동원의 캠페인이었다.

공산주의 건설을 목표로 하는 천리마운동의 정신은 공산주의 정신이어야 했다. 민족적 특성 논의는 민족이 품성의 수준에서 공산주의를 배태했으며 또 공산주의 이데올로기를 통해 발전해 왔다고 주장함으로써 이 정신을 주체화했다. 과연 공산주의와 민족적 품성론을 결합할 수 있었던 근거는 무엇이었던가?

해방 직후부터 김일성은 '민족의 태양'으로 불리었다. 그는 암흑의 시대를 물리치고 민족을 구한 민족의 영웅으로 등장했다. 그가 민족의 영웅일 수 있었던 중요한 이유는 물론 그가 항일 무장 투쟁을 이끌었다는 데 있었다. 그런데 그는 반제 투쟁의 최전선에 선 공산주의 빨치산 대장이었다. 정전(1953)과 더불어 백두산 너머의 동만(東滿) 일대로 항일 무장 투쟁의 전적지 답사를 계획한 대규모의 조사단이 파견되어 그 보고서가 만들어지는 것은 1956년이다.[6] 전적지 조사는 김일성의 항일 무장 투쟁사를 주체적인

---

6) 이 전적지 조사단의 단장은 송영이었다. 송영의 이름으로 출간된 보고서의 제목은 『백두산은 어데서나 보인다』(민주청년사, 1956)였다.

민족 항쟁사로 복원하는 작업을 본격화하는 출발점이 되었다. 1959년부터 출간되어 광범하게 읽히는 '항일 빨치산 참가자들의 회상기'[7] 시리즈는 무장 투쟁사를 대중화하는 데 크게 기여한 대표적 경우 가운데 하나였다. 민족 항쟁사의 주인공 빨치산들은 민족적 품성의 주인공이 아닐 수 없었다. 동시에 그들은 모두 공산주의자였으므로 민족적 품성과 공산주의 정신을 결합한 본보기가 된다.

공산주의 건설에 임해야 하는 천리마 기수의 과제는 먼저 공산주의를 정신적으로 선취하는 것이었다. 항일 빨치산이 천리마 기수가 본받아야 할 역사적 전범으로 간주되었던 것은 물론이다. 항일 빨치산이 일찍이 구현한 공산주의의 기반은 민족적 품성이었다. 이윽고 민족적 특성 논의는 공산주의자의 풍모란 계급 이데올로기와 민족적 특성의 변증법적 결합으로 파악되어야 한다는 결론을 내린다. 공산주의는 민족적 품성을 통해 구체화될 수 있었고 품성은 공산주의를 통해 발전해 왔기 때문이었다.[8] 항일 빨치산은 조선 민족의 품성을 최고 수준으로 이끌어올린 '조선의' 공산주의자들이 되었다. 빨치산들이 그러했다면 나아가 빨치산들을 지도한 김일성은 공산주의자 중의 공산주의자일 뿐 아니라 민족적 품성을 최고 수준에서 구현한, 사상 도덕적 정점을 표하는 주인공이 아닐 수 없었다. 민족이라는 대(大)주어는 공산주의 정신을 통해서 드디어 궁극적이고 유일한 주인공을 확정한 것이다. 민족적 특성 논의는 슈제트의 통합성 제고를 또한 요구했다. 주인공이 움직여나가는 이야기의 뼈대가 확고하여 모든 세부가 그에 효과적으로 종속되는 슈제트[9]는 이 주인공이 이야기 안에서 갖는 지도적 위치를 보

---

7) 당중앙위원회 직속 당역사연구소의 주관으로 1959년부터 모두 12권이 나온 회상기는 1960년대 북한에서 가장 많이 읽혔던 책이다. 더 자세한 사항은 신형기·오성호, 앞의 책, 238~239쪽.
8) 특성 논의의 결론을 정리한 글로 대표적인 것은 박종식, 「우리 문학에서 주체의 확립과 민족적 특성」, 『조선문학』 1961년 2월호.

장하기 위한 것이었다.

    종파 투쟁 이후 동원의 사상을 민족화함으로써 국가적 동원 체제를 더욱 공고한 것으로 만들며 특별한 지도자의 존재를 절대화하는 과정은 남한에서 박정희가 개발의 시대를 열며 민족적 정신 혁명을 요구했던 맥락과 비교해 볼 만하다. 미국의 원조 삭감(1957)을 계기로 한 경제적 위기가 4·19를 야기한 직접적 토대였다는 지적[10]을 따른다면 5·16 쿠데타에 의한 박정희의 등장 역시 이 일련의 과정 속에 놓이는 것이다. 제1차 경제 개발 5개년 계획이 발표되는 1962년은 이른바 정부 주도의 경제 개발이 본격화되는 해다. 그간의 정치적 부패와 무능의 일소를 약속한 박정희는 누대의 가난을 해결하는 민족적 구원자를 자임했다. 그는 스스로 의지의 화신이 되고자 한 것이다. 그가 외친 정신 혁명론 역시 동원 체제의 정점에 자신을 올려세운 것이었다.

    민족을 앞세운 동원 체제의 강화는 지도자의 위치를 절대화했다. 북한의 경우 그것은 민족 이야기의 철저한 장악—김일성을 유일하고 절대적인 주인공으로 만든—을 통해 수행되었다. 나는 천리마운동 시기에 씌어진 대표적인 소설 하나를 들어 그것의 서사적 특징을 규명하고자 한다. 천리마운동 시기의, 그리고 그 이후 상당한 시간 동안의 모든 공적 출판물들은 김일성의 항일 무장 투쟁사를 다루지 않았다 하더라도 그것과 분리시켜 읽을 수 없는 것이라고 나는 감히 단언한다. 민족을 대주어로 하는 민족 이야기는 그 주인공을 절대화함으로써 형식적으로 더욱 고착될 수밖에 없었다. 서사적 구속은 이렇게 진행되었다.

---

9) 민족적 특성 구현과 슈제트와의 관련 문제를 처음으로 거론한 이는 방연승이다. 방연승, 「긍정적 주인공 창조에서 제기되는 민족적 풍격 문제」, 『문학신문』 1959년 3월 29일자.
10) 김성환, 「4·19혁명의 구조와 종합적 평가」, 『1960년대』 (거름, 1984), 19쪽.

「길동무들」

천리마 대고조의 격앙된 분위기 속에서 발표된 김병훈의 「길동무들」 (1960)은 천리마 정신을 옳게 형상화한 수작으로 꼽혀온 단편 소설이다. 이 소설의 두 주인공, 잉어를 키워 산골 사람도 '펄펄 뛰는 생선'을 마음껏 들게 하겠다는 꿈을 안고 치어가 가득 든 초롱을 운반해 가는 양어공 처녀와, 그녀의 '젊음'으로부터 건설과 헌신의 열정을 확인하는 나이 지긋한 군당 위원장은 천리마운동의 세대론적 구도를 드러내고 있다. 기성세대를 대표하는 40대 군당위원장이 서술자로 등장해 신세대 천리마 기수를 경탄의 시선으로 바라본 것이다. 천리마를 타고 비약하는 대중 동원 기수들은 흔히 젊고 매력적으로 그려졌다. 이 소설에서도 군당위원장은 기차에 오르는 양어공 처녀를 발견하자마자 첫눈에 반하고 있다. 그러나 "깊숙한 안확 속에서 은근히 빛나고 있는 까만 눈동자"나 "균형이 잘 잡힌 날씬한 몸", "혈색 좋은 둥실한 얼굴"[11]은 거룩한 역사적 과업을 자신의 것으로 받아들인 도덕적 내면과 분리될 수 없는 것이다. 양어공 처녀의 '발랄한 생기'는 현실 속에서 일고 있는 변혁의 힘 이상을 뜻하는 것으로 읽혀서는 안 되었다. 기차가 역에 정차할 때마다 수온을 낮춰주느라 샘물을 길어와 초롱에 붓던 처녀는 물을 뜨러갔다가 기차를 놓치고 만다. 승객들과 더불어 잉어 치어와 처녀를 걱정하던 군당위원장은 다음 역에서 자진해 초롱을 들고 내리고, 이내 역 한 구간을 달려온 처녀와 만난다. 그는 그녀가 뛰어올 것을 믿었고 그녀는 그가 내릴 것을 믿은 것이다. 둘은 나란히 앉아 다음 기차를 기다리며 마음을 나눈 감격을 앞날을 향한 꿈으로 펼쳐낸다.

이 소설에서 김일성은 직접 등장하고 있지 않다. 그러나 양어공 처녀와

---

11) 김병훈, 「길동무」, 『조선문학』 1960년 10월호, 51쪽.

군당위원장이 마음을 나눌 수 있었던 것은 공산주의 정신과 민족적 품성을 최고 수준에서 결합한 주재자가 있었기 때문이다. 요컨대 그들은 충실히 감응한 형상들인 것이다. 이 소설은 거대한 인격으로 화한 동원의 권력이 개개인의 의식 깊은 곳에 거룩한 도덕 감정으로 자리잡아 규율이 자동화된 단계를 보여준다. 양어공 처녀에게선 어떤 회의나 갈등도 찾아볼 수 없다. 이런 내용이 실제로 가능했던가, 혹은 이 소설의 주인공들이 역사적 변혁의 힘들에 얼마나 접근한 형상들인가 하는 물음은 순서가 잘못된 것이다. 왜냐하면 이 '길동무들'의 존재를 먼저 담보하는 것은 이야기의 서사적 구조이기 때문이다. 「길동무들」에서 내용의 구체성이나 진실성 여부를 묻기에 앞서 살펴보아야 할 것은 서사적 구조와 그 특징이다.

천리마운동의 표어였던 비약은 시간의 단축을 뜻했다. 역사의 행정을 가파르게 상승한다는 비약의 기획은 결국 다른 목표가 있을 수 없으며 다른 선택의 여지 또한 있을 수 없음을 말하는 것이었다. 필연적으로 성취할 목표는 오직 이를 향한 매진만을 요구한다. 모두를 하나로 묶는 강력한 대주어에의 종속은 그 조건이었으므로, 마땅할 뿐 아니라 절실한 일이 된다. 공산주의는 이 대주어가 약속한 목표였는데, 비약의 동력인 정신은 모두가 대주어의 의지를 자신의 의지로 할 때 발휘될 것이었다.

양어공 처녀에 의해 '아바이'로 불리는 군당위원장의 시선은, 그가 서술자로 나서고 있음에도 불구하고 대상의 생신(生新)함에 압도된 나머지 정작 그 자신을 드러내는 기회를 갖지 못한다. 소설은 발견의 형식을 취하고 있어서 발견을 수행하는 것이 군당위원장에게 주어진 임무다. 기성세대인 군당위원장과 때묻지 않은 양어공 처녀의 대비는 그가 이 신세대 천리마 기수에게 감화되는 결말을 위한 것이었다. 군당위원장이 처녀에게서 발견하

는 것은 정신의 빛이다. 그것이 아바이를 압도케 한 정체며, 그로 하여금 초
롱을 들고 다음 역에서 내리게 한 힘이다. 정신의 빛으로 채색되었기에 문
채(文彩)는 시종 밝고 산뜻하기까지 하다. 이 소설의 진짜 주인공은 정신인
것이다. 나는 정신을 주인공으로 내세운 것, 즉 양어공 처녀를 정신의 표상
이게끔 하고 군당위원장으로 하여금 양어공 처녀를 발견하게끔 하는 것 역
시 도덕화의 작용이었다고 본다. 처녀는 물론 군당위원장 역시 도덕화된 형
상들인 것이다.

　부도덕한 침략자들과 도덕적 수난자들을 갈라낸 도덕화는 결국 품성의
승리를 기대하게 했는데, 수난자가 품성의 힘으로 민족을 구원하는 상상을
통해서 민족적 영웅은 품성의 대변자로 부각될 수 있었다. 품성의 주인공이
또한 최고의 공산주의자가 된 것이 천리마 시대다. 민족적 품성이 공산주의
정신을 통해서 발전되었기 때문이다. 정신은 새로운 품성이었다.

　비약은 혁명의 과제였지만 이미 그 혁명은 공산주의 정신을 주재하는 특
별한 개인에게 특별한 권력을 부여한 것이었다. 혁명에 참여하는 모두는 그
를 우러르고 무조건 따라야만 했다. 특별한 주재자 이외의 모든 존재를 지
우는 이 '무모한 주관주의'[12]는 도덕화라는 술어의 지배를 통해서 마련되고
강화되었던 것이다. 하나의 대주어에 의해 장악된 세계에서 이념적이거나
존재론적인 결렬은 지속될 수 없다. 여기서 소설은 결렬의 형식이 아니다.
이야기의 결말은 시작되기 전에 이미 정해져 있는 것이다. 주인공에게 다른
선택의 여지는 주어지지 않는다. 정해진 결말을 향해 가는 이야기가 단선적

---

12) Lucio Colletti, *From Rousseau to Lenin* (London : NLB, 1972), p. 222. "혁명이란 구체제를
파괴"(레닌)해야 하는 것인데 권력 형태를 바꾸지 않고 권력만 바뀌는 상황에서 초래될 수 있는 것 가
운데 하나가, 혁명과 사회주의의 본질을 특별한 정치적 개인의 권력을 확장하는 데서 찾으려는 '무모
한 주관주의' 라는 것이다.

이 되는 것은 당연한 일이다. 서사적 구속은 이런 서사적 구조를 고착시킴으로써 진행되었다.

「길동무들」의 일관되고 필연적인 이야기는 군당위원장이든 양어공 처녀든 그들이 대주어에 종속된 형상임을 새삼 확인시킨다. 고등중학교를 최우등으로 졸업한 처녀가 대학과 공장을 마다하고 고향을 지키려는 선택을 한 것은 필연적이며, 그런 처녀의 열성에 경탄을 하지 않을 수 없었던 군당위원장은 마땅히 잉어 초롱을 들고 내려야 했다. 기차를 놓친 처녀가 곧장 다음 역으로 뛰어오지 않을 수 있었겠는가? 담수 양어는 필연적으로 성공할 것이었다. 소설 속에는 강경애의 『인간문제』를 읽으면서 계급 사회의 잔인한 발굽에 짓밟혀 죽는 소설 속 여주인공의 처지에 분노하는 양어공 처녀의 모습[13]이 그려지고 있거니와, 인민들의 밥상을 풍성히 할 잉어는 고통과 원한의 역사를 이기려는 도덕적 의지 그 자체였다. 그녀가 돌이켜 비춰낸 과거는 펄펄 뛰는 살찐 생선이 넘치는 미래에 대한 예견의 정당성을 뒷받침한다. 인민들이 겪은 고통과 원한을 갚아야 하는 것은 이 소설의 인물들이 회피할 수 없는 시대의 사명이었다. 이 이야기에는 오직 하나의 시간만이 존재한다. 그것은 대주어에 의해 해석되고 대주어의 약속이 실현되는 시간이다. 명백한 과거와 확고한 미래로 이루어지는 이 시간은 사명을 부여받은 도덕화된 시간이기도 하다.

결국 이런 서사적 전개에서 인물과 사건들은 전언을 담보하는 이야기의

---

13) "아바이… 어떻게 선비(『인간문제』의 여주인공—인용자)가 죽을 수 있단 말야요… 그 어질고 예쁜 선비가 어떻게… 뭐 때문에… 그렇게 짓밟히우구, 그리구 나중엔 세상에 났다 행복이란 그림자도 못 보구 피를 토하고 죽는단 말이에요!…", "아바이 난 이런 생각이 들어요… 이 지구 우에 고인 물은 모두가 『인간문제』의 원소(怨沼)처럼 수천 년 동안 우리 선조들의 피눈물이 고인 늪이라고 말입니다. 우리는 그 고통과 서러움의 피눈물 늪들이 원한을 풀고 흐르도록 해줘야 해요. 이 세상에 있는 착취계급이라는 그 더러운 돼지새끼들을 말짱 쓸어버려야 할 사명이 저의 세대에 맡겨진 것이라고 생각해요, 아바이…", 김병훈, 앞의 글, 57쪽.

끝에 의해 지배되고 장악된다. 등장인물들의 모든 행동은 한마음을 확인하는 결말을 위한 징조가 되어야 하는 것이다.[14] 이렇게 보면 양어공 처녀가 기차를 놓치는 것도 두 사람의 만남을 위한 기능적인 전제로 읽어야 한다. 처녀는 물론 군당위원장 역시 예정된 길을 가는 데만 충실해야 하는 형상들이다. 이 여정의 연쇄된 순서에서 이탈하는 간견(間見, flash between)[15]과 같은 것은 있을 수 없다. 탈문맥적인 묘사나 대화란 대주어가 아닌 타자의 것이기 마련인데, 이 소설의 어떤 인물에서든 대주어 안에 종속되지 않은 타자의 면모는 철저히 배제되어야 했기 때문이다. 이런 서사적 구조는 독자들도 주인공과 하나가 될 것을 요구하는 것이었다. 독자가 인물들에 대해서 갖는 허구적인 혹은 아이러닉한 거리는 마음이 일치되는 순간 사라져야 했다. 텍스트 내외의 구분조차 의미가 없어지는 것이다. 텍스트가 곧 현실이 되는 경지에서 서사적 구속은 최고도에 이르며 그 목적은 달성된다.

미래가 아직 미래이지만 등장인물들로 하여금 미래를 먼저 기록하는 의지적 예언자가 되게끔 하는 것은 무엇의 조화인가? 미래가 고정된 폐쇄적 시간 속에 모두를 가두는 일종의 운명론은 그것이 아무리 도덕적 의지의 승리를 이야기하고 있다 하더라도 전체주의적인 것이다. 서사를 경험과 사유의 개진이라고 볼 때 그 선택의 개방성을 제한한 점에서 그러하며, 결국 세계를 동형적(isomorphic)으로 제시하게 된다[16]는 점에서 또한 그러하다.

14) 이야기의 구성에서 끝이란 사건 연쇄의 결과가 아니다. 그것은 앞의 사건 연쇄에 영향을 주거나 그것을 '결정하는' 것이다.(Claud Bremond, *Logique du Récit*, Seuil, 1973, pp. 20~21 참조할 것.) 탐정 소설의 경우는 그 점을 잘 드러나는 예일 터이다. 다른 예로 요나가 고래 뱃속에서 3일을 지낸 것은 부활의 예시(Prefiguration)였다.
15) 간견(間見, flash between)은 예견(foreflash)이나 회상(flashback)에 대비되는 용어로, 굿만에 의해 사용된 것이다. Nelson Goodman, "Twisted Tales," *On Narrative*, W.J.T. Mitchell ed. (The University of Chicago Press, 1981), pp. 105~106. 대체로 사건들은 시간적 배열과 순서 안에 놓인다. 그래서 사건에 대한 서술은 예견이나 회상이 된다. 그러나 간견은 이런 시간적 연쇄를 벗어난 것이다. 간견이라는 번역은 여홍상의 것을 따랐다. 굿만, 「뒤틀린 이야기」, 석경징 외 엮음, 『현대서술이론의 흐름』, 여홍상 옮김 (솔, 1997).

이렇게 볼 때 민족적 특성 논의가 품성 논의로, 그리고 슈제트에 관한 논의로 나아갔던 것은 그야말로 필연적이었다. 명백한 과거와 확고한 미래를 갖는 시간을 서사적으로 고정시킴으로써 대주어의 지배를 재생산하는 것이 바로 수미일관한 사건 체제로서 슈제트의 통합적 단일성이었던 것이다. 이 단일성 안에서 주인공의 여정은 소설의 사상 주제를 밝히는 중심 선(線)으로서 모든 이야기와 세부를 꿰는 것이 되어야 했다. 결국 명료한 전언을 담보하는 마스터 플롯을 벗어나서는 안 된다는 요구였는데, 이는 김정일이 창안했다는 '종자'(種子)[17]론을 이미 요청한 것으로 보아야 하지 않을까 싶다. 종자란 작품이 말해야 할 전언의 내용과 이를 위한 플롯의 형태를 한정하려는 것이었다. 종자는 바로 슈제트 혹은 플롯의 사상이었다.

「길동무들」의 서사적 구조와 특징은 대주어에 의한 지배의 정도를 드러내는 것이다. 이 소설의 진짜 주인공인 정신은 슈제트의 통합적 단일성을 관철시켰다. 정신은 공산주의 정신이었고 동시에 민족적 품성의 발전태로 설명되었지만 그것을 구성한 것은 도덕화라는 술어였다. 그렇다면 도덕화라는 술어야말로 이 이야기의 근원이라 하지 않을 수 없다. 서사적 구속은 서사적 자유를 박탈함으로써 진행되는 것인데, 이는 인물과 이야기가 도덕화라는 술어의 범주를 벗어날 수 없는 상황―즉 도덕화된 인물들이 도덕적인 선택을 하고 도덕적인 결말에 이르러야 하는―이 지속된 결과일 것이

---

16) 이 부분에 관해서는 Gary Saul Morson, *Narrative and Freedom* (Yale University Press, 1994), pp. 53~55.

17) 종자란 문학 작품이라는 유기체를 발생토록 하는 씨앗이며 핵이라는 것이다. 그것은 사상 주제적 부분과 이를 형상으로 구현할 생활의 소재적 부분으로 이루어진다는 것인데, 주제와 소재는 서로 제약하고 침투하는 관계에 있으므로 양자를 통일적으로 파악하는 종자의 개념은 문학작품의 생리 구조와 그 발생 과정의 합법칙성을 밝힌 문예학 발전의 일대 사변으로서의 의의를 갖는다고 주장되었다. 사상과 생활 소재의 결합은 슈제트로 구체화될 것이었다.

다. 대주어의 지배는 도덕화라는 술어의 지배였다.

남한의 경우

   개발의 시대가 시작되는 1960년대의 몇몇 남한 소설들이 또한 드러내 보이는 주제는 정체성의 혼돈이다. 「서울, 1964년 겨울」(김승옥, 1965)의 익명적 인물들이 포장마차에 앉아 아무런 필연성도 없고 누구에 의해서도 확인되지 않는 '자신만의 사실'을 소유하는 말장난을 벌이는 장면은 서술 행위 안에서 '나'의 위치가 부단히 부동(浮動)하고 있음을 알리는 것으로 읽힌다. 「길동무들」에 비하면 이 소설의 이야기는 보다 우연적이다. 등장인물들에게 삶의 의미는 불확실할 뿐이고 그들에게 주어진 목표는 이미 그들의 목표가 아니다. 고립무원의 상태로 그들은 정처 없이 표류하고 있는 것이다. 개발의 시대는 반공과 결합한 번영의 신화가 억압적 로고스로 군림하기 시작한 때다. 그러나 그것이 찬양한 불굴의 의지는 저돌적인 집념의, 단호한 결단은 무지한 폭력성의 다른 표현이기 쉬웠다. 번영의 신화가 제시한 목표는 휘황했지만 '무진'(「무진기행」, 1964)의 짙은 안개는 걷히지 않을 것이었다. 전 국토가 파헤쳐지고 모든 것이 어지럽게 뒤바뀌어간 이 개발의 시대는 회의와 혼돈을 더욱 깊게 한 시대였다.
   김승옥의 소설에서 끝은 상대적으로 의미가 크지 않다. 인물들은 갇혀 있고 다른 선택의 가능성을 갖는 것도 아니지만 그들이 다다를 종결을 예언하는 서술자는 없다. 소설 곳곳에서 작가가 등장인물에게 부여하는 감각적 분방함과 상상적 일탈은 역설적으로 어떤 억압의 무게를 느끼게 하는 것이다. 그러나 '감수성의 혁명'[18]이라는 평가를 낳은 이런 수사학의 이데올로기가

---

18) 유종호, 「감수성의 혁명」, 『비순수의 선언』 (민음사, 1995) 유종호 전집 1, 425쪽.

상상적 풍요를 거부하는 것은 아니었다. 감각적 매혹은 자본의 숱한 얼굴들 가운데 하나로서, 그것의 심장인 욕망을 매개하는 것이다. 번영의 신화가 조성한 환상에 다만 무력하다는 점에서 그들은 그야말로 보잘것없는 군상일 따름이다. 끊임없이 배회해야 하는 것은 그들의 운명이다. 그들이 무력감을 떨치지 못하는 한 그들 역시 '길동무들'처럼 허상에 사로잡힌 몸이다.

「길동무들」의 '필연적인' 이야기는 그로부터의 어떤 거리 두기도 불허하는 것이었다. 누구든 양어공 처녀와 군당위원장과 더불어 하나가 되어야 했다. 원근이 있을 수 없는 이 그림은 판박이가 된다. 설령 「길동무들」이 휘황한 미래가 성취될 것이라는 믿음을 제공했다 하더라도 모두가 대주어에 종속되어야 하고 오직 하나의 이야기만이 되풀이되는 사회는 그야말로 절망적인 공포로 가득 찬 사회일 것이다. 이런 점에서 「서울, 1964년 겨울」은 「길동무들」과 연결된다. 「서울, 1964년 겨울」의 인물들 역시 절망 속에서 다른 선택의 가능성을 갖지 못한 존재들이기 때문이다. 이렇게 보면 절망적 공포야말로 대주어의 정체다. 절망적 공포로서의 대주어가 '따듯한 안'을 보장하는 것이었을 리 만무하다. 그것은 결코 도덕적일 수도 없었다.

민중을 민족이라는 저항적 주어의 실천적 담지자로 보는 입장은 오래고 일반적인 것이다. 민중은 수난자의 도덕성을 구체화하며 품성의 승리를 생활 속에서 구현할 존재였다. 민중을 대주어로 만드는 관념적 인격화가 수행되어 온 반면에, 개별적이고 실제적인 민중의 얼굴을 잡아내려는 기도가 없었던 것은 아니다. 전후 실존주의 논의에서부터 화두로 제기된 '휴머니즘'과 '혁명'이라는 주제가 반공 논리의 견제 속에서 어떻게 저항의 연대를 성취하는가라는 문제에 봉착한 것이 1960년대의 지적 상황이었다면, 이 시기에 다시 재연되는 '민중의 발견'은 그에 대한 일견 명쾌한 답이었다. 모진

노역과 극단의 훼손을 견뎌야 했기에 번영의 신화가 얼마나 허구인가를 드러낸 이 수난자들은 거대한 병영이자 감옥의 벽을 깨부술 주인공으로 지목되었다. 민중의 민족은, 매판층과 같이 반민중적이고 따라서 반민족적인 세력을 배제해야 할 것이었다. 민중은 '안'의 경계를 보다 선명히 한 것이다.

「삼포 가는 길」(황석영, 1973)에서 서로를 내심 동정해 마지않는 두 떠돌이 노동자와 작부는 상처입은 마음을 나누는 연민의 연대에 이름으로써 절망적 공포에 맞서는 새로운 '안'의 결속 가능성을 제시한다. 등장인물들이 보이는 룸펜적 면모는 오히려 민중의 역량이 어디에서 비롯되는가를 보여주는 데 더 유효했다. 그것은 훼손의 극한에서 결집될 것이었다. 이런 점에서 이 소설은 노동자들이 고통스런 투쟁을 통해 각성의 연대를 다진다는 내용의 여러 노동 소설들이 씌어질 것을 예고했다. 그러나 잔혹한 '기계'의 폭력 앞에서 굴복이냐 죽음이냐를 선택해야 하는 상황이 리얼리티에 대한 동일한 시각을 담보하는 '견고한' 대주어를 절실한 것으로 대망하게 될 때, 민중이 서술적 자유를 갖는 가능성은 역시 배제될 수밖에 없었다.

대주어는 공포 속에서 출현했고 결국 공포를 재생산했던 것이 아닌가 싶다. 나는 그것이 현실의 문제이면서 동시에 서사적 용량(capacity)의 문제라는 생각을 한다. 현실 경험과 이해, 나아가 그 표현의 집단적인 동일화를 지향하는 경향[19]은 근대를 통해 반복되어 왔다. 그러나 하나의 주어가 폐쇄된 시간 속에서 벌이는 판박이 구조의 이야기는 단지 반복될 수 있을 뿐 더

---

19) 이런 경향이 비서구 사회의 문화적 전통과 관련된 것이라는 단정(예를 들어, George Bisztray, *Marxist Models of Literary Realism*, Columbia Univ. Press, 1978, pp. 34~36)은 그야말로 역사적인 입장에서 검토되어야 할 것이다. 물론 '동양'의 오랜 전제적 전통이라든가 도덕적 목적론이 우세했던 측면을 전혀 무시할 수는 없겠으나, 그것은 또한 매우 '근대적'인 현상으로 간주될 필요가 있다. 예를 들어 이런 경향을 대표한 인민주의는 '단순화'의 산물이며 그것을 이데올로기적 핵심으로 갖는 것이었는데, 단순화는 근대화에 대한 거부반응의 일환이었다. 서구적 근대라는 '적'의 정체가 온전히 파악될 수 없었던 상황에서 그것을 도덕적으로 단죄하거나 부정하는 것 역시 가능했다. 동일한 시각의 요구는 그에 수반된 것일 수 있다.

이상 전개되기 힘든 것이다. 적개심을 다지고 굳은 의지를 확인하는 내용은 피로와 절망감의 다른 표현이기 쉬웠다. 나는 그것을 도덕화의 함정이라고 부르고 싶다. 물론 도덕화의 함정이 도덕으로 가득 차 있는 것은 아니다. 어떤 희망도 목적도 잃어 오직 원한과 분노에 차 있는, 때문에 얼마든지 야비하고 철저하게 무책임할 수 있는 룸펜들―최인석이 그린 막가는 희생자들의, 삶이 저주가 된 세상(「지리산에 저 바다」, 1997)은 그간 민중을 향해서 역시 시도된 도덕화가 얼마나 기만적인 것이었던가를 확인해 주는 것으로 읽힌다.

기억을 찾아서

나는 도덕화를 억압의 기획으로 보았고 이 술어가 작동한 메커니즘의 한 부분을 조명했다. '길동무들'이 그러했듯 북한 인민들 대부분에게 다른 길을 선택할 가능성은 주어지지 않았다. '정신'의 주재자가 된 김일성과 그를 주인공으로 하는 이야기가 과거와 미래를 모두 장악해 버린 가운데, 어떤 누구도 과거에 대한 다른 기억을 갖거나 미래에 대한 나름의 상상을 펼칠 수 없었기 때문이다. 1970년대 초부터 오늘날까지 연이어 출간되고 있는 '불멸의 력사' 총서는 이야기가 얼마나 철저하게 역사가 될 수 있는가를 보여주는 놀라운 예일 것이다. 서사적 구속의 진행은 현재의 북한을 만들었다.

서사적 구속은 현실의 문제를 새롭게 인식할 수도 구체화할 수도 없게 한다. 이런 상황에서는 내가 누구인가를 묻는 것 자체가 불가능해진다. 그것이 바로 대주어를 군림케 한 조건이었다. 나는 다른 글에서 내가 누구인가를 물어야 할 필요를 역설한 바 있다. 내가 누구인가를 묻는 것은 수수께끼인 '나'와 대면하는 일이다. 이런 점에서 '사소한', 그러나 '나'에겐 절실한 것일 수 있는 기억을 되살리는 일은 필요하다. 굳어지고 신비화된 역사를 거슬러 지워진 기억을 되찾는 것은 새로운 선택의 가능성을 모색하기 위한 전제일 것이기 때문이다.

해방 이후의 이태준

이야기와 작가

일부 월북 문인들과 그들이 남긴 문학 작품을 다루고 말하는 것이 '해금' 된 이후, 이태준이 본격적으로 연구 대상이 되면서 여러 논자들은 식민지 시대엔 '순수 작가'로 알려졌던 이태준이 해방 직후 진보적 문학 운동에 가담하게 되는 과정에 관심을 기울이기 시작했다. 이태준의 '변모'는 드물지 않지만 일반적이지도 않은 문학사적 사건이었을 뿐 아니라, 해방기라는 시대의 모습과 지식인의 운명을 생각하게 하는 사례였기 때문이다. 그가 왜 그런 선택을 하였는가를 설명해야 그의 월북은 제대로 설명될 수 있었다. 남북의 분단에 따른 '문단'의 분할을 보여주는 것으로서 이태준의 월북은 매우 흥미로운 경우임에 틀림없었다.

식민지 시대에 이태준이 썼던 여러 단편 소설과 장편 소설은 당연히 변모의 배경으로서 분석 대상이 되었는데, 논자들은 이태준이 그저 순수 작가는 아니었다는 의견을 내놓았다. 이 작가가 낭만적 지향을 가졌고 그것이 해방 직후 사회주의 전망을 수용한 이유라고 한 이선미의 경우[1]나, 이태준의 자

전적 장편 소설 『사상의 월야』(1941)를 분석하여 그가 반제·반봉건의 민족주의적 입장을 견지했기 때문에 좌익에 가담할 수 있었다고 본 류보선의 논문[2]은 그 예다. 또 강진호는 이태준이 '유교적 선민 의식'을 가졌다고 단정한 위에, 그의 좌경화는 내심 '지사'를 자처하며 사회 현실에 관심을 보여온 그의 '적극적 처세'가 아니었겠느냐는 결론을 내렸다.[3] 나도 이 시기에 이태준의 변모를 설명하려 했던 적이 있다.[4] 해방이 '식자의 책무'를 일깨웠고, 생각을 적극적으로 바꾸려 했던 것이 해방 직후 지식인들 사이에 퍼진 한 현상이었다는 분석 아래, 내밀한 자긍심을 갖는 깔끔한 성벽의 이태준으로서는 자기 존경이나 나르시스틱한 만족을 얻기 위해서라도 그간의 '안타까운 관망자'로서의 태도를 버리고 조급하게 현실 변화에 부응하려 했을 것이라 진단해 본 것이다. 이 모두는 이태준의 변모를 의식적 지향이나 사상과 이념, 심리적 기질 등의 요소가 작용하고, 또 해방이라는 역사적 사건 이후 전개된 정치적이고 사회적인 상황에 의해 유도되거나 떠밀려진 결과로 본 공통성을 갖는다. 한 작가의 변모를 개인과 역사의 유기적 작용으로 설명하려는 것은 작가 연구의 기본 입장이기도 하다. 때문에 문학적 전기에서 뜻밖의 변모란 있을 수 없다. '특별한 개인'이 보여준 변모의 원인과 결과를 밝히는 설명은 그것의 일회적 필연성에 대한 설명이다. 위의 연구들 역시 이태준이 변모한 필연성을 설명하려 한 것이다.

이태준의 변모는 이태준이 선택한 결과다. 왜 이태준이었던가는 중요한 문제다. 그러나 이태준의 변모가 이태준을 통해서만 설명될 수 있는 것은 아니다. 나는 이 글에서 이태준의 변모를 그가 한 이야기를 통해 설명하려

---

1) 이선미, 「이태준 소설 연구」, 연세대학교 대학원 석사 학위 논문, 1990.
2) 류보선, 「역사의 발견과 그 문학사적 의미」, 『한국현대문학연구』 1집, 현대문학연구회, 1991.
3) 강진호, 「이상과 현실의 거리」, 『문학과 논리』 2호, 1992.
4) 신형기, 「중간층 작가의 의식전이 양상」, 『해방기 소설 연구』 (태학사, 1992).

하는데, 그러기 위해서는 작가 연구의 경계를 부분적으로 헐어낼 필요가 있다는 생각이다. 글로 이야기를 꾸미는 것이 작가의 일이지만, 물론 그가 이야기를 만들어낸다고 말할 수는 없다. 이야기에는 일정한 틀이 있고 그것을 이루는 규칙으로서의 '문법'이 있다. 사람들이 생활과 경험을 바탕으로 익히고 획득하는 언어의 의미론적 단위들은 이미 통사적 요소들을 갖고 있다. 사람들 안에 이야기가 있는 것이 아니라 사람들이 이야기 안에서 숨쉬고 생각하며 살아가는 것이다. 작가만이 이야기를 하는 것이 아닌 이상, 작가를 통해서만 이야기를 읽는 것은 시야를 좁히는 일이 된다. 이야기는 작가보다 오랜 것이고 작가보다 지속력을 갖는다. 작가의 문학적 생애 동안에 나타날 수 있는 날카로운 단절이나 큰 변화를 '필연적인' 것으로 설명하려 들 수 있는 것도 이야기와 그 문법의 작용이라는 것이 지속적일 수밖에 없는 데 기인할 것이다. 이태준의 변모는 그가 무슨 이야기를 해왔고 해방 직후 어떤 이야기를 하게 되는가, 그 내부 문법은 어떤 지속성과 차이를 갖는 것인가를 규명함으로써 더 잘 이해될 수 있을 것이라 생각한다.

또 이야기의 분석은 그가 민족주의적 입장을 가졌다거나 사회주의적 전망을 수용했다는 식의 설명들을 더 객관적이고 분석적으로 설명해 줄 것이라 기대한다. 이야기의 문법이 일정한 전언을 발생시키는 의미론적이고 통사론적인 체계이자 장치라면 그것이 곧 이데올로기인 셈이거니와, 민족주의나 사회주의란 것도 작가의 사상 경향이기에 앞서 넓게 퍼진 이야기로 볼 필요가 있다. 예를 들어 대항 민족주의의 보편화는 일제에 의해 억압받고 수탈당하는 이야기가 반복적으로 재생산된 결과일 것이다. 그런데 이야기의 수준에서 볼 때 민족주의적 입장이란 것과 사회주의적 전망이 얼마나, 그리고 어떻게 다른 것이었던가는 생각해 볼 만한 문제다. 이야기의 문법은 이를 통해 조직되는 이데올로기의 차이보다 더 근본적인 것일 수 있다. 그렇다면 다음과 같이 물을 수밖에 없다. 과연 이태준의 선택은 이념적인 것이었던가? 이야기를 선택의 대상이라고 말하기는 어렵다. 작가는 그 문법을 의식하거나 상대할 수 있을 것이다. 하지만 그럴 겨를이 없고 그렇지 못할 때 작가는 그 문법 안에 갇히게 된다. 문법이 진실을 담보하는 것이 아니고 문법을 상대함으로써만 진실이 모색될 수 있다고 할 때, 문법에 함몰된 작가는 모색과 추구의 능력을 잃은 것이다. 이태준이 해방 후 좌익에 가담하는 것은 새로운 추구를 위해 나선 것인가, 아니면 오히려 그를 가둔 문법으로부터 헤어날 수 없었던 결과였던가?

민족주의는 '정당한' 것이었기 때문에 남북한에서 곧 체제 이데올로기의 외피가 되었다. 북한에서 그것은 강고한 하나의 이야기를 만드는 재료였다. 월북한 이태준이 보여주는 것은 하나의 이야기에 장악된 모습이다. 북한의 작가로서 그는 명백한 전언으로 수렴되는 문법의 체계를 답습하지 않을 수 없었다. 물론 이야기에 지배되어야 했던 것은 이태준만의 사정은 아니었다. 따라서 이태준의 선택도 개인적인 선택은 아니었다.

식민지 시대의 이태준, 침묵 속의 이야기

이태준 소설의 서사 구성 원리를 규명해 해방 후의 변신을 설명하려 한 논자는 서영채다. 서영채 역시 이태준이 갑자기 바뀐 것이 아님을 밝히려 했다. 이태준 단편 소설의 의장(意匠) 분석을 통해 서영채는 "현실에 대해 말하려는 지사 의식과 그로부터 거리를 두려는 예술가 의식이 팽팽하게 긴장을 이루고 있는 상태, 이 이중성이 이태준의 문학 의식을 규정하는 본질적 요소"[5]라고 보았다. 현실에 대해 말하려 했다는 것이 구체적으로 무엇

---

5) 서영채, 「두 개의 근대성과 처사의식」, 상허문학회 엮음, 『이태준 문학 연구』(깊은샘, 1993).

을 뜻하는지, 그리고 그가 또 왜 예술가가 되고자 했는지에 대해선 다음과 같은 설명이 가능할 것이다.

이태준이 예민한 현실 감각을 갖는 작가였음은 이미 1930년대 당시부터 지적되었다. 최재서는 이태준의 소설이 '선명한 인간상'을 제시한다고 칭찬했다. 사실 이 점이야말로 이태준이 작가로서 명성을 얻을 수 있었던 중요한 이유였을 것이다. 이태준이 그저 말을 맵시 있게 구사한 미문가가 아니었다는 평가는 유종호가 '인간 사전을 보는 재미'[6]를 지적한 데로 이어진다. 시대적 현실과 생활 주변의 의미론적 요소들을 날카롭게 포착, 조직하는 감각이 없이는 인물들의 얼굴을 살아나게 그릴 수 없는 법이다. 나아가 인물들의 얼굴은 그들의 운명을 담고 있는 한에서 인상적일 수 있다. 내포적 총체성이란 이로써 확보되는 내용을 이르는 말일 것이다.

인물상이 그들의 운명을 담고 있는 한에서 선명할 수 있다면 이를 그려낸 이태준이 현실에 대해 비판적이었던 것은 당연하다. 그가 제시한 인간상들은 식민화로서의 근대화 과정에 적응하지 못한 주변인이거나 그로 인한 전락을 피할 수 없는 군상들이었다. 그들은 무력하고 어리석으며 완고하거나 때로는 낙천적이기까지 하다. 일방적인 역사를 따라잡지 못한 것은 실로 여러 한국인들의 운명이 아니었던가. 희생과 전락의 이야기는 이런 역사의 경험을 확인하는 것이었다. 이태준은 이 운명의 얼굴들을 외면할 수 없었다. 자신 역시 결국 그들 가운데 하나일 수밖에 없었기 때문이다. 작가는 연민의 감정을 표한다. 이 희생자들이 자신이 처한 절박한 상황에 대해 자각적이지 못할 뿐더러 오히려 천진하고 순박한 모습을 보일 때 연민은 더욱 강화될 것이었다. 작가는 그들을 안타까운 눈으로 바라본다. 그는 시세에 영합하는 간교한 인물들과 허영에 찬 인물들을 조롱하고, 속악한 유혹을 뿌리

---

6) 유종호, 「'인간사전'을 보는 재미」, 『1930년대 민족문학의 인식』(한길사, 1990).

치거나 숨은 의분을 드러냄으로써 자신이 어느 편에 서 있는가를 알린다. 간혹 그는 양식과 비판적 현실 감각을 갖는 중간층 인물을 그려 자신의 입장을 표했지만, 정작 그가 희생자들을 위해 할 수 있는 일은 없었다. 결국 그는 이런 상황에 대한 피로감을 드러내기도 한다.

이미 여러 사람들이 이태준을 두고 언급한 페이소스란 이런 상황에서 분비되는 것이다. 두루 알다시피 페이소스란 연민을 일깨우는 비탄의 감정이다. 연민은 희생자들의 편에서는 동감을 동반하거나 그것을 요구한다. 동감은 대상의 고통을 같이 느끼는 것이며, 따라서 그 상황에 가까이 가는 것이다. 그러나 실천적 개입은 이미 차단되어 있다. 페이소스는 대체로 이미 이를 전제한 것이다. 가련한 희생자들은 그저 바라보는 대상이다. 많은 경우 페이소스가 감상적이 되는 것은 오직 감정적 지출만이 도모된 결과다. 그런 점에서 페이소스는 비극적 정서라기보다 멜로드라마적 감정에 가깝다고 해야 옳다.

그가 실천적 개입을 스스로 차단하고 있는 데 대해서는 계급적 해석이 내려지기도 했다. 이태준은 민중의 입장에 서려 하지 않았다는 분석이다. 그러나 서영채에 의하면 그렇기 때문에 이태준은 예술가가 되려 한 것이다. 지사의 입장이 현실에 다가가려는 것이라면 예술가의 입장은 그에 대해 거리를 두려는 것으로, 변화를 바라지만 실천이 차단된 출구가 예술가였다. 그런데 이태준에게 두 지향은 동시적이었다는 것이다. 서영채는 이 동시성의 아이러니가 서사 구성 원리 전반에 관철되고 있다고 보았다. 이태준이 그린 인물들의 운명을 감싸고 있는 '우울한 애상의 정조' 역시 이런 동시성의 작용이자 아이러니의 표현이었다.

페이소스를 아이러니라는 구조적 개념에 입각해 접근하고, 이 구조가 서사 전반에 관철되고 있다고 본 점에서 서영채의 설명은 기왕의 것과 달랐다. 그는 비로소 이야기의 문법에 대해 언급하려 했다고 말할 수 있다. 서영 채는 지사와 예술가의 입장이 공존하되 서로를 억제해 통일되지 않은 상태를 '처사 의식'이라고 부르면서, 이 상태는 상황의 변화에 따라 한 쪽이 제거될 수 있는 상태라고 말한다. 해방 후 이태준은 '현실로 나아갈 수 있는 발판이 마련'되었다고 생각한 것이며, 이로써 예술가를 버린 것이다. 경합하던 한 쪽이 사라질 때 긴장도 사라진다. 해방 이후에 이태준은 처사 의식의 긴장을 잃고 계몽적 글쓰기로만 치달리게 된다는 것이 서영채의 결론이었다. 그러나 지사와 예술가에 의한 이야기 구조를 언급했으면서 해방 후 예술가가 삭제된다고 본 서영채의 글은 이태준이 이야기를 바꾼 것으로 설명한 셈이 되었다. 결국 그는 이태준의 변모를 개인적인 것으로 되돌린 것이다. 서사 구성의 원리로서의 아이러니가 어떤 역사적 의미를 가지는지, 그것이 이야기의 구조적 속성이며 문법적 원리라면 해방 후 아이러니의 긴장이 사라진다는 것은 다시 어떻게 설명되어야 하는지 하는 문제는 여전히 남은 셈이다.

지사란 무엇인가. 말 그대로 뜻을 가진 사람이다. 뜻을 가진 사람은 그 뜻을 펴야 한다. 그러나 이태준에게 그것은 상상 속에서만 가능했다. 그는 자신의 아버지를 비운의 지사로 회고했지만 살아 있는 지사를 그리지는 못했다. 그에게 지사는 없었고 물론 그는 지사일 수 없었다. 지사가 아니면서 지사의 지향을 갖는다는 것은 이미 아이러니가 아닌가? 예술가의 입장에 서려 했건 혹은 그렇지 않건 그의 태도는 아이러닉한 것이었다. 웅대한 뜻과 높은 경륜, 굳은 의지를 갖는 지사는 상상적 해결의 부재한 주인공이다. 없는 지사를 꿈꾸는 입장 뒤에는 역사의 일방적 진행에 대한 공포가 도사리고 있었다. 페이소스는 지사여야 하는데 지사일 수 없는 무력감을 감추고 있는 것이었다. 이태준이 했던 이야기는 이 침묵 속의 이야기와 더불어 읽어야 하는 것이 아닐까? 서사 구성의 원리로서의 아이러니는 이런 독법을 통해서 분명히 드러날 수 있다. 만약 그가 스스로 외치듯 예술가이고자 했다면 공포를 미학으로 바꾸어놓아야 했을 것이다. 그러나 그는 페이소스의 예술가에 불과했다. 이태준의 예술적 지향이 미적이고 기법적인 차원에서 근대성을 이룩한 실천의 방법이었다거나 근대의 부정성에 대한 항의였다는 해석[7]은 부분만을 본 결과거나 아무래도 지나친 것인 듯하다.

해방 후 이태준이 한 이야기의 세 형태

해방 후 이태준은 어느 정도 구별할 수 있는 세 가지 형태의 이야기를 했다고 말할 수 있다. 물론 그 세 형태는 서로 다른 것이 아니다. 나는 이 세 형태를 통해 변모의 배경을 되짚어볼 수 있지 않나 생각한다.

이태준이 해방 직후에 써서 발표한 단편 소설 「해방전후」(1946)는 그의 변모를 고찰하려는 여러 논자들이 분석의 대상으로 삼았다. 이태준 자신이 '협의회'(임화 등이 '문학건설본부'를 결성한 후 다른 문화 단체를 규합하여 만든 연합 단체인 '조선문화건설중앙협의회'를 이름)에 든 사정을 술회한 자기 고백 내지 변론의 성격을 갖는 글이었기 때문이다. 해방의 소식을 듣고 상경한, 이태준 자신이라고 보아도 좋을 주인공 '현'은 좌익 인사들이 서둘러 단체를 결성하고 나서는 모습을 보며 민족 상쟁을 걱정하지만, 곧 "이들에게 이만큼 조선 사정에 진실한 정신적 준비가 있었던가" 하고 감탄하는 모습을

---

7) 박헌호, 「이태준 문학의 소설사적 위상」, 성균관대학교 박사 학위논문, 1997; 송인화, 「이태준 소설 연구」, 연세대학교 박사 학위 논문, 1999.

보인다. 소설 속의 '현', 혹은 이태준은 아무래도 좌익의 노선을 깊이 이해하고 있는 것 같지는 않으며, 자신의 이미 기울어진 생각을 현실적으로 검토하고 확인할 기회를 갖는 것도 아니다. 그런데도 그는 "알고 보니 생각과는 달랐다"고 말한다. 그가 떨쳐야 했던 것은 오히려 그 자신의 의구심이었다. 이 소설에는 현의 선택을 만류하는 '김직원'이라는 인물이 등장하는데, 단아하지만 완고한 상고주의의 표상인 김직원은 새 현실로 나서지 않고 머물러만 있고자 하는, 이태준이 떨치려 한 그 자신의 다른 모습[8]이었다. 따라서 이 소설은 변모의 이유를 들어 밝히려 한 것이라기보다는 자신의 회의를 물리치려 한 것이었다.

이 소설의 통사적 핵심이 되는, '알고 보니 생각과는 달랐다'는 옳은 것을 발견했다는 뜻을 품고 있다. 해방의 경험에서 가장 특징적인 것은 이제 자신들의 손으로 역사를 만들어갈 수 있다고 생각한 것이다. 그간 역사로부터 배제되어 온 한국인들에게 새 역사를 스스로 '건설'해 가야 한다는 바람은 강렬한 것일 수 있었다. 나라를 세우거나 제도를 바꾸는 것은 그 방법으로 인식되었고 이데올로기의 선택은 이를 위한 절차가 되었다. 이 시기가 비상한 정치의 시기로 나타난 사정은 여기에 있다.

'알고 보니 생각과는 달랐다'는 결국 이데올로기 선택을 내용으로 한다. 그는 좌익 이데올로기가 옳고 새 역사를 건설할 수 있는 것이라고 말한 것이다. 물론 이런 내용의 이야기는 이태준에게서만 읽을 수 있는 것은 아니다. 북한을 무대로 한 이동규의 단편 소설 「그의 승리」(1946)에선 이미 공산주의를 선택한 한 젊은이가 공산주의에 대해 확신을 갖지 못하고 주저하는 친구를 설득하는 장면이 묘사되고 있다.

---

8) 김직원을 '제2 자아'로 본 경우는 장영우, 「문학과 정치―해방 후 이태준 소설 연구」, 상허문학회 엮음, 앞의 책.

"자네나 내나 물론 그전에는 막연한 민족주의자에 지나지 못했고 우리가 또 어떤 확고한 주장을 가지지도 못했으니까 무슨 주의자였다고까지 할 것도 없지. 그러나 자네도 잘 아다시피 이 시기가 우리 조선 사람으로서는 가장 중요한 시기가 아니겠는가. 우리가 한번 잘못하면 또 어떤 불행이 우리에게 떨어질지도 모르는 것일세. 그러니까 좀더 깊이, 그리고 널리 세계의 정세도 살펴보고 역사의 굴러가는 방향도 알아보고 그래서 우리의 나아갈 방향을 대세라는 궤도에 올려놓아 그르치지 않도록 해야 할 것이 아니겠는가. 그러기 위해서는 자신의 그 좁은 주관이나 편견이나 고집에서 용감히 뛰어나와야 할 것일세. 우리들 젊은이들은 새 세대의 사람이 아닌가. 청년은 완고하고 보수적이어서는 안 되네."[9]

공산주의를 역사의 옳은 방향으로 확신하는 상황에서 그에 가담하느냐 못하느냐는 시대를 따라잡느냐 뒤쳐져 낙오하느냐의 문제였다. 그런데 38선 이북에서 공산주의는 이미 선택의 여지가 없는 '대세'였던 것이다. 설득은 사실상 종용일 수밖에 없는 상황이었다. 공산주의자가 되지 못해 '사상적 고독감'에 시달리던 친구는 결국 자신을 타이르기 시작한다.

'알고 보니 생각과는 달랐다'는 공산주의가 옳다는 의미였지만 이태준은 처음부터 그것을 분명하게 말할 수 없었다. 이태준에게 공산주의가 옳음을 보여주는 물증이 되었던 것은 소련이었다. 소련 여행에서 그는 새 역사의 건설이 지향해야 할 미래의 모습을 발견한다. 모든 사람들이 억압이나 강제에 의해서가 아니라 윤리적 자발성에 의해 움직이고 있다고 본 것이다. 천진함이 곧 경건함이 되고 순박함이 그대로 이타적 열정이 되는 소련은 인류의 꿈이 실현된 곳이었다. 이태준은 소련이 이룩한 개가를 "제도의 승리"[10]

---

9) 이동규, 「그의 승리」, 『단편집』 (조소문화협회 중앙본부, 1948), 87~88쪽.

로 진단했다. 꿈을 실현한 공산주의라는 제도는 진실이 아닐 수 없었다. 이로써 의구심을 떨친 그의 선택은 옳은 것이 되었다. '알고 보니 생각과는 달랐다'는 문장은 '드디어 진실을 발견했다'로 바뀐다.

해방 후 이태준은 서영채 등이 지적했듯 지사가 되려 했던 것이다. 지사로 나서기 위해 그에게 필요했던 것은 '진실'이었다. 진실을 좇고 그것을 이룩하려 한 것이다. 그러나 지사의 꿈이 역사에 대한 공포와 무력감을 숨긴 것이었듯, 그로 하여금 지사로 나서게 한 것 역시 역사에 대한 공포와 무력감이었을 가능성이 크다. 역사는 이미 진실을 제시했고, 그것은 거부하거나 회피할 수 있는 것이 아니었다. 다른 선택은 쉽지 않았다. 이 진실을 선택해야 지사일 수 있었고, 지사가 되어야만 역사를 따라잡을 수 있었기 때문이다.

북한에서 이태준은 토지 개혁의 결과를 보며 새 제도의 승리를 기대한다. 제도가 이미 진실이었기 때문에 새 제도의 의미를 이해하고 받아들이는 것은 모두의 과제가 되었다. 또 새 제도는 비판하거나 수정할 수 있는 것이 아니었으므로, 모두는 새 제도를 충실히 따름으로써만 새 역사 건설에 참여할 수 있었다. 새 제도의 의미를 이해하고 받아들이는 것은 곧 성장을 뜻했다. '알고 보니 생각과 달랐다'에 이어지는 것은 '진실을 좇아야 한다'는 성장의 요구다. 성장의 과정을 통해 진실을 체득하는 이야기는 오늘날까지 북한 문학의 흐름에서 일관하게 지속되는 형태다.

성장의 의미가 규정된 상황은 주인공이 가야 할 길을 가리키는 것이었다. 물론 그 길은 이미 정해져 있었다. 이태준의 중편 「농토」(1947)는 갖은 신고를 겪는 '억쇠'의 반생을 그림으로써 그가 성장할 수밖에 없는 필연성을 제

---

10) 이태준, 『소련기행』(백양당, 1947), 279쪽.

시했다. 그가 다른 길에 접어들 가능성은 없었다. 다른 길은 없었기 때문이다. 토지 개혁의 과정에서 억쇠는 잠시 생각을 잘못하기도 하지만 이내 개별적 사정을 고려하는 것보다 '원칙'을 지키는 것이 중요하다는 점을 강조하는 데 이른다. 그가 빠르게 공적 엄격성을 획득하는 진짜 이유는 다른 선택의 여지가 없었던 탓이라고 보아야 한다. 그는 결국 추동된 긍정 인물이다. 소설의 말미에서 억쇠는 낙원을 되찾는다. 이태준은 억쇠가 대지의 생생력과 하나가 되는 자연주의적 상상을 펼쳤다. 착취의 역사가 종결되는 상상이었다. 그것은 아마도 이태준이 기대한 진실의 모습이었을 것이다. 그러나 새 역사 역시 회의 없는 신심과 복속을 요구하고 있었다. 억쇠의 빠른 성장은 그에 응답한 것이었다.

토지 개혁 이후 북한에서는 '민주 개혁'이 이루어진 북한과 미제가 군림하고 매판 세력이 판을 치는 남한이 대조되었다. 북한은 착취가 사라진 낙원이었고 남한은 인민들이 도탄에 빠져 신음하고 있는 지옥이었다. 미군정이 동양척식회사의 이름을 바꿔 설치한 '신한공사'의 횡포에 맞선 전라남도 하의도(荷衣島)의 소작 쟁의를 그린 남궁만의 「하의도」(1947), 기적이 이루어진 38선 이북의 눈으로 암담하고 비참한 남한 현실을 비춘 김사량의 단편 소설 「남에서 온 편지」(1948), 제주도의 4·3 항쟁을 그린 함세덕의 희곡 「산사람들」(1950)은 이를 말하고 있는 경우들이다. 월북을 감행하는 이야기들도 쓰어졌다. 좌익 운동에 참여했던 한 여인이 남편이 있는 평양으로 가기 위해 남한을 탈출하는 긴장된 여정을 기록한 이갑기의 단편 「38선」(1949)에서 38선은 잔혹한 폭력이 판치는 세상과 바른 이상이 실현된 세상을 나누는 경계였다. 남한이 훼손된 것으로 그려짐으로써 국토 완정은 불가피한 것이 되었다. 이태준의 「먼지」(1950)는 이런 가운데서 쓰어진 조금 긴 분량의 단편 소설이다.

「먼지」의 형식은 '알고 보니 생각과는 달랐다'를 발전시킨 것이라고 말할 수 있다. 말하자면 그것은 실상을 확인하는 형식이다. 주인공 '한뫼 선생'은 고서적을 수집하는 장서가로, 평양에 출가한 작은딸과 함께 사는 것으로 설정되어 있다. 북한의 정치 노선이 옳은 줄 아는 그지만, 한편으로 그는 과연 남한이 북한에서 말하는 것 같을까 하는 의구심을 갖는다. 직접 눈으로 보지 않았다는 것이 그 이유지만, 작가는 북한에서 이는 새 기운과 새 사람들로부터 막연하지만 위압감을 느끼는 그의 모습을 길게 묘사함으로써, 그가 새 제도를 정치적으로 내면화하지 못한 인물임을 암시한다. 이윽고 월경을 해 그가 보고 겪는 남한의 현실은 과연 지옥과 다름없는 것이었다. 그는 점령자 미군이 갖은 횡포를 부리고 미군에 줄을 댄 매판 세력이 모리(謀利)를 일삼는 광경을 목도하며, 피투성이 노동자들이 가득 찬 유치장에도 갇힌다. 정당하게 살려 한 그의 사위는 쫓기는 처지다. 장서가로서 그는 미군들이 총과 구두를 닦기 위해 조선 귀중본 수백 권을 찢어 없앴다는 소식에 가슴 아파한다. 남한은 부패하고 타락했으며 잔혹한 폭력이 판치는, 희망이라고는 없는 곳이었다. 남한이 막연히 무엇을 할 수 있을 것이라 기대했던 한뫼 선생은 그래도 남북한이 서로 손을 잡아야 하지 않겠느냐고 말했다가 큰딸로부터 꾸지람만 듣는다. 남한엔 어떤 개선의 여지도 없다는 것이 서울에서 산 큰딸의 단호한 결론이었다. 한뫼 선생은 결국 선택이 '애국자 편이냐 매국노 편이냐'는 두 가지뿐임을 깨닫는다. 한뫼 선생의 남한 여행기는 실상을 확인하는 이야기면서 다른 선택이 불가함을 말하고 있다. 짐짓 초연하게 좌나 우로부터 불편부당한 입장을 견지하고자 했던 그의 생각은 여지없이 깨어지고 마는 것이다.

「먼지」는 남한을 더 이상 합작의 대상으로 보지 않는 국토 완정론이 제시되었던 상황을 반영한다. 그러나 이 소설은 '진실의 발견'이 여전히 이태준의 관심사였음을 말해 준다. 「해방전후」로부터 「먼지」에 이르기까지 작가가 기대하고 보여주려 한 진실은 무엇이었던가? 그것은 개인이 돌이킬 수 없고 바꾸어놓을 수 없는, 이미 진행되고 있던 역사였다. 선택은 자명하고 불가피했다. 현(「해방전후」)이나 억쇠(「농토」), 한뫼 선생은 결국 이 역사를 따라가는 형상들이었다. 그들은 모두 그것이 필연적이고 옳은 길임을 말했지만 그들의 등을 떠민 것은 과연 그들의 진실이었을까?

남북한에 각각 정부가 선 이후 이태준은 남한의 빨치산 투쟁을 형상화했고 전쟁이 발발한 뒤에는 여느 북한 작가들처럼 미군의 잔악상을 고발했다. 전쟁은 초기에 낭만적으로 그려지기도 했지만, 이내 문학은 '분노와 증오의 힘으로 싸울 것'을 비장하게 외쳐야 했다. 투쟁을 고무하는 이야기는 북한 문학의 기본틀이 되었다. 투쟁이 성장의 방법이자 목표였으므로 투쟁의 이야기는 성장의 이야기와 별개의 것일 수 없었다.

남한의 빨치산 투쟁은 38선 이남을 강점하고 있는 제국주의와 매판 세력에 맞선 인민의 무장 투쟁이었다. 전쟁은 벌써 시작되었던 것이다. 반민족적이고 비도덕적인 매판 세력은 다만 분쇄해야 할 적이었다. 억압과 수탈의 고통을 당하는 남한 인민은 모두 일어나 싸워야 했다. 이태준 역시 분노의 힘을 기대하고 그려낸다. 빠른 파노라마식 전개와 긴박한 전투 묘사를 통해 빨치산 투쟁 형상화의 전범을 보인 소설 「첫전투」(1949)에서 증오의 역학은 선명하게 부각되었다. 주인공 '판돌'은 먼저 희생된 동지가 부탁한 어린 '셋째'를 살뜰히 보살핀다. 그들의 형제적 연대가 돈독한 만큼 셋째의 죽음은 연민의 감정을 고조시키고 연민은 적개심을 북돋는다. 불타는 복수의 의지는 적을 향한 것인 한 얼마든지 정당하다. 역시 남한 빨치산 투쟁을 그린 박태민의 단편 소설 「제2 전구」(1949)는 중상을 입고 죽어가는 주인공이

포로로 사로잡힌 경찰과 반역자들이 처단되는 광경을 자기 눈으로 보아야 하겠다고 지휘관에게 간청하는 장면을 그리고 있다.

> "지휘관 동무 나는 그 놈들이 처단되는 꼴을 보고야 말겠소. 그 놈들은 내가 사랑하고 존경하던 많은 동지들을 참혹히 학살한 놈들이요. 나는 몇 번이나 앞서가는 동무들에게 내 손으로 복수할 것 맹세한지 모르우. 나는 내 손으루 그 놈들의 목을 매달을 수는 없게 되었지만두 나는 내 눈으루 그 놈들이 죽어 넘어지는 꼴을 꼭 보아야 하우. 나를 그 곳까지 다려다 주십시오, 지휘관 동무!"[11]

증오가 훼손에 맞서는 힘이 되는 시대였던 것이다. 6·25의 발발을 눈앞에 둔 무렵 이태준은 「고향길」(1950)이라는 중편 소설에서, 자신의 어린 아들이 '국방군'에게 맞아 죽는 모습을 숨어서 다만 지켜보아야 하는 빨치산 전사의 모습을 그렸다. 이 고통스런 악몽에서 읽게 되는 것은 적을 향한 분노뿐 아니라 훼손의 시대를 향한 분노다. 낙원을 본 기쁨과 감격은 사라졌다. 진실의 소재는 모호했다. 격앙된 분노의 감정은 역사와 그 진실에 대한 기대가 흔들리고 있는 상황의 불안정한 피로감을 또한 드러낸 것이었다.

이야기의 연속성

해방 직후는 진실을 찾고 확인하려 한 발견의 이야기가 쓰어진 시기였다. 그런데 이 이야기는 물론 새로운 것이 아니었다. 식민 강점을 거부해야 했지만 압제자들이 완강하여 대항의 길을 찾을 수 없을 때 분노와 공포는 내

---

11) 박태민, 「제2전구」, 『단편소설집』, (북조선직업총동맹 군중문화부, 1949), 285쪽.

면화된다. 현실은 훼손이 불가피하며 전락이 예정되어 있고, 어떻게 해볼 수 없는 고통스러운 곳이었다. 식민지 시대에 이태준은 그런 세계를 그릴 수밖에 없었다. 진실은 보이지 않았다. 희생자와 무력한 관망자의 이야기는 보이지 않는 진실을 기다려온 이야기였다.

해방 후 진실은 더 이상 보이지 않는 것이어서는 안 되었다. 진실은 발견 되어야 했다. 이태준은 진실을 기대하고 발견하는 이야기를 썼다. 진실을 기다려왔기에 진실을 발견해야 했던 것이다. 과연 이태준은 진실을 찾은 것 일까? 그는 여전히 그의 의사와 무관하게 진행된, 진행되고 있는 역사 속에 있었다. 선택은 불가피했고, 선택을 한 이상 이태준과 그의 주인공들은 주 어진 행로를 걸어야 했다.

이미 진행된 역사를 뒤좇는 이야기는 사실 오랫동안 반복되어 왔던 것이 다. 예를 들어 계몽을 역설한 소설들은 계몽의 필요성을 역설했다기보다 계 몽의 불가피성을 역설한 것이었다. 그 주인공들은 추구의 형상이었다기보 다 이미 다른 선택의 여지를 주지 않는 역사를 추종하는 형상이었다. 몇몇 경우에서 계몽의 노력이 친일로 귀결된 것은 이렇게 설명될 수 있다. 역사 는 그만큼 일방적인 것이었다.

해방 후 이태준이 했던 이야기의 문법은 한국 근대 문학의 흐름 속에 내 재해 있던 것이다. 따라서 그의 변모는 특별한 것이었다고 볼 수 없다. 근본 적으로 다른 이야기를 선택한 것은 아니었기 때문이다. 해방의 감격과 혼 돈, 격앙과 불안 속에서 이태준으로 하여금 진실의 빛을 보았다고 생각하게 한 것은 무엇이었을까? 진실을 향한 기대였을까? 아니면 진실이 없는 역사 에 대한 두려움이었을까?

해방 이후 북한 문학의 전개 과정은 이야기의 틀을 잡고 그것의 문법을 고정하는 것이었다. 새 시대 건설은 새 국가 건설을 통해 이룩될 것이었으므로, 써야 했던 것은 건국의 새 역사였다. 국가에 의한 진실의 실현을 보고하고 이를 위해 더욱 매진할 것을 결의하는 것은 북한 문학의 내용이 된다. 새 국가의 요구는 분명했다. 따라서 새 역사 쓰기의 방향과 내용도 분명한 것이 되었다.

이태준이 썼던 '알고 보니 생각과는 달랐다'는 북한 문학이 반복하는 성장의 이야기가 된다. 진실을 좇는 성장의 이야기와 진실을 지키는 투쟁의 이야기는 다른 것이 아니었다. 새 역사를 따라잡는 것은 성장의 실제적 과제였다. 새 역사는 새 국가가 이끌 것이었고, 새 국가의 건설은 새 제도의 수립을 뜻했으며, 새 제도의 수립은 이데올로기에 의한 일자성을 요구했다. 성장은 이런 일자성의 상태를 지향하는 것이었다. 이데올로기는 그 자체가 하나의 문법이다. 문법의 고정화와 정착은 일자성을 도모하고 획득한 결과였다.

해방 후 북한에서 이야기 문법의 고정이 빠르게 이루어지고 정착되는 과정은 정치적 통제의 결과로만 볼 수 없다. 그것은 이야기를 만드는 의미론적 단위들이 다양하지 못했고 그것들의 조합이 일률화되고 말았다는 뜻으로, 결국 문법적 잠재력의 한계를 드러낸 것이다. 한국인들이 해방 후 겪어온 좌우 이데올로기의 소용돌이와 강박은 그런 한계의 결과일 것이다. 문법 선택의 스펙트럼이 좁을 때 문법을 파괴하려는 노력도 진행되기 어렵다. 문법이 고정될 때 작가의 내면은 주어진 길을 따라가려는 방향으로만 작동한다. 내면은 없어지고 마는 것이다. 해방 후 주체 시대에 이르는 북한 문학의 흐름은 해야 할 이야기의 문법을 부분적으로나마 파괴하거나 다른 정보를 줄 수 있는 가능성을 제거해 온 과정이었다. 전언을 드러내는 구성은 명확하고 반복적이어야 했다. 그리고 내면은 없어져야 할 것이 되었다.

결과적으로 볼 때 이태준은 북한에서 되풀이되어 온 문법을 구체화한 장본인들 가운데 하나였다. 이태준이 이 문법을 선택한 것이라기보다 문법이 이태준을 선택한 것이다. 이태준이 다른 선택을 할 수 없었다면 그것은 이미 선택이 아니었다.

3부

북한 문학과 민족주의

민족주의, 국가주의, 전체주의

민족주의는 여전히 많은 사람들이 긍정적으로 받아들이는 말인 듯하다. 오랫동안 그것은 식민 압제에 맞서 민족적 정체성과 주체성을 지키고 되찾으려는 의지적 입장을 뜻했다. 물론 그것은 민족적 단합의 요구를 전제한 것이어서, 단합을 저해하는 여러 요인들이 민족주의의 이름으로 배격되기도 했다. 결과적으로 봉건 잔재를 타파하려는 것도 민족주의일 수 있었고 매판 세력을 물리치려는 것도 민족주의일 수 있었다. 그러나 민족적 단합을 요구하는 민족주의에서 단합이 누구의 단합이어야 할 것이냐는 물음은 불가피한 것이었다. 즉 민족 구성원의 내용과 성분을 가리는 것이 민족주의의 중요한 과제이기도 했다는 뜻이다.

민족적 단합이 민중적 결속이어야 한다는 주장이 구체적으로 제기된 것은 해방 직후지만, 그러한 생각은 민족주의가 정서이자 이데올로기로 확산된 구한말 이래 어느 정도 일반화되었던 것이라고 보아야 할 것이다. 민중이 민족 구성원의 중심이라는 생각은 민족주의를 도덕적으로 정당화했다.

억압받던 민중의 해방 없이 민족의 해방은 있을 수 없었다. 외세의 배격이 마땅한 만큼 민족주의는 불가피한 것이 되었다. 이렇게 볼 때 분단의 극복은 민족주의의 과제가 아닐 수 없었다. 분단이 남북의 민중을 떼어놓았기 때문이기도 하려니와, 그것이 외세에 의한 것으로 간주되어 왔기 때문이다. 민족주의에게 분단의 극복과 외세의 배격은 다른 문제가 아니었다.

민족주의는 반봉건과 반제라는 과제를 외치고 통일과 자립, 민주화의 요구를 동반한 것이었다. 이런 점에서 민족주의는 '긍정적인' 것이었다. 그러나 민족주의가 훌륭한 얼굴만을 갖는 것은 아니다. 예를 들어 민족주의는 1920년대부터 '계급'을 대타 범주로 하는 보수 세력 연합의 표어로 쓰였다. '계급'은 민족주의를 반동적인 것으로 규정했는데, 민족을 계급 관계로부터 빼내 관념화한다는 것이 그 이유였다. 해방 후 민족혼이나 정신을 일깨우는 것이 민족적 단합의 방법이라는 생각은 오랫동안 지속되었다. 민중을 억압한 지도자들 역시 민족의 앞날을 걱정하고 민족을 위해 헌신하려는 민족주의자들이었다. 이 문제는 좋은 민족주의와 나쁜 민족주의를 나눔으로써 해결될 수 있을지 모른다. 진보적 민족주의와 반동적 민족주의를 나누는 방법은 사실 새롭지도 않은 것이다. 그렇다면 민중의 단합을 외치는 것은 과연 진보적인 것인가? 이 물음은 북한 문학과 민족주의에 대해 이야기하기에 앞서 내가 던지고 싶은 화두다.

민족주의는 자기 완결적 논리 구조를 갖추지 못한 2차 이데올로기이다.[1] 민족주의의 근거는 본질적으로 모호하다. 민족이 단합해야 하는 근거나 이유는 민족주의에 의해 설명되지 않는다는 뜻이다. 외적의 침입에 맞서야 한다는 대항 민족주의는 외적이 침입했기 때문에 정당화된다. '우리'의 이해

---

1) 임지현, 「'운동'으로서의 민족주의」, 『민족주의는 반역이다』 (소나무, 1999), 24쪽.

가 '남'의 이해와 이미 달라서 '우리'와 '남'을 가르는 구획이 불가피했고 침입을 해왔기에 물리치는 일은 절실한 과제가 되었지만, 그것이 '우리'의 단합을 절대시하는 이유로 충분한 것은 아니다. 다시 말해서 단합이 절대시되어야 하는 절대적 이유는 없다. 민족주의가 흔히 정서로 확산되거나 표어로 채용되었던 이유도 근본적으로는 여기에 있을 것이다.

근대 이데올로기로서 민족주의는 다른 이데올로기와 결합하여 그것을 대신하는 역할을 해왔다. 예를 들어 근대 서구에서 민족주의는 많은 경우 사실상 국가주의의 다른 이름이었다. 두루 알다시피 민족 국가에서 민족은 국가에 선행하지 않는다. 국가주의는 근대에서 전체주의가 관철되는 하나의 방식이었다. 모든 것을 일률적 잣대로 재고 어떤 대상도 예외로 남겨두지 않으려는 근대의 기획 안에서 국가는 통합의 단위가 된 것이다. 나치와 히틀러, 혹은 스탈린 치하의 소련을 떠올리게 하는 전체주의는 결국 민족주의의 한 귀결점일 수 있었던 것이다. 과연 한국의 경우 민족주의는 국가주의나 전체주의와 절연된 다른 것일 수 있었을까? 피해자로서 침략자를 물리친다는 대항 민족주의의 도덕성은 국가가 모든 것에 앞선다는 생각을 또한 마땅한 것으로 여기게 했다. 외적을 물리쳐야 하는 상황에서 한 사람이라도 예외가 있어서는 안 되었다.

북한과 민족주의

남한에게 북한은 줄곧 '공산주의'였다. 그리고 이 말은 무자비한 국가주의적 동원 논리나 전체주의의 공포에 전율하는 이야기들로 설명되었다. 국가 건설과 이를 위한 동원은 북한이 줄곧 도모해 온 바다. 식민 압제가 모두에게 깊은 상처를 남긴 상황에서 그것이 나라를 잃은 결과라고 생각했을 때, 나라를 세우고 지키는 일은 모두의 지상 과제가 될 수 있었다. 북한에서도 나라를 위해 노력하는 태도나 입장을 '애국주의'로 불렀는데, 애국주의는 전면적 동원의 전제였다. 나아가 애국주의는 선이 됨으로써 그렇지 않은 모든 태도는 악이 되었다. 애국의 방법은 분명했고 그런 만큼 선과 악의 구별 역시 엄정했다.

애국주의의 내용을 구체화한 것은 '사상'이었다. 1946년부터 시작되는 이른바 '건국 사상 총동원 운동'은 건국이라는 지상 과제의 수행을 목표로 사상적 일체화를 도모한 것이었다. '공산주의'는 이 사상의 내용을 일정하게 규정했는데, 그러나 실제로 건국의 사상이란 '무상 몰수 무상 분배'의 방식으로 시행된 토지 개혁과 여러 제도적 개변에 충실히 부응하는 것을 의미했다. 제도는 새것이었지만 그것이 요구한 절대적 헌신이 새것이었다고 말하기는 어렵다. 더구나 김일성은 새로운 제도적 개변을 마련해 베푼 인물로 간주되어, 새 제도를 충실히 따르는 것은 곧 그에 대한 보은(報恩)을 뜻하는 것이 되었다. 애국적 헌신의 요구가 한 위대한 인물의 은혜에 보답하는 한다는 요구로 나타난 것이다. 동원의 사상이 도덕의 옷을 입고 나타난 이 현상은 과연 어떻게 설명되어야 할 것인가?

김일성은 민족의 영웅이자 인민의 영웅으로 추앙되었다. 항일 무장 투쟁을 벌인 그의 전력은 이를 말하는 근거였다. 이로써 그는 민족적 단합의 중심이 되었다. 새 국가는 그에 지도 아래 건설되어야 했다. 이미 그가 높은 덕성과 혜안을 갖는 인물이었기에 그를 따르는 것은 도덕적 성장의 조건이었다. 지도자가 도덕을 전유함으로써 국가와 그 구성원 모두를 빠짐없이 장악하려 한 것은 근대라는 전체주의의 시대가 북한에서 관철되었던 방식이다.

북한 역사의 전개 과정에서 이런 틀이 심각하게 위협받거나 때문에 그 틀의 본질적인 변화가 도모되었던 적은 없다. 6·25는 외세의 잔혹성을 새삼 일깨웠다. 지도자를 중심으로 한 단합, 그의 은혜를 갚고 그의 기대에 답하는 방식으로의 헌신은 거듭 강조될 수 있었다. 전후 복구와 사회주의 건설의 단계에서도 빠른 복구와 사회주의적 개혁은 민족적 자주성을 획득하는 길이었다. 천리마 대고조기는 도덕적 성심에 기초한 격정이 놀라운 성과를 이룩할 수 있음을 보여준 예증이었다. 이 모든 것을 가르치고 이끈 김일성은 어버이였으니, 국가는 하나의 가정이 되었다. 북한은 오늘날까지 모두가 한마음이어야 하는 대가정이다.

북한이 걸어온 과정과 오늘날의 모습은 단순히 '공산주의'의 음모가 실현된 결과가 아니다. 공산주의가 국가주의와 결합된 예는 이른바 '일국(一國) 사회주의론'의 선택 이후 여러 경우가 있었다. 이미 여러 공산 국가들은 전체주의의 모델을 보여주었다. 그러나 그 원인이 공산주의에 있다고 간단히 말하는 것은 타당하지 않다. 그것은 오히려 근대의 본질과 그것이 생산한 이데올로기들의 내재적 구조를 통해서 설명되어야 한다. 이런 관점에서 나는 민족주의가 공산주의에 앞서는 것이라고 생각한다. 적어도 북한의 경우 민족주의는 더 앞선 출발점이었다. 그것은 부재한 국가를 대신해 민족적 정체성을 확인하는 이데올로기였다. 민족이 사느냐 죽느냐의 기로에 선 상황에서 민족주의의 명령은 반문을 허락하지 않는 것이었다. 민족과 국가는 거룩한 것이 되었다. 김일성이 비범한 영웅일 수 있었던 것은 그가 민족의 영웅이었기 때문이며, 그가 위대한 지도자가 된 것은 국가의 지도자였기 때문이다. 그에게 예외성과 거룩함의 위광을 부여한 것은 바로 민족이거나 국가였던 것이다.

북한은 민족주의가 얼마나 '나쁘게' 작용했는가를 보여주는 예다. 그렇다면 남한은 예외인가? 민족주의는 남한에서도 체제 이데올로기로 자리잡았다. 갖가지 정치적 전횡은 민족과 국가의 이름을 빌어 자행되었다. 국가주의적 동원의 요구는 민족의 명령이었다. 민족적 단합과 일체화가 절대시된 가운데 반민족적이고 반국가적이라고 규정된 대상은 가차없이 배제되어야 했다. 하나인 구성원들 사이엔 어떤 벽도 있어서는 안 되었다. 모든 구성원의 내면은 노출되어야 했고 감시는 일상사가 되었다. 나는 민족주의가 북한과 남한을 비교하기 위한 중요한 지표라고 생각한다.

북한 문학과 민족주의 — 민족주의의 작용

민족적 단합의 요구가 국가적 동원을 정당화했고 동원을 위한 제도적 장치가 견고하게 마련되었던 북한에서 문학이 동원을 피할 가능성은 거의 없었다고 보아야 옳다. 사람들의 생각과 감정을 움직이고 세상과 자신들의 모습을 비추어보는 거울의 역할을 하는 문학은 실로 동원의 필수적 도구가 아닐 수 없었던 것이다. 북한 문학을 북한 정권에 완전히 장악된, 그것의 공식적 목소리로 단정하는 입장은 남한의 관변적인 북한 문학관의 전제이자 결론이었다. 이런 견해를 따르면 북한 문학은 영혼을 잃어버린 기계 인간이나 서로가 서로의 눈치를 보고 남이 하는 그대로만 하는 수인(囚人)들에게 쉼 없이 투여되는 가증스런 세뇌 수단이었던 셈이다. 나는 이런 견해가 전적으로 잘못되었다고 생각하지는 않는다. 그러나 그것은 우선 복종이 자발적으로 이루어졌을 가능성을 간과하고 있다. 민족과 국가라는 거룩한 이름은 북한 문학도 동원을 촉구하는 근거로 작용했다. 해방 직후부터 시작되는 김일성에 대한 찬양도 강제된 것만은 아니었다고 볼 수 있는 증거는 충분히 있다. 김일성은 민족의 영웅이었기 때문에 군림할 수 있었던 것이다.

민족주의가 북한 문학에 어떤 영향을 끼쳤는가는 다음의 몇 가지 양상을 통해 간략히 설명될 수 있을 것이다. 여러 촉매에 다르게 반응하며 또 자신이 촉매가 되는 민족주의의 활약을 나는 '작용'이란 말로 표현하고자 한다.

대항 민족주의

한국의 근대에서 민족주의는 흔히 대항 민족주의였다. 대항 민족주의에서 민족주의가 갖는 타민족에 대한 배타적 입장은 침략자에 대한 저항적 입장으로 나타난다. 강권에 의한 식민 침략은 그 자체가 이미 악이기 때문에 그에 맞서는 것은 정의가 된다. 대항 민족주의는 도덕적 정당성을 스스로에게 부여하게 마련이다. 그 결과 대항 민족주의는 민족주의의 부정적인 면 가운데 하나로 지적되는 민족적 자기 중심주의를 정당화하게 했다.

북한은 항일 무장 투쟁사를 체제 수립의 근거로 삼았다. 침략에 대한 저항의 역사를 쓰는 것이 체제의 정당성을 획득하는 방법이었기 때문이다. 북한 문학도 역사 쓰기를 내면 형식으로 해야 했다. 항일 무장 투쟁사는 민족의 영웅이자 국가 건설의 지휘자인 김일성의 투쟁사였다. 김일성의 권력이 더욱 공고한 것이 되는 1950년대 후반 이래 항일 무장 투쟁사의 '복원'은 조직적으로 도모된다. 김일성이 이끈 항일 무장 투쟁사는 결국 민족 해방의 역사, 곧 건국의 역사로 서술되는데, 주체 시대에 이르러 씌어진 '불멸의 력사' 총서는 그것의 결정판이었다.

저항의 정당성을 부각하기 위해서 적은 악랄하고 탐욕적이며 잔혹하고 저열한 존재로 그려야 했다. 적을 향한 증오심을 북돋는 일은 중요했다. 증오가 헌신의 동력일 수 있었던 탓이다. 일제는 불구대천의 원수였고 6·25는 미제의 악랄함을 경험케 했다. 항일 무장 투쟁사와 더불어 조국 해방 전쟁사 역시 제국주의의 침입을 물리치는 거룩한 민족적 투쟁으로 그려졌다. 적의 강대함은 부정되지 않았다. 그러나 적은 악마이자 살인귀였고 정의는 북한의 것이었다. 선악의 대비가 절대적인 만큼 선의 승리는 필연적인 것이 되었다. 이 역사는 도덕적 필연성이 관철되리라는 기대를 통해 선의 승리를 상상한 역사였다.

선이 승리할 역사는 민족의 '위대한 과거'와 더불어 민족의 '위대한 미래'를 꿈꾸게 했다. 그러나 이 역사는 한편으로 언제나 밖을 향한 경계를 촉구하는 역사였다. 승리는 완결된 것이 아니며 적의 위협은 여전히 존재하는 것이었기 때문이다. 적으로 둘러싸여 있다는 긴장감, 그들이 또 침략할 수 있다는 데 대한 경각심은 끊임없이 일깨워졌다. 그리고 이로써 내부적 단합은 항상 절실한 것으로 요구되었다.

인민주의

내부적 단결은 위협과 훼손에 대한 분노를 통해 촉구되었다. '밖'을 향한 분노는 '안'을 향한 연민을 강화한다. 연민의 대상은 물론 억압받고 수탈당하는 인민이다. 인민은 민족의 내포로서 내부적 단결의 주체였다. 억압받은 자가 도덕적 중심이 된다는 생각은 오랜 것이다. 북한은 일찍이 지주와 자산층을 배제한 계급적 단결을 민족적 단결의 방식으로 하는 '계급 민족주의'를 정착시켰는데, 그러나 이 인민의 단결이 언제나 계급적 연대를 뜻하는 것은 아니었다.

감정 혹은 상상력으로서의 인민주의는 대항 민족주의의 중심 모티브 가운데 하나다. 훼손되지 않은 '좋았던 과거'를 돌이켜내거나 어떤 강압도 사라진 때를 꿈꾸는 인민주의적 상상력은 억압과 수탈을 자행하는 제국주의를 향한 적대감을 표현하는 방식이거나 그것을 자극하는 방식이었다. 인민주의는 인민이 무한한 도덕적 잠재력을 갖는다고 전제하고 그것이 자발적으로 발휘되는 공동체에 대한 이상을 표현한다. 여기서 인민은 타산적 합리성에 의해 움직이는 분자(分子)가 아니라 도덕적 감응의 관계를 확대해 가는 전체다. 순박한 정결함이나 천진한 경건함은 감응의 조건으로 간주되었던 것들이었다. 감응의 인간학을 통해 도덕적 쇄신은 모두의 과제가 되었다.

북한 문학은 일찍부터 감응의 인간학—도덕적 인간 중심주의에 형상화의 기초를 두었다. 훌륭한 본보기 인물을 제시해 그를 따르게 하는 구도는 인간관계를 그리는 틀이었던 것이다. 긍정 인물을 경탄의 시선으로 바라보는 것은 오늘날까지 북한 문학이 기본적으로 취하고 있는 자세다. 북한 문학이 그린 영웅은 감응의 원천이거나 중심이지만 악당은 감응의 능력조차 갖고 있지 못하다. 즉 감응되지 않는 인간은 인간이 아닌 것이다. 이야기는 감응이 확대되고 완성되는 데서 끝난다.

감응의 인간학은 자연 품성론을 수용하게 마련인데, 이런 입장에서 특별한 민족적 천품(天稟)이 강조되기도 했다. 민족이 이미 도덕적으로 고상하고 높은 자각성과 강인함을 갖는다는 주장이었다. 이런 입장에서 볼 때 민족적 저항은 품성의 발로가 된다. 민족적 품성에서 저항의 근거를 찾는 태도 역시 전통적인 것의 가치를 부정하지 않는 인민주의적 상상력에 부합하는 것이었다.

그러나 민족적 품성론은 동원 논리를 관념적으로 대변하는 것일 뿐이었다. 그것이 사실상 요구한 것은 전적인 헌신이었다. 민족과 국가를 위해 몸바치는 데 성심을 다하라는 것이었다. 북한 문학이 그렸던 긍정적 영웅은 이를 실천한 인물들이었다. 인민주의적 상상력에서 경건한 희생자나 성스러운 순교자는 그렇게 낯선 존재가 아니다. 긍정적 영웅은 승리하는 희생자이고 재생하는 순교자였다. 북한 문학의 영웅 숭배는 제의(祭儀)적 측면을 갖는데, 이 점은 인민주의적 상상력과 관련된 것일 수 있다.

영웅 서사

민족과 민중은 거룩한 것이었다. 그러나 그것은 또 막연하고 모호한 주체였다. 이 주체는 구체화되어야 했다. 민족 해방 서사가 영웅 서사와 결합한 예는 흔히 발견되는 바다. 민족 해방 서사가 주인공으로서 영웅을 그려내었던 것이다. 영웅이 자부심과 믿음을 필요로 하는 상황에서 출현하는 존재라면 민족 영웅은 민족적 자기 위안의 요구나 나르시시즘을 충족시켜야 했다. 이 점은 영웅이 단결의 구심점이 되는 데서 중요한 조건이었다. 최고의 영웅이 민족의 지도자가 되었던 과정 역시 크게 다르지 않았을 것이다. 나는 김일성이 자신을 주인공으로 하는 민족 해방 이야기를 만들게 한 것이 아니라 영웅 서사로서의 민족 해방 이야기가 김일성을 만들었다고 생각한다. 이야기나 그 문법이 정치에 앞서는 것이라고 한다면 이런 분석은 불가피하다.

민족적 저항이 선의 구현을 뜻하고 민족적 단결이 곧 도덕적 단결을 의미했던 상황에서 지도자는 도덕성의 원천으로 간주되게 마련이다. 요컨대 그는 감응 관계의 정점이 되는 것이다. 김일성은 놀라운 능력과 어느 누구와도 비교할 수 없는 덕성을 갖는 인물로 그려졌다. 덕성이 넘치는 지도자와 그의 뒤를 좇는 자발적 추종자의 모델은 인민주의적 상상력을 역시 위배하지 않았다. 지도자는 모두를 하나로 묶는 존재이므로 일자성의 요구를 또한 충족한다. 지도자의 권위가 절대적일수록 일자적 단결은 공고한 것이 될 수 있었다. 지도자가 덕성의 표상인 만큼 그의 힘은 은혜로 발휘된다. 모두를 굽어보는 대가정의 어버이가 베푸는 은정에 감읍하는 이야기는 이 지도자와 인민의 관계를 그리는 기본 틀이 되었다.

일자성

근대 국가는 만인과 만인이 하나가 되는 일자성(一者性)의 상태를 지향하는 것이고, 따라서 각 구성원이 갖는 권리의 완전 양도를 요구한다.[2] 특히 외적의 침입을 물리치고 빼앗겼던 국가를 되찾아 튼튼히 건설하는 일에는 예외가 있을 수 없었던 것이다. 도덕적으로 고양된 인민이 하나가 되는 인민주의의 이상이나 고유한 평균적 자질로서의 민족적 품성에 대한 논의는 누구나 동원에 적극적으로 부응해야 한다는 명령의 다른 표현이었다.

일자성의 입장에서 볼 때 개인의 특별한 영역은 인정될 수 없다. 모든 사람은 서로의 속내를 들여다보아야 한다. 서로를 잘 이해하고 관심을 갖는 것은 미덕이다. 북한 문학이 그린 당 일꾼은 흔히 이런 미덕을 실현하는 인물로, 인민들을 속속들이 파악하고 개인 생활에 관해서도 조언하고 개입한다. 누구에게도 비밀은 있을 수 없다! 모두가 구분되지 않은 한 울타리 안에 있는 것이다. 사회를 '혈연'으로 뭉친 대가정으로 보는 입장은 여기서 나온다. 대가정이란 자애롭게 가르침을 주고 자발적으로 복종해 어떤 갈등과 마찰도 있을 수 없는 곳이다. 개인주의는 언제나 곧 이기주의로서 타기해야 할 대상이었거니와, 사심을 버리고 공공심(公共心)을 가지기 위해서는 대가정의 충실한 일원이 되어야 했다. 대가정론은 결국 서로가 서로에 대한 감시자가 되는 시스템을 도덕적으로 정당화한 것이었다.

일자성의 요구는 또 의리나 지조 지킴의 문제로 표현되었고 급기야 '무조건'한 충성의 요구가 된다. 주체 시대를 통해 지조가 없는 삶은 가치가 없는 삶이며 지조를 지키지 못하는 인간은 인간이 아니라는 점은 반복해서 강조되었다. 충성은 지조의 적극적 형태였다.

---

2) 남경희, 『말의 질서와 국가』(이화여대출판부, 1997), 50쪽.

도덕의 감옥

북한 문학이 써온 역사는 민족 해방의 이야기였다. 억압과 수탈로부터의 해방을 골자로 하는 이 이야기는 도덕의 힘을 강조하지 않을 수 없는 것이었다. 도덕의 힘은 인간이 인간이 됨으로서 발휘하는 힘이다. 그러나 애당초 이 역사 쓰기가 민족사나 북한 사람들 자신을 성찰한 결과는 아니었다. 해방의 이야기는 특별한 영웅인 지도자를 주인공으로 내세웠는데, 해방을 향한 간절한 희구에 답한 이 지도자는 도덕의 근원이 됨으로써 모든 사람의 생각과 행동을 장악하려는 데 이른다. 해방의 이야기는 구원의 이야기가 되었고 곧 지도자를 경배하는 이야기가 되었다. 이로써 지도자를 제외한 사람들의 내면이라는 공간은 이 역사에서 지워졌다. 내면이 없는 그들은 아무것도 아닌 것이다. 지도자를 제외한 모두는 스스로 사람이 될 수 없는 상황이 초래된 것이다. 내면이 없이 다른 역사를 쓸 수 있겠는가? 북한 문학은 근본적으로 하나의 이야기를 되풀이해야 했다.

해방의 이야기는 끊임없이 자부심과 긍지를 일깨웠다. 도덕의 힘을 믿고, 이런 입장에서 민족적 주체성을 지켜 나아가려 한 북한은 남한의 매판 세력은 물론, 탐욕 내지는 공포의 힘으로 움직이는 남한 사회를 비판했다. 도덕의 힘을 믿을 때 정의의 승리는 마땅한 것이었다. 해방의 역사는 승리의 역사거나 승리를 약속하는 역사로 씌어졌다. 그러나 숱한 영웅들의 희생과 놀라운 혁신자들의 위훈(偉勳)으로 가득 찬 이 역사는 실상 내면을 가질 수 없게 된 대중들의 나르시시즘을 북돋는 것일 뿐이었다. 그들의 열정에 찬 모습은 빈곤하고 황폐한 내면을 가리고 있었다. 이 나르시시즘에는 그간의 모든 이야기를 단번에 무너뜨릴 공허(空虛)가 시한폭탄과 같이 내장되어 있다고 생각한다. 그 시계는 오랫동안 작동했지만 남은 시간이 많지는 않을 것이다.

　민족 해방을 외친 거룩한 민족주의가 부정적으로 작용해 온 것은 근대의 운명으로 보이기도 한다. 그러나 이제 한국인들은 한국의 민족주의가 명분이나 껍질만 있었을 뿐 그 내용을 검토하고 확장하려는 노력을 동반한 것이 아니었음을 인정해야 한다. 민족주의적 격앙이 무조건한 복종을 명령하는 보수적 회귀의 전조였던 경우를 기억하는 것은 어려운 일이 아니다. 민족주의의 급진적 제스처는 실제로는 대부분 반동적 현상이었다. 이 역사에서 민족주의는 지상 명령이었지만 또한 그만큼 모두의 내면을 제한하고 탈색해 온 것이다. 민족주의가 작용한 역사를 비판적으로 되짚어 읽는 일은 민족주의의 문제를 극복하기 위해 필수적인 작업이다.

북한 문학에서의 '민족적 특성' 논의
—주체 문학론의 발단

'공산주의' 의 민족화

1950년대 말과 1960년대 초 북한에서 전개된 '민족적 특성' 논의(이후 특성 논의)의 초점은 민족적 상모를 갖는 긍정 인물을 그려내는 문제에 맞춰졌다. 주인공의 긍정성은 민족적 품성의 발현으로 나타나야 한다는 것이 이 논의의 전제였다. 때문에 특성 논의는 유서 깊은 전형(典型) 논의의 가지로 보아야 하는 측면을 갖는다. 사회주의 리얼리즘의 긍정적 주인공은 전형 개념을 '발전시킨' 것이다. 두루 알다시피 전형의 형상화는 리얼리즘의 과제다. 인간 행동을 역사적으로 조건 짓는 사회 경제적 환경의 반영태로서 전형은 일반적 현상보다 주요 경향의 표상이어야 할 것이었다. 요컨대 전형적 인물은 예외적일 수 있고 예외적이어야 했다. 사회주의 리얼리즘이 창작의 원칙으로 제정(1934)되기에 이르는 소련에서의 논의 과정을 통해서도 이 점은 특별히 강조되었다.[1] 역사를 이끌고 만들어가는 프롤레타리아의 진보

---

1) Herman Ermolaev, *Soviet Literary Theories 1917~1934* (Univ. of California Press, 1963), pp. 169~170.

성을 집약한 주인공은 예외적으로 긍정적인 인물이어야 했던 것이다. 긍정적 주인공은 모범적 본보기로서의 역할을 해야 했지만 여전히 주요 경향을 반영하는 형상으로 간주되었다.

북한 문학 역시 줄곧 긍정적 주인공을 제시해 왔다. 해방 직후 건국을 위해 매진하는 신인간들의 고상한 정신과 풍모를 그리라는 '고상한 사실주의'가 제창된 이래, 주인공은 의연히 사상적 충실성과 도덕성의 높이를 구현해 보여야 했다. '조국 해방 전쟁' 시기의 문학 작품은 놀라운 전과(戰果)를 알리는 보고문과 임무의 수행을 다짐하는 결의문 형식으로 씌어졌는데, 이 형식들은 영웅전(英雄傳)을 수용할 수밖에 없는 것이었다. 전후 복구와 사회주의 건설기를 거쳐 천리마운동이 시작되면서 작가들은 천리마 기수들을 '공산주의자'로 형상화해야 했다. 특성 논의는 바로 이 시점에서 시작되었으니, 긍정적 주인공을 민족적 주인공으로 그려야 할 필요가 제기된 데 따른 것이었다.

특성 논의를 촉발한 정치적 배경이 되었던 것은 1956년의 이른바 반종파 투쟁이다. 스탈린 사후 소련에서의 해빙(解氷) 분위기가 전해진 가운데 김일성의 권력도 개인 숭배와 '독단주의' 비판에 힘입은 반대파들의 도전을 받았고, 이를 물리치며 김일성은 주체 노선을 선택하고 내세웠던 것이다. 당시 상황에서 주체란 소련이나 중국 그 어느 쪽도 뒤좇지 않고 그로부터 일정한 거리를 두는 것을 뜻했다. 민족적 자주성의 확립은 주체의 길을 가는 방도였다. 경제적으로도 자력갱생이 절실한 과제가 되었던 가운데 반종파 투쟁 뒤끝의 어수선한 분위기를 다잡아 생산의 힘으로 모아내기 위해 모색된 것이 천리마운동이었다. 의지주의적 입장에서 인민 모두의 적극적 헌신을 요구한 동원의 프로그램이 새롭게 가동되었던 것이다. 천리마운동이 본격화되는 1958년은 전후부터 시작된 사회주의적 개조가 완성되었다고 선언된 해이기도 해서, 사회주의 이후 단계인 공산주의의 건설은 천리마운동의 먼 목표가 되었다. 모든 인민은 공산주의 사상으로 무장해야 했다. 이제 '주체적' 공산주의자의 모범형은 민족 밖에서 찾아야 할 것이 아니었다. 긍정적 주인공은 민족적 공산주의자로 그려져야 했다.

특성 논의가 끌어낸 결론은 김일성이 이끈 1930년대의 항일 빨치산 투쟁을 가장 중요하고 의미 있는 민족적 전통으로 부각해 내어야 한다는 것이었다. 빨치산은 이미 당시에 공산주의를 선취한 본보기로 간주되었으니, 민족적 공산주의자의 모델이 되었다.[2] 만주 지방으로 전적지조사단[3]을 파견하는 등 북한이 항일 혁명 역사를 쓰기 위한 일련의 단계적 준비를 시작하는 것은 전쟁 직후다. 한편 1959년에 이르면 '항일 빨치산 참가자들의 회상기'[4] 시리즈가 출간되기 시작한다. 대대적인 읽기 운동의 대상이 되었던 이 시리즈는 개인적 회상기 형태로 씌어졌지만 주체적 입장에서 돌이켜진 혁명 역사의 자료가 되었다. 회상기가 대중적으로 널리 읽힘으로써 김일성과 그의 빨치산 전사들은 민족사의 주인공으로서 생생한 인상을 줄 수 있었다. 그들은 '주체형'의 공산주의자들이었다. 문학 작품이 형상화해야 할 민족적 공산주의자는 주체형의 공산주의자여야 했다.

문학이 공산주의 인간학이어야 한다는 것은 공산주의가 전망으로 제시된 이후 북한에서 거듭된 주장이다. 특성 논의는 공산주의 인간학이 주체의 인간학으로 바뀌는 과정 안에 놓인다. 주체의 인간학, 나아가 주체 문학론

---

2) 신형기·오성호, 『북한문학사』 (평민사, 2000), 235~237쪽.
3) 과학원의 역사연구소원, 작가 등으로 구성된 전적지조사단은 1953년 9월부터 12월까지 항일 무장 투쟁 유적지를 답사했고 조사단에 참여했던 극작가 송영은 『백두산은 어데서나 보인다』 (1956)라는 제목의 보고서를 써낸다.
4) 오백룡의 『보천보』 (1959)를 비롯해 모두 12권이 나온 회상기는 빨치산 참가자들이 직접 집필했다는 것으로, 출간과 더불어 회상기 학습도 광범하고 조직적으로 이루어졌다. 그것은 혁명적 삶의 거울이자 당 역사 학습의 중요한 교재가 되었다.

은 주체형의 공산주의자들을 그려내기 위한 것이라고 김정일은 말했다.[5] 때문에 민족적 공산주의자를 그려야 한다는 문제 의식 아래 시작되어 항일 빨치산이 그 전형이라는 결론에 이른 특성 논의는 주체 문학론[6]을 구성하는 발단으로 보아야 한다. 나는 이 글에서 특성 논의가 주체 문학론의 계기를 마련하는 지점들을 살피려 한다.

사회주의적 내용과 민족적 형식

특성 논의가 근거로 삼은 것은 1925년 아시아의 열성자 공산대학의 임무에 대해 스탈린이 했던 연설이다. 이 연설에서 스탈린은 '우리'는 현재 프롤레타리아 문화를 건설하고 있다고 전제한 뒤, 이는 내용에서 사회주의적이며 형식에서 민족적인 것이라고 규정했다. 사회주의적 내용의 민족 문화는 과거 부르주아 국가의 결속을 위한 슬로건으로서의 민족 문화와 달리, 프롤레타리아를 주체로 한 소비에트 권력에 의해 국가적 결속이 진행되는 과정에 상응하는 문화 형태였다. 스탈린은 소련에서의 문화 건설 방침에 대해 이야기한 것이다.

그는 사회주의 혁명이 소(蘇) 연방 내의 여러 민족 언어를 없애기보다 오히려 증가시켰음을 지적했다.[7] 국가적 결속의 이념으로서 사회주의적 내용

---

5) 김정일, 『주체문학론』(조선로동당출판사, 1992), 8, 167쪽.
6) 여기서 주체 문학론이란 주체 시대(1967~)에 들어 '제정' 되는 문학론을 가리킨다. 1970년대에 들어 「피바다」를 비롯한 '항일 혁명 문예'가 '복원' 되고 김일성의 항일 혁명 역사를 문학적으로 형상화한 장편 소설 총서 '불멸의 력사' 가 씌어지기 시작하는데, 이에 병행하여 창작의 규범으로 제시되었던 것이 주체 문학론이다. 김정일이 창안했다는 '종자론' 이나 '속도전' 개념은 주체 문학론의 중요한 내용이 되었고, 그는 직접 『주체문학론』(1992)을 쓰기도 했다. 주체 문학론은 주체 사상에 기초한 문학론, 주체 사상을 실천하는 문학론으로 간주되었다.
7) J. Stalin, "The Task of Communist University of the Toilers of the East in Relation to the Soviet Republics of the East," *Works* vol. 7, Foreign Languages Publishing House, 1954, pp. 140~141.

이 민족적 형식을 취해야 한다는 뜻은 소련 안의 여러 민족들간의 언어와 생활 방식의 차이가 인정되어야 한다는 것일 수 있었다. 그러나 스탈린의 '민족적' 입장은 이내 러시아 민족주의를 특별히 강조하는 방향으로 나아 갔다. 1930년대부터 러시아 민족주의는 부각되기 시작하는데, 제2차 세계 대전 직후 서구를 데카당한 곳으로 선언하는 반(反)서구의 분위기가 고조 되면서 대 러시아의 특별성을 인정하지 않는 '뿌리 없는 코스모폴리탄이 즘'은 맹렬히 비판되기에 이른다. 민족적 영웅을 되살리는 것은 이 시기의 유행이었다. 피터 대제나 쿠트조프와 같은 절대적 권력자와 군사 지도자들 은 숭배의 대상이 되었고 벨린스키와 체르니체프스키, 도브룔류보프 같은 혁명적 민주주의자들은 위대한 러시아의 지식인으로 추앙을 받았다. 이 '소련 문화의 조상'들은 사회주의 사실주의의 선구자이자 애국적인 혁명가 였을 뿐 아니라 러시아 볼세비즘의 기원이기도 했다. 대러시아 민족주의는 소비에트 애국주의의 통합 성분이 되었다.[8]

민족 형식의 문제는 1950년 언어학 논쟁에 관여하여 '계급 언어'를 부정 한 스탈린의 논문을 통해 다시 이론적으로 확인된다. 스탈린은 언어가 계급 의 산물이 아니라 민족의 산물이라고 말했다.[9] 민족은 언어의 창조자이자 담지자였다. 언어가 계급 관계를 반영하는 상부 구조가 아니라 민족의 산물 임을 지적한 스탈린은 민족이 보다 근원적이고 특별한 것일 수 있음을 주장 한 것이다.

민족 형식론은 스탈린 사후로도 폐기되지 않았다. 언어가 이미 그렇듯 구 체적인 생활에 근거를 두고 이를 반영하는 문화라면 그것은 민족적일 수밖 에 없다고 여겨졌기 때문이다. 생활에 근거를 둔 민족적 성격은 일찍이 인

---

8) Glib Struve, *Soviet Russian Literature 1917~1950* (University of Oklahoma Press, 1951), pp. 326~327.

9) J. Stalin, "Marxism in Linguistics," *Marxism and Art* (Longman Inc., 1972), pp. 84~85.

민성(Narodnost)을 말하는 것으로 설명된 바 있다. 인민성이 계급성 내지 당성과 분리될 수 없는 것이었듯 민족적인 것은 국제적인 것과 결합되어야 했다. 민족 문화는 양자의 상호 침투 및 변증적 교섭의 과정을 통해 창조될 것이었다. 자신의 협소한 경계를 넘어 세계 문화의 보고로 흘러 들어갈 때 민족 문화는 국제적 의미를 획득한다는 것이다. 그런데 여러 민족 문화들 가운데 러시아 문화는 특별했다. '위대한' 러시아 문화가 다른 민족 문화들에 대해 심대한 인식적·교훈적 영향을 끼쳐왔다는 주장[10]은 오랫동안 지속되었다.

민족 형식 문제가 한국에서 처음으로 언급된 것은 1946년 봄 공산당 중앙위원회의 이름으로 발표된 '조선 민족 문화 건설의 노선'에서다. 문학가동맹의 실질적 결성식이 되는 '전국문학자대회'(1946년 2월 8~9일)의 개최를 앞두고 나온 이 노선은 "우리가 건설해야 할 문화는 사회주의적 민족 문화가 아니라 반제국주의적·반봉건적·민주주의적 민족 문화다. 사회주의를 내용으로 하고 형식에 있어서 민족적인 문화는 사회주의적 정치 경제를 반영한 문화 형태이므로, 우리에게는 이러한 정치 경제의 토대가 서 있지 않기 때문에 이러한 사회주의적 민족 문화는 아직 있을 수 없다"[11]고 밝혔다. 사회주의를 내용으로 하는 민족 문화의 건설을 말하는 것은 시기상조라고 했지만 민족 형식이라는 개념 자체가 무시되었던 것은 아니다. 오히려 문맹의 기본적 입장은 '진보적' 내용을 민족적 형식에 담는다는 것이었다. 「홍길동전」과 같은 고소설을 새롭게 쓰는 이른바 고전의 변개(變改)가 시도되

---

10) A.M. Aslanov, "The Development of Socialist Culture and the Mutual Influence and Enrichment of National Cultures," *Marxist-Leninist Aesthetics and the Arts* (Progress Publishers, 1980), pp. 53~56.
11) 『해방일보』 1946년 2월 9일자.

었던 것은 그 한 증거다. 민족적 전통을 '비판적으로 계승' 한다는 것은 중국의 민족 문화론에서도 강조된 원칙이다. 전통은 부분적으로 보전되고 또 필요에 따라 변개되어야 했다.[12] 민족 형식은 그런 입장에서 되살려져야 할 것이었다.

38선 이북의 입장 역시 크게 다르지 않았다. 1947년 3월 24일 평양의 노동당 중앙상무위원회 제29차 회의 결정서로 나온 「북조선에 있어서의 민주주의 민족 문화 건설에 관하여」는 민족 형식의 계승과 발전을 강조한다. "본 상무위원회는 찬란한 민주주의 조선 민족 문화 수립을 위하여 조선 민족의 우수한 문화적 전통을 존중하며 그것을 정당히 계승 발전시키며 우리 민족의 고전 문학과 고전 예술을 비롯한 가치 있는 문화 유산들에 대하여 보다 높은 관심을 가지고 연구하며 고상한 민족적 특성과 민족적 향기가 발향된 새롭고 우수한 민족 형식을 창조하라고 주장하며 당의 문화 건설자들에게 호소한다."[13]

소련에서나 한국에서 민족 형식이 관심과 논의의 대상이 되었던 현실적인 이유는 사회주의라고 하든 민주주의로 부르든 근대의 정치 이데올로기가 결국 국가적 동원 체제를 요구하는 것이었다는 데서 찾아야 하지 않을까 싶다. 근대 민족 국가에서 민족의 상상은 국가를 공동체로 여기게 했다. 민족 형식론의 근거로 간주된 인민성 역시 인민이 정신적이고 도덕적인 공동

---

12) 버릴 것은 버리고 취할 것을 취해 낡은 것으로부터 새것을 이끌어낸다는 '양기' (揚棄, Aufheben) 는 전통에 대한 기본적 입장을 드러내는 말로 중국에서는 1920~1930년대 이래 철학 논의와 1940년 대의 민족 형식 논의에서 자주 쓰였던 표현이다. Marian Galik, "Main Issues in the Discussion on 'National Forms' in Modern Chinese Literature," *Asian and African Studies*, Vol. 10, Slovak Academy of Sciences Bratislava (London : Curzon Press, 1974) p. 101.
13) 안함광, 「해방후 조선문학의 발전과 조선로동당의 향도적 역할」, 『해방후 10년간의 조선문학』 (조선작가동맹출판사, 1955), 15쪽.

체를 구성한다는 생각에서 나온 말이다.[14] 특히 서구나 제국주의라는 강대한 타자를 적대시할 수밖에 없었던 아시아의 상황에서 민족의 결속을 위해 오랜 수난자인 인민을 도덕화하는 것은 특별한 일이 아니었다. 인민이 갖는 품성의 잠재력을 강조함으로써 민족의 해방과 영광을 꿈꾸었던 것이다. 민족 형식론은 이런 관점과 무관한 것이 아니었다. 민족의 문화 전통에 기반을 둔 민족 형식은 곧 민족적 특성의 표현이어야 했으며, 민족적 품성의 주인공을 그려내는 것은 민족적 특성을 구현하는 방법일 수 있었다. 민족 형식은 물론 문학 작품의 내용을 규정하는 것이었다.

품성론은 민족의 도덕적 우월성을 상상적으로 확인시켜 주는 것이다. 품성의 뿌리는 민족의 유구한 역사 속에 있는 것으로 간주되었다. 민족의 역사를 쓰거나 문화의 전통을 구성해 냄으로써 민족을 상상케 한 것은 민족 이야기가 수행한 역할이다. 민족 이야기는 민족을 위한 헌신을 마땅하고 거룩한 것으로 여기게 함으로써 국가적 동원을 정당화했다. 민족의 역사를 특별한 정신의 개진으로 그리는 민족 이야기의 주인공은 민족을 인격화한 표상이 아닐 수 없다. 품성의 주인공을 그려야 한다고 하고 결국 그 모델을 찾아낸 특성 논의는 북한 문학이 민족 이야기를 발단으로 한 것이며, 또한 그 형식을 넘어설 수 없는 것이었음을 보여준다. 김일성은 이 논의를 통해 최고의 품성을 갖는 주인공 중의 주인공이 되는데, 이는 그가 획득한 영도자로서의 위치를 더욱 공고하고 절대적인 것으로 만들었다. 북한에서 국가적 동원은 인격적 영도자에 의한 동원이라는 형식을 취했던 것이다.

---

14) 인민성이란 마르크스와 엥겔스로부터 비롯된 개념이 아니라 러시아의 혁명적 민주주의자들을 기원으로 하는 소비에트 미학의 산물이다. Edward M. Swiderski, *The Philosophical Foundations of Soviet Aesthetics* (D. Reidel Publishing Co., 1979), p. 55.

논의의 경과: 민족적 품성과 공산주의[15]

특성 논쟁은 1958년 류창선의 평문[16]을 기점으로 본격화된다. 그는 스탈린의 민족 형식론을 언급하며 민족적 특성이 민족 형식과 같은 것인가 하는 물음을 던진다. 민족 형식을 바탕으로 발현되는 민족적 특성은 형식뿐 아니라 내용으로도 나타날 수밖에 없다는 생각 때문이었다. 그에게 민족적 특성은 민족을 구성한 다양한 제 조건들의 총체이자 그 결과였다.

민족적 특징을 역사적 산물로 간주하는 입장은 일반적이고 또 원칙적인 것이다. 류창선은 일단 민족적 특징을 언어에서 찾으려 했다. '민족어'가 민족 문화의 가장 중요한 형식일 수 있는 이유는 그것이 '생활을 표현하는 수단'인 데 있었다. 생활의 역사가 농축된 것이 민족어였던 것이다. 물론 생활의 역사는 계급투쟁의 역사였다. 따라서 민족어로 나타나는 민족적 특징은 계급투쟁의 역사를 통해 획득된 의식 심부의 형질과 같은 것이 된다. 이 형질은 품성을 구성하는 것이었다. 그는 "조국에 대한 열렬한 애국심과 내외의 계급적 원수들에 대한 증오심, 그들과의 투쟁에서의 비타협성과 혁명성, 갖은 애로와 난관을 돌파하고 나가는 완강성, 인내성, 불요불굴하는 투지" 등을 역사 속에서 키워져온 조선 인민의 품성으로 규정하기에 이른다. 류창선은 특성 논의가 품성론으로 갈 수밖에 없는 것임을 처음부터 명백히 보여주었다.

민족적 특성이 인민성과 관련된 것이라는 견해는 이내 제기되었다.[17] 민족적 특성은 생활 반영의 진실성에 다름 아닌데, 생활 반영의 진실성은 인

---

15) 특성 논의의 주요 평문들은 권순긍·정우택의 『우리 문학의 민족 형식과 민족적 특성』(연구사, 1990)에 의해 수합, 정리된 바 있다.
16) 류창선, 「문학 형식에서의 민족적 특성」, 『조선문학』 1958년 11월호.
17) 김하명, 「문학의 민족적 특성과 생활 반영의 진실성」, 『문학신문』 1959년 3월 12일자.

민성이 구현되는 방식이라는 주장이었다. 민족의 품성은 인민의 품성이었다. 물론 생활 반영의 진실성은 고정불변의 것일 수 없다. 그렇다면 민족적 품성 역시 관념적으로 파악해서는 안 될 것이었다. 품성은 언제든 낡은 것을 이기는 새것으로 나타나야 했다.

민족적 특성 구현과 슈제트와의 관련 문제를 처음으로 거론한 이는 방연승이다.[18] 민족적 품성의 주인공을 창조하기 위해서는 슈제트 역시 민족적 특성을 반영한 것이어야 한다는 주장이었다. 왜냐하면 "슈제트는 작가가 예상하는 전형적 성격을 실현하는 수미일관한 사건 체계로서 등장인물의 호상 관계, 모순성, 반립을 반영하는 수단이기 때문"이었다. 슈제트를 거론함으로써 그는 또한 플롯 구성의 원칙 혹은 중심 플롯(Master Plot)의 필요성을 상기시킨 것이다.

슈제트 혹은 플롯이 주인공의 성격을 부각해 내어야 한다는 주문이 특별히 새로운 것은 아니다. 형식적 통합성의 요구는 전언(傳言)을 분명히 하기 위한 조건으로 흔히 주제 소설의 특징이다. 그것은 정치적 이념이 경직되게 작용하는 사회나 시대에서 번번이 나타났던 현상이기도 하다. 훗날 주체 문학론은 주인공 선(線)을 뼈대로 형식적 통합성이 높게 성취되어야 한다는 집중화의 원리를 제시하거니와,[19] 민족적 특성이 주인공뿐 아니라 슈제트에서도 구현되어야 한다는 생각은 일찍이 이 원리를 말한 것이었다. 슈제트 문제는 한중모에 의해서도 짧게 논의되었다.[20] 한중모는 한설야의 중편 소

---

18) 방연승, 「긍정적 주인공 창조에서 제기되는 민족적 풍격 문제」, 『문학신문』 1959년 3월 29일자.
19) 예를 들어 영화와 가극 「피바다」를 옮긴 소설 「피바다」는 고도의 극적 집중화와 집약적인 장면 제시를 통해 역사와 인간, 생활과 심리를 폭넓고 깊이 있게 반영한 본보기를 보였다고 평가되었다. 방연승, 「소설 문학의 형태적 특성을 옳게 살릴 데 대한 우리 당의 주체적 문예 방침」, 『조선문학』 1973년 10월호.
20) 한중모, 「긍정적 주인공과 민족적 특성」, 『문학신문』 1960년 3월 29일자.

설 「형제」를 민족적 특성 구현에 성공한 예로 분석하면서, 작품의 여러 요소가 주인공 '순이'의 성격 창조에 '부챗살처럼' 집중되고 있는 점을 높이 평가했다.

민족적 품성이 역사 발전의 결과라고 한다면 인민들로 하여금 훌륭한 품성을 획득하게 한 직접적인 기원이나 근거가 제시되어야 했다. 방연승은 드디어 항일 무장 투쟁이야말로 민족적 품성을 질적으로 발전시킨 계기라고 말한다. 모름지기 무장 투쟁을 벌인 혁명 전통을 깊이 탐구하고 잘 이해함으로써만 민족적 품성은 옳게 포착될 수 있다는 것이었다. 방연승의 주장에 대해서는 논란이 있을 수 없었다.

특성 논의가 중반으로 접어들며 민족적 품성을 발전의 관점에서 보아야 한다는 점은 거듭 확인되었다. 역사 발전론에 입각해 품성 발전론이 도출된 것이다. 발전론의 관점에서 보았을 때 민족적 품성이 갖는 보편적 긍정성을 강조한 김창석과 같은 경우는 비판받아야 마땅했다. 품성을 일반화시킬 때 누가 그리고 무엇이 민족적 품성 발전에 결정적 역할을 했는가 하는 물음 자체가 불가능했기 때문이다. 발전론은 특성 논의의 관심이 과거에 있지 않음을 분명히 한 것이다. 작가들 역시 품성의 주인공을 먼 과거에서 찾으려 들어서는 안 되었다. 공산주의자들을 어떻게 그리느냐는 문제야말로 논의의 귀착점이어야 했다. 논의가 전개되는 과정에서 김일성은 다음과 같이 교시한 바 있다.

다른 나라의 어떤 작가는 우리에게 조선에서는 연극 「리순신 장군」을 자주 상연하고 있는데 조선 인민의 조국 해방 전쟁 때에는 수많은 리순신이 나오지 않았는가고 말하였습니다. 나는 이 작가의 말이 옳다고 생각합니다.

지금 우리 시대에는 리순신보다 더 슬기롭고 용감한 애국자가 수많이 있습니다.[21]

고정옥은 신라의 충신 '박제상'과 조국 해방 전쟁기의 영웅 '리수복'을 비교하면서, 같은 애국자라 하더라도 리수복에게서는 민족의 적극적 성격이 더욱 세련되고 풍부한 형태로 나타난다고 주장했다.[22] 리수복은 물론 공산주의자였다.

발전론의 승리는 김창석에 대한 엄호석과 윤세평의 비판에서 뚜렷이 확인된다. 김창석에게 전형이란 계급적 면모만이 아니라 '인간의 본질', 나아가 '인류적 내용'을 표현해야 할 것이었다. 그는 역사적 단계를 넘어 이어지는 '보편성'이 문학적 감동을 불러일으키는 중요한 요소임을 지적했다. 예를 들어 "아름다운 사회적 이상을 실현하려는 투쟁의 불요불굴성이나 정의와 진리를 탐구하려는 열정, 사랑의 무한한 기쁨, 자애로운 모성애, 우정, 동지애" 등은 어느 때이건 독자들의 흥미를 끌 내용이었다.[23] 김창석의 보편성이 역사를 벗어난 관념적 '인간 일반'의 것이었다고 단정하기는 힘들다. 하지만 그가 시대와 현실의 변화로부터 영향을 받지 않는 인간성에 더 관심을 가졌던 것은 사실이다. 나아가 그에게 이 항구적 부분은 예술적 심미화의 대상이었다. 심미화를 통한 감정의 교감이 '영원한 쩨마'를 구현하는 방식이라고 생각했던 것이다.

김창석은 엄호석으로부터 민족적 품성을 심리적 기질이나 '성격의 미(美)'

---

21) 김일성, 「천리마 시대에 맞는 문학예술을 창조하자—작가, 작곡가, 영화 부문 일꾼들과 한 담화」(1960년 11월 27일).
22) 고정옥, 「조선문학의 민족적 특성에 관한 몇 가지 의견」, 『문학신문』 1959년 10월 2일자.
23) 김창석, 「문학예술의 민족적 특성에 대하여」, 『조선문학』 1959년 4월호; 김창석, 「공산주의자의 전형 창조에서 제기되는 리론적 문제」, 『조선문학』 1959년 12월호.

로 환원시키려 했다는 호된 비판을 받는다. 역사적 성격과 사회적 면모를 결여한 '심리적 인간'으로서의 주인공은 품성 발전론을 거부하는 것이었다. 미상불 김창석의 주장대로라면 공산주의자가 갖는 특별한 풍모는 중요한 것이 아니다. 특히 공산주의자의 형상은 계급적 특징을 핵으로 해야 한다는 원칙적 입장을 견지했던 윤세평에게 민족적 특성을 인류적 내용으로 환원시킨 김창석의 보편성 주장은 근본을 흔드는 것이었다. 김창석은 무엇이 주고 무엇이 종인가를 혼동한 오류를 범한 것이다. 윤세평은 아래와 같이 못박아 말했다.

> 우리가 문제를 바로보기 위하여는 우선 민족적 특성과 계급적 특질과의 호상 관계에 있어서 계급적 특질이 사상적 내용의 기초로 되며, 따라서 성격의 핵으로서 주도적이며 보편적이며 내용적인 것으로 되는 대신, 민족적 특성은 종속적이며 특수적이며 형식적인 것으로서 계급적인 것의 표현 형태로 된다는 것을 리해하여야 한다.[24]

윤세평에게 민족적 특성은 계급적 특징의 표현 형태일 뿐이었다. 민족적 특성을 관념화할 때 계급 운동의 역사성은 사상되고 만다. 그 경우 공산주의자가 아닌 낡은 인물도 품성의 주인공으로 그려질 수 있었다. 관념주의는 복고주의였고 복고주의는 항상 경계해야 할 바가 아니었던가. 윤세평은 계급적 관점에 섬으로써 오늘의 공산주의자를 그려야 한다는 결론을 거듭 확인한 것이다. 발전론은 누가 혹은 무엇이 발전의 계기를 마련했는가 하는 물음에 답하기를 요구하는 것이다. 그리고 항일 무장 투쟁이 민족적 품성을

---

24) 윤세평, 「공산주의자의 전형 창조와 관련된 민족적 특성에 대한 약간의 고찰」, 『조선문학』 1960년 4월호, 114쪽.

질적으로 발전시킨 계기라는 답은 이미 제시되었다. 윤세평 역시 그 답을 되풀이 외웠다. 항일 빨치산은 품성의 발전을 가능케 한 역사적 주인공들이었다. 그러나 민족적 특성을 계급적 특징으로 파악하려는 입장에서는 특별한 품성의 민족적 근거란 있을 수 없는 것이다. 윤세평의 논지를 극단으로 몰고 가면 품성은 계급 의식이 될 것이었다. 윤세평의 계급 우선주의는 비판을 받았다. 주인공의 형상에서 민족적인 것과 계급적인 것이 유기적 통일체로 존재한다는 점을 도외시했다는 것이다.[25]

차이의 비교는 발전론을 입증하는 방법 가운데 하나였다. 고정옥이 박제상과 리수복을 대조했듯 리상태는 천리마 기수들의 형상이 과거의 주인공들과 다른 점을 지적한다. 「서화」의 '돌쇠'나 『땅』의 '곽바위'가 보여준 '검박한 소박성'은 「시련 속에서」의 '유갑석'과 같은 천리마 기수들을 통해 오직 하나의 목적을 실현하기 위해 매진하는 '진취적이고 강인한 혁명성'으로 발전되어 나타난다는 주장이었다.[26]

특성 논의에 참여한 어떤 논자들도 1930년대의 항일 빨치산이 민족적 품성을 최고 수준으로 이끌어 올린 공산주의자들이었다는 견해에 대해서는 이의를 달지 않았다. 왜냐하면 그것이 논의의 결론이었기 때문이다. 논의는 박종식에 의해 실질적으로 결말에 이른다.

박종식은 민족적 품성이 민족 해방 투쟁 속에서 형성·발전되었다고 전제한다. '빨치산 참가자들의 회상기'는 그 증거 가운데 하나였다. 회상기는 당시의 빨치산 전사들이 얼마나 "애국적 용감성과 완강성, 혁명적 낙천성을 훌륭히 발휘했는가를 전하는 산 자료"라는 것이다. 회상기 속의 인물들

---

25) 한룡옥, 「민족적 특성에 대한 의견」, 『문학신문』 1960년 7월 15일자.
26) 리상태, 「전형 창조에서의 민족적 성격」, 『문학신문』 1960년 5월 10일자.

은 민족적 공산주의자들의 산 본보기였다. 이윽고 박종식은 민족 해방 투쟁의 지도자 김일성이 품성의 발전에서 한 역할에 대해 언급한다.

　　조선 인민의 오늘의 민족적 성격의 모든 긍정적이며 혁명적 특질들의 전통은 바로 김일성 동지를 선두로 하는 조선의 공산주의자들의 간고하고 영광스러운 민족 해방 투쟁 과정에서 형성되었다. 이 위대한 민족 해방 투쟁 과정에서 공산주의자들, 로동계급을 선두로 하는 조선 인민의 민족적 성격의 우수한 특질들, 즉 '용감하고 근면하고 슬기롭고 애국적이고 단결력이 강한' 성격적 특질이 형성되었다.[27]

빨치산이 품성의 질적 비약을 가능케 했다면 빨치산을 이끈 김일성은 비약의 계기를 마련한 것이다. 품성의 주인공이 됨으로써 인민의 영도자로서 그의 위치는 거듭 확인된 것이다. 오늘의 천리마 기수는 과거 빨치산 전사들이 그러했듯 김일성을 좇아야 했다.

논의 이후

특성 논의는 전적인 모범으로 보고 따라야 할 전통과 그 주인공들을 '창조'해 낸 것이다. 그들은 민족적인 것과 계급적인 것을 결합해 냈다. 민족적 품성을 비약하게 한 그들은 또한 공산주의를 선취한 민족사의 선구자들이었다. 김일성은 그들을 대표하는 주인공 중의 주인공이 됨으로써 인격에 의한 지배와 동원 체제를 굳혔다. 북한은 건국 과정에서부터 의지주의적 동원을 도모해 왔거니와, 인격의 정점에 오른 김일성은 의지의 기원이자 도덕적

---

27) 박종식, 「우리 문학에서 주체의 확립과 민족적 특성」, 『조선문학』 1961년 2월호, 108쪽.

표상, 그리고 사상의 창안자가 된다. 천리마운동과 더불어 공산주의의 건설이 목표가 된 상황에서 이미 스스로 공산주의를 획득하고 펼친 김일성은 과거의 주인공일 뿐 아니라 미래의 주인공이었다.

항일 빨치산은 이제 진지한 연구의 대상이어야 했다. 작가들에겐 '그들이 오랜 투쟁의 과정에서 축적한 높은 지혜, 재능, 창발성 등을 깊이 파고 들어가야' 하는 과제가 주어졌다. 그러나 연구의 결과는 이미 확정되어 있었다. 김일성은 "천재적인 전략 전술, 탁월한 영도와 빛나는 지혜, 령활성, 풍부한 인간성, 고상한 인도주의, 인민을 향한 극진한 사랑과 육친적 배려, 대원들에 대한 두터운 신뢰와 동지애"를 보인 영도자로 그려져야 했다.[28]

특성 논의에 이어 혁명 전통을 형상화하기 위한 틀로서 장편 소설의 구성 문제에 대한 관심이 제기되었고 이내 혁명적 대작(大作) 논의가 전개된다. 무장 투쟁사는 조선 혁명의 총체적인 발전 과정으로 그려져야 했으니, 심오하고 다면적인 형상화가 가능한 웅대한 화폭을 펼치는 대작이 필요하다는 것이었다. 대작은 "당과 수령에 대한 무한한 충성심, 자력갱생의 혁명 정신, 조국과 인민에 대한 변함없는 사랑과 원수에 대한 무자비한 증오심, 혁명적 동지애와 인도주의적 정신, 불요불굴의 투지와 곤난 극복의 강의한 의지 등 공산주의자들만이 지닐 수 있는 가장 고귀한 혁명가적 품성을 생동하게 재현"해 내야 했다. 그러나 대작은 김일성의 영도사를 벗어나서는 안 될 것이었다. 요컨대 김일성이 어떤 정치적 노선에 입각해 혁명적 전략 전술을 구사했는가, 그리고 그의 전사들이 어떻게 그를 좇아 혁명의 과업을 수행했는가를 보여주는 것이 대작의 임무였다. '항일 빨치산 참가자들의 회상기'는 대작을 쓰기 위해 참고해야 할 권위적 교본이었다.[29]

---

28) 박종원, 「항일 혁명 투사의 진실한 성격 창조를 위하여 제기되는 문제」, 『조선문학』 1961년 3월호.
29) 머리글, 「혁명적 대작의 창작은 시대의 요구이다」, 『조선문학』 1964년 4월호; 장형준, 「혁명 전통 주제의 대작 창작에서 제기되는 중요한 사상 미학적 요구」, 『조선문학』 1967년 9월호.

특성 논의는 품성론으로, 그리고 주인공론으로 귀착된 것이다. 주인공이 소설의 전언을 대표하는 형상이라고 할 때 사상적 주제를 효과적으로 제시하기 위해서는 주인공 선(線)을 분명히 세우는 일이 필요했다. 주인공 선은 소설의 사상 주제를 밝히는 선으로서 모든 이야기와 세부를 꿰는 중심선이 되어야 한다는 것이다. 기록에 치중하여 사건을 평면적으로 늘어놓는 기록주의나 그 결과로서의 도식주의, 에피소드 본위로 세부에 집착하는 자연주의적 태도는 제2차 작가대회(1956)를 전후하여 비판·경계된 바 있다. 기록주의와 자연주의의 오류는 긍정적 주인공의 역할과 의의를 몰각한 데서 비롯된 것이었다. 세부와 에피소드는 중심 줄거리를 흐트러뜨리지 않아야 했다.[30]

안함광은 에피소드들이 주제를 해명하기 위해 유기적으로 연결되는 것이 우리 고전의 특질임을 말한다. 오늘날의 장편 소설 역시 생활 발전의 합법칙성과 그 내재적 논리를 반영하는 것이므로 무엇보다 슈제트가 명료해야 한다는 것이었다.[31] 이런 생각은 대작 논의로 고스란히 이어졌다. 더구나 대작이 화폭을 넓고 크게 갖는 것인 만큼 생활 자료를 집중적으로 일반화하는 수단인 슈제트의 강화는 필수적인 것으로 강조되었다. 주인공 선을 뚜렷이 해야 한다는 것은 이후 대작 창작의 최우선 원칙이 되었다. 대작일수록 작품의 모든 요소는 전일한 형상 속에 통일되어야 했다.[32]

인물들의 포진과 그들이 현실과 맺는 유기적 발전의 과정이 명백한 사상 주제로 수렴되는 통합적인 얼개를 가질 때 구체적 세부는 그 얼개 안에서 자랄 것이었다. 슈제트의 명료성은 사상적 전언의 명료성을 담보하는 것으

---

30) 윤세평, 「우리나라에서 장편 소설의 구성상 특성과 제기되는 문제」, 『조선문학』 1962년 1월호.
31) 안함광, 「장편 소설의 구성상 문제 (1)」, 『조선문학』 1963년 7월호.
32) 엄호석, 「혁명적 대작과 슈제트 문제 (1)」, 『조선문학』 1965년 8월호.

로서 결국 김정일이 창안했다는 '종자론'을 이미 요청한 것으로 보아야 하지 않을까 싶다. 종자가 작품이 말해야 할 사상적 내용과 슈제트의 전개 방향을 규정하는 것이었던 한 그렇다.

김일성이 영도한 빨치산들의 혁명 역사는 인물들의 성격 발전과 현실 발전이 유기적으로 연계되는, 혁명 사상의 실현 과정으로 그려야 할 것이었다. 역사적 사변 속에서 혁명 투사들이 성장하고, 투쟁을 통해 혁명 사상을 체현해 가는 과정의 합법칙성을 천명하기 위해서는 갈등선 속에 놓이는 인물들의 성격의 핵과 위치를 정확히 규정하고, 그것의 발전에 따른 사건 체계를 잡는 것이 필요하다는 점이 여러 차례 지적되었다. 혁명 역사는 김일성의 사상, 곧 주체 사상에 의해 영도되어 왔고 그것이 실현되어 온 과정이었다. 따라서 혁명 역사를 그린 소설은 주체 사상을 밝히는 통합적 얼개를 가져야 했다. 그러기 위해서 작가는 혁명의 수령으로서 김일성과 그의 사상을 먼저 바르게 이해하고 분명한 의도를 가지고 창작에 임해야만 했다. 그것이 바로 종자론이었다.

전통의 계승 문제에 대해 김정일은 『주체문학론』에서 다음과 같이 말했다.

지난 시기 일부 사람들은 우리 당의 혁명 전통을 상하좌우로 넓힌다고 하면서 과거 애국 전통을 혁명 전통으로 취급하고 실학과 문학이나 카프 문학도 우리 문학의 혁명 전통으로 앉아야 한다고 주장하였다. 이것은 혁명 전통이 무엇인지 그 개념조차 모르는 몰상식한 견해이며 혁명 전통을 오가잡탕으로 만들고 혁명 전통을 이룩한 수령의 업적을 말아먹으려는 반동적인 궤변이다.[33]

주체 시대는 김일성이 이끈 항일 혁명 역사가 가장 의미 있는 전통의 지위에 오름으로써 시작되었다. 이 혁명 전통의 순수성과 정통성을 지키는 것은 주체 시대의 과제였다. 김일성의 항일 혁명 역사는 '불멸의 력사' 총서로 씌어졌다. 대작 논의가 '불멸의 력사'로 결실을 맺은 것이다. 이 장편 소설 총서는 허구적 소설이 아니라 소설 형식을 취한 역사 서술로 간주되었다. 김일성이 이끈 혁명 역사는 어떤 형식으로 씌어지든 허구일 수 없었던 것이다. 이 혁명 역사의 주인공을 정하고 그 형식적 틀을 제안한 특성 논의는 민족 이야기의 서술이 북한 사람들의 '세계'를 만드는 과정에서 중요한 의미를 갖는다.

특성 논의의 핵심이 되었던 품성론은 결국 개조론이었다. 좇아야 할 본보기로 제시된 품성의 주인공은 개조를 명령하는 형상이었기 때문이다. 김일성은 개조를 명령하는 궁극적 주체인 셈이었다. 품성론이 요구한 집중화의 원리는 이 영도자의 지위가 이미 절대적이며 모든 인민의 존재는 그에 부속된 것이어야 함을 말하는 것이기도 했다.

---

33) 김정일, 앞의 책, 60쪽.

일자적 결속에 대하여

'한 몸'의 이상—북한식 동원 체제의 명암

북한을 '악의 축(軸)'으로 규정한 부시의 발언에 남한 사람들은 대개가 마음이 착잡했을 것이다. 북한에 대한 미국의 위협이 당장 남한을 위태롭게 하리라 우려하는 한편으로, 어쨌든 한 민족인 북한을 표적으로 삼아 단단히 손을 보겠다고 으르는 미국에 대해 또한 저항감과 분노를 느꼈기 때문일 것이다. 솔트레이크에서의 판정 문제와 겹쳐 부시를 조롱하는 '동요'(童謠)가 나돌 정도로 반미 감정이 다시 일깨워지고 있지만, 북한은 어쩔 수 없이 협상 테이블에 나와 앉을 것이고 그럴 때 훨씬 실제적인 변화의 전기가 마련되리라고 기대하는 분위기 또한 없지 않다. 과연 북한의 '외투'는 햇볕이 아니라 바람에 의해 벗겨질 것인가?

부시는 북한 인민과 지배 세력을 구분했다. 악의 축 운운이 누군가 주석을 붙였듯[1] 후자를 겨냥한 것이라고 할 때 그의 발언은 국민을 굶기면서도 군비 확장에만 혈안이 되어 있는 부도덕한 정권을 비난한 것이 된다. 사실

---

1) 「'CIA 북한보고서' 펴낸 헬렌 루이즈 헌터」, 『조선일보』 2002년 3월 5일자.

북한 인민을 가련한 희생자로 여기고 그들의 구원을 말하는 것은 오랜 반공 논리이기도 했다. 냉전의 시대가 가고 북한에 대해 가졌던 막연한 두려움이나 경계심이 걷히면서 북한을 동포애로 포용해야 한다는 견해는 남한 사람들 사이에 확산되었는데, 그런 민족적 자각도 북한의 보통 사람들과 지배 세력을 구분하는 발상의 연장된 형태일 가능성이 크다. 많은 북한 사람들이 경제적 파탄의 어려움을 겪고 있고 인간의 기본적인 권리조차 누리지 못하고 있다는 점이 잘 알려진 것인 만큼 그 책임은 북한의 지배 세력과 그들이 부식한 체제에 있다는 생각 역시 일반적인 것인 듯하다. 인민을 지배 세력으로부터 갈라내는 '구분론'은 이를 바탕으로 재연되고 있다고 보인다. 그러나 북한에서 지도자와 인민은 줄곧 '한 몸'이어야 했으니, 실로 이 일자적 결속의 이상을 통해서 북한 체제는 유지되어 온 것이다. 따라서 구분론은 북한이라는 정체(政體)를 근본적으로 부정하는 것이 아닐 수 없다.

돌이켜보면 구분론의 역사는 남북 분단의 역사였다. 미제와 매판 괴뢰 집단의 학정 밑에 신음하는 남한 인민을 해방시켜야 한다는 것이 한국전쟁에서 북한이 앞세운 명분이었다. 오늘날 북한에 대한 경제적 우위를 확신하게 된 남한 사람들이 입에 올리는 흡수 통일의 전망이라는 것도 '자본주의의 승리'를 믿는 구분론이 아닐 수 없다. 북한 체제의 붕괴는 흡수의 목표거나 결과일 것이다. 구분론 뒤에는 상대를 일방적으로 접수하겠다는 의지가 숨겨져 있다고 보아야 한다. 과연 북한 인민의 구원이 북한 체제를 무너뜨림으로써만 가능한 일인지, 북한 체제의 파괴가 곧 북한 인민의 해방과 구원을 의미할 것인지에 관해 논의하는 것은 그 자체가 간단한 일이 아니다. 그러나 구분론을 마땅한 것으로 받아들이든 그러지 않든 북한이 외쳐온 지도자와 인민의 일자적 결속이 어떤 것이고 어떤 양상을 보였는지는 꼼꼼히 되짚어볼 필요가 있다. 나는 근래의 북한 문학을 통해 이를 조명해 보려 한다.

북한은 전면적인 동원 체제를 가동시켜 왔다. 자본의 침투를 거부하면서 제국주의 침략자들과는 다른 방식으로 경제적 성장을 이룩하려 한 북한의 입장에서 동원 체제는 '불가피한' 것이기도 했다. 지도자와 인민이 하나로 뭉쳐야 한다는 일자적 결속의 요구는 이 동원 체제를 가동시킨 방식이었다. 특히 제국주의에 대한 저항의 도덕적 정당성이 강조되고 지도자와 인민의 결속이 민족적 결속으로 간주된 상황에서, 동원에 응하는 것은 마땅하고 거룩한 과제일 수 있었다.

인민들에게는 언제나 목표를 초과해 달성하는 비약이 요구되었으니, 모든 사람의 성심(誠心)이 한데 모아져 내는 성과가 '기적'을 이룬 경우도 없지는 않았다. 예를 들어 한국전쟁은 북한 전역을 철저히 파괴했지만 적어도 100년은 걸릴 것이라는 미국인들의 예측을 비웃듯 휴전이 된 불과 5년 후 전후 복구의 완성이 선언되기도 했다. 폐쇄성은 '자력갱생'이라는 슬로건을 내걸었던 이 동원 체제의 특징이었다. 1956년 8월의 종파 투쟁 이후 북한이 소련과 중국으로부터도 일정한 거리를 갖는 독자적 노선을 걷지 않을 수 없게 되면서 폐쇄성은 더욱 강화되었던 듯한데, 이 과정에서 그리고 그 이후로도 줄곧 요구되었던 것은 곤경을 이기는 정신의 힘이었다. 과연 천리마 대고조기에는 공산주의의 달성이 눈앞에 다가왔다고 여기는 집단적 도취와 열광의 분위기가 조성되기도 했다. 그러나 누구든 '쌀밥에 고깃국을 먹는' 풍요로운 사회주의의 건설이 계속 연기되었던 것 또한 사실이다.

유일 사상 체제가 확립됨으로써 '주체' 노선이 법적으로 고정되는 1970년을 전후한 무렵은 북한이 다른 선택을 할 수 있었던(해야 했던) 때가 아니었던가 한다. 여러 가지 지표로 볼 때 기왕의 동원 체제가 더 이상 생산적일 수 없음이 확연히 드러났기 때문이다. 주체 시대는 지도자를 더욱 절대적인 존재로 만듦으로써 이 문제를 해결하려 했는데, 하지만 그런 선택이 경제적 상황을 개선시키진 못했다. 이후 소련을 비롯한 사회주의 국가들의 붕괴로 북한은 더욱 극단적인 고립 상태에 빠지게 된다. 사회주의의 마지막 성채(城砦)임을 자처하고, 민족적 순종성(純種性)을 고수하자는 '조선 민족 제일주의'를 외쳤음에도 불구하고 오늘날 북한은 미국을 비롯해 여러 서방 국가들에게 원조를 청하는 처지가 되었다. 이런 현실은 북한식 동원 체제가 근본적인 한계에 봉착한 것이 아니냐는 판단을 불가피하게 한다. 제국주의와는 다른 길을 가려 했고 사회주의 제도 역시 '주체화'하려 했던 북한이 그토록 되풀이 강조해 온 민족적 자존심은 사실상 땅에 떨어진 것이다. 이것이 '우리 식' 대로 살아온 결과라면 그것은 허망한 결과가 아닐 수 없다.

　모든 역사적 결과가 다 설명될 수 있는 것은 아니라 하더라도 여기에 북한이 자초한 부분이 없다고 말하기는 힘들 것이다. 지도자와 인민의 일자적 결속이 충분치 못했거나 거꾸로 일자적 결속이라는 이상 자체가 문제였다는 추측도 해볼 만하다. 과연 일자적 결속이란 무엇이었던가. 북한에서 지도자는 처음부터 숭배의 대상이었다. 그는 위대한 정신과 덕성의 표상이자 근원이기도 해서 절대적인 추종 이외에 다른 태도는 허용될 수 없었다. 통치는 정신과 덕성의 지배를 뜻하는 것으로 도덕화되었지만 결국 숭배를 통해 가능한 것이었기에, 체제의 유지를 위해서는 숭배가 지속되어야 했다.
　두루 알려져 있듯 북한은 인민들을 조직적인 교양 사업의 대상으로 하는 훈육 사회이며 계급과 성분, 성별에 따라 교육의 기회나 직업의 선택, 거주의 권한 등이 재허(裁許)되는 통제 사회이기도 하다. 폐쇄적인 훈육·통제 사회에서 숭배의 메커니즘은 마련되었고 지속적으로 작동할 수 있었다. 옳고 그른 것이 권위적 주체에 의해 규정될 뿐 아니라 일상이 주어진 회로를 맴돌아야 하는 상황에서는 상상 역시 한정된 틀을 벗어나기 어려운 것이다.

북한에서 항일 무쟁 투쟁사나 조국 해방 전쟁은 끊임없이 '위대한 과거'로 일깨워졌다. 혁명이란 이 '위대한 과거'를 본받고 따르는 일을 뜻했다. 과거가 현재를 장악해 버림으로써 북한 인민들은 항일 무장 투쟁이나 조국 해방 전쟁이 여전히 진행중인 가운데서 생활해야 했다. 현실이 다르게 읽힐 여지가 없었다면 이 이야기들은 상상된 세계의 최대치였다. 그런데 위대한 지도자는 언제나 위대한 과거를 일깨운 숱한 이야기들의 궁극적 주인공이었다. 이로써 그는 시간과 세계를 주재하는 절대적 존재가 되었다. 이것이 숭배를 지속시킨 메커니즘이었다.

북한 문학은 이 이야기들을 반복하는 수단이 되었다. 지도자가 항상 궁극적 주인공이어야 하고 결말이 이미 정해진 이야기가 반복됨으로써 서사적 구속은 진행되었다. 나는 숭배를 지속시킨 메커니즘이 서사적 구속의 과정을 통해서 작동했다고 본다. 북한 문학의 역사는 서사적 구속의 역사였다. 이런 방식으로 북한 문학은 북한 체제를 유지시키는 데 기여했다.

주체 사상에 의하면 수령(지도자)은 인민의 뇌수(腦髓)다. 다만 수령을 좇아야 하는 인민들은 생각이 없는 육체로서, 무뇌 집단이 되고 만다. 수령과 인민의 일자적 결속은 뇌수와 무뇌 집단의 결속이었다. 서사적 구속은 이 관계를 지속시켰다. 무뇌 집단이 뇌수에 의해 조종될 수밖에 없는 것이라면 일자적 결속은 결속이 아니라 일방적인 복속이 될 것이다. 나는 이 점이 오늘의 결과를 초래한 중요한 원인의 하나였다고 본다. 개별화의 가능성이 철저히 폐색되어 언제나 집단만이 드러나는 사회란 겉으로는 일사불란해 보일지 모르지만 근본적으로는 혼돈에 빠진 사회며 침체된 사회일 수밖에 없다.

북한이 걸어온 궤적과 현재적 종착점은 확대를 거듭해 온 세계 체제의 이면을 뒤집어 보여주는 것이기도 하다. 고립은 확대와 맞물린 현상이었다. 제국들을 거슬러 나름의 길을 가겠다는 원대한 기획은 북한을 자본의 힘이 미치지 않는 지역으로 만들었지만, 그 결과는 경제적 파탄으로 나타났다. 북한의 현실은 결국 전 지구적인 불평등 구조 속에서 파악되어야 할 것이다. 요컨대 북한이 자본의 침투를 막는 데는 성공했다 하더라도 제국주의가 만들어낸 전 지구적 불평등 구조를 벗어나지는 못했다는 뜻이다. 그것이 일자적 통합을 요구한 명분으로서의 민족주의가 이른 종착점이라고 하면 그 민족주의는 이미 함정이었다. 민족주의가 전 지구적 불평등 구조를 벗어나는 선택일 수 없었다는 점에서다. 일본 제국주의나 미 제국주의를 상대로 한 민족적 투쟁의 역사를 되풀이해 써내는 것은 북한 문학에 주어진 큰 임무였다. 그러나 북한 문학이 반복한 민족 이야기는 과연 제국주의의 세계를 진정으로 거부한 것이었던가? 이것은 내가 북한 문학을 향해 던지고 싶은 물음이다. 이 물음을 구체화하기 위해서는 민족주의의 서사체(敍事體)가 형성되었던 경위를 조명해 보아야 할 것이다. 먼저 북한의 민족주의가 어떤 것이었던가에 대한 논의부터 시작해 보자.

금욕적 민족주의

아시아에서의 반제 투쟁은 식민화에 항거하는 민족 운동의 형태로 전개되어 왔다. 약소 민족의 '완전한' 해방이란 자본의 권력을 전복시킴으로써 달성될 것이었다. 이런 점에서 민족 해방 운동은 제국들의 시대를 종식시키려는 세계사적 기획의 일환일 수 있었다. 때문에 스탈린은 일찍이 "민족의 해방 없이 프롤레타리아의 완전한 승리 역시 있을 수 없다"[2]고 주장했던 것이다. 1945년 8월 해방을 맞은 한국인들은 연합국 세력을 막연히 '민주주의' 란 말로 통칭했지만 반제나 반자본주의 혹은 반서구의 입장에서 볼 때 점령자 미국은 애당초 경계의 대상이 아닐 수 없었다.

북한이 미국을 공식적으로 적대시하기 시작하는 것은 1948년 국토 완정론을 내세우면서부터다.[3] 완정이란 국토의 남반부를 강점하고 있는 미군과 괴뢰 세력을 몰아내어야 한다는 의미였다. 미군의 진주는 애당초 38선 이남을 식민화하려는 목적에서 이루어진 것으로 단정되었다. 인종 말살의 방법(인디안 학살이 그 예) 등을 통해 일찍부터 팽창주의 노선을 걸어온 이 제국주의 압제자는 "일제가 가지고 있던 조선을 자기 식민지로 인계받는 것을 당연지사로"[4] 여겼다는 것이다. 일제가 부식한 식민 체제와 인적 자원을 통치의 기반으로 이용한 미군정의 정책은 이를 확인시키는 증거였다. 남한은 다시 해방되어야 했다.

상당수 한국인들에게 미국은 낯선 나라가 아니었을 것이다. 식민지 시대부터 미국은 자본주의 문명의 위용을 대표하는, '자유로운' (특히 일본과 비교했을 때) 근대 세계의 표상이었다. 미국이 막연한 상상의 대상이던 서구를 구체화해 주었다면 그것은 무엇보다 미국 영화 때문이었다. 미국 영화는 이미 1920년대부터 모더니티의 교과서로 수용되었다. 영화 속 배우들의 복장이나 머리 모양은 소비의 스타일을 결정했으며 드라이브나 댄스는 일상의 문화 풍경이 되었다.[5] 그러나 그들이 구가하는 풍요는 곧 죄악과 타락의 징표이기도 했다. 자본주의의 양지가 휘황한 만큼 그 이면의 어둠 또한 깊을

---

2) 스탈린, 「민족문제의 설정에 관하여」 (1921년 5월 5일), 『마르크스 레닌주의 민족 이론』 (나라사랑, 1989).

3) 해방 후 한반도 문제를 논의하기 위한 미소의 창구였던 미소공동위원회가 별다른 성과 없이 결렬되면서 김일성 등은 미국을 비판하기 시작한다. 국토의 '남반부'를 회복한다는 국토 완정이란 목표는 1948년 9월 북한 정권의 수립과 함께 발표된 공화국 정강의 첫째 조항이 되었다. 이 과정에 대해선 박명림, 『한국전쟁의 발발과 기원(1)』 (나남, 1996), 83~91쪽.

4) 최용건, 『미제국주의의 조선침략정책』, 북조선민주당 중앙본부 선전부, 1948년, 37쪽.

것이었다. 때문에 미국을 보는 시선은 이중적이게 마련이었고 또 언제든 부정적인 데로 기울 수 있었다. 미국이 기계 문명의 첨단을 구현한 대신 그 한계를 역시 노정해 정신적인 황폐화나 도덕적 파멸이 이미 돌이킬 수 없는 지경에 이르렀음을 단정하는 공격적인 '동양론'은 일본의 미국 침공(1942) 이후 전개된 '근대 초극 논의'[6]를 통해 제시된 바 있다. 근대의 초극은 곧 미국의 초극이어야 했던 것이다.

미국과 자본주의를 거부한 점에서 좌파들의 생각은 실제로 이런 동양론과 무관치 않았다. 대중 정서의 수준에서도 식민 자본주의에 대한 원한이란 언제든 서구(미국)에 대한 원한으로 전이될 수 있는 것이었다. 서구는 찬탄의 대상이었던 만큼 자기 정체성의 부정을 강요해 온 위협적 타자였다. 이제 자본의 지배를 철폐하고 인민의 나라를 세워야 한다고 했을 때 서구는 마땅히 배격되어야 했다. 38선 이남이 미국에 의해 강점되었다는 사실은 식민 자본주의와 서구에 대한 원한을 일깨웠다. 미국은 오래고 깊은 원한의 표적이 되었다.

미국에 대한 원한은 한국전쟁을 통해 더욱 격렬한 것이 된다. 전쟁은 인종주의적 살인귀로서 미국의 잔혹성을 확인케 했으니, 일제에 이어 미제는 한 하늘을 이고 같이 살 수 없는 원수가 되었다. 이후로도 미국은 북한의 가장 큰 적이자 공포와 증오의 대상이었다.

---

5) 일본의 '아메리카화'의 과정을 돌이킨 吉見俊哉, "「アメリカ」を慾望/忘却する戰後," 戰後東アジアとアメリカの存在, 『現代思想』 2001년 7월호, 48~50쪽 참조. 이 글에 의하면 일본에서 아메리카화라는 현상이 시작되는 것은 1920년대이다. 이 시기부터 미국은 일본인의 일상 속으로 침투되어 '이종혼교'(二種混交)적 대중 문화가 대도시를 장악하기에 이른다는 것이다. 대도시가 혼종 공간이 됨에 따라 미국과 일본의 구별이라는 것은 계속 문제가 될 수밖에 없었다. 이 글은 식민지 도시 경성의 경우도 크게 다르지 않았던 것으로 묘사하고 있는데, 한 예로 경성에서 미국 영화의 상영 비율은 1920년대 모든 수입 영화의 90퍼센트, 1930년대엔 60~80퍼센트였다.

6) 1942년 7월에 있었던 '근대의 초극' 좌담회의 '아메리카니즘과 모더니즘' 부분. 당시 『문학계』에 연재된 논의 내용은 이경훈 교수의 번역으로 읽을 수 있음. 한국문학연구회 엮음, 『다시 읽는 역사 문학』(평민사, 1995).

외부의 위협적 존재는 내부의 단결을 절실한 것으로 만드는 법이다. 북한에서 미국의 강대함이 부정되었던 적은 없다. 북한은 힘든 싸움을 벌여온 것이다. 그러나 미국이 침략자이고 '악의 화신'인 한 그에 맞서는 것은 떳떳하고 정당한 일이었다. 이로써 싸움은 도덕과 정의를 구현하려는 것이 된다.

이런 도덕론은 오래전부터 대항 민족주의의 근거였다. 일찍이 서구의 문물을 '기기음교'(奇技淫巧)로 간주한 척사의 관점에서 보면 문명했다는 서구인이야말로 도덕성을 갖지 못한 야만인이었다. 서구라는 금수의 땅(禽獸地域)으로부터 밀어닥친 물질의 공세를 막아내야 도덕이 지켜지리라는 생각은 모호하게나마 민족의 경계를 구획하는 출발점이 되지 않았던가 싶다. 민족이 도덕성을 갖는다고 보는 도덕적 자기 중심주의는 식민 강점 상황에서도 지속될 수 있었다. 무엇보다 민족은 무도한 침략의 희생자였던 것이다. 민족의 도덕성이 언젠가 새로운 비약의 계기를 마련하리라는 자기 암시는 민족의 부활에 대한 믿음을 가능하게 했다.

도덕론에 바탕한 민족주의는 금욕적인 것이기 마련이다. 특히 서구가 물질주의로 규정되었기에 금욕적 태도는 불가피했다. 금욕적 태도란 물질 세계의 감각적 매혹이나 소비 욕망을 외면하고 보다 거룩한 목표를 향해 헌신하기를 요구하는 것이다.[7] (물론 금욕적 민족주의에서 민족의 해방은 거룩한 목표다.) 문명이 문화와 대비되었듯 물질은 정신으로 이겨내어야 할 것이었거니와, 금욕주의는 이미 정신적인 것이며 정신주의로 가게 되어 있었다. 민족의 궁극적 근원은 정신적인 것으로 추상되었고, 따라서 그 정신을 지키는 것은 민족을 지키는 것이 되었다. 민족의 결속은 마땅히 정신적 결속이어야 했다. 정신주의로서의 금욕주의가 지향하는 것은 순결이다. 정신은

---

7) 금욕주의와 정신주의에 관해서는 Maria A. Morris, *Saints and Revolutionaries : The Ascetic Hero in Russian Literature* (NewYork State Univ. Press, 1993)를 참조할 것.

순결을 통해서 빛날 것이었다. 나아가 정신의 순결성은 민족적 순종성(純種性)의 증거일 수 있었다.

물론 금욕주의는 동원의 사상으로 복무했으며 정신적 순결의 요구는 숭배의 정치학을 유지하는 조건이기도 했다. 금욕(주의)은 정신의 힘을 과신하고 과장하는 태도를 동반했다. 정신의 힘으로 극복되지 않을 난관은 없다는 것이다. 간단치 않은 현실 문제를 간단한 것으로 만든 것은 금욕주의의 큰 역할이었다. 동원은 언제든 금욕주의가 절대화한 정신을 앞세워 이루어졌다. 북한에서 사회주의나 공산주의는 정신의 최고, 최선의 형태였다. 이 정신으로 철저하게 무장하는 것이 제국주의와 맞서 자력갱생을 도모하는 길이었음은 다시 말할 필요 없다. 일자적 결속이 정신적 결속이어야 했고 도덕적 결속이자 민족적 결속이어야 했다면 그 근거는 민족 안에서 찾아야 할 것이 된다. 요컨대 공산주의라는 정신은 단지 수입품일 수 없었던 것이다. 8월 종파 투쟁 이후 전개되는 민족적 특성 논의는 이내 민족적 품성에 관한 논의로 전개되었고 공산주의 정신을 민족적 품성에서 발견하는 데 이른다. 이로써 공산주의는 그저 외래의 것이 아니라 민족적 품성 속에 이미 그 단초가 마련되어 있었던 것이며, 마침내 품성의 '발전'을 가능케 한 정신으로 간주되었다.[8]

프롤레타리아의 긍정성과 고상한 민족적 풍모를 접합시키려는 기도는 계속되어 왔다. 북한에서도 민족은 애당초 '사회주의적 민족'이었다고 보아야 옳다. 그러나 공산주의 정신을 민족의 정신으로 만드는 일은 항일 혁명 역사 조명함으로써 이루어졌다. 즉 항일 빨치산이 공산주의 정신의 높이를 보인 참다운 공산주의자이자 동시에 민족적 품성을 발전시킨 민족적 영웅으로 간주된 결과다. 빨치산은 공산주의 정신을 구현한 민족적 품성의 전

---

8) 이 책의 3부에 수록되어 있는 「북한 문학에서의 '민족적 특성' 논의」 참조.

형으로 그려져야 했다. 그런데 김일성은 그들을 이끈 지도자가 아니던가. 이 지도자는 최고의 공산주의자이자 고상한 품성의 정점을 표하는 형상이었다. 지도자가 정신을 구체화한 정신의 주재자가 된 것이다. 지도자를 뇌수로 여긴 근거는 여기에 있다. 지도자와 인민의 일자적 결속은 정신의 지배 방식으로서, 그 뿌리는 금욕주의에 있었다.

금욕적 민족주의-정신주의는 근본적으로 추상적인 것이다. 근원을 상상하고 정통을 따지는 입장에서 그려지는 세계상은 단순화되게 마련이다. 세계의 다차원성은 부정되었다. 어떤 행위도 궁극적 목적에 종속되어야 하는 상황에서 하나의 이야기는 반복될 수밖에 없다. 서사적 구속은 그 결과다. 정신주의가 도달하려는 역사의 끝은 정신·민족이 승리하는 지점으로, 이 종국은 모든 이야기가 전망해야 할 목표였다. 이로써 정신은 역사를 고정시키게 된다. 서사적 구속은 또한 역사적 구속이었다.

정신의 승리가 약속되는 역사 안에서 인민은 정신 앞에 다만 경건해야 할 존재였다. 몸을 깨끗이 할 때만 구원은 가능했다. 지도자를 향한 신심에는 작은 흐트러짐도 있어서는 안 되었다. 이렇게 구원과 타락을 가르는 선민주의(選民主義)적 순결론은 또한 '우리'를 구획하고 타자를 배제하는 폭력을 정당화했다.

북한이 줄곧 민족적 자긍심을 외친 배경에는 금욕적 민족주의가 작용하고 있었다. 악의 화신인 '제국주의자'들에게 고상한 정신이 있을 리 없었다. 탐욕적인 만큼 그들은 저열한 물질주의의 노예였다. 물량 공세는 그들의 장기지만 어떤 기도도 정신의 힘을 꺾지는 못할 것이었다. 그러나 정신적 우월성과 필연적인 승리에 대한 믿음은 이제 더 이상 지속되기 어려운 국면에 처한 것이다. 모든 것을 단순화시키고 어떤 개별성도 발휘될 수 없는 상황을 만든 정신주의는 북한 사회의 내부적 역량을 고갈시킨 주요 원인 가운데 하나였음이 틀림없다. 그렇다면 금욕적 민족주의의 배타성 역시 일 자적 결속의 표현이 아니라 오히려 일자적 결속의 위기, 곧 정신주의적 지 배의 한계를 드러낸 것으로 읽어야 하지 않을까 싶다. 주체 시대에 들며 '혁 명적 지조'나 '의리'가 강조되었던 것은 일자적 결속이 다만 강제되어야 했 던 상황의 결과다. 다음에 살필 1980년대는 일자적 결속에 대한 비판적 견 해가 미미하게나마 공론화되기 시작하는 때다.

찬란한 개화? 대중의 발견

유일 사상 체계의 확립을 통해 '한 몸'과 '한 정신'의 시대를 연 1970년 대는 주체 문학의 고조기였다. '4·15 창작단'에 의해 김일성의 항일 혁명 역사 그린 장편 소설 총서 '불멸의 력사'가 씌어지기 시작한 것을 비롯하 여, 항일 무장 투쟁을 벌이던 1930년대에 창작되거나 공연되었다는 항일 혁명 문예가 카프(KAPF) 문학을 젖히고 새로운 전통으로 '발굴'된 점은 무 엇보다 특기해야 할 사항이다. 항일 혁명 문예 가운데서도 『피바다』, 『한 자 위단원의 운명』, 『꽃 파는 처녀』 등 김일성이 직접 창작했다는 '불후의 고전 적 명작'들은 영화와 가극, 소설의 형태로 제시되었는데, 이는 근대 '르네 상스'에 필적하는 "20세기 사회주의 문예 부흥"[9]으로서의 의의를 갖는다 는 자기 평가가 내려지기도 했다. 이 고전들은 주체 사상의 정당성을 세계 에 널리 알렸다는 것이다.

당연히 1970년대를 계승하는 것이 1980년대의 과제였다. "우리 식 특질

---

9) 동근훈, 「창조 과정을 혁명화 과정으로 만들 데 대한 당의 방침의 정당성과 그 거대한 생활력」, 『조 선문학』 1974년 2월호, 14쪽.

을 더욱 살리자"라는, 1980년대 속도 창조 운동의 구호 역시 주체 문학을 찬란히 꽃피워야 한다는 뜻이었다. 과연 '불멸의 력사' 총서의 간행을 비롯해 1970년대에 계획되고 시작된 사업들은 본격적인 개화의 시기를 맞는 듯했다. 『두만강 지구』(석윤기)와 『근거지의 봄』(리종렬), 『준엄한 전구』(김병훈), 『닻은 올랐다』(김정), 『대지는 푸르다』(석윤기), 『은하수』(천세봉), 『봄우뢰』(석윤기), 『잊지못할 겨울』(진재환) 등이 1980년대에 들어 속속 출간되던 것이다. 항일 혁명 문예의 전통을 계승하는 것은 1980년대에서도 중요한 과제였다. 김정일의 영도 아래 창조된 『성황당』식 혁명 연극이 하나의 형식적 귀감으로 제시되었던 것은 대표적 예다. 항일 무장 투쟁사는 물론 조국 해방 전쟁 역시 잊혀져서는 안 될 과거였다. 전쟁 시기 월미도 방어 전투를 그린 황건의 단편 「불타는 섬」은 1980년대 초 「월미도」란 제목으로 영화화되었다.

작가들에게 김일성의 형상을 그려내는 것은 이미 '최고의 영예'[10]였거니와, 이 시기는 또 김정일 후계 체제가 확립되는 때였으므로, '친애하는 지도자'를 '향도의 별'로 추앙하는 문학 작품들이 여러 편 씌어졌다. '한 몸'의 체제는 대를 이어 지속되고 있었다.

지도자의 형상화는 그를 따르는 주체형의 인간 전형들을 그려냄으로써 완성될 것이었다. 왜냐하면 둘은 분리되어서는 안 되는 관계였기 때문이다. 지도자와 인민의 일자적 결속이 정신의 결속이어야 한다는 사항은 이 시기에 들어 더욱 강조된다. 즉 주체형 인간이란 지도자를 좇는 '숭고한 정신 세계'를 보여줌으로써 지도자의 권능을 확인시키는 존재여야 했던 것이다. 주체형 인간에게 숭고함은 지도자를 향한 충성과 보은의 마음을 닦는 데서

---

10) 방연승, 「위대한 수령님의 불멸의 형상을 높이 모신 것은 우리 문학의 최고의 영예이며 자랑이다」, 『조선문학』 1982년 4월호.

구현되어야 했다. 충성심은 곧 양심이었고 인간이라면 갖추어야 할 덕목으로 여겨졌다. 이런 입장에서 인물들의 내면 세계를 탐구해야 한다는 과제가 주어지기도 했다.[11] 내면의 깊이 없이 충성심의 깊이도 있을 수 없다는 생각에서였다.

주체 문학의 이론적 배경이라든가 작법 논의는 주체의 문학 이론으로 확립되었다. 세세한 사항들이 설명되고 규정되었는데, 물론 이는 모두 지도자의 가르침에 의한 것이었다. 예를 들어 김정일에 의해 창안되었다는 종자론은 일찍이 그 유례가 없는 문예 이론상의 '대발견'으로, 창작의 질을 높이면서 동시에 속도를 보장하는 이른바 '속도전'의 성과를 가능케 했다는 것이다.

1980년대는 1970년대의 자연스런 연장으로 보이기도 한다. 그러나 한편으로 이 시기는 변화의 불가피성이 감지된 때이기도 했다. 그 화두는 '현대'였다. 북한에서 일반적으로 현대란 제국주의의 시대 개념으로 쓰여져 왔다. 김일성은 '현대문학에 관한 국제문학토론회'에서 한 교시를 통해 양키식 현대 문화와 현대 문명에 대한 환상을 버려야 한다고 주장했다. 제국주의 반동 문화는 정신적 마약일 뿐이라는 것이다.[12] '별세계 전쟁 계획'을 세우고 있는 데서 확인되듯 미국의 침략적 본성은 조금도 바뀌지 않았으며 그것이 바로 제국주의의 실체라는 주장이었다.

주체의 인간학은 현대를 거부하는 것이었다. 하지만 현대를 외면할 수만은 없었다. 제국과는 다른 길을 가려 했지만 당장 인민들의 생활 향상에 대

11) 명일식,「인간 내면세계의 깊이와 세부묘사」,『조선문학』 1982년 8월호. 내면 묘사와 더불어 요구된 것은 세부 묘사였다. 세부 묘사를 잘해야 내면이 드러난다는 주장이었다. 물론 이 내면은 개별자의 내면일 수 없다. 그것은 '생활 논리'를 보여주는 합법칙적 내면이어야 했다.

12) 1986년 9월 29일 평양에서 열린 '현대 문학에 관한 국제 문학 토론회'에서 있었던 김일성의 교시「현대문학의 시대적 사명」,『조선문학』 1986년 12월호.

한 욕구를 충족시키는 일이 현실적 과제로 제기된 가운데, 현대는 실용적인 변화가 필연적임을 말하는 것일 수 있었기 때문이다. 현대를 '주체적으로' 수용하는 것은 양키식 현대 문명을 극복하는 방법이 된다. 변화가 불가피하다는 막연한 동의는 대체로 이런 입장에서 형성되었던 듯하다. 경제 발전을 위해서는 과학 기술에 관심을 기울여야 하며, 따라서 과학자나 기술자를 그려내어야 한다는 주장이 나온 것은 이런 문맥에서다.[13] 정신 속에는 '과학 이상의 과학'이 있다고 주장되고, 정신의 힘을 믿지 않고 기술적 지표만을 앞세우는 '기술 신비주의'가 오랫동안 비판되어 왔음을 생각해 보면 그것은 큰 변화였다. 급속하게 발전하고 있는 과학 기술이 열어줄 미래를 상상하고 그에 대한 청년 학생들의 관심을 진작시키기 위한 '과학 환상 소설'[14]의 창작은 새로운 분야로 주목을 받는다.

현대 인식의 배경에는 대중이 있었다. 대중의 발견은 1980년대 북한 문학을 1970년대의 그것과 구분케 하는 특징 가운데 하나로 요약할 수 있는 것이다. 북한은 줄곧 인민 대중을 앞세워 왔다. 모든 인민 대중이 영웅적으로 투쟁해야 한다는 대중적 영웅주의는 북한 문학의 오랜 슬로건이기도 했다. 그러나 영웅이 대중을 이끌어야 하고 대중이 영웅을 귀감으로 해야 한다는 생각은 1980년 1월 8일 개최된 조선작가동맹 제3차 대회를 통해 '숨은 영웅론'이 제기되면서 부분적으로 수정된다. 숨은 영웅이란 사회 곳곳에서 표나지 않게 묵묵히 주어진 임무를 수행하는 사람들을 가리킨 말이었다. 숨은 영웅 또한 따라 배워야 할 본보기였지만, 특별한 영웅만이 영웅이 아니라 누구든 자신의 일상에 충실할 때 영웅이 될 수 있다면 영웅에 대한

13) 북한에서 '인민 경제의 주체화, 현대화, 과학화'가 새로운 시대의 과제로 제기되는 것은 1978년 2차 7개년 계획을 시작하면서이다. 이후 과학자나 기술자의 형상을 창조해야 한다는 것은 공식적 과제가 되었다. 이를 선언하고 있는 글 가운데 하나는, 「작가들은 문학작품에서 과학자, 기술자들의 형상을 훌륭히 창조하자」, 『조선문학』 1986년 5월호.
14) 'science fiction'에 대한 북한식 명명.

기왕의 개념은 수정되어야 했다. 숨은 영웅이 거론되면서 그간 너무 특별한 영웅들만을 그려온 것이 아니냐는 자성론도 나올 수 있었다. 이제 주목해야 할 것은 보통 사람들의 일상이었다. 숨은 영웅론은 보다 실제적인 일상의 삶을 들여다보는 계기를 마련해 주었던 것이다. 이런 변화는 대중들의 구체적 삶과 생활 감정을 외면할 수 없게 된 상황에 대한 응답으로 보이기도 한다. 즉 북한식 대중 사회가 나름의 자기 인식을 필요로 한 결과이기도 하다는 뜻이다. 1980년대 중반을 넘기면서 일상의 세세한 갈등이 그려지고 청춘 남녀의 '애정 윤리'나 심지어는 이혼 문제와 같은 소재가 다루어졌던 것은 숨은 영웅론과 관련하여 설명되어야 한다.

대중화는 선전 선동을 과제로 삼는 북한 문학이 기본적으로 전제하는 바다. 대중에게 읽히지 않는 문학은 씌어질 필요가 없는 것이다. 문학은 언제나 대중의 것이어야 했다. 문학에 대한 대중적 관심을 진작시키고 그 저변을 확대하기 위한 '군중 문학 창작'은 계속된 공식적 사업이었는데, '수령 탄생 70돌 기념 전국 문학 작품 현상 모집'에는 1만 4천 명의 근로자들이 무려 1만 5천 편의 문학 작품을 투고했다는 기록이 보이기도 한다.[15] 문학 통신원을 위한 '6·4 문학상'이 1982년 김정일의 조치로 실시되었던 것 역시 다르지 않은 예다. 그러나 정작 문학 작품에 대한 대중적 호응의 정도는 과거에 비해 점차 줄어들었던 듯하다.

비평가들은 일단 그 책임을 작가에게 돌렸다. 작가들이 대중의 요구를 옳게 파악하지 못하고 있다는 지적이었다. 그리고 이 과정에서 독자들을 식상하게 하는 지나치게 의례적이고 상투적인 발상이나 표현이 문제시되기에 이른다. 처방은 작가들이 개성을 가져야 하며 독창성과 예술성을 구현해야

---

15) 리동원, 「우리 당이 제시한 문학예술 활동의 대중화 방침과 그 관철에서 이룩한 자랑찬 성과」, 『조선문학』 1983년 2월호.

한다는 것이었다.[16] 「탄전의 주인」(한윤)이란 중편 소설을 둘러싼 비판적 논의[17]는 이런 시각을 보여준 대표적 경우다. 비판의 초점은 작가가 그려낸 주인공이 성격미를 갖지 않는 뻔한 인물이어서 아무런 흥미나 공감을 불러일으키지 못했다는 데로 모아졌다. 작가의 개성 부재가 그 원인으로 진단되었음은 물론이다. 한편 정론(政論)을 펼치느라 시어가 과잉되고 시가 서술이 되는 '고질적 경향' 역시 비판되었다.[18] 시가 시답기 위해서는 속도감과 경쾌함, 발랄한 정서적 호흡이 필요하다는 것이었다.

강한 개성이 형상을 풍성하게 하고 예술적 공감을 확대시킬 것이라면 개성은 문학의 이른바 혁명성을 제고하기 위한 조건일 수 있다. 김정일은 『주체문학론』(1992)에서 이 문제에 대한 공식적 견해를 밝힌다. 개성이란 혁명적 본성에 비례하는 것으로, 자주성이 강한 주체적 인간은 개성도 강하게 마련이라는 설명이었다. 김정일은 작가들이 기법의 독창성을 발휘해야 한다는 주문을 덧붙였다. 기법이 작가의 개성을 살리는 방도이자 독자들의 공감을 얻는 수단이라고 생각한 것이다. 작가란 '정치적 신임' 뿐 아니라 '기술적 신임'도 얻어야 한다는 것이 그의 결론이었다.

물론 개성의 요구는 매너리즘의 고착을 타개하려는 '실용적인' 목적을 위한 것이었다고 보아야 한다. 매너리즘의 폐해는 비단 문학에 한정된 것은 아니었을 것이다. 개성론은 동원 체제를 가동시키는 서사적 장치들이 지나치게 상투화됨으로써 자발성을 이끌어내지 못하는 전반적 현상에 대한 처방이었을 가능성이 크다. 요컨대 일종의 체제 내적 개혁이 모색된 셈이다. 그러나 개성의 요구는 지도자를 뇌수로 하는 '한 몸'의 일자성을 위협하는

---

16) 김정웅, 「형상의 심오성을 보장하자」, 『조선문학』, 1985년 7월호.
17) 강성만, 「소설은 왜 과녁을 잃고 빗나갔는가?」 『조선문학』 1985년 7월호; 박용학, 「우리 시대의 새로운 성격 탐구를 위하여」, 『조선문학』 1985년 9월호.
18) 류만, 「시인은 자기 얼굴이 있어야 한다」, 『조선문학』 1987년 4월호.

것일 수도 있었다. 이 개성은 뇌수의 가르침을 개별적으로 구현하는 방식이어야 했지만 뇌수가 모든 개성을 장악할 보장은 없었기 때문이다. 개성이란 개별자의 것이다. 개성이 강조될 때 작가는 일자적 정신(뇌수에 의해 주어진)의 메가폰으로 머무르지 않고 개별적인 정신으로 떨어져 나올 수 있었다. 문학적 개성이 계속해서 '재능'의 문제로 축소 해석된 이유는 여기에 있다. 재능은 정신의 영역이 아니라 개별적 육체의 영역에 속하는 것으로 간주되었다. 육체적 수준에서 발휘되는 재능이 정신을 문제시할 수는 없었다.

과연 개성론이 북한 문학의 기본 문법을 부정한 흔적은 발견되지 않는다. 이 문법이야말로 정신의 등가물이어서 문법의 파괴는 일자적 정신의 거부를 통해서만 가능할 것이었다. 비교적 참신한 소재에 감각적인 묘사로 대중들의 관심을 끈 남대현의 『청춘송가』와 같은 장편 소설에서도 서사적 구속은 완고하게 작용하고 있다. 이 소설의 청춘 남녀는 결국 일자적 정신의 위대성을 확인해 보여주는 결말에 이르고 있는 것이다.[19] 금욕적 민족주의의 테두리 역시 조금도 허물어지지 않았다. 경제적 침체가 가속되고 사회주의 국가들의 붕괴가 시작되면서 민족적 순종성과 우월성을 강조하는 '민족적 자존심 주제'의 실천은 새삼 강조된다. 역사 소설 『높새바람』(홍석중)이나 『김정호』(강학태)는 이에 답하는 것이었거니와, 작가들은 조국애와 향토애를 적극적으로 고취해야 했다.

위기의 정체

1990년대에 들어 북한은 안팎의 심각한 위기와 맞닥뜨려야 했다. 우선 소련을 위시한 사회주의 국가들의 해체는 결과적으로 북한을 고립시켰다.

---

19) 리창유, 「현실주제 작품창작에서 애정륜리 문제의 설정과 그 해명」, 『조선문학』 1988년 8월호.

사회주의 체제를 지키는 마지막 성새(城塞)로서의 역할을 자임한 북한은 이제 홀로 제국주의를 상대하게 된 것이다. 위기는 이내 현실적인 위협으로 나타났다. 핵 시설의 사찰 문제와 관련하여 미국의 압박을 받게 된 것은 그 한 예다. 외부로부터의 위협은 언제든 내부적 단합을 절실한 것으로 만든 계기였으니, 북한은 이 역시 제국주의의 침략 책동으로 규정하지 않을 수 없었다. 지도자와 인민은 그들의 견고한 결속을 과시해야 했다. 물론 주체 조선은 어떤 난관에도 굴하지 않을 것이었다. 민족적 자부심의 근거인 김일성과 김정일은 이 사건을 통해서도 놀라운 지도력과 담력을 발휘한다. 두 지도자가 세계를 제패했다고 기고만장해 하는 미제에 당당히 맞서 '외교적 승리'를 이끌어내는 과정은 몇 편의 소설로도 씌어졌다. 그러나 실제로 북한은 핵 사찰 소동을 겪으며 소련 붕괴 이후의 세계사적 변화를 체감해야 했을 것이다.

외부의 물결이 거친 상황에서 닥친 김일성의 갑작스러운 죽음(1994년 7월 8일)은 북한을 크게 뒤흔들었다. 북한 사람들에게 수령의 죽음은 특별한 의미를 가질 수밖에 없는 것이다. 수령이 인민 집단의 뇌수로 간주되고 세계가 수령을 통해서만 상상되어 왔기 때문에 그의 죽음은 주체의 망실, 나아가서는 세계의 붕괴를 뜻할 수도 있었다. 설상가상으로 1990년대 중반은 기근이 본격화된 시기였다. 아사자들이 속출하는 현실에서 북한 정권은 과거 김일성과 그의 전사들이 한줌의 미숫가루를 나누며 눈길을 헤치던 '고난의 행군' 정신을 요구했지만, 굶주림이야말로 정신의 일자화를 위협하는 적이었다.

스스로 민족적 순종의 공간임을 주장해 온 북한이 사회주의를 지키는 마지막 성새가 되기를 자임함으로써 사회주의와 민족을 구획하는 경계는 그대로 일치하는 것이 되었다. 주체란 이미 사회주의를 민족화한 것이었거니와, 이 상황에서 민족적 순종성의 수호는 곧 사회주의의 수호를 뜻하게 된 것이다. 민족적 긍지와 자부심을 가져야 한다는 '조선 민족 제일주의'는 이런 입장을 갖는 것이기도 했다. 즉 민족의 경계가 곧 사회주의의 경계였으므로 민족의 정신적·도덕적 우월성에 대한 믿음은 사회주의를 지키는 믿음일 수 있었다. 그러나 민족을 수호한다는 명분이 고립을 정당화하는 한 사회주의를 지키려고 할수록 자폐성은 강화되게 마련이었다. 사회주의 성 새론은 고립의 자기 변호 논리이기도 했다.

1990년대는 조선 민족 제일주의에 입각해 '우리 식' 문학 건설의 요구가 거듭되었던 때다. 제국주의 반동들이 불어대는 '황색 바람'이 아무리 악착하게 덤벼들더라도 '우리 식'의 순결함을 지켜야 한다는 것이었다. 물론 순결함은 지도자를 향한 회의 없는 신심으로 나타나야 했다. 혁명적 낙관주의나 낭만주의는 다시 강조되었는데, 낙관이나 낭만이 신심의 굳기를 표현하는 수단이었기 때문이다. 지난 시기(1980년대 중후반을 가리키는 것이었음)의 '이색적 요소'들은 비판되었다.[20] '근본 목적'에 부합되지 않는 재간을 부리거나 현실을 필요 이상으로 미화, 분식하고 과장하는 경향이 더 이상 계속되어서는 안 된다는 주장이었다. 개성과 기법의 문제가 부각되면서 나타났던 일련의 모색이 바람직한 것으로만 여겨지지는 않았던 것이다. 안팎으로 힘든 상황이 계속되었던 만큼 북한 사회는 전반적으로 더 경직되어 갔던 듯하다. 문학 역시 마찬가지였다.

모든 난관은 오직 일자적 결속의 강화를 통해 돌파해야 할 것이었다. 1994년부터 전개되는 '붉은 기 쟁취 운동'은 역시 정신주의적 사상 운동으로, 혁명적 지조를 갖고 수령을 보위하는 '수령 결사 옹위 정신', '총폭탄

---

20) 「오직 우리 식대로 창작하자」, 『조선문학』 1991년 9월호.

정신'을 요구했다. 붉은 기는 일편단심의 상징이었다. 김정일은 붉은 기 정신의 근거를 민족성에서 찾았다. 자기 수령에 대한 충효심이야말로 민족성의 핵을 이루는 것이라는 주장이었다. 이 정신은 또한 사회주의 정신일 수밖에 없었으니, 붉은 기 정신으로 사회주의 정신과 민족 정신은 하나가 되었다.

그러나 1990년대에도 '현대'는 여전히 화두가 되었다. 현대를 논하는 1990년대 방식은 지성론이었다. 지성이 새로운 변화의 열쇠라는 생각에서 '지성적 높이'가 요구된 것이다. 한 원로 비평가는 북한 문학의 여러 문제점이 무엇보다 작가적 지성의 결핍에서 비롯되었다고 진단한다. "불필요한 설명과 묘사, 대사의 남발, 지나치게 의도를 드러내는" 경향은 그 증상들이었다.[21] 지성 결핍론은 북한 문학의 정신적 빈곤을 간접적으로나마 자인한 것이었다고 보아도 좋을 듯하다. 정신적 빈곤이란 내면을 가질 수 없는 상황의 필연적 결과다. 수령 뇌수론에서 사유의 주체는 수령일 뿐이다. 뇌수론은 수령에게 모든 것을 맡기는 전적인 의탁을 궁극의 경지로 여기게 했다. 생각을 접고 무조건적으로 수령을 따르기만 하면 된다는 것이다. 그러나 생각 없이 내면을 가질 수는 없다. 내면적 성찰이 없을 때 작가의 입에서 나오는 말은 그의 말이 아니다. 지성의 결핍을 보여주는 면면한 증거라 할 북한 문학의 오랜 병폐인 기록주의나 도식주의는 여기서 그 원인을 찾아야 할 것이었다. 자기 말을 못하는 작가는 남의 말이나 객관적 사실을 그저 옮길 뿐이며 상투형에 빠지게 마련이기 때문이다.

지성의 요구가 사유의 요구이고 독자적으로 생각하고 실천해야 한다는 것을 주장한 것이라면 이는 수령 뇌수론과 충돌하는 것이 아닐 수 없다. 이

---

21) 류만, 「90년대 인간 성격 창조 문제에 대한 소감」, 『조선문학』 1991년 1월호.

문제는 다음과 같이 해석되기도 했다. 지성적이지 못한 인물은 그저 따르기만 하는 인물인데, 그런 존재는 독자들의 관심을 끌지 못할 뿐더러 지도자의 위대성을 북돋워내지도 못한다는 것이었다.

> 위대한 장군님을 만나 뵙는 인물을 순수 실무적인 전달자의 관계에서 설정하여서는 의의가 없다. 우리 작품들에서 실무적인 전달자의 인물 설정은 두 가지 형태로 나타나는 바 하나는 경제 기술적 문제에서 주관적인 견해를 가졌다가 고치는 인물들의 설정이며 다른 하나는 장군님과 관련한 이야기를 엮어 나가기 위하여 등장하기도 하고 퇴장하기도 하는 인물의 설정이다. 전자는 독자들이 보아도 뻔한 문제를 모르고 있다가 장군님의 가르침에 따라 너무나도 쉽게 깨닫는 인물로서 대체로 지성이 느껴지지 않는 인물들이며 후자는 이름 석자는 있으나 아무런 개성도 없는 인물들이다. 작품들은 이런 인물들을 등장시키고 그들의 감격과 경탄과 자책을 묘사하는데 그것은 위대한 령도자의 비범한 풍모를 돋구는 데 아무런 작용도 하지 못하며 독자들의 감동도 자아내지 못한다는 것을 알아야 한다.
> 위대한 장군님과 운명적으로 련결되어 있으면서 개성적으로 독자적으로 목적 의식적으로 사고하고 활동하며 그 속에서 성장하고 발전하는 인간을 설정함으로써만 우리 문학은 위대한 장군님의 형상을 생활적으로 다양하고 풍부하게 창조할 수 있을 것이며 독창성 있는 형상의 세계를 끊임없이 개척해 나갈 수 있을 것이다.[22]

개성적이고 독자적으로 사고하고 활동하는 것이 지도자를 좇는 정당한 방식이라는 주장은 결코 지도자의 권능을 부정하려는 것이 아니었음에도

---

22) 김경희, 「주체혁명의 새 시대와 위대한 령도자의 형상」, 『조선문학』 1998년 2월호.

불구하고 '혁명적'인 것임에 틀림없다. 독자성은 지도자의 의도를 효율적으로 혹은 경쟁력 있게 실천하기 위한 조건이라는 주장이었지만, 문제는 과연 이 독자성이 어떤 수준에서 어떻게 발휘될 것이고 또 궁극적으로 어떻게 통제되어야 할 것인가에 있었다. 그에 대한 논의는 더 이상 발견되지 않는다. 개성과 독자성의 문제를 심도 있게 거론하기 위해서는 수령론 역시 논의의 대상이어야 했는데 물론 그것은 허용될 수 없었다.

북한에서 지도자는 최고의 인격으로 형상화되었지만 그렇기 때문에 또한 기호가 되었다. 그는 이미 편재하는 정신이어서 대상화하기가 쉽지 않은 존재가 된 것이다. 김일성의 사망 소식을 접한 서방 언론들이 조만간 북한이 붕괴하리라 예측했던 것은 지도자가 불멸의 기호가 되었음을 계산하지 못한 결과이기도 했다. 김일성의 사망이 곧바로 수령이라는 기호의 부정을 뜻하는 것은 아니었다. 기호로서의 수령은 그대로 존재했고 유훈 통치란 그렇게 가능했다. 김일성은 여전히 '살아계신' 것이다. 물론 김정일은 기호의 권위를 이어받았다. 애당초 그는 아버지 김일성과의 차별성을 부각함으로써가 아니라 동일성을 전제한 가운데 등장했다. 그는 수령을 어버이로 하는 대가정에서 수령을 가장 닮고 수령과 가장 가까이 있는 인물이었다. 그 이외에 유훈을 실천할 다른 적임자는 있을 수 없었다. 김일성의 영생은 김정일로서는 필요한 일이었던 것이다. 두 지도자는 적어도 기호의 수준에서는 다르지 않은 존재였다. "수령 김일성 동지는 위대한 령도자 김정일 동지이시며 위대한 령도자 김정일 동지는 위대한 수령 김일성 동지이십니다"[23]라는 발언은 두 지도자의 관계를 가장 '옳게' 규정한 정답이었다.

지도자의 존재가 편재하는 정신으로 추상된 상황에서 과연 어떤 개성과

---

23) 한 좌담회에서 작가 김보행의 발언. 「사회주의 우월성에 대한 혁명적 작품을 더 많이 창작하자」, 『조선문학』 1995년 3월호, 18쪽.

독자성이 발휘될 수 있을 것인가? 기호로서의 지도자는 신화적 상상 속의 존재였다. 1993년 봄 강동 지역에서 단군의 유물이 출토되었다고 알려진 이래, 단군릉의 '개건'은 국가적 사업이 되었다. 단군은 민족의 시원에 대한 신화적 상상을 동원하는 기호였다. 그리고 이 이야기를 통해 김일성은 민족의 중시조(中始祖) 자리에 올랐다. 단군이 민족의 시조이듯 사회주의를 연 김일성은 사회주의 조선의 시조라는 것이다.

이런 주장은 북한 사회가 이미 소통을 위한 최소한의 합리성 혹은 객관적 감각을 잃은 것이 아닌가 하는 의구심을 품게 하는 것이다. 만약 그렇다면 실상을 구체적으로 인식하고 전달하는 것은 불가능해진다. 이런 가운데서 굳은 신심과 신경병적 집착은 구분되기 어려우며 혁명적 낙관이란 과장된 허세에 불과한 것이 되기 쉽다. "위대한 장군님께서 지니신 담력은 하늘이 무너져도 솟아날 구멍이 있다는 배심, 뢰성 벽력에도 드놀지 않으며 천하대적도 무색케 하는 영웅 정신의 위대한 힘, 위대한 의지이다"[24]라는 식의 주술적 언사들은 결국 북한 사회가 자기 인식에 이를 수 있는 가능성을 제한하는 것이다. 20세기를 넘기면서도 지도자의 전능함을 알리는 허황한 설화들은 계속해서 지면을 차지하고 있다. 반면 수십 혹은 수백만에 이르는 것으로 추정되는 아사자의 존재와 그들의 이야기는 어떤 지면 한 귀퉁이에서도 언급되지 않았다. 나는 이것이 북한이 처한 위기의 정체라고 생각한다.

가능한 선택

북한을 협상 테이블로 끌어내기 위해 미국은 북한에 대한 모든 원조를 끊

---

24) 최길상, 「우리 식대로 창작하는 것은 주체문학의 위력을 강화하는 근본담보」, 『조선문학』 1998년 1월호.

겠다는 으름장을 놓고 있다. 그간의 '유화 노선'이 실효를 거두지 못했다는 것이 미국의 판단인 듯하다. 북한 동원 체제를 이끌어온 동력으로서의 금욕적 민족주의는 북한이 고립을 스스로 정당화해 온 명분이었다. 북한에서 '밖'(특히 서방 세계)은 이념적으로는 물론 도덕적으로 타락한 곳이었으니, 교류란 제한되어야 마땅한 것이었다. 그러나 이제 북한의 고립 상태를 방치하는 것 자체가 북한을 옥죄는 방법일 수 있게 된 것이다. 결국 고립을 정당화해 온 금욕적 민족주의는 더 이상 실제적이지도 않고 유효하지도 않은 것이라고 보아야 한다.

현재 북한이 처한 현실은 변화의 모색이 불가피한 것이다. 북한은 줄곧 경제적 성장을 위해 안간힘을 써왔지만 사실 금욕적 민족주의와 경제적 성장은 근본적으로 모순되는 측면을 갖는 것일 수 있다. 북한의 심각한 식량난이나 인권 상황이 의지주의적 동원의 한계를 표한 것이라면 북한은 외부의 위협을 물리치기 위해서라도 문제를 해결해야 한다. 그러기 위해선 아마도 체제적 수준에서의 변화를 도모해야 할 것이다. 즉 변화가 일자적 결속의 이상을 수정하거나 재고함으로써 가능하리라는 뜻이다. 그러나 이미 살펴보았듯 일자적 결속에 대한 재해석의 노력이 없지 않았음에도 불구하고 오직 결속을 강화하는 것만이 옳고 또 문제를 해결하는 길이라고 강변해 온 것이 북한이다. 문제 해결이란 문제를 일단 거론하는 데서 시작될 일이다. 많은 사람들이 굶주리는 엄연한 현실조차 공지의 대상이 되지 못하는 것은 북한의 체제적 한계가 아닐 수 없다. 스스로 변화의 길을 찾지 못한 가운데 변화를 강요받고 있는 것이 오늘날 북한의 처지다.

감히 내 나름의 소견을 말하면 현재로서 지도자와 인민의 일자적 결속이 빠르게 붕괴하리라 기대하기는 어렵다. 그 결속이 굳기 때문이라기보다 오히려 혼돈을 초래했기 때문이다. 여기서 혼돈이란 여러 목소리들이 서로 대립하고 다투는 것이 아니다. 정신의 근원을 향한 숭배의 종착지는 절대적 주체에게 자신의 존재를 양도하는 것이었다. 이로써 개별적인 사유가 불가능하고 나름의 판별 능력을 잃어버린 상황이란 그야말로 카오스적인 것이다. 이 상황은 북한 사람들로 하여금 자신들의 실제 모습을 대면하지 못하게 만들었다. 자신이 누구인가를 아예 물을 수 없게 된 가운데서 혼돈은 지속되게 마련이며, 자신이란 것이 존재하지 않기에 일자적 결속은 불가피한 것이 된다. 혼돈이 다시 일자적 결속의 조건이 되는 사이클 속에서는 혼돈이 깨지지 않는 한 일자적 결속의 변화 역시 기대하기 힘들다. 나는 궁극적으로 하나의 화자만이 존재하고 하나의 이야기를 반복해 온 북한 문학의 면모를 혼돈의 양상으로 보아야 한다고 생각한다.

개성과 독자성의 강조 혹은 지성의 요구는 나름대로 혼돈을 벗어나려는 모색이었다. 아무리 그 모색이 근본적으로 제한된 것이었다 하더라도 현재로선 여기에 희망을 걸 도리밖에 없다. 북한 체제란 어떤 변화의 잠재력도 갖지 못한 무망한 체제라고 단정할 수 있다. 실제로 그런 판단은 불가피해 보이기도 한다. 그러나 이런 판단이 남북한으로 하여금 어떤 무리한 선택을 하게 만든다면 그 결과는 매우 위험한 것이 될 공산이 크다.

남북한이 하나가 되어야 한다는 여러 형태의 통일론은 거듭 제시되어 왔다. 그런데 각각의 주장은 대체로 일방적이었고 그런 만큼 도발적인 것이었다. 나는 남북한이 오히려 거룩한 명분이나 고귀한 목적을 버려야 할 것이라는 의견을 내놓고 싶다. 더 시급한 일은 자신의 처지를 정시하는 것이다. 민족적 순종성에 대한 믿음은 북한에서 일자적 결속을 뒷받침한 배경 가운데 하나다. 그러나 순종이란 것은 애당초 있을 수 없었다. 물론 사회주의적 순종이란 것도 없다. 남한이 혼종 공간이었듯 북한 또한 그러했다. 북한의 동원 체제와 금욕적 민족주의는 식민지 시대의 총력전 체제와 그 동력으로서의 정신주의를 재연한 것이다. 천황이 없었다면 정신의 근원으로서의 지도자가 과연 출현할 수 있었을까? 더 이상 순종이기를 포기하는 것, 달리 말해 자신이 혼종임을 인정하는 것은 어려운 선택이겠지만 어느 정도는 가능한 선택이리라는 생각도 해본다. 혼종성이 자각될 때 일자적 결속이라는 것 역시 재고되지 않을 수 없을 것이다.

1990년대의 북한 문학

북한 문학과 1990년대라는 상황

북한의 작가들은 1947년의 『응향』(凝香) 사건 이래 해야 할 이야기를 충실히 옮겨야 했다. 안팎의 적을 물리쳐 인민 해방의 길을 여는 수령의 영도사(領導史)와, 정신의 힘으로 갖가지 난관을 헤치고 영웅적 위훈을 세우는 근로 인민 및 전사들의 성장기는 '건국' 초기부터 북한 문학이 거듭해 온 이야기의 내용이자 형식이었다. 주체 시대(1967~)에 이르러 정신의 힘은 오직 수령이 제공하는 것이 되었다. 영도사는 말할 것 없거니와, 성장기에서도 궁극적 주인공은 수령이었다.

이야기의 범위는 상상할 수 있는 세계의 범위다. 세계의 상상은 이야기를 매개로 이루어지게 마련인 탓이다. 수령이 주인공인 하나의 이야기를 반복하는 방식으로 북한 체제는 구성원의 일자화를 도모했다. 수령의 혁명 역사는 민족의 '위대한 과거'로 씌어졌다. '위대한 과거'로서의 항일 무장 투쟁사는 다른 역사를 지움으로써 유일한 역사가 되었다. 과거에 대한 집단적 기억을 갖게 하는 것은 민족적 정체성 인식의 중요한 조건이다. 이 유일한 역사는 김일성으로 하여금 민족적 정체성을 부여한 주인공이 되게 한 것이다. 그의 투쟁사는 건국의 역사였다. 그는 건국의 아버지가 되었다. '위대한 과거'의 주인공은 마땅히 '위대한 현재'의 주인공이어야 했다. 수령을 믿고 따르는 것은 모든 성취의 절대적 조건이 되었다. 수령과 인민은 하나여야 했다. 그 방법은 수령이 인민의 뇌수(腦髓)가 되는 것이었다. 이런 과정을 돌이켜볼 때 오늘날 북한에서 '김일성 민족'이라는 표현이 쓰여지고 있는 것은 특별히 놀라운 일이 아니다.

수령이 인민의 뇌수가 되는 과정에서 문학 창작의 기본 임무는 하나의 이야기를 이루는 통사적이고 의미론적인 규칙들을 구체화하는 것이었다. 주체 시대는 이렇게 이야기의 문법이 계속적으로 확인되어야 했던 시대였다. 역사 쓰기는 그 주된 방법이었다. 수령의 혁명 역사를 그린 '불멸의 력사' 총서나 '친애하는 지도자'를 그린 '불멸의 향도' 총서는 가히 영도사와 성장기의 종합적 결정판이라 할 만했다. 언제나 전언은 분명하고 효과적으로 제시되어야 했고, 이를 위해 형식의 유기적 통합성은 제고되어야 했다. 뼈대로서의 주인공 선(線)이 모든 세부를 장악하여 주제를 효과적으로 관철시켜야 한다는 것이었다.

해야 할 이야기에 충실하면서 효과적인 심미화를 수행하는 것 또한 작가의 임무였다. 그러나 해야 할 이야기가 이미 주어져 있는 상황은 전언을 상투화하게 마련이었다. 1980년대 중반을 넘기며 작가적 개성의 문제가 강조되기 시작한 것은 이런 문맥에서다. 문법에의 충실성이 상투화를 빚어 전언의 효과를 감소시킨 데 대한 처방으로 제기된 것이 개성론이었던 것이다. 하지만 개성이 해야 할 이야기를 특별하게 표현하는 쪽으로만 작용하는 데 그칠 수 있는 것은 아니었다. 이야기 자체에 대한 의문을 제기할 수 있는 것이 개성이었다. 게다가 1980년대 초 '숨은 영웅'을 그리라는 주문과 더불어 문학이 일상의 세부를 상대적으로 더 다루기 시작하면서 공식적인 문법을 벗어나는 내용들이 이야기의 틈새에 끼여들게 되었다. 북한 문학에서 표층의 내용과 쉽게 드러나지 않는 심층의 의미는 어긋나거나 심지어 상반될 수 있는 것이었거니와, 개성이 강조되면서 그럴 가능성은 더 커질 수밖에 없었다. 1990년대의 북한 문학은 이런 상황에서 시작되었다.

1990년대는 북한이 안팎의 여러 문제들과 맞닥뜨려야 했던 때다. 우선 소련을 비롯해 사회주의를 표방한 국가들의 해체는 결과적으로 북한을 고립시켰다. 북한은 스스로 그렇게 표현했듯 제국주의를 상대로 세계에서 사회주의 체제를 지키는 성새(城塞)가 되어야 했던 것이다. 주체 노선을 견지해 온 만큼 이념적인 고립에 대해 북한은 의연한 입장을 취했다. 그러나 이런 상황이 내부적인 긴장을 제고시켰음은 물론이다.

게다가 1994년 '핵 사찰' 문제를 두고 미국과 벌인 갈등은 북한으로 하여금 제국주의의 위협에 직면해 있음을 거듭 실감케 했다. 일찍이 한국전쟁 과정에서 북한은 미국을 잔혹하고 탐욕적인 승냥이로 규정했다. 남의 나라를 무단으로 침략한 이 날강도는 북한 인민을 모두 없애는 인종 청소를 획책했다는 것이다. 미국은 '히틀러'와 같은 존재였다. 최근까지 북한이 미국을 보는 관점을 수정해야 할 특별한 이유는 없었다. 여전히 '세계 제패의 야망'으로 가득 차 있는 미국은 침략을 주저할 상대가 아니었다. 더구나 소련의 붕괴 이후 세계를 자신의 독무대로 여기는 미국의 태도는 일층 방약무인한 지경에 이르고 있었다. 이런 미국의 위협에 맞서는 것은 또 하나의 전쟁이었다. 1990년대 역시 전쟁의 시기였다.

그러나 1990년대 북한의 최대 사건이라면 김일성의 사망(1994년 7월 8일)을 꼽아야 하지 않을까 싶다. 김일성의 죽음은 북한 사람들에게 전례 없는 충격을 주었을 것이다. 주체 시대 이후 북한은 이미 하나의 대가정이었고 그는 이 가정의 어버이로 추앙되어 왔다. 그의 죽음으로 사람들은 어버이를 잃은 것이다. 수령이 인민의 뇌수라는 표현도 단순한 수사는 아니었다. 오직 수령이 가르치고 이끄는 대로 따르는 것이 가장 옳은 삶이 되었기 때문이다. 모든 것을 수령에게 맡기는 마음가짐에 이르는 것은 주체 시대의 경건한 정신적 목표였다. 이렇듯 인민 각자가 수령에게 뇌수를 양도했거나 자신의 뇌수를 가질 수 없게 된 상황은 하나의 역사가 모두의 과거와 현재를 차지함으로써 그들을 익명화시킨 결과다. 자신만의 과거를 갖는 개별자는 사라진 지 오래였다. 오직 수령이라는 대주체만이 존재하게 된 가운데 김일성의 죽음은 주체의 망실, 나가선 세계의 붕괴를 뜻할 수 있었다. 김일성의 죽음이 북한 사람들에게 전례 없는 충격을 주었으리라 생각하지 않을 수 없는 이유는 여기에 있다.

　김일성의 죽음은 여러 외부 인사들이 점쳤듯 북한 붕괴의 출발점일 수 있었다. 김일성이 바로 북한이었기 때문이다. 그러나 수령은 또한 북한을 지배하고 이끈 이야기 속의 기호였으므로, 김일성의 죽음이 수령이라는 기호의 존재를 부정하는 것은 아니었다. 김일성 사후, 수령은 죽어도 죽지 않았으며 따라서 "영원히 살아 계시다"라는 격앙된 주장은 반복되었다. 수령은 김일성이 죽은 뒤에도 여전히 '충효일심'(忠孝一心)을 바쳐야 할 대상이었다. 이로써 수령이라는 기호의 상징적 진폭은 오히려 확대된 것으로 보인다. 물론 이와 같은 현상은 이미 1970년대부터 후계자로 부상한 김정일이 그대로 권력을 이어받은 결과이기도 하다. 흔히 지도자가 교체되면 새로운 변화가 일게 마련이지만, 김정일은 애당초 아버지 김일성과의 차별성을 부각함으로써가 아니라 오히려 동일성을 전제한 가운데 등장했다. 그는 수령을 어버이로 하는 대가정에서 수령을 가장 닮고 수령과 가장 가까이 있는 인물이었다. 김일성의 유훈(遺訓) 통치란 김정일에 의해 이루어지는 김일성의 통치를 의미했다. 김정일은 바로 수령의 영생을 확인시키는 존재였다.

1990년대 북한을 이야기하면서 북한 전역을 휩쓴 대기근 문제를 빠뜨려서는 안 될 것이다. 북한은 여러 차례 국제적 관심의 대상이 되었던 적이 있지만 1990년대 중반부터 밖으로 알려지기 시작한 북한 인민들 참담한 비극은 다시금 세계의 이목을 모았다. 먹을 것을 찾아 가족이 흩어지고 아사자들이 속출하는 현실 속에서 북한은 여전히 과거 김일성과 그의 전사들이 한 줌의 미숫가루를 나누며 눈길을 헤치던 '고난의 행군' 정신을 요구했다. 이 정신은 실로 북한을 이끌어온 정신이었다. 그러나 익명적 인간들에게서 정신의 힘이란 집단적 열광이나 최면의 형태로나 발휘될 수 있는 것이다. 모든 이의 뇌수를 영도자에게 양도한 체제의 생산성은 일정한 한계를 가질 수밖에 없다. 아무리 거듭된 자연재해가 큰 원인이 되었다 하더라도 북한의 식량난은 북한 체제의 문제라고 보아야 옳다. 결국 북한이 현재의 체제를 유지하는 한 식량난이 획기적으로 개선되기를 바라는 것은 힘든 일이다.

1990년대가 이렇듯 위기의 연속이었기 때문에 북한은 수세적이 되고 그만큼 기왕의 입장들을 오히려 더 강화하는 선택을 했다. 여건이 좋지 못해 스스로 변화를 모색하기가 힘들었던 것이다. 그러나 식량난은 북한이 시도한 이 역사적 실험의 현실적 결과다. 북한 체제는 스스로 근본적인 문제를 드러낸 것이다. 변화는 불가피했다. 1990년대는 이런 딜레마의 시기가 아니었나 싶다.

주어진 과제와 자기 진단

1990년대의 문학도 기왕과 다르지 않게 수령의 교시와 당 정책에 입각한 것이었다. 1990년 김정일은 작가들에게 보낸 편지에서, 문학 일꾼들은 당 활동의 "영원한 동행자, 충실한 방조자, 훌륭한 조언자"가 되어야 한다고 요청했다. 줄곧 그래 왔듯 수령이 베푸는 은총에 감응하는 것은 작가들의 의무였다. 작가들에 대한 수령의 배려가 얼마나 자상한 것이었던가를 돌이 킴으로써 그에 보답하는 것이 마땅한 일임을 말하는 글들 역시 계속해서 씌 어졌다.[1] 1990년대에서도 당 정책의 범위를 벗어나는 방향은 애당초 모색 되어서는 안 되었다.

사회주의권의 붕괴에 대한 북한의 처방은 민족적 자기 믿음의 강화였다. 사회주의적 국제주의에 더 이상 관심을 둘 필요가 없게 된 가운데 민족은 '우리'를 구획하는 남은 선택지였다. 민족적 긍지와 자부심을 가져야 한다 는 '조선 민족 제일주의'는 이런 상황에서 고취된 것이다. 북한은 북한 식 사회주의를 최고의 체제이자 제도라고 주장해 왔다. 그 근거로 흔히 제시되 었던 것은 정신적 혹은 도덕적 우월성이었다. 그런데 정신 도덕적 우월성은 또한 민족성에 기반을 둔 것이었다. 그런 생각을 뚜렷이 보여준 예는 1956 년의 반종파 투쟁 이후, 소련과 중국의 입김으로부터 일정한 거리를 갖는 주체적 입장을 취해야 할 필요가 제기된 가운데 전개된 '민족적 특성 논의' 다. 공산주의 사상의 단초를 역시 민족적 품성에서 찾으려 했던 이 논의는 조선 민족이 본디 정신적으로나 도덕적으로 고상하기에 훌륭한 사회주의 제도를 달성했다고 주장했다. 민족이 '안'과 '밖', '남'과 '우리'를 도덕적 으로 구획하는 주어였음을 생각하면 이런 민족적 품성론이 그다지 놀랄 만 한 것은 아니다. 1990년대에 들어 북한이 스스로를 '사회주의 모범 나라' 라고 한 근거 역시 민족적 품성론이었다.

---

1) 한 예로는 리수립, 「민촌에게 따사로이 비친 은혜로운 해빛—위대한 수령님께서 작가 리기영에게 돌려주신 사랑과 배려」, 『조선문학』 1997년 7월호.

1990년대는 이런 입장에서 '우리 것'과 '우리 식'을 지켜야 하며 문학도 '우리 식' 문학을 건설해야 한다는 요구가 거듭되었던 때다. '우리 식'은 순결하고 때묻지 않은 것으로 간주되었다. '우리 식'을 지키는 것은 '우리'를 지키는 일이었다. "그 어떤 바람이 불어와도 조금도 흔들리지 말고"[2] '우리 식' 문학의 순결성을 고수하는 것은 1990년대 문학에 주어진 명령이다. 과연 무엇이 '우리 식'이었던가? '우리 식'은 순결한 신심을 요구했다. 순결한 신심은 제국주의자들의 사상, 문화적 공세에 맞서 어떤 난관도 헤쳐나갈 힘을 줄 것이었다. '우리 식' 문학의 본보기로 꼽힌 장편 소설 『녀당원』(김보행, 1982)[3]은 사랑하는 남편과 딸을 적에게 잃는 주인공이 슬픔을 딛고 모든 것을 수령에게 의탁함으로써 삶의 보람과 기쁨을 찾는다는 내용이었다. 이 소설의 주인공 '주용녀'는 흔들리지 않는 신심을 가짐으로써 구원의 길로 인도된 것이다. 거룩한 격정으로 상실의 슬픔을 극복하는 그녀는 낭만적 정신의 구조[4]에 근접한다. 순결한 신심을 가질 때 어떤 상실도 보상할 수 있는 경건한 성채로의 길은 열린다는 것이 '우리 식'의 약속이었다.

1990년대에 들어 혁명적 낙관주의나 낭만주의가 강조되었던 것 역시 '우리 식'의 요구와 떼어놓을 수 없는 것이다. 혁명적 낙관주의나 낭만주의의 획득은 얼마나 확고한 신심을 갖느냐에 달린 문제였기 때문이다. 물론 '이색적 요소'는 철저히 배제해야 했다. '근본 목적'에 부합되지 않는 재간이나 수법을 남용해 멋을 부리려는 경향도 비판되었다.[5]

1980년 이후 특별한 영웅만을 그릴 것이 아니라 각계각층에서 일하는

2) 최상, 「우리식 문학 건설의 강령적 지침」, 『조선문학』 1990년 1월호.
3) 『녀당원』에 관해서는 신형기, 『북한 소설의 이해』(실천문학사, 1996), 제2장 「공산주의 인간학의 구현」 부분 참조.
4) Isaiah Berlin, *The Roots of Romanticism* (Princeton Univ. Press, 1999), p. 37.
5) 머리글, 「오직 우리 식대로 창작하자」, 『조선문학』, 1991년 9월호.

'숨은 영웅'을 그리라는 주문에 따라 작가들이 보통 사람들의 일상을 그리게 되면서 세속적 현실과 그것이 안고 있는 많은 문제들이 드러날 수 있었다. 이혼이라는 쉽지 않은 문제를 다룬 백남룡의 『벗』(1988)이나 젊은이들의 애정 심리를 생동감 넘치게 묘사한 『청춘송가』(남대현, 1988)는 소재의 확대와 그에 따른 '생활의 발견'을 보여주는 경우들이다. 한편 개성 있는 작품을 써야 한다는 점이 강조되어 새로운 형식과 기법의 모색이 권장되기도 했다. 북한에서의 개성론은 매우 섬세하게 읽어야 할 것임에 틀림없는데, 어쨌든 이 시기에 들어 개성을 강조한 것은 바로 김정일이었다. 김정일은 『주체문학론』(1992)에서 개성을 혁명적 본성에 비례하는 것으로 규정한 뒤, 자주성이 강한 사람은 개성도 강하게 마련이라고 못박았다. 개성은 일단 기법의 문제와 관련하여 요구되었다. 개성적 작가는 '정치적 신임' 뿐 아니라 '기술적 신임'도 얻어야 한다는 것이다. 기술과 재능은 사상이나 정신과 달리 집단적 수준에서 발휘될 수 없는, 개별적 육체의 영역에 속하는 것이었다. 개성적 작가는 적어도 이 부분에서는 개별자일 수 있었던 것이다. 작가 개인적 차이를 인정하고 부각한 것은 이례적인 일이었다. 한 논자는 창작의 주인은 작가가 아니냐고 말했다.[6] 당연하다면 당연한 지적이었지만 그간 북한 문학을 써온 궁극적 주체가 과연 작가였는가는 쉽게 그렇다고 답할 수 있는 물음이 아니다.

물론 개성론이 기왕의 것과는 다른 이야기를 허용한 것은 아니다. 개성은 해야 할 이야기를 효과적으로 수행하기 위한 것이었다. 그러나 개성이 권위적 이야기의 지배를 벗어나려는 것일 수 있었다면 개성의 요구는 불가피하면서 또한 경계해야 할 바가 아닐 수 없었다. 한편에서 '재간이나 수법'이 본말 전도의 방향으로 나가서는 안 된다고 말하는 경계의 목소리가 그치지

---

6) 김홍섭, 『소설창작과 기교』(문예출판사, 1991).

않았던 이유는 여기에 있다.

1990년대에 들어서도 평범한 인간의 생활을 그리라는 요구는 계속되었다. 인물을 지나치게 이상화하는 것은 좋지 않다는 것이다. 생활의 온갖 비밀을 드러내는 솔직성과 정직성도 강조되었다. 주체 문학론은 생활의 논리를 강조해 왔다. 생활의 논리란 주인공의 의식적 발전 과정이 생활 경험의 필연적 인과로서 그려져야 한다는 요구를 담고 있는 말이었다. 그러나 이제 생활이란 것이 언제나 '이성적'으로만 되는 것은 아니라고 감히 외치는 경우도 있었다.[7]

인물의 성격과 심리적 상모가 그의 계급적 위치나 그가 맺는 사회적 관계 속에서 그려져야 한다는 것은 전형화의 오랜 원칙이었다. 그런데 성격의 계급성이나 사회성을 강조한 나머지 작가들이 인물의 '성미 묘사'를 대체로 무시하고 있고, 그렇기 때문에 성미가 유형화되었다고 비판한 한 평론가는 성미의 형상화를 개성화의 한 과제로 제시했다. "성미 묘사 문제가 인물의 사회적 본질 자체에 관한 문제인가 개성화에 관한 문제인가 하고 구태여 따져 묻는다면, 어디까지나 후자에 속한다고 말할 수 있다"[8]는 것이다. 요컨대 성미 묘사의 요구는 사회적 관계로 쉽게 환원되지 않는 인물의 기질적 특성을 잡아내라는 요구였다. 기질의 문제는 비극의 한 주제로서 문학이라는 인간학의 유구한 관심거리가 아니던가. 그는 어느덧 '문학'을 이야기하고 있었던 것이다.

문학도 최신 과학기술에 대한 관심을 진작시켜야 한다는 요구는 1980년대부터 제기되었다. 시대가 과학의 시대이고 과학기술의 발전 없이는 국가적

---

7) 장정춘, 「평범한 생활의 본질과 미적 탐구」, 『조선문학』 1993년 10월호.
8) 윤상현, 「인물들의 성미 묘사를 무시하지 말자」, 『조선문학』 1993년 3월호.

으로 생산력을 높일 수 없다는 생각에서였다. 북한 문학은 대체로 '인테리'를 그리는 데 인색했지만 이 시기부터는 과학자나 기술자가 빈번하게 주인공으로 등장했다. 청소년들이 첨단 과학에 대한 탐구의 열의를 갖도록 해야 한다는 취지 아래 '과학 환상 소설'도 여러 편이 씌어졌다. 연구사(과학자)를 등장시키는 것은 이후 작은 유행이 된다. 1990년대에 들어서도 과학자나 기술자를 주인공으로 내세우거나 과학적 탐구를 소재로 하는 경향은 지속되었다.

이야기와 소설들

'우리 식'으로 살아가자

'우리 식'으로 살아가자는 '우리'가 밖과 비교됨으로써 나온 구호다. 그것은 '민족적인' 사회주의 체제를 고수해야 한다는 뜻 이외에도 제국주의의 공세에 불안해하지도 말고 자본주의의 유혹에 현혹되지도 말아야 한다는 의미를 또한 내포하고 있었다. 북한은 줄곧 북한 인민의 사상, 도덕적 높이가 체제의 우월성을 입증하는 것이라 선전해 왔다. 예를 들어 서방은 에이즈로 멸망할 것이지만 북한은 성병 환자가 한 명도 없는 나라라는 것이다. 그러나 이 '사회주의 천국'에선 언제나 물자가 미비하고 부족했다. 모든 것이 모자라기 때문에 획기적인 창안(創案)은 불가피하고 또 절실한 것이었다. 댐을 건설하는 데서 새로운 공법으로 모자라는 시멘트를 절약하고 인력이 덜 미쳐도 수확을 크게 내는 새로운 종자를 개발하는 이야기는 해방 직후부터 끊임없이 반복되었다. 1990년대 역시 예외는 아니었다. 천리마운동 시기를 그린 장편 소설 『생의 흐름』(리신현, 1991)의 주인공인 비료 공장 작업 반장은 자력갱생의 입장에서 정신의 힘으로 기술적 발전과 증산을 이루는 전형적 주인공이다. 여러 긍정 인물들은 감동을 주고받는 인연의 끈으로 이어지면서 의리가 의리를 부르고 성심(誠心)은 성심을 가능하게 함을 보여준다. 젊은 열성자들이 이 진취적 노동자를 따르고 돕는 것 역시 이 소설이 충실한 상투형임을 확인시킨다.

자력갱생을 해야 하는 입장에서 볼 때 '우리 식'은 결코 전통적인 방법의 고수를 뜻하는 것일 수 없었다. 높은 효율과 속도는 언제나 그것의 목표였다. 그러나 현대화란 민족적·주체적 입장에서 실현되어야 할 것이었다. 생산 현장에서의 창안은 단지 임의적 방편으로서가 아니라 고매한 의지와 열정이 높은 기술적 합리성을 획득하는 것으로 그려져야 했다. 광복 거리를 건설할 때의 실화를 토대로 했다는 김삼복의 장편 『기념비』(1992)에서는 '우리 식 대형층막'으로 아파트를 더 높게 빨리 짓는 이야기가 나온다. 대형층막을 만들자는 것은 김정일의 계획이었다. 그는 창안의 궁극적 주인공이었다. 소설은 50층, 100층으로 하늘을 찌를 듯 솟아오른 아파트가 그의 영도를 기념하는 기념비임을 말한다. 그러나 이 소설의 전반적 분위기는 명백히 회고적인 것이다. '우리가 이런 위훈을 세우며 살아왔다'고 말하는 것은 앞으로도 그렇게 살자는 이야기지만, 또 그만큼 현재가 그렇게 하기 어려운 상황임을 드러내고 있는 것이라 보아도 좋을 듯하다.

소설들은 으레 창안이 성공하고 정신이 승리하는 장면으로 마감되었지만 '우리 식대로 살아가자'는 사실상 수세적인 구호였다. 시멘트 공장 지배인을 주인공으로 '우리 식 공업 경영'의 우월성을 말한 장편 소설 『환희』(김봉철, 1992)에서 공장을 찾은 수령은 '어떤 정황에서도 자기 자리를 지키는 일'의 중요성을 교시한다. '우리 식'의 외침 너머로 고립의 불안과 결핍에 의한 동요를 읽는 것은 어려운 일이 아니다.

'우리 식'의 요구는 민족적 긍지를 높임으로써 뒷받침될 것이었으므로 민족 감정을 고취하는 것은 중요한 사업이었다. 조선예술영화촬영소가 1992년부터 내놓은 이른바 다부작(多部作) 영화, 「민족과 운명」 1~4부는 남한의 장성 출신으로 외무부 장관, 서독 대사, 천도교 교령을 지냈고, 미국으로 이민을 떠난 뒤엔 평양을 방문하여 이른바 '친북 인사'가 된 최덕신의 '민족 찾기' 여정을 그렸다. 한때 반공에 앞장섰으나 마침내 김일성의 사상이 '진리'임을 깨달은 그는 '돌아온 탕자(蕩子)'였고 북한은 그를 용서해 품어안는 어머니 조국이자 고향이었다. 탕자를 맞는 '따뜻한 안'과 그가 떠돌았던 '황량한 밖'의 구분은 매우 완고하고 선명했다.

통일은 여전히 조국의 과제였다. 『통일이 언제 됩니까』(김상오·조정호, 1991)는 7·4 남북성명 뒤 통일 논의가 교착된 상황의 남한 풍경을 그려 북한이 민족적 정통성을 갖는다는 오랜 주장을 반복했다. 남한의 대학생들은 김정일에 대해 알려 하고 미국에 유학한 주인공은 『주체사상에 대하여』를 구해 귀국하여 동료들에게 이 '경전'을 전한다. 결국 북한행을 결정한 주인공은 순안비행장에 내려 조국을 찾은 감격에 떤다. 이어지는 그의 북한 여행기는 '우리 식'대로 행복하고 보람있게 사는 북한과 북한 사람들을 발견하는 과정이다. 주인공은 김정일을 만나 묻는다. "통일은 언제 됩니까?"

민족의 상상

북한이 건국 초기부터 민족의 상상을 필요로 했다는 사실은 일자화라는 목표가 사회주의 사상만으로는 달성되기 힘든 과제였음을 말해 준다. 대신 전통적이고 때로는 유교적이랄 수 있는 가치와 덕목들—덕치와 가족 국가의 이상, 그에 따르게 마련인 충효가 앞세워졌던 것이다. 결과적으로 국가는 대가정이, 수령은 어버이가 되었다. 수령에 대한 지조나 의리를 지키는 것은 가장 아름답고 훌륭한 일이었다. 오늘날 김정일이 펼친다는 '인덕 정치'(仁德政治)는 덕치의 이상을 되풀이하고 있는 것이다. 김일성과 김정일의 핵심적 통치 철학으로 선전되고 있는 '이민위천'(以民爲天) 역시 그러하다. 위대한 지도자는 '백성'의 뜻을 존중한다는 것이지만 이 정치적 구호가 백성들이 무엇을 원하는지 그들로 하여금 스스로 말을 하게 하는 것은 아니었다. 지도자는 이미 백성의 마음을 알고 그들의 소리를 다 듣고 있는 존재였다.

민족의 상상은 더 큰 극장을 필요로 했다. 북한이 새롭게 발견하고 내세운 것은 '단군'이다. 1993년 봄 강동 지역에서 단군의 유물이 출토되었다고 알려진 이래 단군릉의 '개건'은 국가적 사업으로 도모되었다. 단군은 민족의 오랜 기원을 상상하게 하는 시조였으니, 단군릉은 북한이 민족의 본류임을 말하는 거대한 극장이었다.

단군을 '내세운 이 극장은 어버이의 계보를 떠올리게 했다. 일찍이 김일성의 아버지 김형직이 젊은이들을 모아 단군릉 분향식을 주도했다는 '혁명설화'가 소개되기도 했고,[9] 단군을 주인공으로 한 소설이 씌어지기도 했다.[10] 이 소설에서 단군은 밖의 오랑캐와 내부의 불화를 다스리는 인물로 그려졌다. 물을 것 없이 그의 형상은 김일성의 역사적 알레고리였다. 한편 환웅과 단군의 관계는 김일성과 김정일의 관계를 떠올리게끔 하는 것이기도 했다. 이윽고 김일성이 죽은 뒤 그는 '사회주의 조선의 시조'[11]로 추앙되었다. 단군은 김일성을 그리기 위한 밑그림이었다.

단군 운운은 북한의 민족 이야기가 설화적 상상력을 부정하는 것이 아니었음을 보여주는 예다. 김일성은 설화를 통해 민족의 중시조(中始祖)가

---

9) '혁명설화', 「병진년의 단군릉 분향식」, 『조선문학』 1995년 1월호.
10) 김세택, 「단군출정기」(1995).
11) 「작가들은 당 중앙위원회의 구호를 관철하기 위한 투쟁에서 시대의 기수가 되자」, 『조선문학』 1998년 5월호 머리글.

되었다. 내용의 진위를 물을 수 없는 설화는 계속해서 씌어졌다. 예를 들어 다음과 같은 것이다. "김일성이 사망했다는 청천벽력의 비보가 전해진 후 며칠 동안 서울에는 장대 같은 비가 내렸고 북악산 인왕산이 이상한 소리로 울었으며 한강물이 핏빛으로 변했다. 비가 그치자 하늘에는 새로운 장수별 이 솟았다. 그것은 새로운 인도자 김정일의 장수별이었다."[12]

혁명적 낭만주의

김일성을 그려온 북한 문학의 장구한 역사를 생각할 때 그의 죽음을 그리 는 것이 또한 큰 과제가 되었으리라는 짐작은 어렵지 않다. 김일성의 죽음 이 어떻게 받아들여져야 하는 것인가를 보여준 대표적인 단편 소설은 「살 아 계시다」(김홍익, 1995)다. 여느 주인공들처럼 수령에 대한 흠모의 정에 불타는 수원지 관리원 '분녀'는 사망 소식을 들은 뒤 수령을 한 번도 편히 쉬게 해드리지 못했다는 자책에 빠진다. 수령이 자신의 수원지를 찾아온 꿈 을 꾸고 난 분녀는 마을 산 위에 설치된 수령의 초상화에서 살아 있는 수령 의 모습을 본다. 그녀는 수령을 잃은 큰 슬픔을 수령이 여전히 살아 있다는 믿음으로 바꿔낸 것이다. 강렬한 그리움과 믿음이 환상에 현실성을 부여했 다는 점에서 이 소설은 낭만적 수법의 성취를 보인 예로 설명되었다.

일찍이 소련에서부터 사회주의적 사실주의 창작 방법의 내적 계기로 간 주된 혁명적 낭만주의는 공산주의 단계를 꿈꾸는 것이었다. 공산주의가 필 연적으로 이룩될 것이기 때문에 혁명적 낭만주의는 환몽을 좇는 부르주아 낭만주의와 구분되었다. 북한에서도 낭만주의는 일반적으로 신심이 깊고 열정이 강렬해서 현실의 한계를 떨치고 미래를 앞당기려는 경향을 가리켰 다. 1990년대에 들어 새삼 강조된 그것은 고난을 이기는 의지를 요구하는

---

12) '혁명설화', 「서울 하늘에 솟은 장수별」, 『조선문학』 1995년 7월호.

구호였다. 한 평론은 혁명적 낭만성이 1990년대 인간 성격의 특징이라고 하면서 그것은 곧 '당이 결심하면 우리는 한다'는 마음가짐이라고 설명했다.[13] 「살아 계시다」에서 이런 무조건성은 수령의 부재를 이기는 신념의 힘으로 나타난 것이다. 분녀는 믿음에 몰입된 형상이었다.

북한은 이야기로 세워지고 유지되어 온 나라다. 이야기의 주제로서의 사상은 언제든 강조되지 않을 수 없었던 것이다. 수령의 사후 본격화되는 '붉은 기 쟁취 운동'은 역시 사상적 순결성을 요구한 캠페인이었다. 붉은 기는 "어떤 배신도 모르고 사소한 사상적 변질도 없는 일심단결의 상징이며, 혁명적 지조와 절개로 죽어도 붉은 기폭에 싸여 령도자의 품속에서 영생하는 신념의 기치"라는 것이다. 지조론이나 영생론은 반복되어온 것이었으나, 붉은 기 운동에서의 수사는 더 격렬하고 거칠었다. 붉은 기 정신은 '수령 결사 옹위 정신'이며 '총폭탄 정신'이라는 식이었다. '수령을 충효일심으로 받드는 인민의 고결한 정신세계를 그려내는 것'이 붉은 기 문학이었다.[14] 붉은 기 운동에서 묻어나는 과민한 비장함은 수령의 죽음이 야기한 정신적 혼란상을 반영하는 것일 수도 있다.

수령 형상

김일성 사후 수령 형상을 그리는 것은 다시 최우선 과제가 되었다. 이미 김정일의 권력은 공고한 것이었지만 실체로서의 수령이 부재하게 된 상황에서는 기호로서의 수령을 더 부각해 내야 했기 때문이다. 1990년대 중반을 넘기며 '불멸의 력사'와 '불멸의 향도' 총서는 집중적으로 출간되었다. 수령 형상을 창조하는 것이 지상의 과업이라는 주장은 최근까지 계속되고

---

13) 윤상현, 「90년대 인간의 성격」, 『조선문학』 1990년 7월호.
14) 김성우, 「붉은 기 정신이 구현된 우리 소설 문학」, 『조선문학』 1997년 10월호.

있다.[15]

1972년 김일성이 무장 투쟁을 시작하는 기점을 그린 『1932년』이 출간된 이래 최근까지 씌어진 '불멸의 력사' 총서는 20여 권에 이른다. 해방 후의 토지 개혁을 이끄는 시기를 다룬 『조선의 봄』(천세봉, 1991)이나, 조국 해방 전쟁기를 형상화한 『50년 여름』(안동춘, 1990)을 비롯해, 핵 사찰에 맞서는 『영생』(백보흠·송상원, 1997)과 전후 농촌 협동화 과정에서의 영도를 그린 『대지의 전설』(김삼복, 1998) 등이 1990년대에 들어 씌어진 것들이다. 『영생』은 핵 시설을 꼬투리로 잡은 미국의 위협이 시작되는 무렵부터 수령의 사망에 이르는 기간을 대상으로 했다. 김일성은 적지 않은 나이에도 불구하고 단군릉의 개건 공사를 비롯해 많은 일을 챙기는 '불면불휴'의 활동가다. 김정일은 김일성의 건강을 살피느라 언제나 걱정이다. 김일성은 미국의 위협에 굴하지 않고 원자로의 노심을 교체하라는 명령을 내린다. 이윽고 카터가 특사의 자격으로 북한을 방문하고 김일성은 바다와 같은 도량과 높은 식견으로 카터를 감화시킨다. 경수로 건설의 문제를 미국과 논의하기로 한다는 보장을 받아낸 수령은 집무 도중 쓰러진다. 조문을 온 갈루치도 "세계의 위인을 잃었다!"라고 외친다.

김일성 사후에 씌어진 이 소설은 '할 일은 너무나 많았고 시간은 모자랐던' 수령을 추도하고 있다. 핵 문제로 인한 미국과의 대립에서 수령은 곧 민족이었다. 수령이 보인 의연함과 국제 정세에 대한 깊은 인식은 민족의 세계적 위상을 말하는 것이기도 했다. 과거에도 그러했듯 이 '조미(朝米) 대결'에서 승리는 마땅한 결말이었다. 그것은 주체의 승리이며 김일성의 승리였고 인민의 승리였다.

---

15) 리기백, 「수령의 형상을 창조하는 것은 사회주의 문학예술의 지상의 과업」, 『조선어문』 2000년 1월호.

기왕에 나온 '불멸의 력사' 들과 다름없이 이 소설도 김일성을 모세로 그렸다. 그의 죽음은 그가 건설하려던 '전 인민적 소유의' 지상 천국을 향한 꿈을 다시 신앙으로 만들었다.

김일성의 사후 김정일을 숭앙하고 그의 영도 역량과 위대한 인품을 알리는 것은 큰 과제가 되었다. 김정일은 장군이나 원수, 혹은 김일성이 한국전쟁 때 얻은 호칭인 최고 사령관으로 불리었다. 그는 지략과 혜안, 슬기와 담력을 가진 호탕한 지도자로, 또 이민위천의 입장에서 믿음과 사랑의 정치를 펴는 자애로운 통치자로 부각되었다. 과거 사회주의를 표방했던 나라들이 모두 '배신' 을 하고 만 상황이었으므로 그는 제국주의와 싸워 이길 수 있다는 믿음을 실현할 세계적 인물이었다. '통이 크고 담이 크게' 는 일찍이 그의 사업 작풍을 말하는 표어였다. 대범하면서 소탈한 그의 영도 스타일은 '광폭 정치' 로 표현되기도 했다. 그가 좀더 개방된 생각과 실용주의적인 지향을 갖는 지도자일 것이라는 기대는 북한 안에서도 어느 정도 일반적인 것이었던 듯하다. 그러나 그와 김일성의 차이라든가 다른 점은 부각되지 않았다. 사실 김일성과 김정일은 1980년대 이래 줄곧 동일시되었다. 김일성 사후에 있은 한 좌담회 자리에서 『녀당원』의 작가 김보행은 다음과 같이 말한다. "문무충효를 겸비하신 위대한 령도자 김정일 동지는 어버이 수령님의 사상과 령도, 고매한 덕성을 그대로 이어받으시었습니다. 경애하는 수령 김일성 동지는 위대한 령도자 김정일 동지이시며 위대한 령도자 김정일 동지는 위대한 수령 김일성 동지이십니다."[16]

『푸른 하늘』(권정웅, 1992), 『동해천리』(백남룡, 1996), 『평양은 선언한다』 (리종렬, 1997), 『력사의 대하』(정기종, 1997), 『전환의 연대』(리신현, 1998)는

---

16) 「사회주의의 우월성에 대한 혁명적 작품을 더 많이 창작하자」, 『조선문학』, 1995년 3월호.

김정일을 그린 '불멸의 향도' 총서다. 그 가운데 『력사의 대하』는 1994년의 조미 대결을 다룬 것으로 '불멸의 력사' 총서의 『영생』이 다루고 있는 이야기에 주인공을 김정일로 바꾸어넣은 것이다. 미국과의 대결에서 김정일을 주인공으로 내세운 경우로는 단편 소설 「새벽」(최성진, 1994)등이 이미 씌어진 바 있다. 이 단편의 서술자인 당중앙위원회 책임 일꾼이 우러러본 김정일은 결연히 준(準)전시 상태를 선포하고 핵무기 전파 방지 조약으로부터의 탈퇴를 선언하는 용단을 내려 세계인의 찬탄을 불러일으키는 용장이다. 『력사의 대하』 역시 이런 관점을 크게 벗어나지 않는다. 북한을 고립, 압살하려는 것이 미국의 속셈이지만 북한은 모든 이가 하나인 나라다. 소설은 북한의 외교 일꾼과 군장성을 비롯한 각계각층의 인물들을 비춰 그들 모두가 자신감과 결의로 가득 차 있음을 보여준다. 한편 클린턴, 김영삼의 동정을 그리는 등 세계를 보는 시각을 드러내기도 한다. 팀스피리트 훈련으로 힘을 과시하는 적을 눈앞에 두고 김정일은 핵무기 전파 방지 조약의 탈퇴를 선언한다. 이런 적극적 공세에 당황한 남한과 미제는 오히려 리인모를 풀어줘 환심을 사려 한다. 마침내 명분과 용기를 잃은 적은 영변 공격을 포기한다. 이 승리는 지도자의 지략과 담력의 승리이며 모든 인민이 하나가 되어 그를 따르는 북한 체제의 승리였다.

　김일성이 그러했듯 김정일 역시 무불통지의 위인으로 그려졌다. 그는 위대한 사상가이고 대담하고 명석한 전략가이자 장군이며 문학예술의 탁월한 지도자일 뿐 아니라 건축의 영재였다. 그는 모든 면에서 아이디어를 주고 또 그것을 실천하는 인물이었다. 예를 들어 1980년대 창광거리와 인민대학습당, 주체사상탑 및 개선문을 건설하는 과정을 그린 『전환의 연대』에서 그는 건축의 기본 방향을 지시할 뿐 아니라 설계 도면의 오류를 바로잡고 세세한 부분에까지 영감을 준다. 모든 것은 결국 그의 작품이다. 갖은 방면에서 전문가를 앞서는 이 만능 지도자는 오직 그만이 뇌수를 갖는 존재여야 한다고 말하고 있는 것이다.

변화를 향한 모색?

과학기술은 국가적 경쟁력을 높이기 위한 방도로 강조되었지만 동시에 객관적 태도나 가치 중립적 입장을 전파할 수도 있는 것이었다. 이 문제에 대한 북한 문학의 처방은 과학이나 기술이 궁극적으로 무사(無私)한 양심에 의해 재허(裁許)되어야 한다는 것이었다. '세계적인' 유전학자 계응상의 자서전에 근거하여 씌어졌다는 장편 실화 소설 『탐구자의 한 생』(리규택, 1989)이 과학자를 그린 바람직한 본보기로 간주되었던 이유도 이 소설이 과학 탐구에 바친 그의 삶을 경건한 구도의 과정으로 그린 데 있었다. 무사한 양심이 진정한 과학적 성취의 조건이라는 이야기는 오수 정화를 위한 첨가제를 찾는 연구사를 그린 최근의 단편 「대령강의 풍경」(엄성영, 1999)에서도 반복되고 있다.

그러나 과학기술에 대한 관심은 시대적 추이의 변화를 반영하는 것이고 또 그런 점에서 북한이 강조해 온 정신주의에 대한 약간의 수정을 요구하는 것이기도 했다. 노동자인 주인공이 그의 과업을 달성하는 과정에서 기술자와의 대립하는 것은 북한 문학의 오랜 도식이었다. 기술자는 흔히 과학 기술적 객관성을 앞세우는 수동적 보신주의자로 그려졌다. 반면 노동자에겐 정신의 힘을 발휘해 주어진 조건을 뛰어넘는 혁신자의 역할이 주어졌다. 창안도 당연히 이 혁신자의 몫이었다. 소설의 말미에 이르면 노동자로 인하여 기술자가 열의 없는 부정 인물이라는 점은 확인되었다. 그런데 이런 도식이 비판된 것이다.[17] 우선 노동자를 열성적이지만 무식하게 그린 것은 잘못이라는 지적이었다. 오늘날 노동계급은 인테리화되었고 그저 열의만 갖고 덤비는 저돌적 인물이 아니라는 것이다. 기술자를 부정 인물로 몰아온 것 역시 잘못이었다. 기술자를 부정시하면 기술을 무시하는 풍조를 조장하게 될 뿐이라는 것이 그 이유였다. 이 논의는 합리성을 소홀히 다루어서는 안 되며, 정신이 모든 문제를 해결할 수 있는 것도 아니라는 인식의 공감대가 어느 정도 형성되어 있었음을 말한다. 이미 기사를 주인공으로 한 소설도 나왔고,[18] 중편 소설 「해빛은 넘쳐라」(김원종, 1992)와 같이 노동자가 자동화 설비를 움직이는 기사가 되는 이야기도 씌어졌다. 노동자와 기사의 구분이 허물어지고 있었던 것이다.

과학기술에 대한 관심은 지성에 대한 관심과 연계시켜 읽어야 할 것이라고 생각한다. 지성의 문제는 인물의 내면이 주어진 사상에 의해서만 '설명'되었던 데 대한 비판이다. 즉 내면이 부재한 인물에 대한 식상함이 표현된 것이다. 내면을 풍성하게 드러내지 못한 소설이 미학적 성취에 이를 리 없다. 인물의 이지적 면모를 잡아내기 위해서는 지성적 높이가 있는 인물의 시점에서 생활에 대한 체험과 사색의 세계를 깊이 파헤쳐야 한다는 점이 주문되기도 했다. 지적 인물의 눈을 통해서야 생활 체험을 반추할 수 있고 사색의 수준이 보장될 것이라는 생각에서였다. 결국 이는 지성적 작가를 요구한 것이다. 등장인물의 내면적 깊이는 작가의 내면적 깊이에 어느 정도 비례할 것이기 때문이다. 그러나 내면은 주어지는 것이 아니다. 북한 문학이 드디어 내면의 깊이에 대한 자기 진단을 한 것이라면 이제 그들은 스스로 내면의 깊이를 도모해야 하는 새로운 국면에 들어선 것이다.

---

17) 김선려, 「90년대 로동계급의 리지적 성격을 옳게 살려 소설의 지성도를 더욱 높이자」, 『조선문학』 1993년 8월호.
18) 김봉철, 『환희』(1992).

1990년대는 북한 문학이 전체적으로 '보수화'의 경향을 보였던 때라고 할 수 있다. 혁명적 낭만주의와 낙관주의의 강조라든가 붉은 기 쟁취 운동과 같은 사상 운동이 그러했고, '불멸의 력사'나 '불멸의 향도' 총서가 대거 씌어진 점도 그러했다. 혁명적 낭만주의는 사상의 힘으로 충만해 있는, 그래서 언제든 활기차고 명랑하며 낙천적인 인물들을 만들어냈다. '민족 문학의 독자성과 고유성을 거부하는 세계주의, 창작에서의 '자유화'를 떠벌리면서 문학 자체를 '서양화'하려는 사상 경향을 단호히 배격하고 우리 식의 문학 리론, 창작 방법, 문학 운동을 확고히 견지하여야 한다"[19]라는 주장은 거듭되었다. 그러나 1990년대에 이르러 여러 단편 소설들은 '나'에 의해 서술되기 시작했다. 서술자가 '나'로 설정될 때 이야기는 '나'의 개인적 인상과 감정들을 통해 전개되게 마련이다. '나'의 부각은 개별자의 단독성을 깨닫는 방향으로 나아갈 수 있는 것이었다. '나'를 인식할 때 '나'의 내면이란 무엇인가 하는 물음은 피할 수 없다. 이 물음은 이미 일자화를 거스르는 것이었다. 물론 아직껏 북한 소설에서 대부분의 '나'는 일자성을 대표하는 '나'다. 하지만 과연 언제까지 '나'는 바람직하고 마땅한 '나'일 수 있을 것인가?

'나'의 문제와 관련해서 볼 때 매우 징후적인 경우는 단편 소설 「삶의 향기」(정현철, 1991)다. 세대간의 갈등과 여성 문제를 배경으로 그려보이고 있는 이 소설 속의 권위적인 교수는 자기 식구들을 장악하고 지배한다. 그는 언제나 옳으며 따라서 자기 식을 강요하는 것이다. 소설은 이 교수가 틀렸으며 다른 사람도 자기 식의 개성적인 지향과 욕구가 있음을 말한다. 누구든 '나'는 내 삶의 주인이라는 것이다. 이 소설의 전언이 모든 사람이 자기

---

19) 방형찬, 「문학창작에서 주체성과 민족성을 고수할 데 대한 사상과 그 독창성」, 『조선문학』 1998년 6월호.

생각이 있고 때문에 옳은 것은 강요되어서는 안 된다는 것이라면, 이 소설은 수령이 인민의 뇌수라는 주체 사상을 거부한 것이 아닐 수 없다. 수령의 존재는 나름대로의 생각을 제한하거나 부정하는 것이었다. 이 소설은 권위적 교수뿐 아니라 권위적 수령을 비판하고 있었다.

진학과 결혼, 취업이나 주택 배정 등 구체적인 생활 문제들은 여전히 소설의 소재가 되었다. 살림집을 빨리 배정받으려고 우연히 기차 안에서 만난 주택배정처 일꾼에게 처가에 들고 가던 술병을 꺼내 '외교'를 하나 그와 무관하게 집이 배정된다는 이야기[20]는 제도의 정의를 확인하는 것으로 결말을 짓고 있지만, 이미 제도의 정의에 대한 믿음이 없는 현실을 드러내었다. 농촌과 도시의 격차, 남녀의 불평등, 생활 곳곳에 스민 관료주의 등도 문젯거리로 그려졌다. 생활의 묘사란 사상을 확인시켜 주는 것이어야 한다는 사항은 북한 문학의 오랜 전제였지만, 작가들이 또한 보여준 것은 생활이 사상과 일치하지 않는다는 점이었다.

현재로서는 북한 문학이 어떤 모색을 해나아갈지 예측하기 어렵다. 그러나 대주체가 강조되면서 한편으로 '나'를 찾는 상반된 경향은 쉽게 절충될 수 있는 것이 아니다. 극심한 식량난을 겪고 있는 북한 사람들 가운데 생활과 사상의 변증법적 일치에 대한 믿음을 순수하게 지키고 있는 사람은 아마도 그렇게 많지 않을 것이다. 그러나 수많은 북한 사람들을 굶어죽게 한 그간의 참극을 다루거나 암시한 문학 작품을 읽을 수 없다는 사실은 북한의 폐쇄성을 다시금 절감케 하는 것이다. 해야 할 이야기를 제한하며 구체화해 온 것이 북한의 역사다. 북한의 폐쇄성은 하나의 이야기를 굳혀온 결과이고 또 이를 가능케 한 원인이다. 하지만 앞으로도 계속해서 북한이 '필요한 만큼만' 창을 열고 살아갈 수 있으리라는 보장은 없다. 식량 부족만 하더라도

---

20) 한응빈, 「행운에 대한 기대」(1993).

그것이 본질적인 개혁이 아닌 내수(內修)의 방법으로 해결될 수 있는 문제인지는 의심스럽다. 개방은 피치 못할 선택인 것이다. 붉은 기 쟁취 운동을 비롯한 사상의 강조는 개방의 폭이 점점 확대될 것이 분명한 현실에 대한 불안감의 표현일지도 모른다. 과연 어떻게 자기 상(像)을 조정해야 할 것인가는 북한 문학의 실질적 과제다. 언제까지 북한 문학은 '나'가 누구인가 묻는 일을 피할 수 있을 것인가?

영화 「민족과 운명」, 혹은 하나의 이야기

구원과 성장의 이야기

「민족과 운명」은 북한의 조선예술영화촬영소가 1992년부터 내놓은 이른바 다부작(多部作) 영화다. 각 부의 앞머리에 매번 제시되는 김정일의 교시, "노래 「내 나라 제일로 좋아」를 가지고 다부작 예술 영화 「민족과 운명」을 만들어야 하겠습니다"라는 말은 이 영화들이 어떤 의도와 배경에서 제작된 것인지를 밝혀준다. 물론 각각의 영화가 한결같이 그리고 있는 북한은 인민들 모두가 '우리 식대로' 행복하게 일하고 보람있게 사는 훌륭한 나라다. 북한에선 「이름 없는 영웅」(1979~1981)과 같이 20부에 이르는 대작 영화들이 여럿 만들어졌거니와, 「민족과 운명」도 1998년까지 34부가 나왔다. 각 부의 상영 시간은 짧게는 60~70분에서 길게는 140분에 이른다.

이 다부작의 1~4부는 실재 인물 최덕신을 모델로 한 것이다. 최덕신은 남한의 장성 출신으로 외무부 장관, 서독 대사, 천도교 교령을 지냈고 미국으로 이민을 떠난 뒤엔 평양을 방문하여 이른바 '친북 인사'가 된 인물이다. 영화는 최덕신이 박정희를 피해 미국으로 '망명'한 뒤 북한을 방문하여 반공에 앞장섰던 자신의 과거를 뉘우치는 과정, 마침내 김일성의 사상이 '진리'임을 깨닫는 모습을 그린다. 그는 '돌아온 탕자(蕩子)'였고 북한은 그를 용서하고 품어 안는 어머니 '조국'이었다. 영화는 앞머리마다 정처 없이 헤매는 유랑민의 흐름과 백두산 천지 위에 김일성을 상징하는 '장군별'이 떠 그들을 인도하는 모습을 하나의 표징으로 제시하거니와, '유랑민→구원'의 구도는 영화 전체에 대한 은유로 기능을 한다.

다른 이야기들 역시 대체로 인물 전(傳)의 형식을 취한다. 「민족과 운명」은 최덕신과 비슷한 이력을 갖는 최홍희를 그렸고, 또 남한 감옥에서 전향을 거부한 장기수로 복역하다가 북송된 이인모와, 세계적인 작곡가 윤이상, 북한 권력의 비호를 받은 허정숙 등을 모델로 했다. 19부부터는 유명 인사가 아닌 북송 일본인 처의 '행복한 삶'을 비추기도 하고 종군 위안부 문제를 다루기도 했다. 25부부터 34부까지는 천리마 고조기를 배경으로 강선제강소의 노동자들을 그린 노동 계급 편이다.

「민족과 운명」은 여러 부류의 인물을 대상으로 했지만 어떤 주인공이든 그들은 북한 체제와 사회주의 제도의 우월성을 확인하는 역할을 한다. 그들은 김일성과 당을 충실히 좇는 삶만이 보람 있는 것임을 말한다. 김일성의 가르침에 감복하고 이를 마음에 새기는 모습을 보이는 것이 그들의 역할이다. 그들이 찾는 조국은 정의가 실현된 곳이다. 수십 년 동안 객지를 떠돌던 윤이상은 조국에 와서 잃었던 음악 혼을 되찾는다. 정의가 실현된 조국에서 영감을 받은 것이다.

북한의 문학예술은 줄곧 인간이 가야 할 길을 말해 왔다. 그런데 북한 문학예술이 말하는 바른 길은 오직 김일성과 당에 의해 영도될 길이었다. 길을 잘못 든 경우는 바른 영도를 받음으로써만 구원될 수 있었다. 고상하고 경건한 인간에게 바른 길로 들어선다는 것은 영도자를 향한 신심을 다지는 일에 한시도 소홀함이 없는 것을 뜻했다. 주인공은 끊임없이 성장해야 했으며 수련을 쌓아야 했다. 이 다부작 영화는 구원의 이야기를 하면서 동시에 북한 문학예술이 되풀이해 온 성장의 이야기를 하고 있다. 구원은 성장을 조건으로 하는 것이었다.

역사의 공포를 동력으로 한 이야기의 지배

「민족과 운명」이 하고 있는 이야기는 과연 어떻게 읽어야 할 것인가? 구원과 성장의 이야기가 시작된 출발점은 일단 역사 속에서 찾아야 할 것이다. 식민지의 경험이 이 이야기가 씌어질 수 있게 한 기반이었던 것은 분명하다. 그것이 강제했던 소외와 박탈의 기억은 역사에 대한 공포를 형성했던 것이 아닌가 싶다. 북한이 역사에 집착해 온 것은 이런 입장에서 이해될 필요가 있다. 새 역사의 건설은 바로 공포의 힘을 모아내는 방법이었기 때문이다.

해방과 더불어 김일성은 무장을 들고 일제에 항거한 민족 영웅으로 등장했다. 그동안 제대로 알려지지 않았던, 그렇기 때문에 더욱 상상의 대상일 수 있었던 그의 투쟁사는 민족의 '위대한 과거'로 되살려졌다. 그는 이 이야기 속의 주인공이었다. 물론 김일성은 과거에 갇힌 존재가 아니었다. 그는 등장과 함께 토지 개혁으로 농민들에게 땅을 '나누어주는' 은혜를 베풀었다. 북한 인민들은 그를 통해 비로소 자신들이 바라는 대로 움직이는 역사를 경험했던 것이다. 민족의 영웅이 건국의 주인공이 되면서 애국주의는 그의 영도를 따르는 것이 되었다.

북한의 문학예술은 해방 직후부터 새 역사를 건설하는 인민들의 분투를 그렸다. 이야기 안에서 인민들은 그들의 목표를 달성해야 했다. '승리'를 상상하는 것은 북한 문학예술에 요구된 기본 형식이었다. 왜 이런 형식이 요구되었던가? 승리로 끝나는 이야기 안에서 건설의 과정은 이미 역사가 된다. 이야기가 역사를 선취했던 것이다. 그것은 인민들의 의지를 공인하는 방법이기도 했다. 승리의 상상을 뒷받침했던 것은 '위대한 과거'다. 간고한 상황에서도 일제와 싸워 승리를 거둔 김일성의 항일 무장 투쟁사를 위시하여 해방 직후의 민주 개혁 과정, 그리고 '세계 최강을 자랑하는' 미국 군대를 물리친 조국 해방 전쟁사는 끊임없이 돌이켜졌다. 물론 이 위대한 과거는 '위대한 미래'를 약속하는 것이었고 그 사이엔 어떤 균열도 있을 수 없었다. 과거와 미래가 하나의 이야기로 통합되었던 것이다. 북한은 이런 방식으로 자신만의 역사를 만들었고, 김일성은 줄곧 이 이야기의 주체이자 주인공이었다.

항일 무장 투쟁사는 이미 민족 이야기였지만 주체 시대는 민족의 구획이 더욱 강조된 때다. 민족과 타자의 경계는 도덕과 부도덕, 인간과 비인간을 가르는 경계였다. 북한은 줄곧 이야기를 통한 구성원의 일자화를 도모해 왔다. 그런데 주체 시대에 들어 민족(국가)이라는 도덕적 공동체는 김일성을 어버이로 하는 대가정이 되었다. 이로써 애국주의는 그를 향한 지조를 지키고 효성을 다하는 것을 뜻하게 된 것이다. 대가정은 은정을 베푸는 어버이와 충정을 바치는 인민들의 신의로 가득 찬 결합체이자 모든 부도덕에 맞서는 도덕적 공동체라는 것이었지만, 어떤 개별성도 허락하지 않는 이 구획이 매우 폭력적인 것임은 분명하다. 그것은 역사에 대한 공포를 동력으로 한 이야기의 지배가 초래한 결과였다.

「민족과 운명」의 이야기는 대가정을 '따듯한 안'으로 제시하는 것이다. 최덕신의 경우가 그러했듯 대가정으로 귀환은 도덕으로의 귀환이었다. 소련과 동구 사회주의의 붕괴 후 사회주의의 마지막 보루를 자처하지 않을 수 없게 된 북한으로선 자기 정당성에 대한 믿음이 더욱 절실했을 것이다. 그러나 「민족과 운명」이 만들어지던 시기는 수많은 북한 사람들이 굶주림과 병으로 죽어가야 했던 때다. 그들을 방치한 '조국'이 어떻게 도덕의 거처일수 있는가 하는 물음은 불가피하다.

북한만의 역사

진정한 삶은 '조국'을 영도한 김일성의 품속에서만 가능하다는 것이 「민족과 운명」의 일관된 주제다. 주인공들은 민족적 양심의 세례를 받아 거듭 태어나는 것이다. 다만 최덕신이나 최홍희 혹은 윤이상과 같은 인사들의 경우는 그들이 남한 출신이라는 점에서 조금 다른 성장의 과정을 밟는다. 예를 들어 최덕신의 경우는 그가 남한의 매판 권력에 가까이 있었고 또 '괴뢰군' 장성으로 양민 학살을 일삼은 악명 높은 '호림 부대'를 지휘했으며, 반공 인사였다는 점에서 마땅히 죄를 씻어야 했다. 그가 회의하고 고뇌하며 반성하는 과정은 남한이 얼마나 도덕적으로 황폐한 곳인가를 말하는 과정이다. 최덕신을 통해 비춰진 남한의 '수괴'들은 다만 야비하고 잔혹할 뿐이다. 박정희는 언제나 음모를 꾸미고 미쳐 날뛰며 육영수는 그를 충동질하는 가증스런 요부로 등장한다. 남한은 인간이 사는 곳이 아니다. 음모와 배신, 착취와 강탈은 남한의 삶의 방식이다. 심지어 이 영화에서 육영수를 저격한 문세광은 박종규의 하수인이다. 최덕신은 그 속에서 지낸 것만으로 '조국을 배반한' 인생을 산 것이다. 여태껏 자신의 인생이 오욕이었음을 절감한 최덕신은 스스로 목숨을 끊으려 하지만, '진실을 겨레 앞에 까발려야 한다는 사명감'은 그로 하여금 절망 속에서 새 희망을 갖게 하는 계기가 된다. 통렬한 반성을 통해 그는 기회를 얻는 것이다.

북한의 문학예술이 반복해 온 하나의 이야기 속에서 김일성과 그의 전사들은 간고한 상황에서도 일본군을 '삼대 베듯' 무찌르고 있으며 미국과의 싸움을 승리로 이끈다. 노동자와 농민들은 증산에 매진하고 놀라운 열정과 헌신의 의지로 기술적 진보를 이루어낸다. 그것은 기적이 끊이지 않는 과정이었다. 북한의 역사는 민족적 자부심과 적들에 대한 증오로 가득 차 있다. 이 명쾌한 역사는 그러나 철저하게 국가적 필요에서 씌어진 역사로, 곧 북한만의 역사였다. 북한만의 역사 쓰기는 자신만의 시간과 공간을 만들어온 것이다. 이런 입장에서 볼 때 북한의 격리와 고립은 불가피한 것이다. 하나의 이야기를 반복한 단성주의의 지배는 타자의 존재를 인정하지 않으며 궁극적으로는 귀머거리, 벙어리를 만드는 것이기 때문이다. 나는 하나의 이야기에 의한 지배가 변화의 감각을 부정함으로써 북한 사회를 정체시켰다고 본다.

이야기를 다시 시작하려면

도대체 어떻게 북한은 오늘날까지 하나의 이야기만을 되풀이하고 있는 것일까. 북한의 전체주의 체제와 또 그것의 전제적 성격이 김일성의 독재나 공산당 때문에 비롯되었다는 것은 남한의 '상식'이다. 아닌게 아니라 주체 시대에 이르는 북한의 역사는 김일성이 절대적 영도자로서의 권좌를 높인 과정이어서 그가 모든 것의 정점에 서고 그의 말이 모든 데 미친 과정이었다.

1950년대 초 스탈린 사후 소련에서 인 개인 숭배 비판, 관료적 억압 체제 비판의 바람은 북한에도 밀어닥쳤지만 김일성은 이 위기를 극복했다. 체코에서 저항이 불길이 타올랐던 1968년은 주체 시대의 출발점이었다. 소련의 붕괴 역시 북한을 붕괴시키지는 못했다. 김일성은 죽은 뒤에도 최고의 덕성을 보여준, 누구와도 비교할 수 없는 존재로 추앙을 받고 있다. 수령이란 호칭은 단순히 지도자를 가리키는 말이 아니다. 수령은 대가정의 어버이였다. 이 대가정에서 그 구성원들은 누구도 자신만의 공간을 가져서는 안 되었다. 어버이는 언제나 구성원 모두를 굽어보고 그 속을 들여다보는 존재였던 것이다. 다른 이야기를 만들 공간이 확보되지 않는 한 하나의 이야기는 반복될 수밖에 없었다.

남한 사회는 대가정도 아니며 물론 남한엔 김일성과 같은 수령도 없다. 그렇다면 남한 사회는 여러 다른 이야기들을 만들어낼 수 있는 충분한 공간들을 확보하고 있는가? 남한 사회의 무자비한 삭막함이 오히려 대가정에 대한 긍정적 호기심을 갖게 한 적도 있고, 못난 지도자들에게 시달린 남한 사람들은 그렇기 때문인지 아직도 위대한 카리스마를 긍정하는 경향을 갖는 듯하다. 사실 남한과 북한은 여러 점에서 서로 다르지 않은 길을 걸었다. 특히 이념적으로 서로를 배제하고 그것을 내부적 억압과 위협의 수단으로 삼은 점에서도 남북은 같았다. 게다가 둘은 경제적 발전이 선택의 대상이 아님을 잘 알고 있었다. 증산과 이를 위한 기술 증진은 언제나 양쪽 모두의 실질적 과제였다. 때문에 동원은 집요하지 않으면 잔혹했다. 동원 사회의 실제 모습은 수용소다. 남북한은 서로 수용소의 담을 높여온 것이다.

물론 남한에선 인간을 이야기하고 사상의 강화를 끊임없이 요구하는 북한의 방식이 선택되지 않았다. '자본의 합리주의'는 남한 사회를 지배한 사상이었다. 그러나 북한 사회와 사람들이 실제로는 햇볕과 같은 수령의 덕성으로 움직인다고 볼 수 없듯, 남한 사회 역시 합리적이지 않았다. 공산주의 인간학이 아닌 남한 사회의 '성공의 인간학'은 사회가 정글임을 가르쳐왔다. 북한 사람들이 수령의 기획을 좇아 의심 없이 나아가는 순진하고 열정적인 인간이 되어야 했듯, 남한 사람들은 기업가라는 잔혹한 혁명가들을 좇아, 먹고 먹히는 싸움터에 나서는 비정한 검투사여야 했다. 과연 그 차이는 결정적인가? 수령을 좇아 모든 장애를 이기고 행복의 과실을 따는 이야기는 정글의 성공담 혹은 생존담과 다르다면 얼마나 다른 것일까?

남북한이 노정한 부정적 면모들은 상당 부분 근대를 받아들이고 대응하는 여러 유효하고 적절한 이야기들을 만들어내지 못한 결과라는 생각이 든다. 남한의 '우리들' 역시 서사적으로 구속되어 왔음을 인정한다면, 「민족과 운명」을 두고 북한을 단지 우스꽝스런 곳으로 단정하는 것은 바람직한 일이 아니다. '우리들'은 그 자부심과 독단으로부터, 그 격정과 망상적 강변으로부터 아픔과 분노, 부끄러움과 두려움을 또한 읽어야 한다. 그것이 '우리들'의 속 모습일 것이려니와, 이야기를 다시 시작하려면 그것을 앞에 놓고 잘 보아야 하기 때문이다.

찾아보기